新潮文庫

# 人間の絆

## 上巻

サマセット・モーム
金原瑞人訳

新潮社版

11524

# 人間の絆

上巻

# 1

朝から雲が低く垂れこめ、じめじめして寒く、いまにも雪が降りそうだ。乳母が子どもの寝ている部屋にやってきて、窓のカーテンを開けた。そして、むかいの屋根つき玄関のある白漆喰《しろしっくい》の家に何気なく目をやると、子どものベッドのほうにいった。

「起きなさい、フィリップ」

それから掛け布団《ぶとん》をはがし、まだ半分眠っている子どもを抱いて階段を下りた。

「お母さまが待ってらっしゃいますよ」

乳母は下の階の部屋のドアを開け、子どもを抱いたままベッドのほうにいった。ベッドには子どもの母親がいる。母親は両手を伸ばして、その子を横に寝かせた。子どもは、なぜ起こされたのかたずねなかった。母親は子どもの目にキスをして、ほっそりした小さい手で白いフランネルのガウンの上から温かい体を撫《な》でると、抱き寄せた。

「フィリップ、眠い？」母親がたずねた。

その声はか細く、すでにどこか遠くのほうからきこえてくるかのようだった。子どもは答えなかったが、気持ちよさそうににっこりした。大きく温かいベッドで柔らかい腕に抱かれ、とても幸せそうだ。体を丸くして母親に抱きつくと、眠そうにキスをした。そしてすぐにまた目を閉じて、ぐっすり寝こんだ。医師がやってきて、ベッドのそばに立った。

「まだ連れていかないで」母親が悲しそうにいった。

医師は何もいわず、厳しい顔をしてみせた。母親は長いこと息子を抱いていられないことを知り、もう一度キスをした。それから子どもの体を頭から足まで撫でた。右足を握って、小さな五本の指をさわり、それからゆっくり左足を握った。それからすすり泣いた。

「どうしました」医師がたずねた。「疲れましたか」

母親は首を振った。言葉が出なかった。涙が頬を伝う。医師がかがみこんだ。

「連れていっていいですか」

母親はぐったりしていて、いやといえず、黙って子どもを医師に渡した。医師は子どもを乳母に渡した。

「ベッドにもどしてやりなさい」

「ええ、そうですね」

幼い男の子が眠ったまま連れていかれると、母親は身を震わせてすすり泣いた。

「あの子はどうなるのかしら」

月雇いの看護婦になだめられると、母親は疲れていたせいですぐに泣きやんだ。医師は部屋の反対側にあるテーブルのほうに歩いていった。その上にはタオルをかぶせた赤ん坊の遺骸《いがい》がある。医師はタオルを取って、目をこらした。ついたてがあるのでベッドからはみえない。しかし母親は、医師が何をしているのかわかっていた。

「女の子、それとも男の子」母親が看護婦に小声できいた。

「今度も男の子でした」

母親は何もいわなかった。すぐに乳母がもどってきて、ベッドのほうにやってきた。

「フィリップ坊ちゃんはあのまま眠ってらっしゃいます」

だれも何もいわない。医師はいま一度、患者の脈をとった。

「しばらく、わたしにできることはないようです」医師がいった。「朝食のあとで、またきます」

「外までお送りします」乳母がいった。

ふたりは黙って階段を下りた。玄関ホールで医師が立ち止まった。

「ミセス・ケアリの義理のお兄さんを迎えに、人をやりましたか」

「はい」

「いつ頃、こちらにいらっしゃるかわかりますか」

「いいえ。電報がくるのを待っているところなんです」

「あの坊ちゃんはどうしますか。いないほうがいいと思うのですが」

「ミス・ワトキンが、預かってくださるそうです」

「ミス・ワトキン？」

「はい、お坊ちゃんの名付け親です。先生、奥様はよくなられますか」

医師は首を振った。

## 2

一週間後、フィリップは客間の床に座っていた。オンズロウ・ガーデンズにあるミス・ワトキンの家だ。ひとりっ子なので、ひとりで遊ぶのに慣れていた。部屋には重厚な家具がいっぱいあり、どのソファにも大きなクッションが三つ、ひじ掛け椅子《いす》にもひとつ置いてある。フィリップはそれらすべてのクッションと、軽くて動かしやすい金塗りの椅子もいくつか使って、手のこんだ洞窟《どうくつ》を作っていた。カーテンのむこうに潜んでいるインディアンにみつからないように、そこに隠れているのだ。フィリップは床に耳を当てて、大平原を走るバッファローの群の足音に耳をすませている。そのうちドアの開く音がした。フィリップはみつからないように、息をひそめる。ところが、椅子がひとつ乱暴に引き抜かれて、クッションが落ちてきた。

「また、こんないたずらをして。奥様にしかられますよ」

「あ、エマ!」フィリップがいった。

乳母はかがみこんでフィリップにキスをすると、クッションをはたいて元の場所にもどした。

「うちに帰るの?」

「ええ、迎えにきました」

「その服、新しいね」

一八八五年のことで、乳母はバッスル〔スカートの後ろを張り広げるための腰当て〕をつけ、黒のベルベットのドレスを着ている。ドレスの袖《そで》はぴったりしていて、肩の部分はなだらかで、スカートには大きなひだ飾りが三ついている。頭には、ベルベットの紐《ひも》のついた黒いボンネットをかぶっている。乳母は戸惑った。こんなことをきかれるとは思っていなかったので、用意してきた答えが宙に浮いてしまった。

「お母さまの具合はたずねなくていいんですか」しばらくして乳母はきいた。

「あ、忘れてた。ママは元気」

　その答えは用意していた。

「お母さまはとてもお元気で、お幸せでいらっしゃいますよ」

「うん、よかった」

「遠くにいらっしゃいました。もうお会いできないんです」

　フィリップは首をかしげた。

「なんで？」

「天国にいらっしゃったからです」

　乳母は泣きだした。フィリップも事情がすっかりわかったわけではなかったが、泣きだした。エマは背が高く、骨太で、金髪で、大作りな顔だった。デヴォンシャー出身で、もう何年もロンドンでの奉公をしてきたにもかかわらず、なまりが抜けていない。涙のせいで感情が高まり、幼い男の子を胸に抱きしめながら、ぼんやりとだが、フィリップをあわれに思った。自分をだれよりも愛してくれる、世界でひとりきりの人を失ったのだ。見ず知らずの人に引き取られるのが、かわいそうでならない。しかし少しすると、落ち着きを取りもどした。

「ウィリアム伯父さまが待ってらっしゃいます。ワトキンさんにさようならをいってらっしゃい。それからいっしょにうちに帰りましょう」

「さよならはいいたくない」フィリップはとっさに、涙をみせたくないと思った。

「わかりました。じゃ、急いで上にいって、帽子を取っていらっしゃい」

フィリップが帽子を取ってもどってくると、エマは玄関ホールで待っていた。ダイニングルームの奥の書斎で何人かの声がしていたのに気づいて、フィリップは立ち止まった。ミス・ワトキンが姉といっしょに友だちと話しているのはわかった。そして——九歳だったが——もしそこに入っていったら、みんながかわいそうに思ってくれそうな気がした。

「ワトキンさんにさようならをいってくる」

「それがいいですね」エマがいった。

「あそこにいって、ぼくがいくっていってきて」

フィリップはできるだけ、みんなの同情を引きたいと思っていた。エマはドアをノックしてなかに入った。フィリップの耳にエマの声がきこえてきた。

「フィリップお坊ちゃんが、ごあいさつをなさりたいそうです」

会話がぱたっとやんだので、フィリップは足を引きずって歩いていった。ヘンリエッタ・ワトキンはがっしりした体格で、赤ら顔で、髪の毛を染めていた。当時、髪を染めることは何かとうわさになった。フィリップもうちで、彼女が髪の色を変えたことでいろんな批判をきいたことがある。ミス・ワトキンといっしょに暮らしている姉のほうは、老いた自分に満足していた。あとのふたりはフィリップの知らない女性で、ふたりとも珍しそうにフィリップをみた。

「かわいそうに」ミス・ワトキンがそういって、両腕を広げた。

そして泣きだした。そのときようやくフィリップは、なぜミス・ワトキンが昼食にこなかったのか、なぜ黒いドレスを着ているのかわかった。ミス・ワトキンは喉《のど》を詰まらせて言葉が出ない。

「うちに帰る」フィリップはいった。

フィリップは腕から抜けると、ミス・ワトキンにもう一度キスをしてもらった。それからミス・ワトキンの姉の前にいって、さようならをいった。知らない女の人たちのひとりから、キスしてもいい、とたずねられたので、少しもったいをつけて、いいよと答えた。フィリップは泣きながらも、自分が引き起こした感情を楽しんでいた。こんなに大切にされるなら、もう少しいたいくらいだったが、みんなから、早く帰ったほうがいいと思われているのを感じていたので、エマが待ってるといって、部屋を出た。エマは地下室に下りて友だちと話していたので、フィリップは踊り場で待つことにした。ヘンリエッタ・ワトキンの声がきこえた。

「あの子のお母さんとは大の親友だったの。彼女が死んだなんて、考えるだけでどうにかなっちゃいそう」

「お葬式にはいかないほうがよかったのに、ヘンリエッタ」姉がいった。「わたし、あなたはきっとそんなふうになるような気がしていたの」

知らない女の人のひとりがいった。

「あの子、本当にかわいそう。これでもうひとりぼっちになったかと思うと、いたたまれないわ。あの子、足をひきずってたでしょう」

「ええ、足が曲がってるの。お母さんもそれがつらかったみたい」

エマがもどってきた。辻馬車《つじばしゃ》を呼んで、エマは御者に行き先を告げた。

# 3

ふたりはミセス・ケアリが息を引き取った家にもどった。ケンジントンのノッティングヒル・ゲイトとハイストリートの間にあるさびしげな高級住宅街の一角だ。エマがフィリップを客間に連れていくと、伯父は花輪のお礼を何通も書いているところだった。花輪のひとつは葬儀に間に合わず、ボール紙の箱に入ったまま、玄関ホールのテーブルに置いてある。

「フィリップ坊ちゃんです」エマがいった。

ミスタ・ケアリはゆっくり立ち上がって、幼い少年と握手をした。それからちょっと考えてから、かがんで少年の額にキスをした。ミスタ・ケアリの身長は平均より少し低く、太り気味で、頭髪は長めで、はげている部分を隠すようになでつけてある。ひげはきれいに剃《そ》っている。顔立ちは整っていて、若い頃はハンサムだっただろう。懐中時計の鎖には金の十字架がつけてある。

「フィリップ、これからわたしといっしょに暮らすんだが、いやじゃないか」

二年前、フィリップは水疱瘡《みずぼうそう》にかかったときに、この伯父の牧師館に送られたのだが、覚えているのは屋根裏部屋と大きな庭のことくらいで、伯父や伯母の記憶はほとんどなかった。

「いいえ」

「これからは、わたしがお父さんで、ルイーザ伯母さんがお母さんだ」

フィリップは少し唇を震わせて赤くなったが、何も答えなかった。

「わたしは、お母さんにおまえをまかされたんだ」

ミスタ・ケアリはうまく言葉が出なかった。義理の妹が死にかけているという知らせがきたとき、すぐにロンドンに向かったものの、その途中で考えていたのは、もし妹が死んだらその息子を引き取らなくてはならず、面倒だということだけだった。もう五十を過ぎているし、三十年前に結婚した妻との間には子どもがない。いまさら幼い男の子などほしくはなかった。どうせ騒々しくて乱暴なだけだ。そもそも、義理の妹のこともそう好きではなかった。

「明日いっしょに、ブラックステイブルにいこう」ミスタ・ケアリはいった。

「エマは?」

フィリップがエマのてのひらに手を差し入れると、エマがぎゅっと握りかえした。

「エマは帰ってもらうことになると思う」

「エマもいっしょにきてほしい」

フィリップは泣きだした。乳母もつられて泣いた。ミスタ・ケアリは、やれやれという顔でふたりをみた。

「しばらく、フィリップとふたりきりにしてもらえるかな」

「はい、かしこまりました」

エマはしがみついているフィリップの手をそっと振りほどいた。ミスタ・ケアリはフィリップを片方の膝《ひざ》にのせて引き寄せた。

「ほらほら、泣くな。もう乳母にきてもらう年じゃないだろう。それに学校のことも考えなくてはならない」

「エマもいっしょにいてほしい」フィリップはまたいった。

「それにはとてもお金がかかるんだよ、フィリップ。おまえのお父さんはあまりお金を残してくれなかった。これからどうしていいか、わたしもわからないんだ。おまえもなるべくむだづかいをしないようにな」

ミスタ・ケアリは前日、顧問弁護士のところに相談にいっていた。フィリップの父親は腕のいい外科医で、病院での地位もかなり高かったので、敗血症で急逝《きゅうせい》したとき、妻の相続する遺産が生命保険とブルートン通りの当時住んでいた家を貸して入る家賃くらいしかないということを知って驚いた。それが半年前のことだ。ミセス・ケアリはその頃すでに具合が悪く、そのうえ妊娠していることがわかったため、すっかり動転してしまい、最初に持ってこられた家の賃貸契約をそのまま承諾してしまった。そして家具を倉庫に入れ、牧師である義兄からみればとんでもない高い家賃で、家具付きの家を一年間借りることにした。そうすれば、子どもが生まれるまで不都合なく暮らしていけると思ったのだ。ところが彼女は金銭感覚に乏しく、新しい状況に合わせてお金を使うということができなかった。あれやこれやで少しずつ指の間からお金がこぼれていき、現在残っているのは二千ポンドと少し。これでフィリップが自立するまで養っていかなければならない。こういったことをすべてフィリップに説明することはできないし、フィリップはまだすすり泣いている。

「エマのところにいっておいで」ミスタ・ケアリはいった。エマならほかのだれよりもうまくこの子をなだめてくれると思ったのだ。

フィリップは何もいわず伯父の膝から滑り降りたが、ミスタ・ケアリは呼び止めた。

「明日はわたしといっしょにくるんだよ。わたしは土曜日にはお説教の準備をしなくてはならないからね。だから、エマにいっておいてくれ。今日中に明日の準備をしておくように。おもちゃは全部持ってきていい。それからお父さんやお母さんの思い出になるものを持ってきてもいいが、ひとつずつだぞ。ほかのものはすべて売るからな」

　フィリップは部屋をそっと出ていった。ミスタ・ケアリは慣れない仕事にもどり、いらだたしそうに便箋《びんせん》にむかった。机の片側には請求書の束があり、それをみるとよけいに腹が立つ。そのうちの一枚がとくにしゃくに障《さわ》った。ミセス・ケアリが死んですぐ、エマが花屋に白い花を大量に注文して、遺体の置いてある部屋に飾らせたのだ。ばかばかしい。エマはなんでも仕切りたがる。自分だったら、金銭的に困っていなくても、あんな乳母はやめさせているところだ。

　一方、フィリップはエマのところにもどると、胸に顔をうずめて泣きじゃくった。エマはこの子を実の息子のように思っていたので――なにしろ生まれて一ヶ月のときから面倒をみてきたのだ――やさしい言葉でなぐさめてやった。ときどき会いにいきますからね、坊ちゃんのことは絶対に忘れたりしませんよ、といって、フィリップがこれからいくところについて話してやった。それから、デヴォンシャーにある自分の家のことも話した。あたしの父はエクセターにいく街道の番人をしているんです。それに豚を何匹か飼っていて、雌牛も一頭いて、この雌牛がついこないだ子どもを産みましてね——そんな話をきいているうちにフィリップは涙を忘れて、明日の出発が楽しく思えてきた。エマはすることがたくさんあったので、そのうちフィリップを下におろした。フィリップはエマが子ども服をベッドに並べるのを手伝った。それから、子ども部屋にいっておもちゃを集めてらっしゃいといわれると、しばらくは楽しくおもちゃで遊んでいた。

しかしそのうち、ひとりでいるのがつらくなって、寝室にもどった。そこではエマがフィリップが持っていくものを大きなブリキのトランクに詰めていた。それをみてフィリップは、父や母の思い出になるものを持っていっていいといわれたのを思い出した。そこでエマに、何を持っていこうかとたずねた。

「客間にいって、ご自分で好きなものをさがしてらっしゃい」

「だけど、ウィリアム伯父さんがいるよ」

「かまいませんよ。ここにあるのはみんな、お坊ちゃんのものなんですから」

フィリップがゆっくり下におりていくと、ドアは開いていた。ミスタ・ケアリはいなくなっていたので、ゆっくり部屋のなかを歩いて回った。この家にきてからあまり時間がたっていないせいで、フィリップはどんなものにもあまり興味がなかった。他人の家のようで、好きなものなど何もない。ただ、どれが母親のもので、どれが家主のものかはわかっていたので、すぐに小さな置き時計に目がいった。これはわたしのお気に入りなのと母親がいっていた。フィリップはそれを手に取ると、また悲しくなって、二階に上がっていった。母親の寝室のドアの外で立ち止まり、耳をすませた。だれからも、なかに入ってはいけないといわれたわけではなかったが、それはよくないような気がしていた。少しこわくて、心臓の鼓動が速い。だが同時に、ドアのノブを回さなくてはならないような気もしていた。そこで、だれかがなかにいても気がつかないようにそっと回して、それからゆっくり押してみた。そこにしばらく立っていると、すぐに勇気が出てなかに入った。もう気持ちは落ち着いていたが、なかは見慣れない感じだった。フィリップはドアを閉めた。鎧戸《よろいど》を下ろしてあるので、部屋は一月の午後の冷たい光がうっすら差しこんでいるだけで暗かった。化粧台には母親のブラシや手鏡が置いてある。小さなトレイにはヘアピンが入っている。暖炉の棚にはフィリップの写真が一枚と、父親の写真が一枚飾ってある。フィリップは、母親がいないときはしょっちゅうこの部屋にきていたが、いまはいつもと違う感じがした。椅子の様子が妙に気になる。ベッドが整えられているのは、今夜だれかが使うためのような気がする。枕《まくら》の上の入れものには寝間着が入っている。

フィリップは服がいっぱい入っている大きなワードローブを開けてなかに入ると、

たくさんの服を抱きしめて、顔をうずめた。母親が使っていた香水のにおいがする。それから母親のものがいっぱい入っている引き出しを開けて、なかをのぞいてみた。下着の間にラベンダーの袋が入っていて、とてもすがすがしい、いい香りがした。部屋の空々しい感じがなくなり、母親がちょっと散歩に出かけているような気がしてくる。すぐにもどってきて、二階に上がって、いっしょに子ども用の軽食《ナーサリー・ティー》を食べて、それから、唇にキスしてくれる。

二度と会えないなんて、嘘《うそ》だ。嘘に決まっている。だって、そんなこと、あるはずがない。フィリップはベッドに上がって、枕に頭をのせた。そしてじっとしていた。

## 4

フィリップは泣きながらエマと別れたものの、途中の旅は楽しかったし、ブラックステイブルに着いたときには、あきらめて、元気になっていた。ロンドンからブラックステイブルまでは百キロ弱。ミスタ・ケアリは荷物をポーターに渡すと、フィリップを連れて牧師館まで歩いた。五分でそこに着くと、フィリップはふいにその門に見覚えがあるのに気がついた。赤く塗った細長い板が五枚、横に渡してある。蝶番《ちょうつがい》でとめてあって、前後になめらかに開く。いけないといわれていたが、上に乗って前後に動かすこともできた。ふたりは庭を抜けて正面玄関の前までいった。このドアを使うのは訪問者がきたときか、日曜日か、あとはミスタ・ケアリがロンドンにいったり、ロンドンから帰ってきたりという特別なときに限られている。それ以外のことでこの建物に出入りするときは横の玄関を使うようになっていた。また庭師や物乞《ものご》いや浮浪者は裏口を使う。建物はかなり立派だ。黄色のレンガ造りで、屋根は赤。二十五年まえに建てられた教会式建築で、正面玄関は教会独特の外に張り出した屋根付き、客間の窓はゴシック式だ。

ミセス・ケアリは、ふたりが何時の列車でくるか知っていたので、客間で門の開く音に耳をすませていた。そしてそれがきこえると、玄関にいった。

「ルイーザ伯母さんだ」ミスタ・ケアリが妻をみて、フィリップにいった。「走っていって、キスしなさい」

フィリップはぎこちなく、足を引きずりながらかけ出して立ち止まった。ミセス・ケアリは夫とほぼ同い年の小柄でしなびた感じの女性だ。顔は深いしわだらけで、瞳《ひとみ》は薄い青。白髪まじりの髪は若い頃の流行のまま、小さな巻き毛にしてある。黒の服を着て、唯一《ゆいいつ》の装飾品である金のネックレスには十字架をつけている。ミセス・ケアリは遠慮がちに、やさしく夫に声をかけた。

「ねえ、あなた、歩いてきたの」ちょっととがめるような口調でたずねて、夫にキスをした。

「ああ、たしかに。それは気がつかなかったな」ミスタ・ケアリはフィリップをちらっとみていった。

「ねえ、フィリップ。歩いてきたりして、足はだいじょうぶ？」ミセス・ケアリはフィリップにたずねた。

「だいじょうぶ。いつも歩いてるから」

ミスタ・ケアリはふたりの会話にちょっと驚いた。フィリップはミセス・ケアリに、お入りなさいといわれて、玄関ホールに入った。床には、正十字と神の仔羊《こひつじ》の模様を描いた赤と黄のタイルが互い違いに貼《は》られている。上に続く堂々とした階段はよく磨かれた香りのいい松の板でできている。これは、教会の信徒席を作り直したときに運よく余った材木で作ったもので、手すりには四福音の書記者を象徴する模様が彫りこまれている。

「ストーブに火を入れておいたわ。もどってきて寒いといけないと思って」

玄関ホールには大きな黒いストーブがある。それに火が入れられるのは、天気が悪く寒くてしようがないときと、牧師が風邪を引いたときだけだ。ミセス・ケアリが風邪を引いても、火を入れることはない。石炭が高いからだ。それにメイドのメアリ・アンが、家のあちこちで火をたくのを嫌がる。もしすべてのストーブを使うなら、メイドをもうひとり雇わなくてはならない。冬の間、牧師夫婦はダイニングルームで過ごすことにしていた。そうすればストーブはひとつで足りるからだ。だが夏になってもふたりはダイニングルームにいる。例外は牧師が日曜日の午後に昼寝をするために客間を使うときくらいだ。ほかには、土曜日だけ、牧師が書斎のストーブに火を入れて、説教の原稿を書くことにしていた。

ミセス・ケアリはフィリップを二階に連れていって小部屋に案内した。そこからは牧師館の私道を見下ろすことができる。窓のまん前に大きな木が一本あり、フィリップはひと目でその木のことを思い出した。というのは、とても低いところにも枝が一本出ていて、そこから高いところまで登っていけたからだ。

「小さい子には小さな部屋がいいでしょう」ミセス・ケアリがいった。「ひとりで寝られる？　こわくない」

「うん、だいじょうぶ」

フィリップが初めてここにきたときは、乳母といっしょだったので、子どもの世話をする必要はほとんどなかったのだが、今回はそうではないので、ミセス・ケアリは多少、不安だった。

「ちゃんと手は洗える？ それとも洗ってあげましょうか」

「自分で洗える」フィリップはきっぱりといった。

「じゃあ、ティー〔夕方に出る軽い食事のこと。このあとさらに、夕食が出ることもある。この時代のこの階級の食事は昼食が中心だった〕の時間におりてくるとき、みせてちょうだいね」

ミセス・ケアリは子どものことはまったく知らなかった。フィリップがブラックステイブルにくることになったときは、あれこれ思い悩んだ。すべきことはしなくてはと考えていたからだ。ところがいざフィリップがやってくると、おたがいにおどおどしているのがわかった。ミセス・ケアリは、フィリップが乱暴で騒々しい子でなければいいと思っていた。夫が、乱暴で騒々しい子は嫌いだからだ。ミセス・ケアリは、じゃあ、わたしは下にいますからねといったものの、すぐにもどってきてドアをノックした。そしてなかには入らずに、お水はちゃんと出せる、とたずねた。それから下にいって、ベルを鳴らし、ティーの準備をしてちょうだいといった。

ダイニングルームは広くゆったり作られていた。両側に窓があり、畝織《うねお》りの赤の分厚いカーテンがかかっている。まん中に大きなテーブルが、奥に堂々としたマホガニーのサイドボードがあって、それには鏡がついている。部屋の隅に小型のリードオルガンがある。ストーブの両側に置いてある型押し模様の革張りの椅子は、どちらも覆《おお》いがかけられている。ひじ掛けのある椅子は主人、ひじ掛けのない椅子は妻と呼ばれている。ミセス・ケアリはひじ掛けのある椅子には決して座らなかった。座り心地のよすぎる椅子はいやなの、いつだっていろいろすることがあるのに、ひじ掛けのある椅子だとすぐに立てないでしょう、というのだ。

フィリップが入っていくと、ミスタ・ケアリは火をおこしているところで、二本の火かき棒を指さした。一本は大きく、よく磨かれて光っている。こちらは使わないほうで、牧師と呼ばれていた。もう一本のほうはずっと小さくて、みるからにしょっちゅう使われていて、副牧師と呼ばれていた。

「さて、何を食べさせてもらえるのかな」ミスタ・ケアリが妻にたずねた。

「メアリ・アンに、ゆで卵をひとつお出しするようにいってあります。遠くから帰ってきて、お腹《なか》がすいているでしょうから」

ミセス・ケアリは、ロンドンからブラックステイブルまでの旅は大変だろうと考えていた。彼女が旅行をすることはほとんどなかった。というのも、牧師の年収がたった三百ポンドだったからだ。夫が遊びにいきたいときは、ふたりでいく余裕はないので、夫がひとりでいった。牧師は教会の集まりが大好きだったので一年に一度くらいはロンドンにいくことにしていた。その他、パリにも一度、博覧会をみにいったし、スイスにも二、三度いったことがある。メアリ・アンがゆで卵を持ってきて、三人は席に着いた。フィリップには椅子が低すぎるのに気がついたふたりは、しばらくどうしていいかわからなかった。

「本を何冊か椅子の上に置きましょう」メアリ・アンがいった。

メアリ・アンはリードオルガンの上にあった大きな聖書と、牧師がいつもお祈りを読むのに使う祈禱書《きとうしょ》を持ってきて、フィリップの椅子に置いた。

「まあ、聖書の上に座るなんて、よくないでしょう」ミセス・ケアリが驚いて夫にいった。「書斎から本を二、三冊持ってきてくださらない」

ミスタ・ケアリは少し考えていった。

「まあ、一度くらいなら、祈禱書を上に置けばいいんじゃないか。メアリ・アン、そうしてくれ。祈禱書はわれわれと同じ人たちが書いたものだ。神様とは直接、関係がない」

「そんなこと考えたこともなかったわ」

フィリップが二冊の本の上にちょこんと座ると、牧師はお祈りを唱えて、ゆで卵の上のところを切り取った。

「さあ」牧師はそれをフィリップに渡した。「食べたければ食べていいぞ」

フィリップは一個丸ごとほしかったが、そうしていいとはいわれなかったので、差しだされたものを受け取った。

「わたしが出かけている間、うちのメンドリはどうだった？」

「なかなか産んでくれなくて、一日に一個か二個でした」

「フィリップ、上のところはうまいか」

「はい、とても」

「日曜日の午後、また分けてやるぞ」

ミスタ・ケアリはいつも日曜日のティーの時間に、夕べの礼拝にそなえて、ゆで卵をひとつ食べることにしていた。

## 5

フィリップにも次第に、いっしょに暮らすことになった人たちのことがわかってきた。会話の端々や、ふと耳に入った言葉から、自分のことだけでなく、死んだ両親のこともかなり詳しく知ることができた。父親は、ブラックステイブルの牧師よりずっと若かった。聖ルカ病院に勤務していたとき素晴らしい業績をあげて、かなりの年収を得るようになったが、それを好きなように使っていた。牧師も教会を修復するので寄付を頼んだとき、ぽんと二百ポンド送ってこられて、驚いたくらいだ。ミスタ・ケアリは性格的にも倹約家で、経済的にも切りつめた生活をせざるをえなかったので、複雑な気持ちでそれを受け取った。弟がこんな大金を出せるのがうらやましかったが、教会のためにはうれしく、そのくせ豊かさをひけらかしているようにも思える寛大さが、なんとなくしゃくに障ったのだ。そのうち、ヘンリー・ケアリは結婚した。相手は担当した患者だった。美しいが、財産はまったくなく、近い親戚《しんせき》がひとりもいない孤児だった。しかし家柄だけはよく、結婚式にはそれらしい友人がたくさんきた。牧師はロンドンに出かけたときには彼女に会ったが、ぎくしゃくした感じはなくならなかった。会うと気後れしてしまうし、相手があまりに美しいのが腹立たしかったのだ。働きづめの外科医の妻とは思えないほど華美な服を着ていたし、家に置かれたおしゃれな家具や、冬の間もかかさず飾ってある花は、非難すべき贅沢《ぜいたく》としか映らなかった。そのうえしょっちゅう出かけていく芝居やコンサートの話をきかされる。そのうえ――これは牧師がうちにもどって妻にいった言葉だが――こちらとしても、もてなしを受ければお返しをしないわけにもいかない。ダイニングルームに、一パウンド最低八シリングはしそうなブドウをみたこともある。昼食に、牧師館の庭では二ヶ月後でないととれないアスパラガスが出たこともある。それがいまや、予想していたとおりのことが起ころうとしていた。牧師は、警告を無視して誤った行いを正そうとしなかった街が火と硫黄に焼かれるのを見た預言者と、同じ満足を感じた。かわいそうに、フィリップに財産は一ペニーもない。母親の立派そうな友人などなんの役にも立たない。きくところによれば、フィリップの父親の散財ぶりは犯罪的だったとのことだ。それに金銭感覚が子どもなみの母親を神が天にお召しになったのもある意味ではお慈悲だったのかもしれない。

フィリップがブラックステイブルにやってきて一週間ほどしたとき、ささいなことで伯父がすっかり不機嫌になった。ある朝、朝食のテーブルに小さな小包がのっていた。それはロンドンのミセス・ケアリの家から郵送されたもので、宛名《あてな》は本人だった。牧師が開けてみると、彼女の写真が十二枚入っていた。どれも肩から上を写したものばかりだ。髪型は普段より地味で前髪が額の下まできているので、いつもと違った感じにみえる。顔はほっそりして疲れた感じがあるが、顔立ちの美しさはそのまま残っている。大きく黒い目には、フィリップの知らない悲しみが宿っている。亡《な》くなった女性の写真をみて、ミスタ・ケアリは少しショックだった。しかしすぐに疑問がわいてきた。ずいぶん最近の写真にみえるが、いったいだれが撮るようにいったのだろう。

「フィリップ、この写真のことで何か知っているかい」

「ママは、写真を撮ったっていってました。そうしたら、ワトキンさんにしかられて……ママはこういったんです。この子が大きくなったとき、わたしのことを思い出してもらえるものがほしいって」

ミスタ・ケアリはフィリップをちらっとみた。フィリップは澄んだ高い声で返事をした。母親の言葉を思い出したものの、どういう意味かはわかっていない。

「それなら、一枚持っていって、部屋に置いておきなさい。ほかはわたしが預かっておく」

そのあとミスタ・ケアリは写真を一枚、ミス・ワトキンに送った。すると返事がきて、写真を撮ることになったいきさつがわかった。

ある日、ミセス・ケアリはベッドに寝ていたが、いつもより少し具合がいいように思えて、朝方、診察にきた医師も表情が明るくみえた。フィリップはエマが連れ出していたし、メイドはみんな地下室にいた。ミセス・ケアリはふと、世界にはほかにだれもいないような絶望的な気持ちに襲われた。そして恐ろしくてたまらなくなった。自分は二週間後に出産をして、そのまま死んでしまうのではないか。息子はまだ九歳だ。母親のことなど覚えていてくれるはずがない。息子が成長して、自分のことをすっかり忘れてしまうかと思うととてもつらかった。彼女は息子のことがかわいくてならなかった。体が弱くて、足が悪いからでもあったが、なにより自分の子だったからだ。そして結婚以来、写真は撮ったことがない。結婚したのはもう十年も前だ。自分がいなくなったときどんなふうだったか、息子には知っておいてほしい。そうすれば、覚えていてくれる、すっかり忘れてしまうことはない。だがメイドを呼んで、出かけたいといえば、止められて、医師を呼ばれるに違いない。いまの自分に争ったり、言い合いをしたりする元気はない。そこでベッドから出ると、着替えを始めた。長いこと寝たままだったので、脚に力が入らない。それに足の裏がひりひりして、床を踏むとたまらなく痛い。しかし頑張った。自分で髪を整えるのは慣れていなかった。両手を上げて髪にブラシをかけ始めると、気が遠くなりかけた。メイドがやってくれるようにうまく髪をまとめることはできなかった。髪は美しく、細く、深く豊かな金色で、眉《まゆ》は黒く、まっすぐだった。黒のスカートをはいたが、ボディス〔袖なしのぴったりした胴着。ブラウスやドレスの上につける〕は一番好きなイブニングドレス用のものを選んだ。それは白のダマスク織で、その頃の流行だった。鏡に姿を映してみると、顔には血の気がまったくないが、肌は透きとおるように白い。もともと色白で、いつも美しい唇の赤みが引き立った。すすり泣きがこみあげてきてどうしようもなかった。しかし悲しんでいる余裕はない。すでに疲れて倒れそうだ。彼女は毛皮のコートをまとった。それはこの前のクリスマスに夫のヘンリーからプレゼントされたもので、そのときはそれが自慢でたまらず、とても幸せだった。そのコートを羽織ると、胸を躍らせて階段をおりた。無事、家から出ると、馬車を拾って写真館にいき、写真十二枚分の代金を払った。ポーズをとって座っている最中に水を一杯飲まなくてはならなかった。アシスタントが、彼女の具合が悪いのに気づき、また日を改めていらっしゃったらどうですといったが、彼女は全部撮っていくといってきかなかった。そしてようやく撮り終えると、また馬車でケンジントンにある暗い小さな家にもどった。彼女はその家がいやでたまらず、こんなところで死ぬかと思うとぞっとした。

玄関のドアが開いていた。馬車が近づくと、メイドとエマが階段を駆け下りてきて手を貸した。ふたりとも、彼女が部屋にいないのに気がついて心配していたのだ。最初は、ミス・ワトキンのところにいったのだろうと考えて、コックを使いにやった。ミス・ワトキンはコックといっしょにこちらにきて、やきもきしながら客間で待っていて、こんなに心配させて、どこにいっていたのと大声でいいながら階段を下りてきた。しかし写真を撮ってくるなど、出産前の病弱な女のすることではなく、彼女はほっとした瞬間、気を失ってしまった。エマの腕のなかに倒れて、そのまま二階に運ばれた。しばらくは意識がもどらなかった。まわりでみている人たちにはそれが信じられないほど長く感じられ、あわてて医師を呼びにやったが、きてもらえなかった。翌日、ようやく少し回復したところで、ミス・ワトキンが事情をいくらかきき出した。フィリップは母親の寝室で遊んでいたが、ふたりの女性の目には入っていなかった。フィリップは、ふたりの話している内容はぼんやりとしかわからなかったものの、なぜか次の言葉は記憶に残っていた。

「この子が大人になったとき、わたしを思い出す助けになるものがほしかったの」

「まったく、なぜ十二枚も頼んだのだ」ミスタ・ケアリはいった。「二枚もあれば十分じゃないか」

## 6

牧師館での毎日はまったく変化がなかった。

朝食が終わるとすぐにメアリ・アンが「ザ・タイムズ」紙をもってくる。ミスタ・ケアリはふたりの隣人とそれを読むことにしていた。まず自分が十時から一時まで読んだあと、庭師がそれをライムズのミスタ・エリスのところに持っていって、そこに七時まで置かれ、そのあと領主館のミス・ブルックスのところに回る。ここでは、やってくるのが遅いかわりに、ほかに回さなくていいことになっていた。夏、ミセス・ケアリがジャムを作るときにはしょっちゅうここに、瓶を包む新聞をもらいにいった。牧師が新聞を読み始めると、妻はボンネットをかぶって買い物に出かける。フィリップはついていった。ブラックステイブルは漁村だ。本通りぞいには小売店、銀行、医院、石炭運搬船の持ち主の家が二、三軒並び、小さな港のまわりのみすぼらしい通りには漁師や貧しい人々が住んでいる。しかしそこの人たちはチャペルにいく非国教会派なので、ミセス・ケアリにはどうでもよかった。ミセス・ケアリは通りで非国教会派の聖職者に出くわすと、道の反対側にいって避けることにしていたのだが、その余裕がないときは歩道をみつめて目を上げないようにした。国教会の牧師にとって、本通りに三つも非国教会派のチャペルがあるというのはとんでもないことで、絶対にゆるせなかった。法律で禁止すべきだと思っているくらいだ。ブラックステイブルでの買い物はいささか面倒だった。教区の教会が町から三キロも離れているということもあって、非国教会派の勢力はかなり強かったからだ。となると買い物は国教会の信徒の店でしなくてはならない。ミセス・ケアリは、牧師の家が買い物にくるということが店の信用にどれほどかかわるかということをよく心得ていた。肉屋が二軒、教会に通ってきていたのだが、どちらも、牧師館が同時に両方の得意先になれるほど裕福ではないということがわかっていなかった。したがって、六ヶ月は片方の肉屋で、あとの六ヶ月は他方の肉屋で買い物をするというじつにわかりやすい手段に不満を持っていた。牧師館に肉を届けにいかない肉屋のほうは常に、教会にはもういきませんなどと脅す始末で、牧師のほうも脅し文句を口にせざるを得なくなる。教会にこないというのは恐ろしい罪で、そのような罪を重ね、さらにむこうのチャペルにいくようなことがあれば、そちらの扱う肉に文句はないが、今後いっさい注文はしないと返答をした。

ミセス・ケアリはしばしば銀行に寄って、ジョサイア・グレイヴズに用事を頼んだ。彼は銀行の支配人で、教会の聖歌隊長で、会計係で、教区委員だった。背が高く、やせていて、浅黒い顔で、鼻は長い。髪はまっ白で、フィリップには恐ろしいほどの年寄りにみえた。また教区の会計をあずかっていて、聖歌隊や学校の慰安会の手配も行っている。教会にオルガンがないにもかかわらず、彼の率いる聖歌隊は一般に（ブラックステイブルにおいては）ケント州一という評判だ。そして主教が堅信礼《けんしんれい》〔キリスト教の秘蹟のうち、洗礼、聖餐とともに重要な儀式〕にくるとか、国教会の地方司祭が収穫の感謝祭で説教を行うようなときには、必要な準備をした。ただ問題なのは、牧師とろくに相談もしないで、すべてやってしまうことだった。牧師のほうは面倒なことをしなくてすむのはうれしいものの、このやり方には腹を立てていた。事実、この教区委員は、自分が教区でいちばん偉いと思っているようで、牧師はしじゅう妻にこういっていた。ジョサイア・グレイヴズがこれ以上ずうずうしい真似《まね》をするようなら、そのうち痛い目にあわせてやる。しかしミセス・ケアリは夫にこういうのだった。大目にみてあげましょうよ、悪気があってしているわけではないし、たしかに紳士とはいえませんが、それはあの人の責任じゃないんですから。すると牧師はキリスト教徒としての美徳を実践するという快さもあって、我慢するのだった。ただ、ジョサイア・グレイヴズのことを陰で、独裁者ビスマルクと呼んで鬱憤《うっぷん》を晴らしていた。

一度、ふたりの間で大げんかがあった。ミセス・ケアリはいまでもそのときのことを思い出すと身震いする。ジョサイア・グレイヴズが、保守党の候補者から、ブラックステイブルで集会を開いて演説したいといわれ、ミッションホールを確保し、ミスタ・ケアリのところにいって、ひと言ふた言しゃべってほしいといった。その候補者はジョサイア・グレイヴズに司会を頼んでいたのだ。ミスタ・ケアリはこれを知って激怒した。彼には、牧師にはしかるべき敬意が払われるべきだという固い信念があって、教区委員が、同じ場にいる牧師を差しおいて集会の司会を務めるなどあってはならないことだったのだ。そこでジョサイア・グレイヴズにこういった。牧師《パーソン》というのは人《パーソン》、つまり、教区の人々すべてを代表する人間なのだ。するとジョサイア・グレイヴズはこう反論した。教会の権威についてはだれよりも自分がよく理解している、しかし今回は政治的な催しだ、この件に関してはこういいたい、われらが救世主も、「カエサルの物はカエサルに」とおっしゃったではないか。これに対してさらにミスタ・ケアリはこう答えた。悪魔さえ自らの目的のためには聖書の言葉を引用するとはよくいったものだ、ミッションホールの使用に関してすべての権限は自分にある、もし自分が司会をつとめないのであれば、ここを政治的な目的に使うことを拒否する。するとジョサイア・グレイヴズは、こう返した。なら、好きになさるがいい、こちらはウエスリー派のチャペルを使う、そこもミッションホールと同じくらい使いやすい。今度はミスタ・ケアリがこういった。もし異教徒の寺院のごとき場所に足を踏み入れるというのなら、教区委員をやめてもらう以外ない。それをきいたジョサイア・グレイヴズは教会での役をすべてやめると宣言し、その日の晩、儀式用の黒の祭服と聖歌隊の白衣を取りに教会に人をよこした。そのうえ彼のところで家事を切り回していた妹のミス・グレイヴズまでが「母親の会」の書記を辞めてしまった。この会は、妊娠した貧しい女性にフランネルの下着と、産着《うぶぎ》と、石炭と、五シリングを配給していた。ミスタ・ケアリは、ようやく厄介者がいなくなったといっていたが、すぐに、自分がまったく勝手を知らない細々したことをすべて手配しなくてはならなくなったことがわかった。一方、ジョサイア・グレイヴズのほうは、腹立ちがおさまった瞬間、人生の最も大きな興味がなくなったことに気がついた。ミセス・ケアリもミス・グレイヴズも、このけんかにはほとほと困っていた。そして何度かこっそり手紙をやりとりしたあとで会って相談し、自分たちでこの件をなんとかしようと決意した。そしてひとりは夫に、ひとりは兄に朝から晩まで話をした。ふたりの提案は、夫と兄が心のなかで望んでいることだったので、三週間ほど不安定な状態が続いたあと、和解に至った。それは双方のためだったのだが、救世主への愛による和解ということにした。集会はミッションホールで行われ、司会は医者がつとめ、ミスタ・ケアリとジョサイア・グレイヴズはそれぞれ演説をした。

ミセス・ケアリは銀行で支配人との用事を終えると、いつもは二階に上がって、支配人の妹と軽いおしゃべりをする。ふたりが教区の噂話《うわさばなし》や、副牧師のことや、ミセス・ウィルソンの新しいボンネットのことや——ミスタ・ウィルソンは教区一の金持ちで少なくとも年収五百ポンドは稼いでいると思われていて、料理女と結婚した——そんな話をしている間、フィリップは、顧客がやってくる堅苦しい応接室でおとなしく、水槽でせわしく泳ぐ金魚をながめていた。窓は朝の空気を入れるときに数分開けられるだけで、部屋にはかび臭いにおいが立ちこめていた。フィリップは、銀行ときくとなぜか、いつもこのにおいを思い出した。

そのうちミセス・ケアリが、雑貨屋にいく用事を思い出し、フィリップを連れて銀行を出ていく。買い物が終わると、ふたりはよく細い通りを歩いた。小さな家が建ち並び、ほとんどが木造で、漁師の家族が住んでいる（あちこちで漁師が家の前に座って網をつくろっていて、ドアには網が干してあった）。そのうち狭い浜に出る。両側に倉庫がたっているが、海はみえる。ミセス・ケアリは数分そこに立って、海をながめた。海は黄色く濁っていた（どんな思いがミセス・ケアリの胸をよぎったのかは、だれにもわからない）。その間、フィリップは平たい小石を拾っては水切りをして遊んだ。それからミセス・ケアリはフィリップを連れてゆっくり道をもどる。途中、郵便局をのぞいて時間を確かめ、窓辺で縫い物をしているミセス・ウィグラムに会釈《えしゃく》をして、うちに帰る。

食事は昼食が中心で、時間は一時と決まっていた。月火水は牛肉だ。まずローストビーフ、次は残りを細切りにして使い、そのあとはミンチにして使う。木金土は羊肉だ。日曜日は牧師館で育てているニワトリを一羽。午後、フィリップは勉強をした。ラテン語と数学は伯父に教わったが、伯父はどちらもよくわかっていなかった。フランス語とピアノは伯母に教わった。伯母はフランス語はできなかったが、ピアノは、三十年ほど歌い続けている古い歌の伴奏程度なら弾けた。伯父がよくフィリップにこういっていた。わたしが副牧師だったとき、彼女は十二曲も暗譜していて、頼まれればどれでもすぐに歌ってくれたものだ。そしていまでも、牧師館でティーパーティがあるときにはしょっちゅう歌った。夫妻がティーパーティに呼ぼうと思う人はほとんどなく、いつもメンバーは決まっていた。副牧師、ジョサイア・グレイヴズと妹、ウイグラム医師と妻だ。パーティのあと、ミス・グレイヴズがメンデルスゾーンの「無言歌集」から一、二曲弾き、ミセス・ケアリが「ツバメが故郷に帰るとき」や「走れ、わたしのポニー」などを歌った。

しかし夫妻がティーパーティを開くことはあまりない。準備をするのが大変だし、客が帰ったあとは、ぐったり疲れるからだ。夫妻はふたりで紅茶を飲んで、バックギャモンをするほうが好きだった。ミセス・ケアリは夫が勝つようにゲームを進める。夫は負けるのが嫌いなのだ。八時の夕食は冷肉《コールドミート》、それも残り物だ。というのは、メアリ・アンが、ティーのあとでまた何か作るのはごめんだというからだ。後片付けはミセス・ケアリが手伝った。ミセス・ケアリはバターを塗ったパンと、そのあとにフルーツの砂糖煮を少し食べる程度だったが、牧師のほうはコールドミートをひと切れ食べた。夕食が終わると、ミセス・ケアリが祈りの鐘を鳴らして、フィリップはベッドにいく。フィリップはメアリ・アンに服を脱がされるのがいやで反抗して、自分で着替えをする権利を勝ち取った。九時になって、メアリ・アンが卵と食器類をもってくると、ミセス・ケアリは卵にひとつずつ日付を書いて、ノートに個数を記入する。それから食器かごを腕にかけて、二階に上がる。ミスタ・ケアリはまだ古い本を読んで部屋に残っているが、時計が十時を打つと、ランプを消して、妻の隣にいって眠る。

フィリップがきたとき、何曜日に風呂《ふろ》に入れるかを決めるので大騒ぎがあった。キッチンのボイラーが壊れていてたっぷり湯を沸かすことができず、ひと晩にふたり風呂に入るのは無理だったのだ。ブラックステイブルでバスルームを持っているのはミスタ・ウィルソンだけで、まわりからは見栄っ張りな人物だと思われていた。メアリ・アンは、月曜日の晩、キッチンで湯を浴びることにしていた。一週間の最初の日に体をきれいにしたいというのがその理由だ。ウィリアム伯父は、土曜日はいやだと思っていた。翌日は大変な仕事が待っているのに、湯を浴びるといつも少し疲れるからだ。というわけで、金曜日の夜と決めていた。ミセス・ケアリも同じ理由から、木曜日の夜に決めていた。なので当然、フィリップは土曜日になりそうだったのだが、メアリ・アンが反対した。土曜の晩までずっと火をたいておくのはいやだし、土曜日は日曜日のための料理も全部しなくてはならないし、パン菓子も作らなくてはならないし、そのほかの仕事もあるし、そもそも、土曜日の夜に男の子に湯を浴びさせるのは気が進まない、だって、お坊ちゃんはひとりではできないでしょう、というのだ。ミセス・ケアリは男の子に湯を浴びさせるのは気恥ずかしいし、牧師も次の日の説教の準備をしなくてはならない。しかし牧師は、主の日である日曜日には、フィリップも清潔でなくてはならないと主張した。するとメアリ・アンが反論した。これ以上仕事が増えるならやめさせてもらいます、十八年も働いたあと、また仕事が増えるとは思ってもいませんでした、少しはこちらの身にもなってください。それをきいて、フィリップが、ほかの人に手伝ってもらわなくても、だいじょうぶだよ、といった。これで話がまとまった。メアリ・アンが、絶対に、ちゃんと体を洗えないことくらいわかってますよ、しょうがありませんね、きたないままほうっておくわけにもいきませんから――主の前で恥ずかしいからという理由ではなく、薄汚い男の子にはがまんできないという性格のせいで――土曜日の晩ですが、あたしがその大変な役をお引き受けしましょう、といったのだ。

## 7

日曜日というのはいろいろあって大変だ。「この教区で一週間に七日働いているのは自分ひとりだ」というのがミスタ・ケアリの口癖だった。

日曜日は全員がいつもより三十分早く起きる。ミスタ・ケアリはメアリ・アンが時間通り八時に部屋をノックするといつも、やれやれ、休息日だというのに、貧しい牧師はゆっくり寝ていられない、とぼやく。ミセス・ケアリがいつもより時間をかけて着替えて下におり、少し息を切らせて朝食の席に着くのが九時。そのすぐあとに夫が下りてくる。ミスタ・ケアリのブーツは暖炉の前に立てて温めてある。お祈りはいつもより長く、朝食はいつもより量が多い。食事が終わると、牧師は聖餐《せいさん》のときに使うパンを薄く切り、フィリップがパンのかたい縁を切り取る。フィリップはそれから書斎にいって大理石のペーパーウェイトを持ってくるようにいわれる。それを使って、ミスタ・ケアリがパンを薄く紙のようにして、小さく四角に切りそろえる。枚数は天気によって変わる。天気の悪い日には数人しかこないし、快晴の日にはたくさんくるが、聖餐の前に帰ってしまう。一番多く必要になるのは、教会まで歩いてくるのが快適な程度にからっとしていて、急いで帰ろうとは思わない程度の天気の日だった。

そしてミセス・ケアリが、食料庫にある金庫から聖餐の皿を持ってくると、それを牧師がシャモア革で磨く。十時に一頭立ての馬車がやってくると、ミスタ・ケアリはブーツをはく。そして妻が何分もかけてボンネットをかぶって紐《ひも》を結ぶ間、分厚いマントを着て、玄関ホールで待つ。その顔には、古代ローマの競技場に引きだされるキリスト教の殉教者のような表情が浮かんでいる。結婚してもう三十年になる妻が日曜日の朝、ぎりぎりの時間まで準備をしているのが信じられないのだ。ようやく妻が黒いサテンのワンピースを着てやってくる。牧師は、どんなときであっても妻が白と黒以外の服を着るのをいやがった。とくに日曜日は黒を着るようにとうるさくいった。妻のほうはときどきミス・グレイヴズと共謀して、ボンネットに鳥の羽根かピンクのバラをあしらうことがあったが、牧師は頑として、そんなものははずせといった。そして売春婦のような女といっしょに教会にいくのはごめんだという。ミセス・ケアリは女としてため息をつき、妻として従った。馬車に乗りこむ寸前、牧師は生卵を飲んでいないことに気づく。家の者はみんな、自分が声のために卵を飲むことにしているのは知っているはずだ、この家には女がふたりもいる、それなのに主人の喉《のど》を気づかうことを忘れるとはいったいどういうことだ。ミセス・ケアリはメアリ・アンをしかるが、メアリ・アンのほうは、何から何まで覚えてはいられませんからねと答える。そして急いで卵を取りにいき、それをミセス・ケアリがシェリーグラスに入れて泡立てる。牧師はそれをひと息で飲む。聖餐の皿が馬車に乗せられて、一行は出発する。「レッドライオン」という貸馬車屋からきた馬車は、腐った藁《わら》のような独特のにおいがする。馬車の両側の窓が閉めてあるのは、牧師が風邪を引かないようにという気づかいからだ。教会の玄関前で待っていた雑用係が聖餐の皿を受け取り、牧師が聖服室で着替える間に、ミセス・ケアリとフィリップは礼拝の席に着く。ミセス・ケアリは自分の前に六ペンス銅貨を置く。献金皿にのせるためのものだ。そしてフィリップにも同じようにするよう、三ペンス銅貨を渡す。次第に席が埋まっていき、礼拝が始まる。牧師の説教のとき、フィリップが退屈そうにもぞもぞし始めると、ミセス・ケアリが腕にそっと手を置いて、いけませんよという顔をする。フィリップが興味を取りもどすのは、最後の賛美歌が終わり、ミスタ・グレイヴズが献金皿を持って回るときだ。

会衆が出ていくと、ミセス・ケアリはミス・グレイヴズの席までいって短い会話を交わしながら牧師たちがやってくるのを待つ。フィリップが聖服室にいくと、牧師と副牧師とミスタ・グレイヴズはまだ聖服のままだ。ミスタ・ケアリはフィリップに聖餐用のパンの残りを渡して、食べてもいいぞ、という。それまではいつも自分で食べていた。それは捨てるのは神への冒瀆《ぼうとく》になるような気がしたからだが、今日はフィリップの旺盛《おうせい》な食欲のおかげで、その義務をまぬがれることができた。三人は献金を数える。一ペニー、六ペンス、三ペンスの銅貨がほとんどだが、必ず一シリング銀貨が二枚入っている。一枚は牧師が、もう一枚はミスタ・グレイヴズが入れたものだ。ときどき二シリングのフローリン銀貨が入っていることがある。ミスタ・グレイヴズは、どんな人がそれを入れたかを話す。それはいつも決まって、よそからブラックステイブルにやってきた人だった。ミスタ・ケアリは、いったい、だれだろうとたずねる。ミス・グレイヴズはその人のせわしい動作に気づいていて、すでにミセス・ケアリに、あれはロンドンからきた人で、結婚していて、子どももいるようだと教えてある。ミセス・ケアリが帰りの馬車のなかで、それを伝えると、ミスタ・ケアリは早速、では訪ねていって副牧師派遣支援協会にも寄付を頼もうなどといいだす。それから、フィリップは行儀よくしていたかときく。するとミセス・ケアリは、ミセス・ウィグラムが新しいケープを買ったのよ、ミスタ・コックスは教会にいらっしゃらなかったわ、ミス・フィリップスが婚約したんですって、などと話す。そして牧師館に着くころには、全員が昼食はたっぷり食べたいと思うのだった。

　昼食のあと、ミセス・ケアリは自分の部屋で休み、ミスタ・ケアリは客間のソファに横になって軽く昼寝をする。

　五時のティーには、牧師は夕べの祈りのために卵を一個食べる。ミセス・ケアリは夕べの礼拝にはいかず、かわりにメアリ・アンがいくことになっていて、その時間は家で祈禱書を読み、賛美歌をうたうことにしている。夕方、ミスタ・ケアリは教会まで歩くことにしているので、フィリップはその横を足を引きずりながらついていく。フィリップにとって、暗いなか田舎道を歩くのは妙に楽しく、遠くにみえていた明かりの灯《とも》った教会が少しずつ近づいてくると、とても親しく感じられた。最初は伯父といっしょにいるのが気恥ずかしかったが、少しずつ慣れてきて、そのうち伯父と手をつないで歩くと、守られているような気がして安心するようになった。

もどってくると夕食の時間だった。ミスタ・ケアリのスリッパが、暖炉の前の足台の上で待っている。その隣にはフィリップの部屋履きが並べてある。片方はふつうの小さな男の子用で、もう片方は形が少しゆがんでいる。フィリップはベッドにたどり着くころにはくたくたに疲れていて、メアリ・アンに服を脱がされても文句をいわなかった。メアリ・アンはフィリップに布団《ふとん》をかけると、キスをした。フィリップはこのメイドを好きになり始めていた。

## 8

フィリップはずっと、ひとりっ子の孤独な生活を送っていたので牧師館でのさびしさは、母親が生きていたときとたいして変わらなかった。メアリ・アンとも仲がいい。

彼女は小太りで小柄だった。三十五歳、漁師の娘で、十八のときにこの牧師館にきた。家を出て働くのはここが初めてで、ほかのところにいくつもりはまったくない。しかし結婚するかもしれないといって、ここの夫婦を不安にさせることもある。両親は港通りの小さな家に住んでいて、メアリ・アンも、夕方、近所に用事のあるときなどは立ち寄ることがあった。彼女がしてくれる海の話は、フィリップの想像力をかきたてた。そして港近くの細い道の話は、フィリップの頭の中でロマンティックに書き換えられてふくらんでいった。ある日の夕方、メアリ・アンといっしょにいっていいかたずねたところ、伯母は、わけのわからない病気をもらってくるのではと心配し、伯父は、あんなろくでもないところにいったら行儀作法も忘れてしまうといって反対した。伯父が漁師をきらうのは、彼らが粗野で無礼で、チャペルにいくからだ。しかしフィリップは客間よりキッチンのほうが居心地がよくて、キッチンにいられるときはいつも、おもちゃを持っていって遊んだ。伯母はそれをよくないとは思っていなかった。まわりが散らかっているのはいやだったし、男の子はだらしないものだから、散らかすのはキッチンでやってもらったほうがいいと考えていたからだ。フィリップが落ち着きのない様子をみせると伯父はいらいらして、そろそろ学校にいかせようといいだす。ミセス・ケアリは、まだそれには早いような気がしていたし、母親をなくした男の子をかわいそうと思う気持ちがあった。ただ、やさしくするのが下手だった。男の子のほうも内気なので、相手のやさしさに、ついぶっきらぼうに反応してしまい、伯母のほうも傷ついてしまうのだ。ときどきキッチンから、ふざけている甲高い声がきこえて、伯母がいってみると、フィリップが突然黙りこんでしまうようなことがあった。そしてメアリ・アンがなぜ騒いでいたか説明すると、フィリップは顔をまっ赤にするのだった。ミセス・ケアリは、説明されても、どこがおかしいのかさっぱりわからないので、にっこり笑ってすますことになる。

「あなた、あの子はわたしたちといっしょにいるより、メアリ・アンといっしょにいるときのほうが楽しそうですね」ミセス・ケアリはもどってきてまた縫い物を始めると、そういった。

「ろくな育てられ方をしてきていないからだ。厳しくしつけ直してやろう」

フィリップがやってきて二度目の日曜日、不運な出来事があった。ミスタ・ケアリはいつものように昼食のあと、軽く昼寝をしようと客間にいったが、腹立たしくて寝付けなかった。祭壇に飾った燭台《しょくだい》のことで、ジョサイア・グレイヴズに大反対されたのだ。その燭台はターカンベリの古物屋で買ってきたもので、とても気に入っていたのだが、ジョサイア・グレイヴズに、その装飾的な燭台はカトリック的だと指摘されたのだ。この手の非難を受けると、牧師はいつも反発したくなる。彼がオクスフォードにいたとき、ちょうどオクスフォード運動〔一八三三年、オクスフォード大学で起こった運動。英国国教会にカトリック教会の教理を取り入れようとした〕の最中で、この運動は英国国教会からエドワード・マニング〔一八〇八年生まれ。国教会の司祭をやめ、カトリックに改宗した〕が身を引くことで決着した。牧師はローマカトリックにある種の共感を持っていて、礼拝もブラックステイブルの一般的な低教会派〔国教会のなかで福音主義をとるグループで、儀式的なものを嫌う〕の教会より派手にやりたいくらいで、本心をいえば、カトリックの行列や明るいロウソクを立てた燭台にあこがれていたのだ。ただ、香《こう》はいらないと思っていた。プロテスタントという言葉が大嫌いで、自分はカトリックだと公言し、しょっちゅう、次のようにいっていた。カトリックには形容詞がひとつ抜けている、ローマカトリックというべきだ。そもそも英国国教会は、その言葉の最善、最高、至高の意味においてカトリックなのだ。そして、ひげを剃《そ》ったときの自分の顔が司祭のようにみえると思ってうれしがっていた。若いときは、それに加えて修道士のような雰囲気もあり、よくこんな話をした。あるとき休暇でブーローニュにいったときのこと——休暇だったが、妻の方は経済的な理由からいけなかったのだが——教会に座っていたら、司祭がやってきて、説教をしてもらえないかとたのまれたというのだ。また牧師は、副牧師が結婚すると辞めさせた。というのは、聖職者としての収入のない者は独身でいるべきだという確固たる意見を持っていたからだ。ところが選挙のとき、自由党が牧師館の庭のフェンスに「この道はローマに通じる」と青い大きな字で書いたときは、激怒して、ブラックステイブルの自由党の指導者たちを訴えるといった。そしていまは、ジョサイア・グレイヴズに何をいわれようと、この燭台を祭壇からどかすものかと固く心に誓っていた。そして一、二度腹立たしそうに、独裁者ビスマルクめと小声でつぶやいた。

ふいに、とんでもない音がきこえて、ミスタ・ケアリは顔にかけてあったハンカチを取ると、寝ていたソファから立ち上がり、ダイニングルームにいってみた。するとフィリップがテーブルの上に座って、まわりじゅうに積み木が散らばっていた。大きな城を作ったところ、土台の部分に弱いところがあって崩れてしまい、騒々しい音が響いたらしい。

「フィリップ、積み木で何をしている。日曜日には、遊んではいけないといってあるだろう」

フィリップはおどおどしながらちらっと伯父をみて、いつものように赤くなった。

「うちではいつも、これで遊んでたから」

「嘘をつくな。おまえのお母さんが、そんなけしからんことを許すはずがない」

フィリップは、これがけしからんことなのかどうかはわからなかったが、お母さんがそんなことを許していたと思われたくなかったので、うなだれて黙っていた。

「おまえもよく知っているだろう。日曜日に遊ぶというのは、じつにけしからんことなのだ。なぜ、日曜日が安息日と呼ばれているのか知っているはずだ。今夜、教会にいって、どんな顔をして神様の前に出る？　昼間に神様の掟《おきて》を破っておいて」

ミスタ・ケアリは、積み木を片づけるようにいうと、フィリップが片づけている間、じっとみていた。

「まったく、困った子だ。天国のお母さんがどんなに悲しんでいるか考えるがいい」

フィリップは泣きだしそうになったが、人に涙をみられるのがいやだったので、歯を食いしばって、泣き声を飲みこんだ。ミスタ・ケアリはいつものひじ掛け椅子《いす》に座ると、本を取って読み始めた。フィリップは窓のそばに立っていた。牧師館はターカンベリに続く道から奥まったところにたっていて、ダイニングルームからは半円形の芝生がみえる。そのむこうは地平線まで緑の草原におおわれ、そこでは羊が草を食《は》んでいる。空はさびしげで、灰色にくすんでいる。フィリップはたまらなく悲しかった。

そのうちメアリ・アンがやってきてティーの用意をすると、ミセス・ケアリが階段をおりてきた。

「あなた、ぐっすり眠れましたか」ミセス・ケアリがたずねた。

「いや。フィリップがうるさくて、一睡もできなかった」

それは嘘で、寝られなかったのはあれこれ考えていたからだった。フィリップはむっつりした顔でそれをききながら、自分が騒がしくしたのは一度だけで、その前にも後にも、睡眠を邪魔するようなことは何もしてないと思っていた。ミセス・ケアリが、いったいどうなさったのですとたずねると、ミスタ・ケアリは事情を説明した。

「そのくせ、ろくにあやまりもしない」

「フィリップ、いけないことをしたと思っているのよね」ミセス・ケアリはフィリップが伯父に、実際以上に悪く思われないよう気をつかっていった。

フィリップは何も答えず、バターを塗ったパンを頬張りながら、なんで自分は、ごめんなさいといわないんだろうと考えていた。耳の奥に鼓動が響いて、ちょっと泣きそうになったが、口からはなんの言葉も出てこない。

「そんな顔をしていると、ますます困ったことになるだけだぞ」

ティーの時間は沈黙のうちに終わった。ミセス・ケアリはときどきフィリップのほうをこっそりみたが、牧師はフィリップをまったく無視していた。伯父が夕べの礼拝の用意をしに二階に上がったので、フィリップは玄関ホールにいって、帽子をかぶり、コートを着た。ところが牧師が下りてきていった。

「フィリップ、今夜はこなくていい。おまえに神の館《やかた》に入る資格はない」

フィリップは何もいわなかった。恥ずかしくてたまらず、頬が赤くなった。伯父がつば広の帽子をかぶり、分厚いコートを着るのを何もいわずにみつめていた。ミセス・ケアリがいつものように夫を見送ってから、フィリップにいった。

「いいのよ、フィリップ。次の日曜日はいい子にしなさい。そうすれば、夕べの礼拝に連れていってもらえるから」

そういってフィリップの帽子とコートを取ると、ダイニングルームに連れていった。

「今夜はいっしょにお祈りを読みましょう。それからオルガンを弾いてあげるから、賛美歌をうたいましょう。ね？」

フィリップはきっぱりと首を振った。ミセス・ケアリは驚いた。もしいっしょにお祈りを唱えないとしたら、この子をどうすればいいのか、途方に暮れたのだ。

「じゃあ、伯父様が帰っていらっしゃるまで、何をするつもり」ミセス・ケアリは困ってしまった。

しばらくしてフィリップが口を開いた。

「ひとりでいる」

「フィリップ、どうしてそんなことをいうの？　伯父様もわたしも、あなたのためを思っているのよ。わたしのことを、これっぽっちも愛していないの」

「大嫌いだ。ふたりとも死んじゃえばいい」

ミセス・ケアリは声が出なかった。フィリップの残酷な言葉に打ちのめされ、何をいっていいかわからず、夫の椅子に座って考えこんでしまった。この友だちのひとりもいない、足の悪い少年を愛したい、この子に愛してもらいたい——自分には子どもがなく、それはいうまでもなく神様のご意志で、子どもを持つべきではないということなのだろうけど。彼女はときどき、幼い子の姿を、心が痛んでみていられなくなることがあった。こみあげてきた涙が、一粒、また一粒、ゆっくり頬を伝った。フィリップはそれをみてはっとした。ミセス・ケアリはハンカチを取りだすと、あたりかまわず泣きだした。そのときふいに、フィリップは自分のいったことが原因だと気がつき、ひどいことをしたと思った。そして黙って歩いていって、キスをした。自分から伯母にキスをするのは初めてだ。黒いサテンの服を着た小柄なみすぼらしい女性、しわも多く、顔色も悪い、髪を奇妙な形に巻いている女性は、幼い男の子を膝《ひざ》に抱いて、両腕を回し、心が張り裂けそうなほど泣いた。しかしその半分は幸せの涙だった。ふたりの間にあったよそよそしさが溶けてなくなったからだ。彼女はフィリップに残酷な言葉を投げつけられ、新しい愛でフィリップを愛することを知ったのだった。

## 9

次の日曜日、ミスタ・ケアリは客間で昼寝をする準備をしていて――彼の日常の行動はすべて同じ儀式の繰り返しだ――ミセス・ケアリは二階に上がろうとしていた。フィリップはミスタ・ケアリにきいた。

「遊んでいけないんだったら、何をすればいいんですか」

「たまには、じっと座っていたらどうだ」

「ティーの時間までじっと座ってられません」

ミスタ・ケアリは窓から外をのぞいた。外はじめじめして寒々しい。さすがに、庭に出ろとはいえない。

「そうだ、いいことがある。今日のお祈りを覚えていればいい」

そういって祈《き》禱書《とうしょ》をオルガンの上から持ってくると、目当てのページをめくった。

「長くはない。もしわたしがティーの時間にもどってくるまでに覚えていたら、卵の端をやろう」

ミセス・ケアリがフィリップの椅子を——その頃には専用の高い椅子を買ってあった——ダイニングルームのテーブルの前にもってきて、フィリップの前に祈禱書を置いた。

「ひまな人間の耳には悪魔がささやくというからな」ミスタ・ケアリがいった。

ミスタ・ケアリは暖炉に石炭をくべて、ティーの時間にもどってくる頃には勢いよく燃えているようにすると、階段を上がっていった。そして襟をゆるめ、クッションを並べかえ、気持ちよさそうにソファの上に横になった。ところがミセス・ケアリは客間が少し寒いような気がして、玄関ホールからラグを持っていって、夫の脚をかかとのあたりまで包んだ。それから鎧戸《よろいど》を下ろして、日差しが夫の目に入らないようにした。そして夫がすでに目を閉じているのをみると、音を立てないように部屋から出ていった。その日、牧師は心安らかに十分後には眠り、軽くいびきをかいていた。

その日は顕現《けんげん》日〔一月六日の祝日。キリストの降誕日から十二日目〕から数えて六週間目の日曜日で、祈禱書のそれにあたる部分はこんなふうに始まっていた。「神よ、神の祝福なされし御子《みこ》は顕現なさってこうおっしゃいました。わたしは邪悪な者たちの行いを潰《つい》えさせ、おまえたちを神の息子とし、永遠の命を継ぐ者とする」フィリップはその文句を読んだものの、まったく意味がわからなかった。そこで口に出していってみたが、知らない言葉ばかりで、文のつながりも奇妙だった。せいぜい二行くらいしか頭に入らないし、ろくに集中できない。牧師館の壁ぞいには果樹が植えてあって、長い枝がときどき窓ガラスをたたくし、庭のむこうの草原では羊がぼんやり草を食んでいる。頭のなかにもつれがいくつもできたような気がしてきた。フィリップはぞっとした。もしかしたらティーの時間までに覚えられないかもしれないと思ったのだ。そこで早口でそれを唱えてみた。理解しようとは思わず、オウムのようにそれをひたすら記憶に刻もうとした。

その日の午後、ミセス・ケアリは眠れず、四時になってもぱっちり目が覚めたまま、下におりてきた。きっとフィリップはお祈りをすっかり覚えて、伯父の前で間違いなくいえるようになっているだろうと考えていた。そうすれば、伯父は喜んで、心の正しい子だと思ってくれるはずだ。ところが、ダイニングルームまでやってきてなかに入ろうとしたとき、妙な音を耳にして、立ち止まった。心臓が軽く跳ねた。ミセス・ケアリは回れ右をしてこっそり玄関のドアから外に出た。そして館をぐるっと回り、ダイニングルームの窓のところまでいくと、そっとなかをのぞいてみた。フィリップは彼女が座らせた椅子にそのまま座っていたが、テーブルの上に突っ伏して、激しくすすり泣いている。肩が小刻みに震えている。ミセス・ケアリは恐ろしくなった。これまでフィリップをみていていつも驚かされたのは、その落ち着きようだった。泣いたところなどみたことがない。ところがいま、ようやくわかった。フィリップの落ち着きは、感情をみせるのが生まれつき恥ずかしいからなのだ。だから人のいるところでは泣かなかったのだ。

夫はいきなり起こされるのは嫌いだということなど忘れ、ミセス・ケアリは客間に飛びこんだ。

「あなた、大変。あの子が泣きじゃくってるの」

ミスタ・ケアリは体を起こして、脚にまとわりついていたラグをはねのけた。

「いったい、なんで泣いているんだ」

「なぜかわからないけれど……ねえ、あなた、わたしたち、あの子につらい思いをさせてはだめでしょう？　ねえ、わたしたちのせいかしら。もしわたしたちに子どもがいたら、どうすればいいかわかったかもしれないけど」

ミスタ・ケアリは当惑して妻をみた。どうしていいかさっぱり見当がつかなかった。

「まさか、祈禱書を覚えろといったせいじゃないだろうな。せいぜい十行程度なんだから」

「絵本でも読ませたらどうかしら。ほら、聖地のことを書いた本が何冊かあったでしよう。あれなら、読ませてもいいわよね」

「いいとも。いっこうにかまわない」

ミセス・ケアリは書斎にいった。夫は本の収集が唯一《ゆいいつ》の趣味で、ターカンベリにいくと、必ず一、二時間は古本屋で過ごした。そしてかび臭い本を四、五冊買って帰る。しかし読むことはない。もうずいぶん前に読書という習慣から離れてしまったからだ。ただ、ページをめくったり、絵があれば絵をみたり、本の補修をしたりするのは好きだった。雨が降るとうれしくなる。良心の呵責《かしゃく》を感じることなく午後ずっとうちにいて、卵の白身と糊《のり》を入れたポットを持って、ばらけた四つ折り判の本のロシア革を補修できるからだ。書斎には銅版画の挿絵が入った古い旅行記がたくさんあって、ミセス・ケアリは目ざとく、パレスチナの旅行記を二冊みつけた。ドアの前までいくと、わざとらしく咳払《せきばら》いをして、フィリップが涙を隠す時間を与えた。泣いている最中に入っていったら恥ずかしいだろうと思ったのだ。それからドアノブをかちゃかちゃいわせた。なかに入ると、フィリップは祈禱書を読んでいたが、泣いていたのがばれないように目を両手で隠している。

「お祈りの文句は覚えた？」

フィリップはしばらく答えなかった。ミセス・ケアリは、声で泣いていたのがばれるのが心配なのだろうと思い、奇妙なことに自分の方がばつの悪い思いをした。

「覚えられない」そのうち、フィリップがぼそっといった。

「あら、そう。気にしなくていいわ。覚えなくてもいいの。絵のある本を持ってきたからみてみない？　ここにきて、わたしの膝にのって。いっしょにみましょう」

フィリップは椅子から滑りおりると、足を引きずりながら歩いていった。目をみられないようにうつむいている。ミセス・ケアリはフィリップに両腕を回した。

「ほら、ここがイエス様のお生まれになった場所よ」

ミセス・ケアリが開いた本には、中東の町の絵が載っていた。平らな屋根の家や、丸屋根の寺院や、塔が立ち並んでいる。前景にはナツメヤシの木が密生していて、その下にアラブ人がふたりと、ラクダが数頭立っている。フィリップは絵を手でなでた。まるでそこに描かれている家や遊牧民族のゆったりした服にさわりたいといわんばかりだ。

「書いてあることを読んで」

ミセス・ケアリは反対側のページの文章を抑揚のない調子で読んだ。一八三〇年代の中東を旅行した人のロマンティックな文章だった。大げさな文体だが、バイロンやシャトーブリアンに続く世代が中東をみた感情の香りが漂っている。フィリップは解説を少しきくとすぐに口をはさんだ。

「ほかの絵もみせて」

メアリ・アンが入ってくると、ミセス・ケアリは立ち上がって、テーブルクロスをかけるのを手伝い始めたので、フィリップは本を両手に持って、次々に挿絵をみていった。ティーの時間だから本を置くようにといわれたが、なかなか手放そうとしなかった。お祈りを覚えようとしたときの恐ろしい思いなどすっかり忘れ、泣いたことも忘れていた。次の日は雨だったので、また、あの本がみたいといった。ミセス・ケアリは喜んで渡してやった。夫と一度、フィリップの将来について話したことがあり、夫もフィリップには聖職者になってほしいと考えていることがわかっていた。だから、フィリップがイエス様がお生まれになった聖地の本を読みたがるのはいいことだと考えた。宗教的な憧《あこが》れの表れに思えたのだ。ところが一日か二日たつと、フィリップはもっとほかの本をみたいといいだした。ミスタ・ケアリはフィリップを書斎に連れていって、挿絵入りの本が並んでいる棚をみせ、ローマ帝国のことを書いた本を選んでやった。フィリップはその本に夢中になった。こうして挿絵が新しいおもちゃになった。そして挿絵の前のページと後のページを読んで、なんの絵かを理解することを覚え、それまでのおもちゃには興味をなくした。

そのうちだれもいないときには、ひとりで本をさがしにいくようになった。おそらく最初に心に残った本が中東の町の旅行記だったせいで、地中海の東岸地方に興味を持つようになった。イスラム教のモスクや豪華な宮殿の挿絵には心を躍らせ、とくに、コンスタンチノープルについて書かれた本の挿絵に想像をかきたてられた。それは「千本柱廊の地下宮殿」と呼ばれる、ビザンチンの地下にある大きな貯水池の挿絵なのだが、人々の想像力がそれをとてもファンタスティックなものにしていた。フィリップが読んだ伝説によれば、その入口にはいつも舟がひとつつながれていて、不用意な旅人はついそれに乗りたくなるのだが、舟でその暗闇《くらやみ》のなかにいった者は決して帰ってこないという。フィリップは考えた。その舟は柱と柱の間の水路を永遠にさまようのだろうか、それともいつかは不思議な宮殿に到着するのだろうか。

ある日、とんでもない幸運が巡ってきた。エドワード・ウィリアム・レイン訳の『千一夜物語』をみつけたのだ。まず最初に目を引いたのは挿絵だった。そして魔法の出てくる話を読み、ほかの話を読むうちに、好きな話を何度もくり返し読むようになった。読み始めると、ほかのことは一切考えられなくなり、まわりの日常は消えてしまった。二度三度呼ばれてようやく昼食の席に着くような調子だ。フィリップは知らないうちに、世界で最高の楽しみ、本の楽しみを知ってしまった。本人はまだわかっていなかったが、それは生きることの悲しみすべてから逃避する手段を用意することであり、毎日の現実の世界が苦い失望の源にしか思えなくなる非現実の世界を作ることだった。フィリップはやがてほかの本も読むようになった。頭はいいほうだった。伯父も伯母も、フィリップが本に夢中になって、落ちこむことも騒ぐこともなくなったのをみて、それきり心配しなくなった。ミスタ・ケアリは持っている本が多すぎて、覚えていないものも多く、ほとんど本を読まないので、ときどき安いというだけで買ってしまう雑本の類《たぐ》いは忘れてしまう。説教集や説話集、旅行記、聖人や司祭の伝記、教会の歴史といった本にまぎれて、たまに古い小説がある。やがてフィリップはその種の本に出会うことになった。最初のうちはタイトルで選んだ。一冊目は『ランカシャーの魔女たち』で、次は『驚異のクライトン』、それからは次々に読んでいった。旅人がふたりきりで恐ろしい崖《がけ》の縁を馬で進んでいくような場面で始まる本なら、間違いなく面白いと思った。

夏になると、元船員の庭師が、シダレヤナギの枝の下にハンモックを作ってくれたので、そこで何時間も何時間も、牧師館にやってくる人たちにみられることなく、夢中になって本を読んだ。やがて七月になり、八月になると、日曜日はほかからやってくる人が増え、献金が二ポンドほどになることも珍しくなくなった。この時期は、牧師夫婦もあまり庭から出なくなる。というのは、よその土地からくる人たちと顔を合わせたくないからだ。ロンドンからきた人に会うと、顔をそむけた。むかいの家は六週間、ある紳士が借りた。その紳士は子どもをふたり連れてきていたので、牧師館に人をよこして、おたくのお子さんをうちの子の遊び相手に招待したいといってきた。しかしミセス・ケアリはていねいに断った。フィリップが、ロンドンからきた子どもたちに毒されるのが心配だったのだ。この子は聖職者になるのだから、その手の悪影響は避けなければならない。ミセス・ケアリは、フィリップにイスラエルの預言者サムエルの幼いときの姿を見ていたかったのだ。

## 10

ケアリ夫妻は、フィリップをターカンベリのキングズ・スクールにやることにした。近所に住んでいる教会関係の人は息子をそこに通わせていたからだ。キングズ・スクールは大聖堂と長いこと関係があり、校長は名誉参事司祭で、前の校長は助祭長だった。生徒は、聖職者に憧れ、神への奉仕に生涯を捧《ささ》げる正直な子になるよう教育される。この学校には予備クラスがあって、フィリップはまずそこに入ることになった。

ミスタ・ケアリに連れられてターカンベリにいったのは、九月末の木曜日の午後だった。その日ずっと、フィリップは興奮していたが、それ以上におびえてもいた。学校生活についてはほとんど知らなかった。せいぜい「少年新聞」〔一八七九年に発刊された子ども新聞〕のエピソードで知っていたくらいだ。そのほかには、『エリックの物語』〔一八五八年に出版されたフレデリック・W・ファラーの小説〕や『フライアウェイ号の航海』〔一八六〇年に出版されたオリバー・オプティックの小説〕を読んでいた。

ターカンベリに着いて列車から降りると、フィリップは不安で気持ちが悪くなった。そして馬車で町までいく間、青い顔をして黙っていた。学校の前の高いレンガ塀は刑務所を連想させた。塀には小さいドアがひとつついていた。ベルを鳴らすと、ドアが開き、不細工できたならしい男が出てきて、ブリキのトランクと、細々した物を入れた箱を受け取った。ふたりはそれから応接室に案内された。部屋には大きくて不格好な家具が並んでいた。壁の前の揃《そろ》いの椅子はいかにも近寄りがたい雰囲気を漂わせている。ふたりは校長がくるのを待った。

「ワトソン先生って、どんな人なんですか」しばらくしてフィリップがきいた。

「まあ、自分で確かめるんだな」

また少し間があった。ミスタ・ケアリは、なぜ校長がこないのだろうと考えていた。

フィリップは勇気を出して、またいった。

「ぼくは足が悪いことをいってください」

ミスタ・ケアリが返事をする前に、ドアがいきなり開いて、ワトソン校長が勢いよく入ってきた。フィリップは、ずいぶん大きな人だなと思った。身長は百八十センチ以上あって、肩幅は広く、手も大きく、赤いひげをたっぷり生やしている。じつに元気そうに大きな声でしゃべる。その攻撃的にも思える陽気さに、フィリップは恐ろしくて心臓が震えた。校長はミスタ・ケアリと握手して、それからフィリップの小さい手を握った。

「ケアリ君、どうだ、この学校に入れてうれしいだろう」校長が大声でたずねた。

フィリップはまっ赤になった。どう答えればいいのかわからない。

「何歳だね」

「九歳」

「ほら、ていねいにお答えしなさい」伯父がいった。

「さあ、勉強することがたくさんあるぞ」校長が吠《ほ》えるような声で陽気にいった。

校長は少年を落ち着かせてやろうと、ごつい指でくすぐった。フィリップは恥ずかしく、気持ちが悪くて、体をくねらせた。

「さしあたり、小さな共同部屋に入れましょう……きっと気に入るよ」校長はフィリップにいった。「たったの八人しかいない部屋だから、すぐにみんなと仲良くなれる」

そのときドアが開いて、ミセス・ワトソンが入ってきた。肌が浅黒く、黒い髪をまん中できちんと分けている。唇が目立って厚く、鼻は小さくて丸い。目は大きく、瞳《ひとみ》は黒だ。独特の冷ややかさが感じられた。ほとんどしゃべることがなく、ほほえむことはさらにない。校長はミスタ・ケアリを紹介してから、フィリップを親しげに彼女のほうに押しやった。

「新入生だよ、ヘレン。ケアリ君だ」

彼女は何もいわずにフィリップと握手すると椅子に座ったが、やはり黙ったままだ。その間、校長はミスタ・ケアリに、フィリップがどれくらいのことを知っているか、どんな本を読んでいるかたずねた。ブラックステイブルの牧師は、ミスタ・ワトソンの過剰な親しさにやや当惑して、早々に立ち上がった。

「そろそろ、フィリップをお預けしていこうと思います」

「わかりました」校長がいった。「どうぞ、おまかせください。火事になった家みたいに勉強しますよ。そうだな、ケアリ君」

大柄な校長は、フィリップの返事も待たずに大声で笑った。ミスタ・ケアリはフィリップの額にキスをして部屋を出た。

「さあ、おいで」校長が怒鳴るようにいった。「教室を案内してあげよう」

校長は大股《おおまた》で勢いよく応接室から出ていき、フィリップはあわてて足を引きずりながらあとを追った。連れていかれたのは細長い教室で、そこには部屋の端から端まで届きそうな机がふたつと、その両側に木の長椅子があるだけだ。

「まだだれもきていないから、校庭を案内しよう。あとは、好きなようにしていい」

ミスタ・ワトソンは先に立って歩いていく。フィリップは気がつくと大きな校庭に出ていた。三方を高いレンガ塀でかこまれている。残りの一方には鉄の柵《さく》があって、そのむこうには広い芝生と、さらにそのむこうにキングズ・スクールの建物がいくつかみえる。小柄な男の子がさびしそうに、小石を蹴《け》りながら歩いている。

「おおい、ヴェニング」ミスタ・ワトソンが大声で呼んだ。「いつ、もどってきた」

小柄な少年がやってきて握手をした。

「新入生だ。きみより年上で体も大きい。いじめたりするんじゃないぞ」

校長はやさしい目でにらみつけ、吠えるような声でふたりを震えあがらせると、ばか笑いをしながら立ち去った。

「なんて名前」

「ケアリ」

「お父さんは」

「死んだ」

「そうか！　じゃあ、お母さんは洗濯女か」

「母さんも死んだ」

フィリップは、こういえば、相手は気まずくなるだろうと思ったが、ヴェニングのほうはさっきの冗談を引っこめようともしなかった。

「だけど、そのまえは、お母さんはおまえの服を洗濯してたんだろ」

「そうだよ」フィリップはむっとして答えた。

「じゃあ、洗濯女じゃないか」

「ちがうよ」

「じゃあ、洗濯なんかするわけないだろ」

小柄な少年は、フィリップが引っかかったので、うれしそうな声を上げた。それから、フィリップの足に目をやった。

「その足、どうしたんだよ」

フィリップはとっさに、その足を悪くない足の後ろに隠した。

「こっちの足は悪いんだ」

「なんで」

「生まれたときからこうなんだ」

「ちょっとみせろよ」

「いやだ」

「じゃ、いいや」

小柄な少年はそういいながら、フィリップのすねを思い切り蹴飛ばした。フィリップはそんなことは予想もしていなかったので、避けようがなかった。あまりの痛さに息を飲んだが、痛みより驚きのほうが大きかった。なぜ蹴られたのかさっぱりわからなかった。なぐって目のまわりにあざを作ってやろうという気にもなれなかった。それに、相手は自分より小さい。「少年新聞」には、自分より小さい相手をなぐるのは卑怯《ひきょう》だと書かれていた。フィリップが蹴られたところをさすっていると、もうひとり男の子がやってきて、ヴェニングはその子といっしょにいってしまった。ふたりが自分のことを話しているのがきこえて、足をみられているような気がした。いらいらして、怒りがこみあげてきた。

だが、ほかの子たちがやってきた。十人ほどいる。それからもっとやってきた。そして休暇中に何をしたとか、どこにいったとか話したり、クリケットをやったときの自慢話をしたりした。新入生も二、三人いて、フィリップもいっしょになって話した。もともと恥ずかしがり屋で神経質だったので、楽しく話せたらと思うのだが、何をいっていいかわからない。ただ、いろんなことをきかれると、喜んで答えた。ひとりが、クリケットはしないのかたずねた。

「しない」フィリップは答えた。「足が悪いんだ」

相手の少年はとたんにうつむいて赤くなった。きいてはいけないことをきいてしまったと思ったらしい。とても内気な性格らしく、謝ることもできず、すまなそうにフィリップをみた。

## 11

次の日の朝、大きな鐘の音で目が覚めたフィリップは、何事かと部屋のなかを見回した。すると大きな声がきこえてきて、自分がどこにいるか思い出した。

「おい、シンガー、起きたか」

部屋の仕切りは磨かれた松の板でできていて、目の前には緑のカーテンがかかっている。当時は換気のことなどほとんど考えられてなく、窓を開けて風を入れるのは朝だけだった。

フィリップは起き上がると、ひざまずいてお祈りをした。寒い朝で、少し体が震えたが、伯父から、着替えてからのお祈りよりも、パジャマのままのお祈りのほうが神様に届きやすいと教えられていたのだ。フィリップはこの教えを素直に信じていた。人間を創造した神様は、自分を崇拝する人々の苦しみをこそ評価すると考えるようになっていたからだ。フィリップはお祈りが終わると顔を洗った。ふたつのバスルームを寄宿生五十人で使うようになっていたので、風呂《ふろ》に入れるのは一週間に一度。それ以外は、洗面台の小さな水盤を使うしかない。この洗面台とベッドと椅子が各自の仕切りにひとつずつ割り当てられていた。まわりではみんなが楽しそうにしゃべりながら着替えをしている。フィリップは耳をすましてきいていた。次の鐘が鳴ると、男の子たちは階段を駆け下り、教室の細長いふたつのテーブルの両側に座った。ミスタ・ワトソンが妻と何人かのメイドを従えてやってきて椅子に座った。そして大げさな調子でお祈りを始める。まるで雷鳴のように響くその祈りは、子どもひとりひとりへの脅しのようにきこえた。フィリップはびくびくしながらそれをきいていた。お祈りが終わると、ミスタ・ワトソンは聖書の一節を朗読し、メイドたちはいっしょに出ていった。するとすぐに、きたならしい格好の若者がやってきて大きなティーポットをふたつ置き、それからバターを塗ったパンを大皿に山盛りにして持ってきた。

フィリップは好き嫌いがあって、パンにべったりまずそうなバターがのっているのをみると吐き気がした。しかしまわりの子がみんなバターをこそげ落としているのをみて、同じようにした。ほかの子たちは瓶詰めの肉などを箱に入れて持ってきている。卵やベーコンを「特別に」つけてもらっている子もいた。この特別料金はミスタ・ワトソンのポケットに入る。これに関して、ミスタ・ワトソンはミスタ・ケアリにあらかじめ打診したのだが、子どもは甘やかさないほうがいいという返事をもらった。ミスタ・ワトソンは、おっしゃるとおりです、育ち盛りの子どもにはバターを塗ったパンがいちばんなのです、ただ、むやみに子どもを甘やかす親がいて、どうしても出してほしいとうるさいのです、と答えた。

しかしフィリップは、この「特別食」がほかの待遇にも影響していることに気がついた。そして、ルイーザ伯母さんに手紙を書くとき、これをお願いすることにした。

朝食が終わるとみんなはのんびり校庭に出ていった。寄宿していない通学生がぽつぽつとやってくる。この地区の聖職者、駐屯《ちゅうとん》地の士官、工場主、実業家といった、この古い町に住んでいる人たちの息子だ。そのうち鐘が鳴って、全員ぞろぞろと校舎に入る。なかにはまず、長方形の大きな部屋がひとつあり、その両端で、教員助手が二年生と三年生を教える。それに続く小さい部屋ではミスタ・ワトソンが一年生を教える。本校にいく前の予備クラスなので、その三クラスはスピーチデー〔来賓の講演や授賞式などが行われる〕のときや成績表などでは公式に、予備上級、予備中級、予備初級とされていた。フィリップは初級に入れられた。担当者は赤ら顔の、明るい声のライス先生。楽しい授業で、時間のたつのが早かった。フィリップが驚いたのは、気がつくともう十一時十五分で、十分の休憩時間になったことだ。

全生徒が騒々しく校庭に飛び出していった。新入生はまん中に集まるように、ほかの生徒は塀際《へいぎわ》に集まるようにいわれた。そして「豚、豚、豚、遊び」が始まった。上級生が塀から塀にむかって走るのを、新入生が捕まえるという遊びだ。ひとり捕まえると、「一、二の三、豚が一匹」と変な言葉をいって、今度は捕まった生徒も、逃げている生徒を捕まえる側になる。フィリップは上級生がそばを走っていくのをみて捕まえようとしたが、足が悪いので捕まえられなかった。ほかの生徒たちがそれに気がついて、近くに走ってきた。そのうちだれかが、フィリップの真似《まね》をするという素晴らしいアイデアを思いついた。ほかの生徒がそれをみて笑いだす。そのうち、全員がその真似をし始め、フィリップのそばを大げさに足をひきずりながら駆けまわり、甲高い声ではやしたて、大声で笑った。男の子たちはこの新しい遊びに夢中になり、笑いすぎて息ができないほどだ。そのうちのひとりがフィリップの足をすくった。フィリップはいつものように派手に転んで膝を切ってしまった。まわりの生徒はみんな大声で笑いながら、フィリップが立ち上がるのをみていた。するとまた別の男の子が後ろから押した。もしほかの子が捕まえてくれなかったら、また転ぶところだった。だれもが豚遊びのことなどすっかり忘れて、フィリップのぶざまな姿をみて大喜びして笑っている。またひとりの男の子が、ぶかっこうに足を引きずって歩くのをおもしろおかしく真似てみせたので、それをみた子たちは吹き出し、何人かは大笑いして地面を転がった。フィリップは心底、ぞっとした。なぜ笑われているのか、まったくわからなかったのだ。鼓動が激しく、息もできない。これほど怖い思いはそれまでしたことがなかった。何がなんだかわからず突っ立っていると、まわりを男の子たちが駆けまわって、足をひきずる真似をして笑いながら、捕まえてみろと大声でわめいている。フィリップは動くことができなかった。これ以上、足を引きずって走る姿をみられたくなかった。泣きだしそうになるのを必死でこらえていた。

　突然、鐘が鳴って、生徒たちはぞろぞろと校舎にもどり始めた。フィリップは、膝から血が流れ、土埃《つちぼこり》にまみれ、服はしわくちゃだった。ライス先生は数分間、授業を始められなかった。生徒たちがこの新しい遊びに興奮して手が付けられなかったのだ。フィリップは、ひとり、ふたり、こっそりこっちをみているのに気がついて、足を長椅子の下に隠した。

　午後は校庭でサッカーをすることになっていたのだが、昼食のあと、フィリップはミスタ・ワトソンに引き止められた。

「ケアリ君、サッカーは無理なんじゃないか」

　フィリップは恥ずかしくて顔が赤くなった。

「はい、そう思います」

「なら、サッカーはしなくていい。サッカー場にはいったほうがいいと思う。しかし、ずいぶんと速く歩けるじゃないか」

　フィリップはサッカー場がどこにあるのか知らなかったが、「はい、そうします」と答えた。

　生徒を率いているライス先生が、フィリップをみて、着替えていないのに気がつき、サッカーをしないのかとたずねた。

「ワトソン先生に、しなくていいといわれました」フィリップは答えた。

「何か理由があるのかい」

まわりの男の子たちにじろじろみられて、フィリップは恥ずかしくてたまらなくなった。何も答えずにうつむいていると、ほかの子たちがいった。

「足が変なんです、先生」

「ああ、なるほど」

ライス先生はまだ若く、一年前に教員の資格をとったばかりで、はたと困った。直感的に、あやまらなくてはと思ったものの、ばつが悪くて、それができない。わざとぶっきらぼうに大きな声を上げた。

「さあ、みんな、何を待ってるんだ。いくぞ」

何人かはすでに出発していて、残りの生徒も二、三人で組になって歩きだした。

「ケアリ君、きみもいっしょにきたほうがいい。サッカー場の場所は知らないんだろう？」

フィリップはやさしくいってもらって、涙がこみあげてきた。

「速く歩けないんです、先生」

「じゃあ、いっしょにゆっくり歩こう」先生がにっこりしていった。

フィリップは心を動かされた。赤ら顔の、どこにでもいそうな若い先生からやさしい言葉をかけてもらって、それまでの惨《みじ》めな気持ちを忘れてしまった。

しかしその日の夜、寝る時間になって着替えをしていると、シンガーと呼ばれた男の子が自分の仕切りから出てきて、フィリップの仕切りに顔を出した。

「あのさ、その足、みせてくれない」

「いやだ」

フィリップはとっさにベッドに飛びこんだ。

「いやだなんていわせるもんか」シンガーがいった。「おい、メイソン、こっちにこいよ」

隣の仕切りの子が端の方からのぞいていたが、そういわれて、こっそりなかに入ってきた。そしてシンガーといっしょに、毛布を引きはがそうとしたが、フィリップはしがみついて放さない。

「ほっといてくれよ」フィリップは叫んだ。

シンガーはブラシをつかむと、その背で毛布をつかんでいる手を殴った。フィリップは悲鳴をあげた。

「おとなしく、足をみせろ」

「いやだ」

フィリップはやけになって、シンガーを拳《こぶし》で殴ったが、効果はなかった。逆に腕をつかんで、ねじり上げられた。

「やめて、やめて。骨が折れる」

「じゃあ、おとなしく、足をみせろ」

フィリップはすすり泣いて、喉《のど》を詰まらせた。シンガーに腕をさらにねじられて、気が遠くなりそうだった。

「わかった、みせるよ」

フィリップは足を出した。シンガーはフィリップの手首をつかんだまま、珍しそうに、ゆがんだ足をみた。

「獣の足みたいだな」メイソンがいった。

ほかの子がやってきて、のぞきこんだ。

「おえっ」その子が気持ち悪そうにいった。

「変なの」シンガーがいって、顔をしかめた。「かたいのかな」

シンガーは指の先でそっとさわった。まるで生き物にさわるような感じだ。突然、階段を上るミスタ・ワトソンの重い足音がきこえてきた。三人はフィリップに毛布を投げつけると、ウサギのようにそれぞれの仕切りのなかにもどった。ミスタ・ワトソンは部屋に入ってくると、背伸びをして、緑のカーテンがかかっている棒の上から、二、三の仕切りのなかをのぞいた。みんなベッドでぐっすり眠っている。ミスタ・ワトソンは電気を消して出ていった。

フィリップはシンガーに呼ばれたが、返事をしなかった。枕《まくら》をかみしめて、すすり泣く声がもれないようにしていたのだ。泣いていたのは、痛い目にあったせいでも、足をみられたせいでもなかった。自分のことが腹立たしかった。痛みに耐えられなくて、足をみせてしまった自分が情けなかったのだ。

そのとき、フィリップは自分の人生の悲惨さを身にしみて感じた。幼心に、この不幸は一生続くと思った。そしてこれという理由もなく、エマに抱きあげられて、母親のそばに寝かされたときのことを思い出した。そのときのことを思い出したのはこれが初めてだったが、そのときの母親の体の温かさと、抱いてくれた手の温かさを感じ、ふいに、いままでのことは夢だったような気がした。母親の死も、牧師館での毎日も、学校でのみじめな二日間もすべて夢で、朝になって目が覚めたら、うちにもどっているような気がした。そんなことを考えているうちに涙が乾いた。悲しくてたまらず、すべてが夢で、母親は生きていて、そのうちエマがベッドにきてくれる、そう思った。

そのうち眠りに落ちた。

しかし次の日の朝、目が覚めると、鐘が鳴り、最初に目に入ったのは仕切りの緑のカーテンだった。

## 12

そのうち、フィリップの足もほかの生徒の興味を引かなくなり、ほかの子の赤毛や、極度の肥満と似たものになってしまった。ただ、フィリップは恐ろしいほど神経質になった。走ると足が悪いのがよけいに目立つので、できる限り走らないようにして、独特の歩き方を身につけた。そしてなるべく、悪い方の足をもう片方の足の後ろに置くようにした。そうすれば注目されないですむ。それから、常に、だれかが足のことをいっていないか気にするようになった。ほかの子の遊びに加われなかったせいで、生活そのものが別々だった。いつも外から彼らをみていて、自分たちの間には壁があるかのようだ。ときどき、ほかの子たちが、サッカーができないのはおまえが悪いといわんばかりの顔をすることもあるのだが、どう説明すればいいのかわからない。ひとりでいることが多いせいで、元々は話し好きだったのが、次第に寡黙《かもく》になり、自分と他人の違いについて考えるようになっていった。

　寄宿舎でいちばん体の大きいシンガーに嫌われていたので、年齢のわりに小柄なフィリップはひどい目にあわされても我慢しなくてはならなかった。学期も半ばにさしかかった頃、「ペン先遊び」が流行《はや》りだした。これはテーブルか長椅子の上で、鉄のペン先を使ってする遊びだ。まず、指の爪《つめ》で自分のペン先を弾《はじ》いて相手のペン先の上にのせる。おたがい、相手の攻撃を避けながら、自分のペン先を相手のペン先にのせようとする。そして相手のペン先の上に自分のペン先がのったら、親指の付け根に息を吹きかけて、二本のペン先の上に強く押しつけ、ゆっくり持ち上げる。うまくふたつとも持ち上がったら、自分のものになる。男の子はみんなこの遊びに夢中になり、うまい子は大量のペン先を手に入れた。ところが、しばらくして、ミスタ・ワトソンが、これは一種のギャンブルだという理由で禁止し、生徒が持っているペン先をすべて没収した。フィリップはこれがうまかったので、それまでに勝ち取ったペン先を持っていかれて落ちこんだが、またやりたくて指先がうずうずしてたまらず、数日後、サッカー場にいく途中の店に寄ってＪペンを一ペニー分買った。そしてポケットにばらばらのまま入れて、その手触りを楽しんでいた。それにすぐ気づいたのがシンガーだ。シンガーもペン先を没収されたのだが、「ジャンボ」と呼ばれている特別サイズのペン先を一本持っていた。これを勝ち取ることはまず不可能に近い。シンガーはこれを使って、フィリップのＪペンを巻き上げたくてしょうがなかった。フィリップも小さいペン先で勝ち目がないのはわかっていたが、元々負けん気が強かったので、思い切って勝負することにした。そもそも、いやだといっても、シンガーが納得しないのはわかっている。それに一週間ほどやっていなかったので、座ってゲームを始めると、わくわくしてきた。すぐに小さいペン先を二本取られた。シンガーはにやにやしていたが、三度目、ちょっとした偶然で、ジャンボのペン先がすべってひっくり返り、フィリップはＪペンをその上にうまくのせることができた。フィリップは、やったと大声を上げた。その瞬間、ミスタ・ワトソンがやってきた。

「いったい何をしている」

ミスタ・ワトソンはシンガーをみて、それからフィリップをみた。ふたりとも何も答えなかった。

「そのくだらない遊びは禁止するといったはずだ」

フィリップの心臓の鼓動が速くなった。どうなるかはわかっていたし、怖くてたまらなかったが、びくびくしながらもある種の興奮を感じていた。それまで棒や鞭《むち》でたたかれたことはなかった。もちろん、痛いには違いないが、あとで自慢できる。

「校長室にきなさい」

校長はそういって背を向けた。ふたりは並んで後をついていった。シンガーがフィリップに小声でいった。

「まいったな」

ミスタ・ワトソンはシンガーを指さしていった。

「四つんばいになりなさい」

フィリップはまっ青になってみていた。シンガーはひと打ちごとに体を震わせていたが、三打ち目には泣きだした。それから、さらに三回、打たれた。

「これくらいにしておこう。立っていいぞ」

シンガーは立ち上がった。顔が涙でぬれている。フィリップは前に出た。するとミスタ・ワトソンはフィリップをちらっとみていった。

「きみはいい。まだ入ったばかりだ。それに、足の悪い子を鞭打つことはできない。さあ、ふたりとも出ていきなさい。二度と、ばかなことをするんじゃないぞ」

ふたりが教室にもどると、どこかでこのことをききつけた男の子たちが固まって待っていた。そしてシンガーのまわりに集まって、次々に質問を浴びせた。シンガーは痛さで顔をまっ赤にしていたうえ、頬にはまだ涙のあとが残っていた。そして、少し後ろにいるフィリップのほうをみていった。

「こいつは足が悪いから、鞭で打たれなかったんだ」シンガーはいまいましそうにいった。

フィリップは何もいわず、赤くなった。みんなに軽蔑《けいべつ》されているような気がした。

「何回、打たれたんだ」ひとりがシンガーにきいた。

シンガーは返事をしなかった。痛い思いをしたのが腹立たしくてしょうがなかったのだ。

「もう、ペン先遊びをしようなんて、いうなよな」シンガーはフィリップにいった。

「そりゃあおまえは楽しいだろうよ。痛い目に遭うことがないんだから」

「しようといったのは、そっちだろ」

「嘘《うそ》つけ」

シンガーはフィリップの足をすくった。フィリップはいつものように、不安定な格好で立っていたので、無様に床に倒れた。

「びっこのくせに」シンガーがいった。

学期が終わるまで、シンガーはフィリップをしつこくいじめた。フィリップはシンガーの目を逃れようとしたが、小さい学校なのでそれは不可能だ。そこで親しくして、仲よくやっていこうとしてみた。へりくだってナイフを買ってやったこともある。しかしシンガーはナイフをもらうだけもらって、態度を変えなかった。一、二度、我慢しきれずに殴ったり蹴ったりしたこともあるが、シンガーのほうがずっと力があって、歯が立たなかった。そしていつも謝ることになる。これがいやでたまらなかった。自分から謝るという侮辱が耐えがたく、くやしくて仕方ないのだ。さらに絶望的だったのは、この屈辱には終わりがなさそうだということだ。シンガーはまだ十一歳で、十三歳まではここにいる。ということはあと二年間、逃れようのない相手にいじめられ続けるということだ。楽しいのは勉強をしているときと眠っているときだけだった。そしてしょっちゅう、こんなみじめな生活は夢以外の何物でもなく、朝、目が覚めたら、ロンドンの小さな自分のベッドに寝ているような妙な気がしていた。

# 13

二年がたち、フィリップは十二歳近くになった。成績は予備上級クラスのトップから二、三番で、クリスマスの後、何人かが本校に進学すれば、トップになるところにいた。賞はたくさんもらった。賞品はどれも粗悪な紙に印刷したつまらない本ばかりだが、装丁は立派で、表紙に校章が印刷されている。上級生になったおかげで、いじめられることはなくなり、それなりに学校生活が楽しくなってきた。それに、成績がいいのも足が悪いからと大目にみてもらえた。

「まあ、あれだけ賞品をもらっても当然だよな」みんなはいった。「ガリ勉以外、することないんだから」

ミスタ・ワトソンに対する最初の頃の怖《おそ》れもなくなっていた。大声にも慣れ、ごつい手を肩に置かれても、なんとなく親しみのようなものを感じるくらいだ。フィリップは記憶力がよかった。それは思索的な学問より、学究的な学問に向いているということで、ミスタ・ワトソンからは、奨学金をもらって予備クラスを修了することを期待されていることもわかっていた。

しかしフィリップは自意識が非常に強かった。生まれたばかりの子どもは、自分の体が自分の一部だということがわからず、まわりの物と同じに思えて、自分の足の指で遊ぶのも、そばにあるガラガラで遊ぶのも同じように思える。そのうち少しずつ、痛みを経験するうちに、ようやく自分の体を意識できるようになる。同じような経験が、自己を意識するのにも必要だ。ただ、そこには違いがある。だれでも同じようにやがて自分の体を、ほかのものとは異なる生命体として意識するようになるが、自己を他者と異なる人格として意識するかどうかは個人差が大きい。ほとんどの場合、他者と違う自分という意識は思春期に芽生える。しかしそれが常に、自己と他者との差が明確になるほど強いものであるとは限らない。人生で幸運に恵まれるのは、巣箱のミツバチのようにほとんど自分というものを意識していない人々なのだ。そういう人間のほうが幸福をつかむチャンスが圧倒的に多い。彼らの行動はほかの人々すべてに理解されるし、彼らの喜びは、だれからも喜ばれるからこそ自分たちの喜びになる。聖霊降誕祭の月曜日にハムステッド・ヒースで踊る人たちや、サッカーの試合で大声で叫んでいる人たちや、ペルメル街のクラブの窓から王室の行列に歓声を送る人たちがそうだ。人間が社会的動物といわれる理由がそこにある。

フィリップは、足が悪いことでばかにされたつらい経験をへて、何も知らない子どもから自分を意識する子どもになった。そして状況が特殊なため、一般的な状況で通用する普通の考え方が適用できなかったので、自分で考えるしかなかった。多くの本を読んだせいで、頭のなかにはいろんな考えが生まれた。というのは本の内容の半分くらいしか理解できなくて、そのぶん想像を働かせるところが多かったからだ。痛ましいほど内向的だったので、心のなかで何かが育っていくうち、ぼんやりと自分というものがわかってきた。しかしときどき、奇妙な驚きにとらわれた。なぜかわからずに何かをしてしまい、あとで思い返して途方に暮れるようなことがあったのだ。

フィリップはルアードという少年と親しくなった。そしてある日のこと、教室でいっしょにいたとき、ルアードが、フィリップの持っていた黒檀《こくたん》のペン軸をいじって遊びだした。

「だめだよ、そんなことしちゃ」フィリップがいった。「折れちゃうよ」

「折れるもんか」

ところが、ルアードの口からその言葉が出た瞬間、ペン軸が音を立てて折れてしまった。ルアードは困った顔でフィリップをみた。

「あ、ごめん。ほんとに悪かった」

フィリップは、頰を涙が伝ったが、何も答えなかった。

「悪かった。だけど、どうしたんだよ」ルアードが驚いてきいた。「同じやつを買って返すからさ」

「そのペン軸」フィリップが震える声でいった。「母さんが死ぬ前に、ぼくにくれたんだ」

「そうか。ほんとにごめん、ケアリ」

「いいんだ。きみが悪いんじゃないから」

フィリップはふたつに折れたペン軸を取ってみつめた。すすり泣きをこらえようとした。どうしようもなく悲しかった。しかしなぜかはわからなかった。というのも、そのペン軸はこないだの休日にブラックステイブルの店で一シリング二ペンスで買ったものだったからだ。なぜこんな話をでっちあげたのかまったくわからなかったが、まるで真実だったかのように悲しかった。牧師館の敬虔《けいけん》な雰囲気と、この学校の宗教的な空気のせいで、良心が非常に敏感になっていた。まわりに漂う、悪魔が常に不死の魂を手に入れようと待ち構えているという気配を知らないうちに吸収していたのだ。ほかの子以上に誠実なわけではなかったが、嘘をつくと必ず後悔した。ペン軸のことをよくよく考えたあげく、フィリップは気持ちが落ちこんでしまい、ルアードのところにいって、あれは作り話だったと打ち明けることにした。そして、この世に屈辱ほどいやなものはなかったが、二、三日、神の栄光の前に卑《いや》しい自分をさらすという苦《く》悶《もん》の悦《よろこ》びを味わった。ところがその先へは進まなかった。後悔の気持ちを神にのみ捧げるという快感で良心を満足させたのだ。それにしても、なぜ自分のでっちあげた話に心から悲しくなったのかはわからなかった。薄汚れた頬を流れた涙は本物の涙だった。そのとき、ふと、何かの連想が働いて、エマが母親の死を告げたときの情景を思い出した。あのとき泣いていてしゃべれなかったのに、ミス・ワトキンにさよならをいうと言い張ったのは、そうすれば自分の悲しみをわかってもらえて、かわいそうにと思ってもらえるからだった。

## 14

その頃、宗教的規律の厳格化の波が学校に押し寄せた。きたない言葉はきかれなくなり、幼い男子のだらしない行いさえ厳しくとがめられ、年上の男子は、権力を行使した中世の世俗貴族のように、腕力を使って、弱き者たちを信仰の道へ歩ませた。

新しいものが大好きなフィリップは、いきなり敬虔な人間になった。そして、「聖書協会」に加入できるときくとすぐ、ロンドンに手紙を書いて詳細をたずねた。それにはいくつか条件が書かれていた。名前、年齢、学校を書きこむこと、一年間、聖書の決められた部分を毎晩読むこと、半クラウン支払うこと。会費は、書かれているところによれば、入会希望者の熱意を計るためのものであり、また、協会の運営費にあてるとのこと。フィリップは指示されたとおり、書類と入会金を送った。送られてきたのは一ペニーほどで買えるカレンダーで、これには毎日読む聖書からの抜粋が印刷されていた。それから紙が一枚、表には善き羊飼いと子羊の絵が、裏には聖書の言葉を読む前に唱える短い祈りの言葉が装飾的な赤い線で囲まれていた。

フィリップは毎晩、ガス灯が消える前に少しでも時間を作ろうと手早く着替えた。そして、残酷、欺瞞《ぎまん》、忘恩《ぼうおん》、不実、奸智《かんち》の物語を批判することなく次々に読んでいった。もし現実でそんな目にあったら、震えあがってしまいそうな出来事も、目で読むぶんには、なんの支障もなかった。なぜなら、それらは神様の思《おぼ》し召しによって起こったことだからだ。協会の方法は、旧約聖書と新約聖書を交互に読むというものだった。ある夜、フィリップは次のようなイエス・キリストの言葉に出会った。

もしおまえたちが信じて、疑わなければ、あのイチジクに起こったようなことをなすことができるだけでなく、この山にむかって、動け、そして海に飛びこめといえば、その通りになるだろう。
そしてまた、祈りのときに信じて求めることはすべて、得られるだろう。

この箇所がことさら印象深かったわけではなかったのだが、二、三日後の日曜日、地区の大聖堂の参事司祭が説教のときにこの部分を引用した。そのとき、フィリップはそれをきこうと思ったとしても、とてもきくことのできない場所にいた。というのも、キングズ・スクールの生徒は聖歌隊の座る場所に座っていて、説教台は袖廊《しゅろう》の隅にあったので、司祭は聖歌隊にほぼ背中を向ける格好だったからだ。それに距離もずいぶん離れていた。よほど通る声で、さらに発声法の知識を身につけていなければ、聖歌隊まで言葉が届くはずがない。そのうえ、長年の慣習により、ターカンベリの参事司祭はカテドラルのある大きな教会で人を集めるような朗々とした声の人ではなく、学識のある人が選ばれていた。ところが、そこの部分が、おそらく少し前に読んだせいだろう、フィリップの耳にすっと入ってきて、ふいに、これは自分のために発せられた言葉なのではないかと思ったのだ。説教の間ずっと、そのことを考えていた。そしてその日の夜、ベッドに入ってから、福音書をめくってまた、その部分に出会った。フィリップは、印刷されたものはなんでも信じてしまうようなところがあったが、聖書のなかには、ずいぶんはっきり表現されていることが、しばしば奇妙なことに、別のことを意味していることがあるのはよくわかっていた。学校で質問したい相手はいなかったので、その質問は心に留めておいたのだが、クリスマス休暇のとき、その機会が得られた。夕食が終わり、祈りが終わったとき、ミセス・ケアリがいつものように、メアリ・アンの持ってきた卵の数を数えて、ひとつひとつに日付を記入していた。フィリップはテーブルの前に立って、暇そうに聖書のページをめくっている振りをしていた。

「伯父さん、ここに書かれていることは、ほんとうなんですか」

フィリップは、たまたまそこを読んだといわんばかりにきいた。

ミスタ・ケアリは眼鏡越しにフィリップをみた。〈ザ・ブラックステイブル・タイムズ〉紙を広げて、暖炉の前に座っている。新聞はまだインクが乾ききっていなくて、牧師はいつも読み始める前に十分ほど空気にさらすことにしていた。

「どこのことだ」

「信じることができれば、山を動かすことができる、というところです」

「聖書にそう書かれているなら、その通りよ、フィリップ」ミセス・ケアリがやさしくいって、食器かごを手に取った。

フィリップは伯父の答えを待っている。

「信仰の問題だな」

「もし心の底から、山を動かせると信じれば、山を動かせるということですか」

「そう、神の力を借りてな」

「さあ、伯父さんにおやすみをいいなさい、フィリップ」ルイーザ伯母さんがいった。

「今夜は、山を動かさなくてもいいんでしょう」

フィリップは伯父から額にキスをもらうと、ミセス・ケアリの先に立って階段を上がった。知りたいことはわかった。部屋は小さく、とても寒く、フィリップは着替えながら震えた。しかしいつでも、つらいときの祈りのほうが神様に喜んでもらえると思っていた。手や足の冷たさは神様への捧《ささ》げ物なのだ。そして今夜、フィリップは床にひざまずき、両手に顔を埋《うず》めて、心の底から祈った。どうか、この足を治してください。山を動かすことにくらべれば、ほんのささいなことに違いない。もし神様がその気になれば、そして自分の信仰が完璧《かんぺき》なものなら、きっと願いは聞き届けられる。

次の朝、祈ったあとも同じ願いをくり返し、奇跡を起こしてもらうときを指定した。

「神様、愛という恩寵《おんちょう》と御恵みによって、学校にもどるときまでに、ぜひ、この足を治してください」

フィリップは自分の嘆願を祈りの形にできてうれしかった。そしてそのあと、ダイニングルームでも、牧師がいつものようにひざまずいて祈りを唱え終えてから立ち上がる短い間に、それを口にした。夜もくり返し、寝間着姿で震えながら祈ってからベッドに入った。フィリップは心から信じていたのだ。そして初めて、休暇が終わるのが待ち遠しくてたまらなかった。二段飛ばしで階段を下りてくる自分をみて驚く伯父の顔を想像してはひとりで笑った。そして朝食の後、ルイーザ伯母さんといっしょに牧師館を飛びだし、新しいブーツを買いにいく。学校でもきっと、みんながびっくりする。

「やあ、ケアリ、足、どうしたんだ」

「うん、もうなんてことないんだ」フィリップは軽い調子で答える。あたりまえじゃないか、ちっとも不思議じゃないとでもいわんばかりに。

サッカーもできる。自分が走っているところを思い描くと、わくわくしてくる。だれよりも速く走る。復活祭《イースター》の学期の終わりにある運動会では競走にも出られる。ハードルを越えて走るところさえ想像した。ほかの子と同じようになれる、すごい。足のことを知らない新入生に珍しそうにみられることもなくなるし、夏、海水浴で着替えるときどうしようとか、足を水につけるまでどうしようとか、うんざりするほど気に病む必要もなくなる。

　フィリップは心をこめて祈った。疑う気持ちなど一度も頭をかすめなかった。神の言葉を無条件に信じていたのだ。そして学校にもどる前の日の晩は、興奮で体を震わせながらベッドに入った。地面には雪が積もっていて、ルイーザ伯母さんが寝室の暖炉に火をたくという贅沢《ぜいたく》を許したくらいだ。フィリップの小さな部屋はとても寒く、指がかじかんで、シャツのカラーをはずす〔当時、シャツカラーは取り外しができた〕のも大変だった。歯がかたかた鳴った。ふと、いつもと違うことをして神様の注意を引かなくてはならない気がして、ベッドの前のラグを折り返し、床の上にひざまずいた。それから、上に着るナイトシャツが柔らかいのは神様のご機嫌をそこねるかもしれないと思い、脱いでからお祈りをした。ベッドに入ると寒くてたまらず、しばらく眠れなかったが、いったん目を閉じると、ぐっすり寝入ってしまい、次の日の朝、お湯を持ってきたメアリ・アンが、ゆすって起こさなくてはならなかった。メアリ・アンはカーテンを開けながら話しかけたが、返事はなかった。フィリップはすぐに思い出した。奇跡の朝がやってきた。心は喜びと感謝でいっぱいだった。とっさに、片手をのばして、普通の形になっている足にさわろうと思ったが、それは神様の御心《みこころ》を疑うような気がした。足が治っているのはわかっている。そのうち、ようやく決心して右足の指で左足をそっとさわった。そして片手をその上に置いてみた。

フィリップは足を引きずりながら階段を下りていった。メアリ・アンがお祈りをしに、ダイニングルームに入るところだったので、朝食の席についた。

「フィリップったら、今朝は妙に静かね」ルイーザ伯母さんが早速、声をかけた。

「明日、学校で食べるおいしい朝食のことを考えているんだろう」牧師がいった。

フィリップは返事をしたが、それはいつも決まって伯父をいらいらさせる話し方、つまり、まるで他人《ひと》事《ごと》のような話し方だった。伯父はそれを、心ここにあらずの悪癖と呼んでいた。

「たとえば、神様に何かをお願いして、それがかなうと現実に確信したとします。たとえば、山を動かすとか。そして心から神様を信じている。それなのに、願いがかなわない場合、それはどう考えればいいんですか」

「おかしな子ね！」ルイーザ伯母さんがいった。「二、三週間まえに、山が動くかどうかって、たずねてたでしょう」

「それはただ、その人の信仰が足りなかったというだけのことだ」ウィリアム伯父さんがいった。

フィリップは、なるほどと思った。神様がこの足を治してくださらなかったのは、信心が足りなかったからだ。しかし、フィリップにはどうすればあれ以上信じられるのかわからなかった。いや、もしかしたら期限を短く切りすぎたのかもしれない。たった十九日だった。フィリップはふたたび、二、三日後にはお祈りを始めた。そしてこのときは、イースターまでに、とお願いした。イースターは神の子イエスが復活なさった日だ。神様は幸せな気持ちでいらっしゃるだろうから、おそらくやさしくしてくださるはずだ。しかし今回は願いをかなえるために、ほかの手段も利用することにした。新月をみたり、まだらの馬をみたりすると、そのたびにお願いをした。そして流れ星をさがそうと外をながめるようになった。学校の休暇で牧師館に帰ってくると、ニワトリを一羽料理して出してもらえるので、そのときはルイーザ伯母さんとふたりでニワトリの叉《さ》骨《こつ》の端をつかんで引っぱって〔長い方を取ると願いがかなうといわれている〕、お願いをした。もちろん、この足が治りますようにというお願いだ。無意識のうちに、イスラエルの神だけでなく、もっと昔からブリトン人が信仰していた神々にも祈っていた。そして時間があって、思い出しさえすれば必ず、祈りの砲弾を神にむけて放った。それはいつも同じ言葉だった。というのは、同じ言葉をくり返すことが重要に思えたからだ。ところがそのうち、なんとなく、今回も祈り方が足りないような気がしてきた。いくらおさえようとしても、疑念がわきあがってくる。フィリップは自分の経験を一般原則にしてしまうところがあった。

「神様に届くほどの信仰を持っている人なんていないのかもしれない」フィリップは思った。

それは乳母からきいた塩の話に似ていた。どんな鳥でも尻尾《しっぽ》に塩をつければ必ず捕まえられる、というのだ。フィリップは一度、塩を小さな袋に入れてケンジントン・ガーデンに出かけたことがあった。しかしどうしても、尻尾に塩をつけるくらい近づくことができなかった。イースターにならないうちに、フィリップはこの苦闘をあきらめた。そしてこんな苦闘に巻きこんだ伯父に対して鈍い怒りを覚えた。山を動かすことができるというあの言葉は、単なる例え話なのだ。自分は伯父にからかわれただけなのだ。

# 15

　フィリップは十三歳になり、ターカンベリのキングズ・スクール本校に入学した。この学校は歴史が古いので有名だった。起源は、一〇六六年のノルマン征服以前に作られた修道院の学校までさかのぼる。その頃は、アウグスティヌス派の修道士が読み書きを教えていた。そしてこの種のほかの多くの学校と同じように、一五三〇年代、国王ヘンリー八世の修道院解散令によって再編成され、キングズ・スクールという名前になった。それ以来、中堅の学校として、地域の紳士階級や、ケント州の専門的な職業人の子どもにふさわしい教育を行ってきた。文学畑では、シェイクスピア以外、右に出るものはないといわれている詩人に始まり、その人の人生観がフィリップたちの世代に大きな影響を与えた作家まで、数人がこの学校を出て有名な文人になっていた。著名な法律家も数名出ているが、著名な法律家というのはたいして珍しくもない。また傑出した軍人も数人いる。しかし修道院から分離されて以来、三世紀にわたって輩出してきたのは、なんといっても教会関係者だ。主教、主席司祭、参事司祭、とくに地方の聖職者。生徒のなかには、父も、祖父も、曾祖父《そうそふ》もここで学んでターカンベリ教区の牧師をつとめ、本人もそうなるつもりできている生徒もいた。しかしそれにもかかわらず、ここにも変化の波は押し寄せていた。たとえば、何人かの生徒は、家で耳にしたことをくり返して、教会はもうかつての教会ではなくなったといっていた。入学してくる生徒の親の経済状況も変わったが、それ以上に変わったのが階級だ。父親が商人という副牧師もいて、紳士階級でもない男の下で聖職者になるよりは、植民地にいくほうがましだという生徒もいた（というのも、その頃でもまだ、植民地は、英国でろくな職につけない人々にとっての最後の希望だったからだ）。キングズ・スクールでは、ブラックステイブルの牧師館でもそうだったが、商人というのは運が悪くて土地を持てなかった人々か（そこには紳士階級の農場主と地主のささやかな違いがあるのだが）、紳士階級の人々が属する可能性のある四職業〔本書の33章で「陸軍、海軍、法律、教会」と出てくる〕につけなかった人々だった。通学生は百五十人ほどいたが、彼らは地方紳士か、駐屯地に配属されている軍人の息子だ。そんななかにいれば、商人の息子たちが肩身の狭い思いをすることは避けられない。

　教師たちは「タイムズ」紙や「ガーディアン」紙に載る新しい教育に批判的で、キングズ・スクールは古くからの伝統を大切にすべきだと考えていた。もう使われていない古代ギリシア語とラテン語を徹底的に教えられたせいで、卒業生はホメロスやウェルギリウスの名前をきくだけでうんざりした。また談話室では、数学がこれからは重要になってきているという大胆な意見が、ごくまれに出ることもあるが、大多数は、数学など古典にくらべれば格がはるかに下だという意見で一致していた。ドイツ語の授業も化学の授業もなく、フランス語は学級担任がついでに教えていた。ここの教員のほうが外国人教師よりも生徒をうまく扱えるし、文法の知識ならフランス人にも引けを取らない。ブーローニュのレストランにいって、多少なりとも英語を知っているウェイターがいなければ、コーヒー一杯注文できない教師ばかりだったが、だれもが、そんなことはどうでもいいという主義だ。地理の授業では主に、生徒に地図を描かせた。これは教師の好きな授業だった。とくに山の多い国の地図が好まれた。アンデス山脈やアペニン山脈を描くにはたっぷり時間がかかる。教師はすべてオクスフォードかケンブリッジの卒業生で、聖職につき、未婚だった。もし結婚したいなどと思えば、参事会の管轄《かんかつ》内でかなり安い給料でがまんしなくてはならなくなる。もう長い間、ターカンベリのこの洗練された環境から抜けだそうなどと考えた人はいない。なにしろ、騎兵連隊が駐屯していて、宗教的なうえに勇壮な雰囲気も漂っている。ここを出て、田舎の教区の単調な生活がしたいなどと考える人はまずいない。そんなわけで、この学校の教師はすべて中年の男性だった。老齢が身にこたえるようになるまで学務に身を捧げることになっていた。そして退職すると、一般の教員にはとても望めない高給をもらい、名誉参事司祭の称号を贈られる。

ところがフィリップが入学する一年前に大異変が起こった。四半世紀ほど校長を務めてきたフレミング師の難聴がひどくなり、神の栄光を伝えることが難しくなっていたところに、ちょうどターカンベリの郊外に牧師が必要となり、年俸は六百ポンドということなので、参事会がフレミング師に、校長を辞めてそちらに移ってはどうかと打診した。それくらいの年俸があれば、いくつかの持病の治療をしながら楽に暮らしていけるだろうと考えたのだ。昇進を望んでいた二、三の副牧師は妻にこうこぼしたらしい。若く、たくましく、気力あふれる人物が必要な教区を、教区での仕事など何も知らない、すでに蓄えもある老人に渡すなど、とんでもない、というのがその主旨だ。しかしまだ聖職給をもらってもいない連中の不平が参事会の幹部にまで届くはずはない。また教区の信者は、そういうことには口をはさまず、意見をきかれることもなかった。それに、ウエスリー派もバプティスト派もそれぞれ自分のチャペルをその村に持っていた。

フレミング師が退職すると、後継者が必要になる。それまでの慣習によれば、平教員が選ばれることはない。談話室では全員が、予備クラスの校長であるミスタ・ワトソンを後継者にと考えていた。キングズ・スクールの教員ではないが、二十年のつきあいがあるし、好人物だ。ところが参事会の選択をきいてだれもが驚いた。パーキンズという男が選ばれたのだ。最初はだれひとり、パーキンズという男に心当りがなかったし、そもそも名前が気に入らなかった。そしてそのショックがまだ尾を引いているときに、リンネルなどを扱っている会社の息子だということが判明した。昼食の前にフレミング師が教員たちにそれを告げたのだが、さすがに師も驚きの色は隠せなかった。その場にいた教員は黙々と食事をして、給仕の者たちがいなくなると早速、話が始まった。その場にいた教員たちの名前はどうでもいいが、生徒たちがつけたあだ名は、「ため息」、「タール」、「よぼよぼ」、「ちび」、「パタパタ」などだ。

　全員がトム・パーキンズを知っていた。彼について何よりよく知っていた事実は、紳士階級ではないということだ。そしてまた、彼の学生時代のこともよく覚えていた。小柄で、肌の浅黒い生徒で、黒い髪はくしゃくしゃで、大きな目をしていた。みた感じはまさにジプシー。通学生で、学校から最高の奨学金をもらっていたので、学費は不要だった。いうまでもなく優秀で、スピーチデーでは毎回、いくつも賞品をもらった。学校の表看板のような生徒だった。教員たちが苦々しく思い出したのは、あの頃、彼が奨学金をもらってどこか大きなパブリックスクールに転校するのではないかと冷や冷やしていたことだ。フレミング師はわざわざ父親に会いにいって――ほかの教員も、セントキャサリンズ通りにあるパーキンズ&クーパー商会は知っていた――そのとき、息子さんにはオクスフォードにいくまではわが校にいてほしいと思っているといった。キングズ・スクールはパーキンズ&クーパー商会のお得意だったので、父親は喜んで、そうさせていただきますと返事をした。トム・パーキンズは抜群の成績を維持し、古典の科目に関してはフレミング師が覚えているなかで最も優秀な生徒だった。そして卒業時にはキングズ・スクールの提供している最高の奨学金をもらい、モードリン・カレッジ〔オクスフォード大学の構成校のひとつ〕でもまた奨学金をもらい、輝かしい成績で大学を卒業した。大学報には毎年、彼の成績が載り、二科目最優秀生になったときは、フレミング師みずからが、最初のページに短い賛辞を書いたほどだ。そしてまたパーキンズ&クーパー商会が傾きかけていたこともあって、彼の非凡な才能はいっそう好意的に受け止められた。クーパーは大酒飲みで、トム・パーキンズが学位を取る少し前に、会社は破産申告をした。

やがてトム・パーキンズは聖職に入り、最適ともいえる職業についた。ウェリントン校で助手として教え、その後、ラグビー校に移ったのだ。

しかし、他校での彼の成功を喜ぶことと、自校で彼の下で教えることはまったく違う。かつて「タール」はたびたび彼に罰として文章を書き写させていたし、「ちび」は耳のあたりを殴ったことさえある。彼らは、なぜ参事会がこのような過《あやま》ちを犯したのかまったくわからなかった。トム・パーキンズが破産した会社の息子だということを忘れる者がいるはずがないし、クーパーの飲酒癖はさらに彼の印象を悪くしている。主席司祭が熱心に彼の抜擢《ばってき》を支持したことはわかっていた。とすると、主席司祭はおそらくトム・パーキンズを晩餐会《ばんさんかい》に呼ぶだろう。しかしそんな人物が出席すれば、なごやかでささやかな晩餐会の雰囲気はまるで違ったものになる。それに騎兵連隊はどう受け止めるだろう。士官や紳士階級の人々が彼を同族として受け入れるはずがない。学校は、はなはだしい損害をこうむることになる。生徒の親は不満を募らせるだろうし、大勢が退学することになってもおかしくない。それに彼をパーキンズ校長と呼ぶなど論外だ！　抗議の意をこめて総辞職しようという提案も出たが、その提案をあっさり受け入れられたらと思うと、それも不安だった。

「われわれにできるのは、きたるべき変化に備えることくらいかもしれない」と「ため息」がいった。彼は二十五年間、五年生を担当してきたが、これほど無能な教師もめったにいない。

いよいよ本人がやってきた。教師は全員、落ち着かなかった。フレミング師が顔合わせのための昼食会に招待したのだ。トム・パーキンズは三十二歳、背が高くやせていた。しかし昔と同じように粗野でだらしない格好だったので、教員たちは彼の子どもの頃の様子を思い出した。着ている服は仕立てが悪く、みすぼらしく、着こなしも下手だ。長い髪も昔と同様くしゃくしゃで、ブラシをかける習慣はついぞ身につかなかったらしい。身動きするたびに髪が額にかかり、それを手早く目からかきあげる。黒い口ひげと、頬骨あたりまである頬ひげ。教師たちにずいぶん気軽に話しかけるところは、一、二週間ぶりだねといわんばかりだ。みんなに会えてうれしく思っているのがよくわかる。初めて校長という職について緊張している様子もなければ、パーキンズ校長と呼ばれることをくすぐったく思っているところもない。

退出するとき、教員のひとりが、何かいわなくてはと思い、列車が出るまでまだ時間がありますといった。

「ちょっと寄り道をして、あの店をみていこうと思うんです」トム・パーキンズは陽気に答えた。

ぎこちない雰囲気が流れた。だれもが、なぜそんな無神経なことを口にするのだろうと思った。場の雰囲気をさらに気まずくするかのように、その言葉がきこえなかったフレミング師に、妻が大声でくり返した。

「寄り道をして、昔のお父さまの会社のあとをみにいらっしゃるんですって」

トム・パーキンズだけが、そこにいた人々全員が味わっていた居心地の悪さに気づいていなかった。そしてフレミング師の妻のほうを向いてたずねた。

「いまは、どなたがあそこを使っているかご存じですか」

妻のほうはろくな返事ができないくらい怒っていた。

「同じ職業の方が使っていらっしゃいます」妻はぶっきらぼうに答えた。「グローヴさんとかおっしゃる方です。うちの学校は、そことはもう取り引きをしていません」

「なかをみせてもらえますかね」

「みせてくださるでしょう。わけをご説明すれば」

その夜、夕食が終わってようやく、談話室で、だれもが気になっていた話題が出た。

「ため息」がまず切り出した。

「さて、今度の新しい校長をどう思う」

教員たちは昼食会での会話を思い出していた。それは会話と呼べるものではなく、ひとり芝居に近かった。パーキンズがひっきりなしにしゃべっていた。とても早口で、平易な言葉を連ね、よく響く深い声で話した。短く奇妙な笑い声を上げるときに、白い歯がのぞいた。教員たちは話についていけなかった。というのは、次々に話題が変わって、そのつながりがときどきみえなくなるからだ。教育学について話すのはわかる。それは当然だ。しかしドイツにおける最近の理論のことまでまくしたてられると、だれもそんなことはきいたことがなかったので、不安でたまらなくなった。また彼は古典についても語ったが、そのときに出たのは考古学の話で、ひと冬、ギリシアで発掘作業をしたときのことだった。しかしそれを生徒の試験勉強にどう役立てればいいのかはだれにもわからなかった。それから政治についての意見も述べたが、ディズレーリ〔一九世紀英国の政治家で、首相を二期務めた〕とアルキビアデス〔紀元前五世紀のアテネの政治家〕の比較には首をかしげるしかなかった。グラッドストーン〔一九世紀の英国の政治家で、四期首相を務めた〕とアイルランド自治について述べたときには、彼が自由党支持者だとわかって、だれもががっかりした。また、ドイツ哲学とフランス小説についても語った。教員一同は、こんなに雑多なことに興味を持つとは浅薄な人間に違いないと思った。

「よぼよぼ」が全員の印象をうまくまとめて、とことんひどい言葉で表現した。「よぼよぼ」は三年生上級クラスを担当している教師で、膝《ひざ》が悪く、まぶたが垂れ下がっている。身長をささえるだけの体力がないせいで、動作はゆっくりで鈍く、倦怠感《けんたいかん》が漂っていて、「よぼよぼ」というあだなはぴったりだった。

「いってみれば、節操がないんでしょう」

無節操ということは育ちが悪い証拠だ。紳士階級の人間はそんなふうに育てられることはない。あの男はラッパを吹き鳴らして太鼓をたたく救世軍を連想させる。無節操は変化を生む。教師たちは、古き良き伝統がいまにも崩れ去ろうとしていると思うと鳥肌が立った。未来をのぞく勇気などだれも持ち合わせていなかった。

「ますますジプシーらしくなりましたね」しばらくして、だれかがいった。

「主席司祭も参事会も、校長の選出に際して、彼が急進派だということを知っているのでしょうか」べつのだれかが苦々しそうにいった。

しかし話は続かなかった。だれもが不安にかられて言葉が出なかったのだ。

一週間後のスピーチデーの日、「タール」と「ため息」が肩を並べて参事会会館〔教会で司祭の集会などに使用される建物〕にむかって歩いているとき、口の悪い「タール」がいった。

「いままでに何度もここで、素晴らしいスピーチデーをみてきましたが、これが見納めになるかもしれませんな」

「ため息」のほうはいつも以上に気が沈んでいた。

「どこかの教会でいい職があれば、いつ退職してもいい気持ちです」

## 16

一年後、フィリップが入学したとき、教師はひとりもやめていなかった。いかにも新校長の意見に従うとみせかけて、裏であれこれ画策をつづけた。このしたたかな抵抗にもかかわらず、実際には多くの変化が起こっていた。下級生のフランス語は以前と同じように学級担当の教師が教えていたが、ハイデルベルクの大学で言語学の博士号をとったうえに、フランスの国立高等学校《リセ》で三年間教えた教師が新たに雇われ、上級クラスのフランス語と、ギリシア語の代わりにドイツ語をとった生徒にドイツ語を教えていた。それからもうひとり、それまでとちがって、体系的に数学を教える教師がきた。どちらも聖職者ではない。これは抜本的な改革で、ふたりが学校にやってきたとき、ほかの教師たちは疑いの目で迎えた。実験室ができ、陸軍に進みたい生徒のためのクラスがいくつかできた。だれもが、学校の性格が変わりつつあると思った。そのうえミスタ・パーキンズのもじゃもじゃ頭のなかでどんな未来の計画が進んでいるのか、だれにもわからなかった。キングズ・スクールはパブリックスクールとしては小さく、寄宿生は二百人ほどで、規模を大きくするのは難しかった。というのは、校舎が聖堂にくっつくように建てられていて、大聖堂の敷地には、数人の教員が間借りしている屋敷をのぞいてすべて、教会関係の人たちが住んでいるからだ。増築する余裕はどこにもない。ところがミスタ・パーキンズは妙案をひねりだした。学校を現在の二倍の規模にして、ロンドンから生徒を呼ぼうと考えたのだ。ケント州の生徒と触れ合うのは彼らにとっていいことだし、また田舎の生徒も都会らしさに目ざめるだろうというのが彼の考えだった。

「それは本校の伝統をないがしろにすることになります」ミスタ・パーキンズからその提案をきかされた「ため息」がいった。「われわれはわが校の生徒が毒されないよう、ロンドンからの生徒は避けるようにしてきたのです」

「ばかばかしい！」ミスタ・パーキンズがいった。

「ため息」に「ばかばかしい！」などという言葉を投げつけた者はそれまでいなかった。「ため息」はぴしゃりと言い返してやろう、それに父親の職業がらみのこともいってやろうと考えたが、口を開く前に、ミスタ・パーキンズのほうがいつもの奔放《ほんぽう》な口ぶりで、とんでもないことをいいだした。

「教会の敷地にたっているあの屋敷ですが——あなたが結婚してくだされば、参事会に交渉して、あの上に二階分増築してもらい、寄宿部屋と勉強部屋を作ることができるんです。それに、あなたも奥さんをもらえば、いろいろと助かるんじゃありませんか」

「ため息」は開いた口がふさがらなかった。結婚？　五十七歳で結婚などできるはずがない。人生をここまできて、いまさら家族の世話ができるか。結婚などしたくもない。もし結婚か田舎暮らしか、どちらか選べといわれたら、すぐに教員を辞める。いま自分に必要なのは心の安らぎと静寂だ。

「いえ、結婚は考えていません」

　ミスタ・パーキンズは黒く輝く目で相手をみた。そこにはいたずらっぽいきらめきがあったのだが、「ため息」にはみえていなかった。

「それは残念！　わたしのためにも、ぜひそうしてほしかったのですが。結婚してくだされば、主席司祭と参事会にあの屋敷を増築する話を持ちだせて、おおいに助かるんですよ」

　しかし、ミスタ・パーキンズの持ちこんだ改革で最もいやがられたのは、ほかの教員の授業の代わりをやりたがることだ。本人は好意でやっているというのだが、つまるところ、断ることのできない好意というのは、「タール」、つまりミスタ・ターナーがいうように、当事者にとって侮辱でしかない。そのうえ、前もって断りもなく、朝の祈りが終わると、教師のひとりをつかまえてこういうのだ。

「今日十一時からの六年生の授業をやってもらえませんか。つまり授業の交換です」

キングズ・スクールの教師たちは、ほかの学校でもこういうことが普通に行われているのかどうかは知らなかったが、ターカンベリではかつて一度もなかった。その結果、おもしろいことになった。ミスタ・ターナーが最初の犠牲者だった。彼は生徒にそれを伝えて、今日は校長先生がラテン語を教えてくださることになった、君たちも質問のひとつやふたつできないと、自分がばかに思えてしかたないだろうといって、一時間の歴史の授業で最後の十五分を使って、その日に読むことになるリウィウス〔古代ローマの歴史家で、『ローマ建国史』の著者〕の一部を解釈してやった。ところがそのあとクラスにもどって、ミスタ・パーキンズが残していった評価をみて驚いた。トップのふたりが最低点で、それまでまったくみるべき所のなかった生徒数人に満点がつけてあったのだ。ミスタ・ターナーは、いちばん優秀なエルドリッジに、これはどういうことだとたずねたところ、次のような答えが、暗い声で返ってきた。

「パーキンズ先生は、解釈の授業なんかしませんでした。ぼくは、ゴードン将軍〔一九世紀の英国の将軍。太平天国の乱を鎮圧したので有名〕を知っているかときかれました」

ミスタ・ターナーはあっけにとられて、エルドリッジの顔をみた。どうやら、生徒たちは自分たちがひどい目にあったと思っているらしい。ミスタ・ターナーも彼らが不満そうに黙っているのをみて、うなずかないわけにはいかなかった。ゴードン将軍とリウィウスにどんな関係があるのか。ミスタ・ターナーはその後で、思い切って、きいてみた。

「エルドリッジが、ゴードン将軍のことを知っているかときかれて、とても困ったといってましたよ」ミスタ・ターナーは軽く笑いながらたずねた。

ミスタ・パーキンズは声を上げて笑った。

「ガイウス・グラックス〔共和制ローマの政治家〕の土地分配法について知っているのはわかったから、アイルランドの土地戦争も知っているかなと思ったんですよ。ところが、アイルランドについて知っているのは、ダブリンがリフィー川の流域にあるということくらいだった。そこで、さすがにゴードン将軍のことくらいはきいたことがあるだろうと思いましてね」

恐ろしいことが明らかになった。今度の校長は一般教養が異様に好きなのだ。そして、試験のための詰めこみ勉強など役に立たないと思っている。つまり一般常識が重要だと考えているのだ。

「ため息」の悩みは一ヶ月ごとに大きくなっていった。ミスタ・パーキンズから結婚の日を決めるようにといわれるのではないかと、そればかり考えてしまうのだ。また、校長の古典に対する態度が腹立たしかった。ミスタ・パーキンズは立派な学者で、じつにまっとうな論文を書いていて、それはラテン文学における樹木に関する論文なのだが、それをじつに軽々しく、たいしたことのない時間つぶしのように語る。まるでビリヤードのようなもので、いってみれば娯楽であって、真剣に考えてはいないとでもいわんばかりなのだ。また、三年生中級クラス担当の「ちび」は日ごとに不機嫌になっていった。

フィリップは入学すると「ちび」のクラスに入れられた。「ちび」こと、B・B・ゴードンは生まれつき教員には向いていなかった。短気でかんしゃく持ちだったのだ。それをだれからもたしなめられることがなく、相手にするのは年下の少年ばかりとあって、はるか昔に自制心をなくしていた。生徒を怒鳴りつけながら授業を始め、激怒して終わるといった調子だ。背は中くらいで太っていた。短く刈りこんだ薄茶色の髪には白髪が混じり、口のまわりには硬いひげをちょぼっと生やしている。青い目はぼんやりして小さく、赤い顔は大きかったが、しょっちゅう怒りの発作に襲われて、赤黒くなった。爪《つめ》はぎりぎりまで嚙《か》んであって、みるからに痛そうだ。生徒が震えながら解釈をしている間ずっと、教卓の後ろに座り、怒りに身を震わせながら爪を嚙む癖があるからだ。おそらく誇張もあるのだろうが、暴力沙汰《ざた》についてはいくつもうわさが残っている。二年前、学校でちょっとした騒動があった。ある生徒の父親が学校を訴えるといってきたのだ。ミスタ・ゴードンがウォルターズという名の生徒を耳の上から本でなぐったせいで、その子は聴力に支障をきたし、退学せざるをえなくなった。父親はターカンベリに住んでいて、地元でそれが問題になり、地方紙が記事で取り上げた。しかし父親はビールの醸造者にすぎず、それほど同情を買うことはできなかった。ほかの生徒はミスタ・ゴードンを心底嫌ってはいたが、この件では彼らなりの理由があったのだろう、担任の肩を持ち、学校で起こったことが外で取沙汰されることに怒り、まだ学校にいたウォルターズの弟を徹底的にいじめた。ただ、危ういところで田舎暮らしを逃れたミスタ・ゴードンはそれ以後、絶対に生徒をなぐらなくなった。教師は生徒の手を細い棒でたたくことも禁止されたので、ミスタ・ゴードンは棒で教卓をたたきながら怒りを強調することもできなくなった。せいぜい、生徒の両肩をつかんでゆさぶるくらいで我慢するしかない。ただ、わんぱくな子や強情な子は、十分から三十分くらい片腕を前に伸ばしたまま立たせることくらいはできたし、暴力的な声や言葉は変わらなかった。

フィリップのような内向的な少年を教えるのに、これほど不適当な教師はいない。予備クラスでは多くの生徒と知り合いになっていたし、それに成長していたから、直感的に、大人数のなかでは足が悪いのもそう目立たないだろうと思っていたのだ。ところが初日から、震えあがってしまった。ミスタ・ゴードンは一目で、自分を怖《おそ》れている生徒をみわけることができて、そういう生徒を毛嫌いした。フィリップは勉強が楽しくなってきていたのだが、ここにきてからは学校での一時間一時間が恐ろしくてならなかった。間違った答えをして罵倒《ばとう》の嵐《あらし》にあうよりは、わからないふりをして黙っているようになり、解釈する番が近づいてくると、不安で吐き気がこみあげてきた。うれしいのは、ミスタ・パーキンズが授業をしにくるときだった。フィリップは、この校長が愛してやまない一般教養への情熱を満足させることができたからだ。もともと年齢に不相応なくらい、学業とは関係のない本を読みあさっていた。校長はひとりひとりに質問しながら、フィリップの前にくると立ち止まってにっこりする。それだけで、フィリップはうれしくてたまらない。

「さあ、ケアリくん、みんなに教えてあげてくれないか」

フィリップがこういうところでいい点を取るたびに、ミスタ・ゴードンの怒りがふくれあがっていった。ある日、フィリップが訳す番になった。ミスタ・ゴードンは椅《い》子《す》に座ってフィリップをにらみつけながら、親指の爪をがしがし噛んでいる。噴火寸前だ。フィリップはぼそぼそと訳し始めた。

「声が小さい！」ミスタ・ゴードンが怒鳴った。

フィリップは喉《のど》が詰まったような気がした。

「さあ、黙ってないで、続けろ」

ひと言ごとに声が大きくなる。フィリップは怒鳴られて、頭のなかにあったことをすべて忘れてしまい、ぼんやりとページをみつめた。ミスタ・ゴードンの息が荒くなっていく。

「わからないなら、わからないといえ。わかるのか、わからないのか？　前回、そこはやっただろう、きいてなかったのか？　なぜ黙っている。口を開け、このばか。口を開け！」

ミスタ・ゴードンが椅子のひじ掛けをつかんでいるところは、フィリップに飛びかかるのを必死にこらえているかのようだった。かつて生徒の喉をつかんであやうく窒息させそうになったことが何度かあるのは、だれもが知っている。ミスタ・ゴードンのこめかみの血管が浮き上がって、顔が赤黒く、険しくなった。とても正気にはみえない。

前の日、フィリップはそこの部分を完璧に覚えていたのだが、いまはもう頭のなかに何も残っていない。

「わかりません」フィリップはあえぐような声でいった。

「なぜ、わからない。単語をひとつひとついってみろ。わかっているか、わかってないか、すぐにわかる」

　フィリップは黙って立っていた。顔はまっ青で、体が少し震えている。うつむいて、顔が本にくっつきそうだ。ミスタ・ゴードンのすさまじい鼻息がきこえる。

「校長先生がいうには、きみは賢いそうじゃないか。しかし、いったいどこがどう賢いのかさっぱりわからん。得意なのは、雑学というやつか」ミスタ・ゴードンは憎々しげに大声で笑った。「よくこのクラスに入れたもんだ。頭でっかちの大ばか野郎」

　ミスタ・ゴードンはこの言葉が気に入ったようで、大声でくり返した。

「頭でっかち！　びっこの大ばか野郎！」

　ミスタ・ゴードンは少し気がおさまると、フィリップの顔がまっ赤になるのをながめた。それから、処罰帳を持ってくるようにといった。フィリップはシーザーの本を置いて、黙って教室を出た。処罰帳というのは黒い冊子で、問題を起こした生徒の名前にその理由を添えて書き記すためのものだ。そして三度、そこに名前が載ると、むちで打たれることになっていた。フィリップは校長の家にいって、書斎のドアをノックした。ミスタ・パーキンズはテーブルについて座っていた。

「処罰帳をお借りしていいですか」

「そこにあるが」ミスタ・パーキンズはそちらのほうにあごをしゃくっていった。「いったい、どんな悪いことをしたんだね」

「わからないんです」

　ミスタ・パーキンズはフィリップのほうをちらっとみたが、何もいわずに仕事を続けた。フィリップは処罰帳を持って出ていった。その時間が終わって二、三分すると、フィリップがそれを持ってもどってきた。

「ちょっとみせてくれ」校長がいった。「ゴードン先生か。『授業態度が非常に悪い』と書いてある。どういうことかな」

「わからないんです。ゴードン先生に、びっこの大ばか野郎といわれました」

　ミスタ・パーキンズはもう一度、フィリップをみた。その返事に何か皮肉がこめられているのかと思ったのだが、少年はおどおどしている。まっ青で、目にはおびえてつらそうな表情が浮かんでいる。ミスタ・パーキンズは立ち上がって、処罰帳を置いた。そして写真を何枚か手に取った。

「わたしの友人が今朝、アテネの写真を数枚送ってきてくれてね」ミスタ・パーキンズは軽い調子で話しかけた。「ほら、これはアクロポリスの写真だ」

ミスタ・パーキンズはフィリップに説明し始めた。その言葉とともに、廃墟《はいきょ》が生き生きとよみがえってきた。ディオニュソスの劇場をみせ、観客はこんなふうに座っていたから、むこうのほうに青いエーゲ海がみえたんだ、などと説明をした。そして突然、こういった。

「いまでもよく覚えているんだが、わたしはあのクラスにいたとき、ゴードン先生にしょっちゅう、商売人のジプシー息子といわれたよ」

目の前の写真にみとれていたフィリップは、何をいわれたのかわかるまえに、今度はギリシアのサラミス島の写真をみせられた。ミスタ・パーキンズは爪の先が黒く染まった指でさし示しながら、紀元前五世紀、ギリシアの軍艦とペルシアの軍艦がそれぞれどんな布陣でサラミス島付近の海戦に臨んだかを語った。

# 17

フィリップは次の二年間を、快適に単調に過ごした。同じ体格の生徒以上にいじめられることはなかったし、足が悪いせいで体育の競技に出られず軽んじられることもあったが、かえってありがたかった。学校では人気がなく、まったく孤独だった。三年生上級の二学期間の担任は「よぼよぼ」。すべて面倒くさそうで、まぶたが垂れ下がっているので、いかにも退屈そうにみえた。教師としての義務は果たしていたが、心ここにあらずといわんばかりの教え方だ。親切で、やさしくて、愚かだった。少年の道義心をとても信用していた。そして生徒が正直になるように指導するには、彼らが嘘《うそ》をつくことなど絶対にないと思うのが一番だと考えていた。彼がよく引用する言葉は「多くを求めよ。そうすれば多くが与えられる」。三年生上級の授業は楽勝だった。どの部分の解釈が当たるかあらかじめすっかりわかっているうえ、カンニングペーパーまで回ってくるので、二分くらいで必要な部分を覚えてしまえる。また質問が回ってくる前に、膝の上にラテン語の文法書を広げて読むこともできた。そのうえ

「よぼよぼ」は、信じられないような同じ間違いが十人ほどの答案に同時にみつかっても、おかしいとはまったく思わない。そして試験の結果はあまり信用していなかった。というのも、授業中とちがって、出来が悪かったからだ。そのことでがっかりしてはいたが、たいしたことではないと思っていた。やがて生徒は上のクラスに進むが、そのときに身につけているのは、嘘をついても平気でいる陽気さ以外ほとんどなにもない。しかしそれは、ラテン語をすらすらと読む能力などよりずっと、その後の人生にとって役に立つものだったかもしれない。

その次は「タール」だった。本名はターナー。年のいった教師仲間のなかでは最も元気がよく、小柄で、驚くほど腹が出ていた。白いものが混じりかけた黒いあごひげを生やし、肌は浅黒く、牧師服を着ているところは、まさにタールの樽《たる》を連想させた。そしてそのあだ名をききつけると、それがだれであれ、その生徒に五百行の文章を書かせることにしていた。そのくせ、学校内の晩餐会のときなどは、自分でそのあだ名を引き合いに出して軽いジョークを飛ばす。また、教師仲間でいちばん俗っぽいところがあった。ほかの教師よりずっと頻繁に外食をするし、交際相手にも聖職関係以外の人がかなりいた。生徒たちは彼のことを教師というより犬のようにみていた。休暇には牧師服を脱いで、派手なツイードの服を着てスイスに遊びにいった。ワインとおいしい料理が好きで、一度、ロンドンのホテル・カフェ・ロワイヤルで女性と親しげにしているところを目撃されたこともあり、それ以降、学校の生徒たちには、人間は際限なく腐敗する格好の例と思われるようになった。

ミスタ・ターナーは、三年生上級から上がってきた生徒をたたき直すには一学期必要だと考えていて、ときどき、前の担任の授業がどのようなものだったかは知っていると、皮肉まじりにほのめかしたが、おおらかにかまえていた。男の子というのはやんちゃなもので、嘘は必ずばれると教えこめば、まっとうになるし、そもそも子どもの道義心など子ども特有のもので、教師との関係に当てはまるものではなく、面倒を起こすと損をすると教えておけば手がかからない、そんなふうに考えていた。そして自分のクラスが自慢で、五十五歳になっても教育熱心で、それはこの学校に赴任したときから変わらず、試験ではほかのクラスには負けないようにと心がけていた。肥満体でかんしゃく持ちだったが、熱しやすく冷めやすいたちで、生徒たちはすぐに、しょっちゅう投げつけられる罵倒の言葉の裏にはやさしさがあることに気づいた。また、頭の悪い子には容赦なかったが、強情さの後ろに賢さがうかがえる子の面倒はよくみた。生徒をお茶に誘うのが好きだった。生徒は、先生の誘惑に負けてケーキやマフィンを食べてはいけない、先生の肥満は大食が原因で、さらにその原因はサナダムシなのだから、あんなふうになるのはいやだと思いながらも、喜んでその招待を受けた。

フィリップはそのクラスになってから居心地がよかった。というのは上級生用の部屋は小さく、そこは勉強にしか使われなかったからだ。それまで使っていた大部屋は、食事をしたり、下級生が予習をしたりで雑然としていて、それがなんとなくいやだった。ときどきみんなといるのに疲れて、ひとりになりたくなると、田舎道を散歩した。小川が流れ、その両岸には枝を刈りこまれた木が並んでいる。緑の草原を流れる川をみると、わけもなく楽しくなって、川沿いをのんびり歩く。くたびれると、草の上に腹ばいになって、小魚やオタマジャクシがせわしく泳ぐのをながめる。学校の敷地をぶらぶらするだけでも、なんともいえない満足感がこみあげてきた。夏になると、芝地の中央をネットで囲って、生徒がクリケットの練習をするが、それ以外の季節はとても静かだ。男の子たちがときどき腕を組んで、あるいは勉強熱心な生徒がどこをみるともなくゆっくり歩きながら、暗記した文章を独り言のようにくり返している。ニレの大木が立ち並ぶあたりには大きなカラスの群がいて、悲しげな鳴き声があたりに響いている。片側には大聖堂があり、そのまん中に大きな塔が立っている。フィリップはまだ美などまったくわからず、それをながめて心のざわつくような喜びを感じたが、それがなんなのかは理解できなかった。勉強部屋（貧民街を見下ろす四角い四人用の小部屋）を割り当てられたとき、フィリップはその大聖堂を同じ角度から撮った写真を買ってきて、机の上の壁にピンで留めた。その後、四年生の教室の窓からみた風景にも新たな興味を覚えた。それはよく手入れされた昔からの芝生と、葉が豊かに密に生えている美しい木立だった。ながめていると、心がざわついた。苦しいような、うれしいような気持ち。それが最初に覚えた美のおののきだった。それとともに、ほかの変化も訪れた。声が変わって、思うように発することができなくなり、喉からは奇妙な声しか出てこなくなったのだ。

　フィリップは校長の書斎で行われている授業に出るようになった。それはティーの時間のあとすぐ始まった。堅信礼《けんしんれい》を受ける生徒のためのものだ。フィリップの信仰心は時の試練に耐えられず、夜、聖書を読むこともとっくになくなっていた。ところがこの時になって、ミスタ・パーキンズの影響もあり、また不安をもたらした体の変化もあって、かつての信仰がよみがえったのだ。フィリップは自分の堕落を厳しく責めた。地獄の業火《ごうか》が心の目の前で燃えさかった。もしいま、不信心者のまま死んでしまったら、魂は迷ってしまう。フィリップは暗黙のうちに永遠の業苦《ごうく》を、永遠の幸福以上に強く信じていた。そして自分のおかしてきた危険を思って身震いした。

あの教師から耐えがたい屈辱を受けて苦しんでいたとき、やさしく話しかけてもらった日以来ずっと、フィリップは校長を犬のように慕っていた。そしてなんとかして喜んでもらおうと、ない知恵をしぼっていた。校長の口からたまたまほめ言葉がこぼれたら、それがどんなにささいなものであっても大切に心にしまった。そして校長の家で行われる静かな少人数の授業のときは、すべてを忘れて聞き入った。目はミスタ・パーキンズの輝く目に釘付《くぎづ》けになり、口を軽く開け、ひと言もききもらさないよう、少し前かがみになった。彼らをとりまく環境はいたって平凡だったので、授業で扱うテーマは驚くほど感動的だった。そしてしばしば、校長までが取り上げたテーマの驚異にうたれて本を目の前に置き、鼓動をしずめるかのように両手を胸の上で組み、キリスト教の神秘について語ることもある。フィリップはときどき理解できないこともあったが、理解しようとは思わなかった。感じるだけで十分だと、ぼんやり感じていたのだ。そういうとき、もじゃもじゃの黒い髪と青白い顔をした校長が、怖れることなく王たちを非難したイスラエルの預言者のようにみえた。また頭に浮かぶ救世主は必ず、校長の黒い目とこけた頬をしていた。

ミスタ・パーキンズはこの授業をとても真剣に考えていて、ほかの教員が軽薄だと思うような気のきいたユーモアは影をひそめた。忙しくない日など一日もなかったが、それでも時間を作って、生徒ひとりひとりのために十五分から二十分くらい堅信礼を受ける準備のための時間を作ってやった。校長は生徒たちに、これは真剣に考えるべき人生の最初の一歩なのだということを感じ取ってほしかった。生徒たちの魂の底の底までさぐりたかった。生徒たちのなかに自分自身の熱い敬虔《けいけん》な気持ちを注ぎこみたかったのだ。そしてフィリップのなかに、その臆病《おくびょう》な性格にもかかわらず、自分と同じ情熱の可能性を感じていた。フィリップの気質そのものが、非常に宗教的なものに思えたのだ。ある日、校長はそれまで語っていたテーマからふいにそれてたずねた。

「大きくなったら、なんになりたい？」

「伯父は、牧師になってほしいと思っています」

「きみは？」

フィリップはうつむいた。自分はそんな職にふさわしくないと思っていると答えるのが恥ずかしかったのだ。

「たしかに、わたしたちのように神に仕える人生より素晴らしい人生はない。きみに、それがどんなに恵まれた生活か知ってほしいと思う。どんな職に就いても神に仕えることはできるが、わたしたちは神のそばにいる。わたしの考えを押しつけるつもりはないが、もしきみが心を決めるなら、きみは――ああ、すぐにでも――喜びと安堵《あんど》を感じるだろうし、その喜びと安堵は生涯、きみのもとを去ることはない」

フィリップは何も答えなかったが、校長は相手の目をみて、自分のいいたいことがいくらかは伝わっていることを知った。

「このまま頑張れば、そのうちこの学校でトップになれるだろうし、卒業するときには間違いなく奨学金ももらえるはずだ。ところで、財産はあるのかい」

「伯父の話では、二十一歳になれば、年に百ポンドもらえるそうです」

「それはうらやましい。わたしは何もなかった」

校長はちょっとためらってから、前に置いてある吸い取り紙に鉛筆で、でたらめな線を描きながら話を続けた。

「きみの場合、職業の選択は多少、限られるかもしれない。まず肉体労働はむりだ」

フィリップは髪の毛の付け根まで赤くなった。足のことをいわれるといつもこうなってしまう。ミスタ・パーキンズは眉《まゆ》を寄せていった。

「きみは足が悪いことを気にしすぎだ。その足のことで、神様に感謝しようと思ったことはないのかい」

フィリップは、はっとして顔を上げた。唇を噛みながら思い出していたのだ。何ヶ月も、本に書かれていたことを信じて祈り続けたことを。どうか、難病を癒《いや》し、みえない目をみえるようにしたように、この足を治してくださいと。

「いまわしいと考えている限り、いつまでも恥ずかしいという気持ちは消えない。だが、それを十字架と考えてみてはどうだろう。そのたくましい背中に負うべき十字架として、神様がくださったものと考えるんだ。そうすれば、その足は恥辱ではなく、大きな喜びを与えてくれるはずだ」

校長は、フィリップがこの話をしたくないと思っているのに気がつくと、出ていっていいといった。

しかしフィリップは校長にいわれたことをくり返し考えていて、堅信礼が近いことを思い出すと、いきなり神秘的な悦《よろこ》びがこみあげてきた。精神が肉体の呪縛《じゅばく》から解き放たれ、新たな人生が目の前に開けたような気がしたのだ。そして自分のなかにある全情熱を傾けて、完璧《かんぺき》を目指そうと決意した。神への奉仕にすべてを捧《ささ》げよう、そのために何があっても聖職につこうと決心した。その栄光の日がやってくると、魂が大きく揺すぶられるのを感じた。それは、それまでに準備した勉強と、それまでに読んだ本と、そしてなにより校長の圧倒的な影響力のおかげだった。そして恐れと悦びでいても立ってもいられなくなった。ただひとつだけ不安があった。ひとりで内陣を歩いていかなくてはならない。そのときは足の悪いのがはっきりわかってしまう。それも儀式に参加している学校関係者だけでなく、他人や、市中の人々や、自分の息子が堅信礼を受けるのをみるためにやってくる親たちの前で。しかしそのときになると、フィリップは突然、その屈辱を喜んで受け入れようという気になった。そして足を引きずりながら内陣を歩き、大聖堂の高い丸天井の下で、ささやかで無意味な存在なりに、自分の悪い足を、自分を愛してくれている神への捧げ物としたのだ。

## 18

ところが、山頂のすがすがしい空気のなかにいられた時間はそう長くなかった。初めて宗教的な情熱にとらわれたときと同じことが、また起こったのだ。信仰の美しさが痛いほど心にしみ、自己犠牲の欲望が宝石のように輝きながら燃えさかる一方、こんな大それた望みをとげることなどできそうにない気がしてしまう。あまりに激しい情熱の力に疲れ、魂が突然、乾ききってしまった。そして自分を包む神の存在を忘れ始め、宗教的な勤めは欠かすことなく行ってはいたものの、ただ形だけになった。最初はその怠慢を責め、地獄の業火《ごうか》の恐怖を思って、ふたたび熱い思いをかき立てようとするのだが、情熱は死に、次第にほかの興味に惑わされるようになった。

フィリップには友人というものがほとんどいなかった。読書という習慣が友だちを遠ざけていたからだ。しばらく人といっしょにいると、疲れていらいらしてくる。多くの本に読みふけって得た知識のせいで優越感がまさり、知的なことばかりに気がいき、仲間の愚かさへの軽蔑《けいべつ》を隠す器用さはなく、まわりからは、うぬぼれ屋だといわれていた。ほかの生徒たちがどうでもいいと思っていることばかりよく知っているので、いったい何をそんなにうぬぼれてるんだと揶揄《やゆ》されるくらいだ。そのうちフィリップはユーモアのセンスを磨いて、辛辣《しんらつ》な言葉で仲間を傷つけるようになった。そういう言葉を投げつけるのがただおもしろく、それが相手をどれほど傷つけているかわかっていなかったので、相手にひどく嫌われると腹が立った。また、この学校に入学したとき受けた屈辱のせいで、ほかの生徒からつい身を引く癖がついてしまい、それから完全には抜け出せず、いつまでも引っこみ思案で寡黙《かもく》だった。しかし仲間から好意など寄せてもらわないようあらゆる努力をする一方で、一部の生徒がたやすく手に入れる人気がほしかった。フィリップは人気のある生徒を遠くからながめては嫉妬《しっと》した。そして人気者には余計に辛辣なことをいい、そういう連中をねたにしたジョークを飛ばしたりするくせに、自分が人気者になれるならなんでも差しだすつもりでいた。

また、五体満足ならどんなに頭が悪い生徒とでも、喜んで代わりたいと思っていた。フィリップにはちょっと変わった癖があった。気に入った男の子がいると、その子になったつもりになって遊ぶのだ。いってみれば、その子のなかに自分の魂を送りこんで、その子の声で話し、その子の笑いを笑う。なんでもすべてその子のようにするところを想像する。それが異様にリアルに思えると、一瞬、自分が自分でないような気になる。こんなふうにして、何度も想像の世界のなかで幸せな時間を楽しんだ。

堅信礼が終わり、クリスマス学期が始まると、また勉強部屋が変わった。同室の仲間のひとりはローズという名前だった。同じ学年で、フィリップはずっとこの男の子に憧《あこが》れていた。顔立ちがいいわけではない。手が大きく、骨太で、体格はよくなりそうだが、不格好だった。しかし目がとても魅力的で、笑うと（いつも笑っていたのだが）、目のまわりが、いかにも楽しそうに、しわだらけになる。頭は良くも悪くもなく、勉強はそれなりにできて、スポーツが得意だ。教師や仲間にも気に入られていて、その子もみんなが好きだった。

フィリップはその新しい勉強部屋でも、すでに三学期のあいだ同室だったほかの生徒たちの態度には、冷ややかなものを感じずにいられなかった。まるでよそ者のような気がして不安になったが、自分の気持ちを隠すのがうまくなっていたので、同室の仲間はフィリップのことを、寡黙で控えめな性格なんだろうと思っていた。ローズに対しては、フィリップもほかの仲間に負けないくらい好意を持っていたので、いつも以上におどおどして、態度が無愛想になった。フィリップはそれまでの経験で、そうした態度が自分の唯一《ゆいいつ》の魅力だと知ってはいたのだが、無意識にそうしたのが功を奏したのか、それともローズ生来の親切心からなのかはわからないが、最初に親しくしてくれたのはローズだった。ある日いきなり声をかけてきて、いっしょにサッカー場まで散歩しないかといってくれたのだ。フィリップはまっ赤になった。

「歩くのが遅いから」フィリップはいった。

「ばかいうなよ。さ、いっしょにいこう」

ふたりで出かける前、ほかの少年が勉強部屋のドアから首をつっこんでローズに、いっしょにいこうと声をかけた。

「ごめん。ケアリといっしょにいくことにしたんだ」

「ぼくのことなら、いいよ」フィリップはとっさにいった。「気にしないから」

「ばかいうなよ」

ローズはいつもの気のよさそうな目でフィリップをみて笑った。フィリップは心が軽く震えるのを感じた。

そのうちすぐ、男の子にはありがちなことだが、その友情は大きく育ち、ふたりはいつもいっしょにいるようになった。ほかの子たちはふたりが突然親しくなったのをみて不思議がり、ローズに、あんなやつのどこがいいんだとたずねた。

「さあ、どこだろう」ローズは答えた。「そんなに悪いやつじゃないよ」

やがてだれもが、ふたりが腕を組んで礼拝堂に入ったり、話をしながら学校の敷地を散歩したりするのに慣れてしまった。どちらかがいれば必ず、もうひとりもそこにいた。そしてある種の所有権のようなものも認められたようで、ローズに用のある男の子は、フィリップに、ローズを借りていくと書き残していくようになった。最初のうち、フィリップは自制して、心からあふれでる誇らかな喜びにひたりきるようなことはしなかった。しかし幸福など自分に訪れるはずはないという思いこみは、信じられないほどの喜びに道をゆずった。これまで会った人のなかでローズのような相手はいないように思え、本などどうでもよくなった。読む気さえおきない。そんなものとはくらべものにならないくらい重要なものが心をとらえていたのだ。ローズの友だちがときどき紅茶を飲みにやってきたり、時間つぶしに話しにきたりするのだが——ローズは人といるのが好きで、いっしょに騒ぐのが好きだった——だれもがフィリップを、礼儀正しい、いいやつだと思った。フィリップは幸せだった。

学期の最後の日、フィリップはローズと相談して、どの列車でもどってくるかを決めた。そうすれば、学校に帰ってくるまえ、駅で待ち合わせて紅茶を飲むことができる。フィリップは家に帰るのが残念でたまらなかった。休暇中ずっとローズのことが忘れられず、次の学期が始まったらいっしょに何をしようかとそればかり考えていた。牧師館での生活は退屈でしようがなかった。最後の日、伯父がいつもの冗談っぽい調子で、いつもの質問をした。

「学校にもどるのがうれしいだろう」

　フィリップは顔を輝かせて答えた。

「はい」

　念のため、フィリップはいつもより早い列車に乗り、プラットホームで一時間ほど待った。そしてフェイヴァーシャムからローズが乗り換えてやってくる列車が到着すると、興奮してその横を走った。ところがローズの姿はどこにもない。フィリップはポーターをつかまえて、次の列車の着く時間をきいて、待った。ところがまた、失望した。寒くて、お腹《なか》がすいてきたので、脇道《わきみち》を通り、貧民街を抜け、近道をして学校までいった。すると勉強部屋にローズがいた。暖炉の前の台に足をのせて、とても早口でしゃべっている。まわりには五、六人の男の子がいて、座れるものをなんでも椅子代わりにして座っている。ローズは大喜びでフィリップの手を握ったが、フィリップのほうはがっかりしていた。相手が約束をすっかり忘れているのに気づいたからだ。

「なんで、こんなに遅くなったんだよ」ローズがいった。「もうもどってこないんじゃないかと思ったじゃないか」

「たしか、四時半に駅にいたよな」ほかの生徒がいった。「みかけたもん」

フィリップはちょっと赤くなった。ローズには、自分がばかみたいにずっと待っていたことを知られたくなかったのでこういった。

「親戚《しんせき》の女の子を見送ることになってたんだ」フィリップは、とっさに思いついて答えた。

しかしがっかりしていたので、少し不機嫌な声になってしまった。フィリップは黙って椅子に座り、だれに話しかけられても、ひと言ふた言返すだけだった。そしてふたりきりになったら、いってやろうと思っていた。ところが、みんながいなくなってしまうとすぐにローズがやってきて、フィリップの椅子のひじ掛けに座った。

「よかった。今学期もまた同じ部屋だ。すごくうれしい。だろ？」

ローズのうれしくてたまらない様子をみると、心のわだかまりは溶けて消えた。ふたりは、会わなかった時間は五分ほどだったといわんばかりに、それぞれ興味のあることを次々に話しだした。

## 19

最初の頃フィリップは、ローズの友情がうれしくてたまらず、なんの不満もなかった。与えられるものを、そのまま楽しんでいた。ところがそのうち、ローズがだれにでも親切にするのが気に障《さわ》るようになった。そして、もっと特別にかまってほしくなってきた。それまではうれしく思っていたことを、ひとつの権利として要求したくなってきたのだ。そしてローズがほかの子たちとつきあっているのを嫉妬の目でみるようになり、自分では理不尽だとわかっているのに、ついきついことをいってしまう。ローズがほかの勉強部屋で一時間ほどほかの子といっしょに過ごしてもどってくると、思わずにらみつけてしまう。フィリップは一日中、不機嫌で、自分が不満に思っているのに気づいてもらえなかったり、故意に無視されたりすると、さらに傷ついた。いつもばかなことをしているとわかっていながらも、けんかをふっかけて二日ほど口をきかなくなることもよくあった。しかしいつまでも怒っているのに耐えきれず、自分のほうが正しいと確信しているときでさえ、あやまるのだった。すると一週間ほど、最高の友だちでいられる。ところがすでにふたりの友情には影が差していて、いっしょに歩いているときも、ローズがただの惰性か、気まずくなるのを怖れてそうしていることが、フィリップにはわかっていた。最初のときほど話題がなくなり、ローズはしばしば退屈そうな顔を見せた。そしてフィリップは自分の足が悪いことで、ローズがいらついているのもわかってきた。

学期の終わり近く、二、三人の生徒が猩紅熱《しょうこうねつ》にかかった。学校では、ほかの生徒にうつらないよう学級閉鎖にしようという話も出たが、結局、その生徒を隔離することになり、それきり感染者は出なかったので、猩紅熱はおさまったと考えられた。かかった生徒のひとりがフィリップだった。フィリップはイースターの休暇中、病院に入れられ、夏学期の初め、静養するようにと牧師館に帰された。牧師は、医者から伝染することはないと保証されたにもかかわらず、恐る恐るといった感じでフィリップを迎えた。そして、医者が、休養には海岸がいいと勧めたことを非常に不適切な判断だと考えたが、ほかにいくところがないという理由でフィリップを引き取ることにした。

フィリップは学期半ばの休み明けに学校にもどった。ローズとけんかをしていたことなどすっかり忘れ、自分はローズの最高の友人だということだけ覚えていた。自分がばかだったことは自覚していたし、もう少し理性的になろうと思っていた。猩紅熱で寝ていたとき、ローズから二度、短い手紙がきた。どちらもこう結ばれていた。「さっさとよくなって、もどってこいよ」フィリップは、自分が楽しみにしているのと同じくらい、ローズも自分に会うのを楽しみにしているに違いないと思った。

猩紅熱にかかった六年生の生徒のひとりが死んだため、勉強部屋のメンバーが変わり、フィリップはローズと別の部屋になっていた。がっかりしたが、着くとまっさきにローズの勉強部屋に飛びこんだ。ローズは机にむかって座り、ハンターという生徒といっしょに勉強をしていて、フィリップが入っていくと、顔をしかめた。

「いったい、だれだよ」ローズは怒鳴ると、相手がフィリップだと気がついた。「なんだ、フィリップか」

フィリップは戸惑って立ち止まった。

「どうしてるかなと思って、きてみたんだ」

「ふたりで勉強しているところさ」

ハンターが話に割りこんできた。

「いつもどってきたんだよ」

「五分前」

　ふたりは、いかにも邪魔だといわんばかりにフィリップをみた。さっさと出ていってほしいという顔だ。フィリップは赤くなった。

「じゃ、また。勉強が終わったら、ぼくの部屋にきて」フィリップはローズにいった。

「わかった」

　フィリップは部屋から出てドアを閉めると、足を引きずりながら自分の勉強部屋にもどった。ひどく傷ついていた。ローズは喜ぶどころか、腹立たしそうだった。ただの知り合いのくせにといわんばかりだ。ローズがいつきてもいいように、部屋を離れないようにしたが、いつまで待ってもこなかった。次の日の朝、お祈りにいく途中、ローズとハンターが腕を組んで歩いているのをみた。自分の知らなかったことは、ほかの生徒が教えてくれた。男子生徒の生活のなかで三ヶ月がいかに長いか、フィリップは忘れていたのだ。そして自分はひとりだったが、ローズは仲間に囲まれていた。空席にハンターが座ったのだ。ローズは黙って自分を無視するつもりなのはわかっていたが、フィリップははっきりさせないとすまない性格だった。そしてローズが勉強部屋でひとりになるのを待って、声をかけた。

「入っていい？」

ローズはむっとして、いらだたしそうにいった。

「入りたければ、入れば」

「親切にありがとう」フィリップは皮肉をこめていった。

「何か用？」

「ぼくが帰ってきてから、なんで、そんなにひどい態度を取るんだ」

「ばかなことをいうなよ」

「いったい、ハンターのどこがそんなにいいんだ」

「そんなの、きみの知ったことじゃない」

フィリップはうつむいた。いいたいことを言い出せない。恥ずかしい真似《まね》をしたくなかった。ローズは立ち上がった。

「体育室にいかなくちゃ」

ローズがドアのほうにいきかけるのをみて、フィリップは思い切っていった。

「ローズ、ちょっとひどすぎないか」

「ばかばかしい」

ローズは部屋から出ると乱暴にドアを閉め、フィリップはひとり残された。怒りで体が震えた。勉強部屋にもどると、いまのやりとりを思い返した。ローズが憎くてたまらない。傷つけてやりたい。いってやればよかったと思う辛辣《しんらつ》な言葉が次々に浮かんでくる。ローズとの友情は終わってしまった。ほかの生徒もきっと、ぼくたちの噂《うわさ》をしているんだろう。傷つきやすい性格なので、ほかの生徒がまったく気にしていないときでも、冷笑や好奇心が目にみえるような気がして、こんなふうに話しているのではないかと思ったりした。

「まあ、長続きするはずなかったんだよ。ローズもローズだ。よくケアリなんか相手にする気になったよな。ばかじゃないか」

　フィリップはあてつけがましく、シャープという男の子といきなり仲よくし始めた。それまでは大嫌いで、ばかにしていた相手だ。ロンドンからやってきた、野暮ったくて頭の鈍そうな少年で、鼻の下にひげが生え始めていて、毛虫のような眉が鼻梁《びりょう》の上のほうでつながっている。手が柔らかく、態度も年の割に妙に大人びていた。ロンドンなまりがかすかにある。動きが鈍く、スポーツ競技が苦手で、そういうことをやらされそうになると天才的な言い訳を思いつく。仲間からも教師からも、なんとなく嫌われていて、フィリップが付き合いだしたのは、傲慢《ごうまん》さからだった。シャープはあと二学期ここで勉強したら、一年間ドイツにいくことになっている。学校が大嫌いで、世間に出る年になるまで学校にいなくてはならないことを屈辱と考えていた。ロンドンが大好きで、休暇中、あんなことをした、こんなことをしたとしょっちゅう話している。シャープの柔らかく低い声で語る話からは、夜のロンドンの騒音やざわめきがぼんやりときこえてくるような気がした。フィリップはそんな話に魅了されながらも嫌悪《けんお》を感じた。たくましい想像のなかで様々な情景が浮かんでくる。劇場のピット席〔一階後方、二階正面席の真下にあたる部分で、労働者階級などの席と考えられていた〕に詰めかける人々、安レストランの派手な明かり、酔った男たちが高い丸椅子に腰かけて給仕の女に話しかけているバー、街灯の下を黒い服を着た男たちが快楽を求めて通り過ぎていく不思議な光景。シャープは、ホーリーウェル通りで買った安っぽい小説を貸してくれた。フィリップは寝室でそれを読み、恐怖と驚きの入りまじった気持ちにひたった。

ローズが一度、仲直りをしようといってきたことがある。ローズは人が良く、敵を作るのがいやだったのだ。

「ケアリ、きみはどうしてそんなばかなことをするんだ。ぼくを避けたって、なんのいいこともないだろう」

「なんのこと」フィリップはとぼけてきいた。

「だって、ぼくと話そうとしないじゃないか」

「きみと話したってつまらないからね」

「じゃあ、勝手にしろ」

ローズは肩をすくめてその場を去った。フィリップはまっ青だった。動揺するといつもそうなる。心臓が激しく打っていた。ローズがいなくなると突然、みじめでしかたなくなった。なぜ、あんな返事をしてしまったんだろう。元のように友だちになれるなら、なんだって差しだすつもりなのに。ローズとけんかをするなんて絶対にいやだったのに、あんなに傷つけてしまうとは。なんてひどいことをしてしまったんだ。どうかしていたに違いない。悪魔が頭に忍びこんで、思ってもいない残酷なことをいわせたんだ。ローズと握手をしたい、ローズと仲直りしたくてたまらないのに、傷つけてやりたい気持ちが強すぎて、どうしようもなかった。自分が受けた痛みと屈辱を相手にも味わわせてやりたかった。それは自尊心からだが、愚かだった。自分がどんなにつらい思いをしようが、ローズはまったく気にしないのだから。ローズのところにいって、こういいたかった。

「ごめん。あんなひどいことをいったりして。どうしようもなかったんだ。どうか仲直りして」

しかしフィリップは、自分にそんなことができるはずがないのはわかっていた。ローズに笑われるのが怖かった。そして自分自身に腹を立てていた。しばらくしてシャープがやってくると、最初の機会をつかまえて、けんかを吹っかけた。フィリップは悪魔のような直感を持っていて、相手の弱みをみつけるのが天才的にうまかった。そして、真実だからこそ、よけいに相手の傷つくようなことを思いつく。ところが、最後に勝ったのはシャープのほうだった。

「さっき、ローズがきみのことをメラーに話すのをきいてたんだ。メラーはこういってた。『あんなやつ、蹴飛《けと》ばしてやれよ。礼儀を教えてやればいいんだ』。するとローズはこういった。『いやだよ。あんなびっこのろくでなし相手にばかばかしい』」

フィリップはふいにまっ赤になった。返事ができなかった。喉に塊がつかえて息もできなかった。

## 20

フィリップは六年生になったが、学校がいやでたまらなかった。やる気がなくなり、成績が良かろうが悪かろうがどうでもよかった。朝、目が覚めて、また一日、同じことをして過ごすかと思うと憂鬱《ゆううつ》になった。いわれた通りにするのにうんざりしていたのだ。強制されるといらいらする。いわれることが理不尽だからではなく、強制されるのがいやだったからだ。自由がほしかった。すでに知っていることをくり返させられたり、できない連中のせいで、最初からわかっていることを何度もやらされるのに飽き飽きしていたのだ。

ミスタ・パーキンズの授業のときは、好きなようにできた。熱中することもあれば、ぼんやりしていることもある。六年生の教室は、昔の修道院を改修した建物の一画にあり、ゴシック風の窓がひとつあった。フィリップはその窓をいろんなふうにスケッチして退屈をまぎらわせた。大聖堂やその入り口を思い浮かべて描くこともある。フィリップにはスケッチの才能があった。ルイーザ伯母さんも若い頃、水彩画を描いていて、教会や、古い橋や、美しいコテッジを描いた絵でいっぱいのスケッチブックを何冊か持っている。牧師館のティーパーティでは、よくみんなでみたものだ。フィリップは伯母からクリスマスのプレゼントに絵具を一セットもらったので、伯母の絵を真似して描いてみた。すると、だれもがびっくりした。フィリップはすぐに小さな絵を描くようになった。伯母はフィリップの絵をほめたが、それは絵を描いていれば、いたずらをしないし、そのうちバザーで売ることもできると考えたからだ。フィリップは絵を二、三枚額に入れて自分の部屋に飾った。

　ある日、午前中の授業が終わって教室から出るところを、ミスタ・パーキンズに呼び止められた。

「ちょっと話があるんだ、ケアリ」

　フィリップが待っていると、ミスタ・パーキンズは細い指であごひげをなでながら、フィリップをみつめた。どういおうか考えている様子だ。

「いったい、どうした」ミスタ・パーキンズがいきなりたずねた。

　フィリップは顔を赤くして、さっと相手をみたが、ミスタ・パーキンズのことはよくわかっていたので、黙って次の言葉を待った。

「最近のきみの態度にがっかりしている。ぼんやりして、注意不足もはなはだしい。学習にまったく身が入っていない。じつにだらしがなく、不愉快だ」

「申し訳ありません」

「ほかに何かいうことはないのかね」

　フィリップはむっつりしてうつむいた。死ぬほど退屈なんです、などと答えるわけにはいかない。

「自分でもよくわかっているだろうが、このままだと進級できないどころか、落第するぞ。とてもじゃないが、いい成績をつけるわけにいかない」

フィリップは、送られてきた成績表をミスタ・ケアリがどうするか知ったら、校長はどんな顔をするだろうと思った。朝食の頃、成績表が届くと、ミスタ・ケアリはろくに関心も示さず、ちらっとみるだけでフィリップに渡すのだ。

「成績表がきた。自分でみるがいい」ミスタ・ケアリは古本のカタログの包み紙を破りながらいう。

フィリップは成績表に目を通す。

「どうだったの」ルイーザ伯母さんがたずねる。

「本当はもっといいはずなんだけど」フィリップはにっこり笑って成績表を渡す。

「あとで、眼鏡をかけて読むわ」

ところが朝食が終わって、メアリ・アンがやってきて、肉屋がきましたというと、ほとんどいつも、伯母は成績表のことを忘れてしまう。

ミスタ・パーキンズが続けた。

「きみにはがっかりだ。いったい、どうした。その気になればできるはずなのに、まったくやる気がない。来学期、きみをクラス委員にしようと思っていたんだが、考え直したほうがいいようだ」

フィリップは赤くなった。軽くみられるのはいやだったのだ。フィリップは唇を結んだ。

「それからもうひとつ。そろそろ奨学金のことを考える時期だ。真剣に勉強を始めないと、どこからももらえないぞ」

フィリップはあれこれいわれて、いらいらしてきた。校長にも自分にも腹が立ってしょうがない。

「オクスフォードにいくつもりはないんです」

「どうして。聖職者になるつもりだとばかり思っていたんだが」

「気が変わったんです」

「どうして」

フィリップは答えなかった。ミスタ・パーキンズは例の、ペルジーノ〔ルネサンス期のイタリアの画家〕の描く人物のように、妙な角度に体を曲げると、考えながらあごひげを引っぱった。そして、どういうことだといわんばかりにフィリップをみつめたが、そのうち、ふいに、もういっていいといった。

ミスタ・パーキンズは納得しなかったようで、一週間後のある夜、フィリップが書類を持ってしかたなく書斎にいくと、話の続きが始まった。しかし今度は、内容が異なっていた。それは校長と生徒ではなく、人と人の話だった。フィリップの成績が悪いとか、優秀な競争相手としのぎをけずってオクスフォードにいくのに必要な奨学金を獲得するのは難しいとか、そんなことはどうでもよく、フィリップが卒業後の人生についての考えを変えたことが重要だったらしい。ミスタ・パーキンズは、フィリップのなかにあった聖職者になろうという情熱をもう一度かきたてようと、言葉たくみにフィリップの気持ちに訴えた。それは真実の思いでもあったので、容易《たやす》く伝わった。フィリップが将来の進路を変えたのが、残念でたまらず、どんな進路を考えているのかはわからないものの、それは幸福な人生を進むチャンスを投げ捨てるに等しいと考えていたのだ。ミスタ・パーキンズの声には説得力があった。フィリップも、人の気持ちにたやすく動かされる多感な少年だ。外見は冷静そうにみえるし、顔は生まれついての性格と、何年もの学校生活で培《つちか》われた習慣のせいで、とっさに赤面する程度にしか感情を表すことがないが、校長の言葉には強く心を打たれた。自分のことをこんなに気にかけてくれているのだと思うと胸が熱くなったし、自分のせいで相手が悲しんでいるのをみると良心が痛んだ。また学校全体のことを考えなくてはならない地位にいる人物が自分のことを親身に考えてくれていると思うと、ちょっとうれしくもあった。しかしフィリップのなかには、どうしてもあらがえない何かがあった。まるでもうひとりの自分がすぐそばにいて、必死にこう叫んでいるかのようなのだ。

「いやだ、いやだ、いやだ」

フィリップは足元が崩れていくような気がした。自分のなかにこみあげてくる弱さを、どうすることもできない。水をいっぱいに張った洗面器に空の瓶を逆さに突っこんで斜めにすると水がなかに入ってくる、そんな気がした。フィリップは歯を食いしばって、何度も自分にむかってくり返した。

「いやだ、いやだ、いやだ」

そのうちミスタ・パーキンズはフィリップの肩に手を置いていった。

「無理強いするつもりはない。自分で決めるべきことだからね。全能の神に、ご助力とお導きを乞《こ》いなさい」

校長の家を出ると、小雨が降っていた。フィリップは教会の敷地に続く回廊を歩いていった。だれもいない。大きなカラスが数羽、鳴き声も上げずにニレノキにとまっている。フィリップはゆっくり歩いた。ほてった体に雨が気持ちいい。あの強烈な個性から離れ、冷静になって、いわれたことを考え直して思った。あれでよかったんだ。暗闇《くらやみ》のなかに、ぼんやりとだが、大聖堂が巨大なかたまりのようにみえる。その姿に、いまのフィリップは吐き気がした。いままで強いられてきた長い礼拝へのいらだちがかき立てられる。延々と賛美歌が歌われ、その間、退屈なまま立っていなくてはならない。説教をきいていると眠くなるばかりだし、動きたくてたまらないのにじっと座っていると、体がむずむずしてくる。ブラックステイブルで毎日曜日に行われる二度の礼拝を思い出した。教会は絨毯《じゅうたん》も敷いてなく、寒く、ポマードと糊《のり》をきかせた衣服のにおいがする。副牧師が説教をして、伯父がまた説教をする。フィリップは成長するにつれて、伯父のことがわかってきた。そして生真面目《きまじめ》で頭がかたかったので、聖職者が自分の行ってもいないことを真剣な顔で信徒に説くのが信じられなかった。そんな牧師の欺瞞《ぎまん》に気づいて、怒りを感じた。伯父は気が弱く利己的で、面倒なことが起こりさえしなければいいという人間なのだ。

ミスタ・パーキンズは、神に仕える人生の素晴らしさを語った。フィリップは、自分の故郷イーストアングリア〔イングランド東部、ノーフォーク州とサフォーク州を指す〕のはずれの牧師がどんな生活をしているか知っていた。ブラックステイブルから少し離れたホワイトストーンの教区を受け持っている牧師は独身で、教会のこと以外に何かしようと思って畑を始めた。地方新聞にはしょっちゅう、彼の関わった訴訟の記事がのるようになった。雇った農夫から賃金不払いで訴えられたとか、商人に金をだまし取られたといって訴えたとか、そんなものばかりだ。それだけでなく、牧師は牛にろくに餌《えさ》をやっていないといううわさもあったし、牧師を辞めさせる運動を広げようという話もあちこちで持ち上がった。ほかにもたとえば、ファーンの牧師。あごひげを生やした立派な体格の牧師だったが、残酷な扱いに耐えかねて妻が逃げだし、夫の不道徳な行状を近所に触れ回った。また、海岸の小さな村サールの牧師は毎晩、牧師館のすぐそばにあるパブに通って、教区委員がミスタ・ケアリにアドバイスを求めてきたこともある。そういう牧師の話し相手といえば農夫か漁師くらいだ。寒い冬の夜には、風がわびしい音を立てて葉の落ちた木々の間を吹き抜ける。まわりには、裸の耕地が単調に広がるばかりだ。貧困はあるが、仕事はない。そんなところにいれば、性格のねじれがひとつひとつ表に出てきて止めようがなくなり、人は狭量に偏屈になっていく。それはよくわかる。しかしフィリップは若く純粋だったので、それは言い訳にならないと考えていた。しかし、そんな生活を送るかと思うと身震いした。そして、広い世界に出ていこうと思ったのだ。

## 21

ミスタ・パーキンズはすぐに、あれほどいってきかせた言葉がまったくむだだったことがわかったので、その学期が終わるまでフィリップを無視した。そして非常に厳しい成績をつけた。成績表が届くと、ルイーザ伯母さんは、どうだったかとたずねた。フィリップはにこやかに答えた。

「まったくだめでした」

「なんだって」牧師がいった。「あとでもう一度みてみよう」

「これ以上ターカンベリで勉強する必要があると思いますか? 前から考えていたんです。しばらくドイツにいってみたほうがいいんじゃないかって」

「まあ、いったい、なぜそんなことを」ルイーザ伯母さんがたずねた。

「そのほうがいいと思いませんか」

フィリップがそう考えたのは、シャープのせいだった。シャープはキングズ・スクールをやめて、ドイツのハノーファーから手紙をよこしてきたのだ。彼は新しい生活を始めている。それを知ったフィリップはよけいに、いらいらしてきた。もう一年、あの学校に閉じこめられるかと思うと耐えられなかった。

「でも、そんなことをしたら、奨学金がもらえないでしょう」

「どっちにしろ、奨学金なんてもらえませんよ。それに、ぼくはオクスフォードにはいきたくないんです」

「でも、あなたは牧師になるんじゃなかったの、フィリップ」ルイーザ伯母さんは、はっとして、思わず声を上げた。

「ずっと前に、それはあきらめました」

ミセス・ケアリは目を見開いてフィリップをみた。それから、自制するのには慣れていたので、夫に紅茶のおかわりを注いだ。三人とも黙ったままだ。ミセス・ケアリの頬をゆっくり涙が伝った。フィリップは、伯母さんをがっかりさせたかと思うと、ふいに心が痛んだ。ミセス・ケアリは町の仕立屋に作らせた、ぴっちりした黒のワンピースを着ていた。しわの目立つ顔、疲れたような薄い色の目、白髪まじりの髪は若い頃からずっと滑稽《こっけい》な巻き毛にしてある。みるからに奇妙な格好だが、その姿には不思議と心を打つものがある。フィリップは初めてそれに気がついた。

牧師が副牧師といっしょに書斎にいくと、フィリップはルイーザ伯母さんの腰に腕を回した。

「ごめんなさい、伯母さん。がっかりさせて。だけど、自分の進む道だとは思えないんです。それなのに、牧師になってもしょうがない。違いますか」

「フィリップ、わたしは悲しくてしょうがないの」ルイーザ伯母さんがとてもつらそうな声でいった。「あなたはきっと聖職についてくれると思っていたから。そのうち、伯父さまの副牧師になって、やがて、そのときになったら——もちろん、わたしたちだって、いつまでも生きられるわけではないから——あなたがここを継いでくれるとばかり思ってたの」

フィリップは体が震えてきた。どうしていいかわからない。心臓が、罠《わな》にかかったハトのように打っている。ルイーザ伯母さんはフィリップの肩に頭をあずけて、すすり泣いた。

「学校をやめることについて、伯父さんを説得してもらえませんか。あの学校にいくのがいやでいやでたまらないんです」

しかしブラックステイブルの牧師は、いったん決めたことを容易に変えるような人物ではなかった。そして前々から、フィリップは十八歳までキングズ・スクールで勉強して、そのあとはオクスフォードに進学することに決まっていた。なので、頑として退学は認めなかった。何の届けも出していない以上、今学期の授業料は納めなくてはならない。

「なら、クリスマスまでで学校をやめると連絡してください」フィリップは、長々しい、ときに激しい言い合いののち、そういった。

「ミスタ・パーキンズに手紙を書いて、意見をきくことにしよう」

「ああ、二十一歳だったらなあ。だれにもつべこべいわれずに、好きなことができるのに」

「フィリップ、伯父さまにそんなふうにいうもんじゃありません」ミセス・ケアリがやさしくいった。

「校長先生はやめてほしくないにきまってますよ。だって、授業料がひとり分減るんだから」

「しかし、なぜオクスフォードにいきたくないんだ」

「いってもしょうがないでしょう。ぼくは教会に入りたくないんですから」

「教会に入らないというのは、どういうことだ。もうすでに教会に入っているじゃないか」

「じゃ、言い直します。聖職につきたくないんです」フィリップはいらいらしてきた。

「ねえ、フィリップ。いったい、なんになりたいの」ミセス・ケアリがいった。

「わかりません。まだ決めてないんです。ただ、自分が何かはともかく、外国語を学ぶのは自分のためになるような気がします。ドイツに一年いれば、あんな穴蔵《あなぐら》にいるよりずっと多くのことが学べるはずです」

フィリップは口に出してはいわなかったが、オクスフォードにいったところでいまの学校とそう変わりはないと思っていた。自分のことを自分で決めたい。それにオクスフォードにいけば、知った顔がかなりいる。そういった連中から逃げたかった。キングズ・スクールにいったのは失敗だったような気がしていて、新しいスタートを切ろうと思っていたのだ。

ドイツにいきたいという希望は、たまたまブラックステイブルでその頃話題の議論とも一致していた。ときどき町の医師のところに客がきて泊まると、外の世界の新しい情報が伝えられたし、また、八月を海辺で過ごしにやってくる観光客は町の人々とは違った考えを持っていた。牧師はすでに知っていたが、ある種の人々は、これからは昔ながらの教育は役に立たない、ラテン語やギリシア語ではなく、いま実際に使われているドイツ語、フランス語、ロシア語などが自分たちが若い頃にはなかった重要性を持つようになると考えていた。そんなわけで、牧師は迷っていた。というのも、牧師の弟は試験に落ちてドイツにいかされたので前例ではあったのだが、腸チフスで死んだことを考えると、ドイツ行きは危険だと考える以外なかった。数え切れないくらい言い争った結果、もう一学期ターカンベリで勉強すれば、退学していいということになった。フィリップはそれで納得した。ところが、学校にもどって数日後、校長から話があった。

「伯父さんから手紙がきた。きみはドイツにいきたいらしいね。それに関して、わたしの意見をききたいということだ」

フィリップは驚き、伯父が約束を破ったことに腹を立てた。

「いえ、もうそれは話がついたはずです」

「とんでもない。わたしは手紙に、きみがドイツにいくのは大きな間違いだと書いておいたよ」

フィリップはすぐに机に向かって、伯父あてに激しい調子の手紙を書いた。言葉づかいもなにもあったものではない。頭に血が上って、その日の夜は遅くまで寝付けなかった。次の日の朝、目が覚めると、校長と伯父のやり方を思い返した。そしてじりじりしながら伯父からの手紙を待った。二、三日後、返事がきた。それはルイーザ伯母さんからの穏やかな言葉で書かれた、苦しみのにじんだ手紙だった。伯父さまにあんなことを書くものではありません、伯父さまはみるからにがっかりしています。あんなにひどい手紙を書くなんて、キリスト教徒とはとても思えません。わたしたちはあなたのためを考えてできる限りのことをしているのです、わたしたちのほうがずっと年上で、どうするのがいいかはあなたよりずっとよくわかっています。フィリップは読みながら両手を握りしめた。もう何度もきかされた言葉だが、それが正しいとは思えなかった。自分と違って、ふたりには事情がわかっていない、ずっと年上だからずっと賢明な判断ができると考えていること自体、疑問だ。手紙の最後には、ミスタ・ケアリはフィリップを退学させるという連絡を取り消したと書かれていた。

　フィリップは次の半休の日まで怒りをくすぶらせていた。半休は火曜日と木曜日だ。土曜日は午後、大聖堂にミサにいかなくてはならない。その日、フィリップはほかの六年生が出ていくのを待っていた。

「今日の午後、ブラックステイブルにいってもいいですか」フィリップは校長にたずねた。

「だめだ」校長はそっけなく答えた。

「伯父に会ってきたいんです。とても重要な用件なんです」

「だめだといったはずだが」

　フィリップは返事もせずに出ていった。うんざりだ。許しを求めて、にべもなく拒絶される侮辱に、うんざりしていた。そして校長が憎くてしょうがなかった。専制政治の下で身もだえしていた。ひと言の理由もなしに、こんな独善的な決断を下すなんてありえない。フィリップは怒りのあまり何も考えられなくなり、昼食が終わると駅まで歩いていった。よく知っている裏道を通ったので、ブラックステイブル行きの列車に間に合った。そして牧師館まで歩いていった。伯父と伯母がダイニングルームにいた。

「おや、いったいどこから現れた」牧師がいった。

喜んでいないのは一目でわかった。少し警戒している。

「退学のことで、話をききにもどってきました。ここで約束したはずです。それなのになぜ、一週間後にそれとまったく違うことをしたんですか」

フィリップは言葉の大胆さに自分でも少し驚いていたが、伯父にいうことは決めてあった。そして心臓が激しく打っていたが、思い切って口に出したのだ。

「午後、ここにくる許可はもらっているのか」

「いいえ、許可を求めましたが、拒否されました。もし手紙を書いて、ぼくがここにいると知らせたいなら、そうしてください。いつものように、しっかりしかってもらえますよ」

ミセス・ケアリの編み物をする手がふるえている。こんなところに居合わすのには慣れてなくて、おびえきっている。

「わたしが手紙を書いたら、困るんじゃないか」

「そこまで卑劣な人間になりたいなら、どうぞ。あんな手紙を送ったあとですから、いっこうに平気だと思いますが」

そこまでいってしまったのは、うかつだった。牧師はその言葉を待っていたかのようにいった。

「そんな生意気な口をきくやつとは話もできん」牧師は重々しい口調でいった。

それから立ち上がると、さっさと部屋を出ていき書斎にむかった。書斎のドアが閉まり、鍵《かぎ》をかける音がきこえた。

「ああ、二十一歳だったらなあ。こんなふうにしばりつけられるなんて、もう、うんざりだ」

ルイーザ伯母さんは声を上げずに泣きだした。

「フィリップ、なんですか、伯父さまにむかってあの言い方は。いって、謝ってらっしゃい」

「ぼくはちっとも悪いと思ってません。あんな手紙を書くなんてひどすぎる。ぼくをあの学校にいかせたって、お金のむだだってわかりきってるのに。伯父さんはどうでもいいんだ。だって、自分のお金じゃないから。なんにもわかってない連中の監視のもとに置かれるなんて耐えられない」

「フィリップ」

その声に、フィリップの怒りまかせの言葉の奔流《ほんりゅう》がふと止まった。その声が胸に突き刺さった。自分がどんなにひどいことをいっているか、初めて気がついた。

「フィリップ、あなたはどうしてそんな薄情なことができるの。わかっているでしょう。わたしたちはあなたのためによかれと思ってしているのよ。もちろん、わたしたちに経験はないわ。子どもを育てたことがないんだから。だから、ミスタ・パーキンズに相談したのよ」ルイーザ伯母さんが声を詰まらせた。「わたしはあなたのお母さんになろうと頑張った。あなたを、実の息子のように愛してきたつもりよ」

ルイーザ伯母さんはとても小柄で、きゃしゃで、その几帳面《きちょうめん》な態度には何かもの悲しいものがある。フィリップは胸が詰まった。ふいに塊のようなものが喉《のど》にこみあげ、目に涙が浮かんできた。

「ごめんなさい。そんなつもりは、なかったんです」

フィリップはルイーザ伯母さんのそばに膝《ひざ》をついて抱きしめた。そして、しわの寄った濡《ぬ》れた頬にキスをした。激しく泣きじゃくる声がきこえてきて、フィリップはふいに、その報われない人生を思い、かわいそうでならなくなった。ルイーザ伯母さんがこんなに感情をあらわにするところは、いままでみたことがない。

「フィリップ、わたしはいままで、あなたにしてあげたいと思ったようにしてあげられなかった。でも、それは、どうしていいかわからなかったからなの。あなたもお母さんを亡《な》くしてつらかったでしょう。でもわたしも、子どもを持てなかったのはとてもつらかったの」

フィリップは怒りも不安もすっかり忘れ、ルイーザ伯母さんをなぐさめることしか考えられなくなった。そして途切れ途切れに言葉をかけたり、ぎこちなく背中をなでたりした。そのうち時計が鳴った。フィリップは牧師館を飛びだして、点呼に間に合う最後の、ターカンベリ行きの列車に飛び乗った。客車の隅に座って、結局、何もできなかったことに気づいた。自分の弱さが腹立たしかった。牧師の居丈高な態度と、ルイーザ伯母さんの涙のせいで、目的をとげられなかったことが情けなかった。ところが、ふたりの間でどんな会話が交わされたのかはわからなかったが、また手紙が校長に届いた。ミスタ・パーキンズはいらだたしそうに肩をすくめて、それをフィリップにみせた。

パーキンズ校長へ

私の被後見人、フィリップ・ケアリのことで、ふたたびお手をわずらわせることをお許しください。私ども伯父と伯母は、フィリップのことで悩んでおります。フィリップは学校をやめたがっており、伯母は、フィリップがかわいそうだといっております。そしてわれわれはどうしてよいかわかりません。というのも、実の親ではないからです。本人も学校生活はあまりうまくいっていないと思っているようで、このまま勉強を続けるのは経済的なむだだといっております。そこでお願いです。どうか校長先生からフィリップに話をしてみて、どうしても気持ちが変わらないようであれば、最初にお願いした通り、クリスマス休暇を機に退学の手続きを取らせていただければと存じます。

ウィリアム・ケアリ

フィリップは手紙を返した。ぞくぞくするような勝利の快感がわきあがってくる。思い通りになって、満足だった。自分の意志が、ほかの人々の意志に勝ったのだ。

「伯父さんに三十分かけて手紙を書いたところでたいして意味はないだろう。きみから手紙をもらってすぐ気が変わるようではね」校長はいらだたしそうにいった。

フィリップは何もいわなかった。努めて冷静な顔をしていたが、目が輝くのだけはおさえられなかった。ミスタ・パーキンズはそれに気づいて、軽く笑った。

「わたしの負けだな」

フィリップは正直にほほえんだ。興奮を隠しきれなかった。

「ここを去りたいというのは本心なのか」

「はい」

「ここはつまらないか」

フィリップは赤くなった。他人が自分の内面深くに立ち入ることへの本能的な嫌悪があった。

「よくわからないんです」

ミスタ・パーキンズはゆっくりひげを引っ張って、何か考えるようにフィリップの顔をのぞきこんだ。そして独り言のようにいった。

「いうまでもなく、学校というのは平均的な生徒のためのものだ。だから穴はどれも丸い。杭《くい》のほうはどんな形であれ、なんとかそこに入らなくてはならない。平均的な生徒以外の生徒に費やす時間はないからね」それからふいにフィリップにむかっていった。「ところで、ひとつ提案がある。そろそろ今学期も終わりだ。もう一学期いたところで、死にはしない。それにドイツにいくなら、クリスマスのあとよりイースターのあとのほうがいい。真冬より春のほうがずっと気持ちがいいからな。来学期が終わる頃になっても、まだいきたいというのなら、もう止めない。どうだね」

「ありがとうございます。心から感謝します」

フィリップは嬉《うれ》しかった。最後の三ヶ月は、次の学期のことで思い悩まないですむ。学校がそれまでほど牢獄《ろうごく》のようには感じられなくなった。なにしろ、イースターには永遠にここを離れられるのだ。心が躍った。その日の晩、礼拝堂で、まわりの生徒が学年ごとに決められた所に立っているのをみて、満足そうに笑った。もう少しすれば、この連中と二度と顔を合わせないですむ。そう思うと、やさしい気持ちにさえなった。ローズが目に止まった。ローズはクラス委員の役割をひどく真面目に考えていて、学校全体をよくしようと大層な目標をかかげていた。その夜は、ローズが聖書の一節を読むことになっていた。そして立派に読み上げた。フィリップはほほえんだ。こいつともこれきり会うことはない。六ヶ月後には、こいつの背が高かろうが、足がまっすぐだろうが、そんなことはどうでもよくなる。委員長だろうが、サッカーチームのキャプテンだろうが、それがなんだ。ガウン姿の教師たちに目をやる。ゴードンは亡くなっていた。二年前に、卒中で死んだのだが、ほかは全員ここにいる。どの教師もみんなあわれにみえる。唯一《ゆいいつ》の例外はターナーだ。彼には人間らしさがある。だから、ほかの教師から下にみられているのがくやしくてならない。六ヶ月後には、こんな教師たちもどうでもよくなる。いくらほめられてもうれしくもないし、どんなにそしられても肩をすくめていられる。

フィリップは感情を外に出さないようにすることを覚えていたし、自分のあまりに内向的な性格に悩んでもいたが、気分の高揚することがよくある。そんなときは、おとなしく足を引きずって歩き、控えめにしながらも、心のなかでは歓声を上げていた。足が軽くなったような気がして、頭のなかでいろんな考えが踊り、想像が激しく追いかけっこを始めて、つかまえられなくなってしまう。そして、それらがめまぐるしく浮かんでは消えていくうちに、いよいよ興奮してしまうのだ。いま、フィリップはうれしくてたまらなかった。これで勉強にも身が入る。今学期の残り数週間で、長いことさぼってきたところは取り返せる。頭の動きが活発になり、考えることが楽しくてしょうがなくなってきた。フィリップは試験で好成績を取って、その学期を終えた。ミスタ・パーキンズはひと言いっただけだった。フィリップの書いたレポートについていつものようにコメントしたあとで、こういった。

「しばらく、ばかなことをするのはやめることにしたらしいな」

ミスタ・パーキンズは白い歯をみせて笑った。フィリップはうつむいて、決まり悪そうにほほえんだ。

夏学期の終わりにいくつかの賞を争うことになる五、六人の生徒は、だれもフィリップのことなど眼中になかったが、こうなるとなんとなく警戒の目を向けるようになった。フィリップはイースターには退学することにしていたので競争相手になるはずはないのだが、そんなことはだれにもいわず、勝手に気をもませておいた。ローズは何度か休暇を使ってフランスにいき、フランス語ができるつもりでいるし、英語のレポートで主席司祭賞をとるつもりでいるのは知っていた。ところが、両方ともフィリップのほうがずっといい点を取ったのを知って落ちこんでいる。フィリップは気分がよかった。もうひとり、ノートンという生徒は学校の奨学金をもらえないとオクスフォードにいけないので、フィリップに奨学金を申しこむのかときいた。

「悪いかい」フィリップは答えた。

だれかの未来を自分が握っていると思うとうれしくなった。そして賞や奨学金の行方を自分が掌握していて、そんなくだらない物はほかの連中にくれてやるのだと思うと、痛快だった。そしていよいよ退学の日がきた。フィリップはミスタ・パーキンズに挨拶《あいさつ》をしにいった。

「まさか、本当に退学するつもりじゃないだろうね」

校長のびっくりした顔をみて、フィリップは落胆を隠せなかった。

「もう止めたりしないと、おっしゃったじゃありませんか」

「一時の気まぐれにすぎないと思って、話を合わせたんだ。きみが頑固で強情だというのは知っているが、いったいなんでまた、学校をやめようと思うんだ？　いずれにしても、あと一学期じゃないか。きみなら簡単にモードリン・カレッジの奨学金をもらえるし、本校が用意している賞だって半分はきみのものだ」

フィリップはむっとした。だまされたような気がしたのだ。しかし約束は約束だ。ミスタ・パーキンズだってそれを破るわけにはいかない。

「オクスフォードにいけば、きっと楽しいぞ。そのあとのことは、しばらく考えないでいい。優秀な若者にとって、大学が大きな喜びに満ちた場所であることをぜひわかってほしい」

「もうドイツにいく手続きをすませました」

「変更することはできないのかね」ミスタ・パーキンズはさぐるような目でフィリップをみた。「きみを失うのはじつに残念なんだ。学校では、よく勉強をする頭の悪い生徒のほうが、ろくに勉強をしない頭のいい生徒よりいい成績を取る。しかし頭のいい生徒が本気で勉強すると——今学期のきみのような成績を取る」

フィリップは落ちこみながらも顔を赤くした。ほめられることに慣れていなかったし、それまでだれからも、頭がいいといわれたことがなかったのだ。校長はフィリップの肩に手を置いた。

「できない生徒にものを教えこむのは、おもしろくもなんともない。しかしたまに、手《て》応《ごた》えのある生徒が現れる。こちらが何もいわないうちから、いいたいことをわかってくれる生徒だ。こういう生徒にめぐりあうと、教えるということが世界で最も素晴らしく思えるんだよ」

フィリップは、心のこもった言葉に胸をつかれた。自分が学校をやめるかやめないかということを、ミスタ・パーキンズがこれほど心にかけてくれているとは考えたこともなかったのだ。フィリップは感動して、心からうれしくなった。立派な成績で最終学期を終え、晴れてオクスフォードに進むことができれば、楽しいに違いない。一瞬、目の前に、同窓会の交流試合でもどってきた卒業生に聞いた話や、勉強室で読み上げられる大学に行った卒業生からの手紙が浮かんだ。しかし恥ずかしいと思った。ここで決意を翻《ひるがえ》したら、自分で自分がばかにみえるし、伯父は校長の意見が功を奏したと思って喜ぶだろう。手をのばせば届くところにある賞を、そんなものはほしくもないといわんばかりに辞退するほうが、ほかの連中と同じようにもらうよりずっと格好いい。もし、もうひと言、自尊心をなだめてくれる説得の言葉があったら、フィリップは何でもして、ミスタ・パーキンズの望むようにしただろう。しかしフィリップの顔にはそんな葛藤《かっとう》も迷いも浮かんではいない。冷静で不満そうな表情が浮かんでいるだけだ。

「やはり、ドイツにいこうと思います」

自分ひとりで物事をうまく処理する人物は往々にしてそうだが、ミスタ・パーキンズも自分の努力が功を奏さないとなると、いらいらするほうだった。仕事もたくさんあるし、これほど頑固な少年相手に、これ以上むだな時間をかけるつもりはなかった。

「よくわかった。きみが心からそう思っているなら、好きなようにしていいといったからね。約束は守ろう。いつドイツに出発するんだ」

フィリップはそれをきいて、心臓が激しく打った。戦いには勝った。しかし勝ったという実感はない。

「五月の初めです」

「じゃあ、もどったら会いにきてくれないか」

ミスタ・パーキンズは手を差しだした。もう一度説得されたら、フィリップは考え直したかもしれない。しかし、相手はこれで話は終わりだと決めてしまったようだ。

フィリップは校長の家を出た。学校生活は終わった。自由だ。しかしこの瞬間、心待ちにしていた天にも昇るような喜びはなかった。構内をゆっくりと歩くうちに、気持ちがどんどん沈んでいった。愚かな選択をしたのではないことを祈るのみだ。ドイツには行きたくなくなっていたが、校長のところにもどって、やっぱりここで勉強しますという勇気はない。さすがに、そんな恥ずかしい真似《まね》はできない。決断が正しかったのかどうか自信がなく、自分にも、自分を取り巻く状況にも不満だった。人は自分で自分の道を選んだときには、いつもこんなふうに後悔するものなのだろうかと、暗い気持ちで考えた。

## 22

フィリップの伯父には、ベルリンに住んでいるミス・ウィルキンソンという古くからの知人がいた。彼女の父親がリンカンシャー州の村の牧師をしていたとき、ミスタ・ケアリはその教会で副牧師を務めていて、そのあとブラックステイブルの牧師になった。ミス・ウィルキンソンは父親が亡くなると自活せざるを得なくなり、フランスとドイツのいくつかの家庭で住みこみの家庭教師の仕事を見つけて働いていた。そしてミセス・ケアリとは手紙のやりとりをしていて、ブラックステイブルの牧師館にも二、三度遊びにきたことがある。ただそのときは、ケアリ家にやってくるまれな客の常として、いくらかの宿泊費を置いていった。フィリップの希望に関して、反対するより受け入れたほうがいいと判断したミセス・ケアリは、ミス・ウィルキンソンに相談の手紙を書いた。すると返事がきて、それにはこう書かれていた。ドイツ語を習うならハイデルベルクのエルリン先生のところが最適です、部屋代は週三十マルク、エルリン先生は地方の高校教師なので、勉強を教えてもらえます。

フィリップがハイデルベルクに着いたのは、五月の朝だった。荷物を手押し車に積んで、駅からポーターのあとをついていった。空は青く晴れ上がり、通りの並木は葉が繁《しげ》っている。空気にも何かしらすがすがしいものが感じられ、それが新しい生活に入って知らない人々と交わることになる不安といっしょになって、気持ちが異様にたかぶっていた。だれも迎えにきてくれなかったのが少し不満で、大きな白い家の玄関前でポーターに置いていかれると気後れしてしまった。むさくるしい感じの青年が出てきて、客間に案内してくれた。部屋には緑のベルベットを張ったソファや椅子《いす》がいくつもあり、まん中に丸いテーブルが置いてある。テーブルの上には、きつくたばねた花が活《い》けてあり、それをひだを寄せた紙で包んであるところは、ラムチョップの骨のようだ。そのまわりには革表紙の本が何冊かきれいに並べてあって、かびくさい。

すぐに、料理のにおいがして、エルリン家の夫人が入ってきた。背は低く、とても肉付きのいい女性で、髪をひっつめにして、顔は赤く、小さな目はビーズ玉のように輝いている。気持ちがそのまま動作に出るらしい。夫人はフィリップの両手を取ると、ミス・ウィルキンソンの消息をたずねた。二度ほどここに数週間滞在したことがあるらしい。夫人はドイツ語と、たどたどしい英語で話した。フィリップは、ミス・ウィルキンソンには会ったことがないといおうとしたが、まったく通じなかった。それから娘がふたり入ってきた。あまり若くはみえないが、ふたりとも二十五よりは下のようだ。上の娘はテクラという名で、母親と同じように背が低く、同じような落ち着かないところがあるが、顔はかわいくて、黒い髪がふさふさしている。下の娘はアンナといって、背が高く、かわいくはないが、笑顔がとても素敵だったので、フィリップはアンナのほうを好きになった。しばらく礼儀正しく挨拶や話をしたあと、夫人がフィリップを部屋に案内して出ていった。そこは屋根裏部屋で、公園の木々の梢《こずえ》が見下ろせた。ベッドは壁のくぼんだところに置かれていたので、机に向かうと、寝室にはみえない。フィリップは荷物をほどいて、本を全部出した。ようやく、自立できた。

ベルが鳴って、一時の昼食を知らせた。客間には下宿人が集まっていた。フィリップはまずこの家の主人に紹介された。中年で背が高く、頭が大きく、金髪に白髪が混じり始めている。目は柔らかい青だ。正確だが、ずいぶん古い英語を話す。日常会話ではなく、古典を勉強して身につけた英語だ。フィリップがシェイクスピアの戯曲でしか目にしたことのない単語を使って話すので、不思議な感じがする。夫人は、ここにいるのは家族であって下宿人ではないといったが、厳密にどう違うのかは、細かいことまでよく知っている哲学者にでもきくしかないだろう。客間に続く、暗くて細長い部屋で全員が食卓につくと、フィリップはとても緊張したが、十六人いるのはわかった。夫人は端に座って、料理を切り分けた。それを騒々しい食器の音とともに給仕するのが、玄関のドアを開けてくれた不細工な青年だった。手早く料理を配っていくのだが、最初の人が食べ終わる頃になっても、最後の人にはまだ料理が渡っていないという有様だ。夫人から、ここではドイツ語以外使ってはいけませんといわれていたので、フィリップはたとえ内向的な性格を克服できたとしても、黙っているしかなかった。そこで、これからいっしょに暮らしていくことになる人たちを観察した。夫人のそばには、年長の女性が数人いたが、あまり興味を覚えなかった。若い女の子がふたり、ふたりとも金髪で、ひとりはとてもかわいい。フロイライン〔ドイツ語の「ミス」にあたる〕・ヘドヴィッヒ、フロイライン・ツェツィーリエと呼ばれていた。フロイライン・ツェツィーリエのほうは長い髪を一本の三つ編みにして背中にたらしている。ふたりは並んで座り、小声で笑って話しながら、ときどきフィリップのほうをみては、どちらかが小声で何かいっている。フィリップは笑われているような気がして赤くなった。ふたりのそばに中国人が座っていて、黄色い顔に大きな笑みを浮かべている。大学でヨーロッパ事情を学んでいるらしい。とても早口で、それも奇妙なアクセントでしゃべるので、ふたりの女の子はときどき話についていけなくなり、声を上げて笑う。すると中国人もおおらかに笑って、アーモンドの形の目がみえなくなる。黒の上着を着たアメリカ人が二、三人。肌は黄色っぽくてかさついている。神学部の学生で、ニューイングランドなまりで下手なドイツ語を話している。フィリップは警戒するような目でそちらをみた。というのは、アメリカ人は粗野で、どうしようもない野蛮人だと教えられていたからだ。

フィリップが昼食の後、客間の緑のベルベットを張った硬い椅子で休んでいると、フロイライン・アンナに、みんなといっしょに散歩にいきましょう、と誘われた。

フィリップはいくことにした。けっこうな人数になった。夫人の娘がふたり、ほかの女の子がふたり、それからアメリカ人学生がひとり。フィリップは、アンナとフロイライン・ヘドヴィッヒと並んで歩いた。ちょっとうれしかった。それまで女の子の知り合いはひとりもいなかったからだ。ブラックステイブルには農家の子か商人の子しかいなかった。もちろん名前も顔も知っていたが、フィリップは臆病《おくびょう》で、脚が悪いのを笑われていると思っていた。そして、伯父も伯母も自分たちはずっと上の階級で、農夫たちとはちがうと考えていて、フィリップはそれを喜んで受け入れていた。町の医師には娘がふたりいたが、どちらもかなり年上で、フィリップがまだ子どもの頃に優秀な助手と立て続けに結婚した。学校では、あまりしとやかとはいえない大胆な女の子が二、三人、男の子と付き合っていて、いかにも男の子らしい想像力を駆使した危ない話が、おもしろおかしく語られていた。フィリップは見下したような態度をとっていたが、本当はそういう女の子が怖かった。その一方、想像力と、それまでに読んだ本のせいで、男はバイロン的でなくてはならないと思っていた。その結果、不健康な自意識と、女性に対しては紳士であれという信念に引き裂かれて、身動きができなかったのだ。今も散歩をしながら、明るく愉快に過ごそうと思っていたのだが、頭が空っぽで、何をいっていいのかわからない。夫人の娘、フロイライン・アンナが義務感から、しょっちゅう話しかけてくれるのだが、ほとんど言葉を返せない。ときどき輝く目でみつめられ、たまに笑いかけられても、どぎまぎするばかりだ。これでは完全におかしな人間だと思われるのではないかと心配になる。一行は丘の中腹にある松林を歩いていった。松のさわやかなにおいをかいで、フィリップはうれしくて胸が痛いほどだった。日差しは温かく、空には雲ひとつない。一行はようやく丘の頂までやってきた。眼下にはライン川とその流域が陽光に輝いている。緑の大地が金色の光を浴びてどこまでも広がり、はるかむこうにいくつか街がみえる。眼下の平野を銀色のリボンのような川が流れている。フィリップの知っているケント州のはずれには、このような広々とした平原はない。ただ海が、どこまでも伸びる水平線をみせてくれるだけだ。フィリップは彼方《かなた》まで続く大地をながめて、ぞくぞくするような快感を覚えた。そして気分がどこまでも高揚した。まだそのときはわかっていなかったが、初めて、それまで触れたことのない生の感覚、美の意識に目ざめたのだ。フィリップは女の子ふたりとベンチに座った。ほかの三人は先に帰った。女の子ふたりはドイツ語で早口でしゃべっている。フィリップはふたりのことなどまったく気にせず、目の前に広がる景色にみとれていた。

「ああ、幸せだ」フィリップは思わず、つぶやいた。

# 23

フィリップはたまにターカンベリのキングズ・スクールのことを考え、今日の今頃、みんなが何をしているか考えて笑った。ときどき、自分がまだ学校にいる夢をみることがあって、目が覚めて小さな屋根裏部屋にいることに気づくと、うれしくてたまらなかった。ベッドからは青い空に大きな積雲がみえる。フィリップは自由を満喫していた。寝たくなれば寝て、起きたくなれば起きる。だれも命令する人はいない。フィリップは、もう嘘《うそ》をつかなくてすむことに気づいた。

エルリン先生からラテン語とドイツ語を習い、毎日やってくるフランス人からフランス語を習うことになった。夫人から、大学で言語学を専攻しているイギリス人に数学を習ってはどうかといわれた。その人はウォートンという名前だった。フィリップは毎朝、ウォートンのところにいった。彼はみすぼらしい家の最上階に住んでいた。きたなくて、散らかっていて、いろんないやなにおいが立ちこめていた。十時にいくと、たいがいいつもウォートンはベッドのなかで、すぐにベッドから飛びだし、汚れたままの部屋着をきて、フェルトのスリッパをはいた。そして数学を教えながら、質素な朝食をとる。背は低く、ビールの飲み過ぎで太り、口ひげを生やし、長い髪はとかしていない。ドイツにきて五年目のくせに、みるからにドイツ人だ。学位を取ったケンブリッジをばかにし、自分の将来をいやそうに話した。というのは、ハイデルベルクで博士号を取ったらイギリスにもどって、教育にたずさわらなくてはならないからだ。素晴らしい自由があり、愉快な仲間のいるドイツでの大学生活を賞賛していた。ブルシェンシャフト〔一九世紀初頭、ドイツの自由主義運動を主導した学生結社連合〕のメンバーで、フィリップをドイツのパブに連れていってやるといった。とても貧乏で、フィリップを教えると昼食に肉が食べられるが、教えないとパンとチーズですまさなくてはならないということを隠しもしない。飲み過ぎた次の日の朝はときどき頭痛がひどく、コーヒーも飲めず、教えるのもつらそうだった。そういうときのために、ベッドの下にビールを何本か隠してある。ビールを飲み、パイプを吹かすことで、人生という重荷を背負っていくことができるらしい。

「毒をもって毒を制す」ウォートンはよくそういいながら、ビールをゆっくり注いだ。泡が立つとおさまるまで待たなくてはならないからだ。

それからフィリップに大学の話をした。学友会間の抗争、決闘、教授の善《よ》し悪《あ》し。

フィリップも、ここでは数学よりも人生について学んだことのほうが多い。ウォートンはときどき椅子の背にもたれて笑いながらこういった。

「おいおい、まだ何も教えてないぞ。今日の教授料はなしでいい」

「いえ、いいんです」フィリップはいった。

フィリップにとって、彼の話は目新しく、とても興味深かった。ちっともわからない三角法などよりずっと大切なことに思えたのだ。それは人生の窓のようで、そこから外をのぞいていると思うと、鼓動が速くなった。

「だめだ、その金は取っておけ」

「だけど、食事はどうするんです」フィリップはにやにやしながらたずねた。相手の経済状況はよくわかっている。

ウォートンは、一回二シリングの謝礼を週払いにしてほしい、一ヶ月分まとめてだと面倒だ、といった。

「食事なんかどうでもいいんだ。ビール一本ですますことだってよくある。そんなときのほうが頭が冴《さ》えるしな」

ウォートンはベッドの下にもぐりこんで（シーツは洗濯していないので灰色だった）、また一本出してきた。フィリップはまだ若く、人生の楽しさを知らなかったので、酒にはつきあわず、ウォートンはひとりで飲んだ。

「いつまで、ここにいるつもりなんだ」ウォートンがきいた。

ふたりとも、数学の勉強をしている振りはやめて、ほっとしていた。

「さあ。一年くらいかな。そのあとはオクスフォードにいけといわれると思います」

ウォートンはばかにするように肩をすくめた。フィリップはそれまで、あの最高学府を軽蔑《けいべつ》する人間に会ったことがなかった。

「いったい、なんのためにあんなところにいくんだ。まあ、いけば将来有望な優等生になれるが、それだけじゃないか。こっちの大学にいけよ。一年なんかじゃだめだ。五年はいなくちゃ。いいか、人生に素晴らしいことがふたつある。思想の自由と行動の自由だ。フランスでは行動の自由がある。何をしようが、だれにも文句をいわれない。しかし、他人と同じように考えなくちゃいけない。ドイツでは、他人と同じように行動しなくちゃいけないが、考えるのは自由だ。どちらも素晴らしい。おれはどちらかというと思想の自由のほうがありがたい。ところが、イギリスにはどちらもない。因習にがんじがらめになって、好きなように考えることも、好きなように行動することもできない。民主主義国家だからだ。おそらくアメリカはもっとひどい」

ウォートンはゆっくり後ろにもたれた。というのは、椅子の脚が一本ぐらついていて、途中でいきなり床に転がってしまうと、弁論の妨げになるからだ。

「今年、イギリスに帰ることになってるんだが、なんとかやりくりできれば、あと一年くらい、かつかつで食っていけると思う。だが、そのあとは帰ることになるだろうな。そのときは、これらすべてとさよならだ」ウォートンはあたりを指し示した。汚い屋根裏部屋、くしゃくしゃのままのベッド、床に散らばっている衣服、壁際《かべぎわ》にずらりと並べてある空のビール瓶、四隅に置いてある製本していないぼろぼろの本の山。

「どこか田舎の大学で、言語学でも教えることになるんだろうな。テニスをして、ティーパーティにいって」ウォートンは言葉を切って、フィリップをみた。きちんとした服を着て、シャツにきれいなカラーをつけて、髪もとかしているフィリップをみて、困ったような顔をした。「すまん！　顔を洗ってくる」

　フィリップは赤くなった。こぎれいな格好をしている自分が、鼻持ちならないやつのような気がしてきたのだ。というのも最近、身だしなみに気をつけるようになって、イギリスを出るときも、しゃれたネクタイを選んで持ってきていた。

　夏がやってきてあたり一帯を支配した。毎日が美しかった。空は傲慢《ごうまん》なまでに青く、拍車のように神経を刺激した。公園の木々の緑は荒々しく暴力的で、太陽の光に照らされた家並みは目がくらむほど白く輝き、目に痛いほどだ。ときどきウォートンのところから帰るとき、フィリップは公園の木蔭《こかげ》のベンチに座り、涼みながら、葉の間から差しこむ日光が地面に描く模様を楽しんだ。魂は、陽光のように陽気に踊った。勉強の時間をくすねて怠惰に過ごすこの瞬間が何物にも代えがたく、うれしい。ときどき古い町の通りを散歩することもある。そんなときは、学友会の学生を尊敬と怖《おそ》れの目でみた。彼らは頰に赤い切り傷を持ち、派手な色の帽子をかぶって偉そうに歩いていた。午後は夫人の家にいる女の子たちといろんな丘に登った。ときどき川の上流までいって、木蔭のビヤガーデンで紅茶を飲む。夜はシュタットガルテンの回りを歩いて、楽団の演奏をきいた。

　フィリップはすぐに、この家の事情に詳しくなった。フロイライン・テクラは、この家の長女でイギリス人と婚約している。相手は一年間この家に下宿してドイツ語を学んでいたらしい。結婚式はその年の終わりということだった。しかし婚約者が書いてきた手紙によると、スラウという町でインドゴムを売買している父親が結婚に反対しているとのことで、彼女はしょっちゅう泣いている。ときどき母親とふたりで、厳しい目をして、口を結び、腰の重い婚約者からの手紙を読んでいることもある。テクラは水彩画を描くので、たまにフィリップを誘って、ほかの女友だちも連れて、外に小さな絵を描きに出ることがある。かわいいフロイライン・ヘドヴィッヒにも恋愛の悩みがあった。彼女はベルリンの商人の娘で、若くりりしい軽騎兵が彼女に恋をした。望めば貴族も名乗れる家柄の若者で、そのため両親が商売人の娘と結婚させるわけにはいかないと反対している。彼女がいうには、彼のことを忘れるようにとハイデルベルクにこさせられたらしい。でも、忘れるなんて、絶対、絶対、できるはずがないの。だからいまも手紙のやりとりをしていて、彼はいま手をつくして怒っているお父さんを説得しようとしてくれているところなの。彼女はそんなことをすべてフィリップに話しては、かわいらしくため息をつき、顔を赤らめながら、さっそうとした中尉《ちゅうい》の写真をみせるのだった。フィリップは、この家のなかではフロイライン・ヘドヴィッヒが一番好きだった。散歩にいくときは、いつも隣を歩いた。それがあまりに露骨なのをみんなにからかわれると、まっ赤になった。そして生まれて初めて告白をしたのだが、それは偶然だった。というのも、こんなふうに始まったからだ。外出しない夜は、若い女の子たちは緑のベルベットのソファがある客間で短い歌をうたって過ごしていた。そういうときはいつも、みんなの役に立とうとするフロイライン・アンナが熱心に伴奏をしてくれた。フロイライン・ヘドヴィッヒの得意な曲は「わたしはあなたが好き《イッヒ・リーベ・ディヒ》」だった。ある日の晩、彼女はこの歌を歌い終えると、フィリップといっしょにバルコニーに出て、いっしょに星を見上げていた。そのとき、フィリップは歌のことで何かいわなくてはと思って、ついこういった。

「イッヒ・リーベ・ディヒ」

フィリップはドイツ語でそういってから、そのあとどういおうかと考えて、ほんのわずかの間があいた。しかしフィリップより先に、フロイライン・ヘドヴィッヒがいった。

「ミスタ・ケアリ、わたしに話しかけるときに、親称の〝Du〟なんて使っちゃだめ」

フィリップは全身がまっ赤になったような気がした。そんなつもりでいったわけではなかったからだ。どう説明すればいいかさっぱりわからなくなった。あれは自分の気持ちではなく、歌のタイトルを口にしただけですというのも男らしくない。

「すいませんでした《エントシュルディゲン・ジー》」

「いいえ、気にしないで」フロイライン・ヘドヴィッヒはささやくようにいった。

彼女はにこやかにほほえむと、何もいわずにフィリップの手を握り、それから客間にもどった。

次の日、フィリップはどぎまぎして、彼女に話しかけられなかった。そして恥ずかしくてたまらず、彼女を避けた。いつものように散歩に誘われると、勉強をしなくてはならないからといって断った。しかしフロイライン・ヘドヴィッヒはふたりきりの機会をとらえていった。

「そんなに気にしなくていいの」彼女はやさしく声をかけた。「だって、昨晩のことでは、ちっとも怒ってないんだから。人を好きになるのはしょうがないわ。わたしはうれしいくらいよ。でも、わたし、ヘルマンときちんとした婚約をしてるわけじゃないけど、ほかの人を心から好きになるのは無理。もう、あの人の妻のつもりだから」

フィリップはまた赤くなったが、愛の告白を断られた恋人の表情を浮かべていった。

「きみの幸せを祈ってる」

## 24

エルリン先生の授業は毎日あった。フィリップが読むべき本のリストも作ってあって、最後は『ファウスト』だった。またフィリップが学校で習ったシェイクスピアの芝居のひとつをドイツ語に訳させた。これはいい思いつきだった。というのも、まさにドイツにおいてゲーテが最ももてはやされた時代だったからだ。ゲーテは愛国心に関しては冷ややかな態度を取っていたにもかかわらず、国民的詩人として讃《たた》えられ、その作品は普《ふ》仏《ふつ》戦争〔一八七〇年、七一年のプロイセンを中心とするドイツ諸邦とフランスの戦争〕以降の、ドイツ統一の最も輝かしい成果のひとつと考えられていた。熱心な読者は、『ファウスト』の「ヴァルプルギスの夜」の章に出てくる魔女や妖怪の饗宴《きょうえん》の場にも、普仏戦争で戦場になったグラヴロットの砲声をきくといわれていた。しかしこの大作家の作品の素晴らしさは、読者がそれぞれ違った魅力を発見できるところだ。プロイセン人嫌いのエルリン先生もゲーテを激賞していたが、それは、ゲーテの作品が、オリンポスの神のように比類なく、泰然《たいぜん》としているからだという。そして、まだ正気を保っている人々が、新世代によるかまびすしい攻撃から逃げられる場所はそこしかないというのだ。当時、ハイデルベルクでも評判の劇作家がいて、一年前の冬、その作品のひとつが上演され、ファンから喝采《かっさい》を浴びる一方、上品な人々の酷評を買った。フィリップは、先生の家の細長いテーブルで、その作品についての議論をきくことになった。エルリン先生はいつもの冷静さを失い、こぶしでテーブルを叩《たた》き、持ち前の魅力的な低い声を張り上げて、あらゆる反論を粉砕した。駄作だ、そのうえ卑猥《ひわい》だ。なんとか最後まで観《み》たが、退屈きわまりないうえに、吐き気がした。あれがこれからの演劇だというのなら、一刻も待ってはいられない、警察が踏みこんで劇場を封鎖すべきだ。自分はちっとも上品な人間ではないし、パレ・ロワイヤルの劇場で上演される不道徳だが気のきいた笑劇をみて笑うこともできるが、あれはごみ以外の何物でもない。先生はそういうと、鼻をつまんで、歯の間から息を吐いてみせた。あれは家族の崩壊、モラルの荒廃、ドイツの衰退だ。

「ちょっと、あなた」夫人がテーブルの反対側からいった。「落ち着いてちょうだい」

すると先生は夫人にむかってこぶしを振った。先生はじつに温厚な性格で、いつも何かするときは必ず奥さんに相談することにしていた。

「なにをいうか、ヘレーナ。これだけはいっておく」先生は大声でいった。「うちの娘が、あんな恥知らずな男のけがらわしい芝居を観るくらいなら、足元に死骸《しがい》になって転がってくれたほうがまだましだ」

その芝居は『人形の家』というタイトルで、作者はヘンリック・イプセンだった。

エルリン先生はイプセンをリヒャルト・ワーグナーと同じだといった。ただ、ワーグナーに対して怒ることはなく、ユーモアたっぷりに笑いながら批判した。あいつは、ほら吹きだ、うまいことほらを吹いている。だから、どこかしらコミカルで、それを楽しむことができる。

「頭のネジが吹っ飛んだ男だ！」

先生は『ローエングリン』を観たことがあって、これは合格だった。退屈だが、それほど悪くない。ところが、『ジークフリート』！　先生はこのタイトルを口にするとき、頭の後ろに手をやって、大声で笑った。最初から最後まで、旋律ってものがまったくない！　頭に浮かぶようだ、リヒャルト・ワーグナーがボックス席に座って、真剣にあの楽劇を鑑賞する観客をみながら大笑いしている様子がね。まったく、あれは十九世紀最大のほら話だ。そういって先生はビールを口まで運び、頭を後ろに傾けながら、飲みほし、口を手の甲でぬぐった。

「いいか、若い諸君、二十世紀にならないうちに、ワーグナーなんて作曲家はきれいさっぱり忘れられてしまうぞ。ワーグナー?!　全作品を集めても、ドニゼッティのオペラひとつにもかなわない」

## 25

フィリップのついた先生のなかでいちばん変わっていたのはフランス語の先生だ。

ムシュ・デュクロはジュネーヴ市民だった。背の高い老人で、血色が悪く、頬はこけ、白髪まじりの髪は薄く長い。みすぼらしい黒の服を着て、コートの肘《ひじ》の部分にはいくつか穴が開き、ズボンはすり切れていた。シャツはとても汚れていた。フィリップは、先生がきれいなカラーをつけているのを一度もみたことがない。口数が少なく、授業はていねいだが、熱意に欠けていた。時間通りにやってきて、時間通りに帰る。授業料はとても安かった。寡《か》黙《もく》な人で、フィリップが知っているのはすべて、ほかの人からきいたことばかりだ。彼はイタリア統一運動のときローマ法王を相手に、ガリバルディ将軍とともに戦ったが、イタリアを去ることにした。というのは、自由を求めて――それは彼にとっては共和国を設立することだったのだが――必死に戦ったにもかかわらず、結局、古い圧政が新しい圧政に代わっただけだということが明らかになったからだ。そしてジュネーヴからも政治的な問題で追われることになるのだが、どんな理由だったかはわかっていない。フィリップは驚き、また、不思議に思った。自分が抱いていた革命家のイメージとまったく違ったからだ。小声で話し、とても礼儀正しく、お座りくださいといわれるまでは決して腰を下ろさない。ごくたまに通りで会うと、大仰な仕草で帽子を取る。声を上げて笑うことは決してなく、ほほえむことさえない。フィリップよりはるかに想像力に恵まれた人なら、その姿に、輝ける希望を胸に抱いた若者を想像できたかもしれない。というのも、ムシュ・デュクロが大人の仲間入りをした一八四八年は、イタリアで革命騒ぎが起こった年だったからだ。各国の王は、同年の二月革命で追放されたフランス王のことを思い浮かべて、首の後ろが寒くなる思いをしていた。自由を求める情熱の嵐《あらし》がヨーロッパ中を吹き荒れ、一七八九年のフランス革命への反動として頭をもたげてきた絶対王政と独裁制を吹き飛ばそうとしたこの時代ほど、人々の胸が熱く燃えたことはなかった。おそらく彼もまた自由と平等の理想に燃え、議論し、論争し、奮闘し、パリのバリケードの後ろで戦い、ミラノではオーストリアの騎兵に追い散らされ、ここでは投獄され、あそこからは逃亡した。それでも希望を失うことなく、「自由」という魔法の呪文《じゅもん》に支えられていたが、ついに、病に、飢えに、老いにたたられ、貧しい学生を教えて稼ぐ以外に生活のすべがなくなり、気づけばこのこざっぱりした小さな町で、ヨーロッパのどこよりも苛烈《かれつ》な個人的抑圧に虐《しいた》げられていたのだ。おそらく彼が無口なのは、人類への侮蔑を隠すためだ。彼が若い頃に憧《あこが》れた偉大な夢を捨て、怠惰と怠慢にまみれた人類への侮蔑を。あるいはこの三十年のうちに、人類は自由に値しないということを思い知らされ、自分はみつけるに値しないものを生涯かけて追い続けてきたと考えていたのかもしれない。あるいは、ただ疲れ果て、すべてどうでもよくなり、死によって解放されるのを待っているだけなのかもしれない。

ある日、フィリップは若さゆえの生意気さから、ガリバルディ将軍と戦ったというのは本当ですかとたずねたことがある。老人は、たいした質問ではないと思ったらしく、いつもと同じ低い声で穏やかに答えた。

「ウィ・ムシュ」

「パリ・コミューン〔一八七一年、パリの市民と労働者によって樹立された社会主義的、革命的自治政権。七二日で崩壊〕にもいたとききました」

「ほう、そうかい。さあ、勉強を続けようか」

ムシュ・デュクロはそういって本を開いた。フィリップはおどおどしながら、予習しておいた部分を訳した。

ある日、ムシュ・デュクロは痛みに顔をひきつらせてやってきた。フィリップの部屋まで、体を引きずるようにして上がってくるのが精一杯で、部屋に着くと、どさっと椅子に座った。血色の悪い顔をゆがめ、額には汗をびっしりかき、大きく息をついている。

「先生、具合が悪いんじゃありませんか」

「たいしたことはない」

しかしいかにも苦しそうだったので、授業が終わると、フィリップは、具合がよくなるまで休みにしませんかといってみた。

「いや」老人はいつもよりさらに低い声でいった。「教えられる限りは続けよう」

フィリップは金銭的なことに触れるのに異常なほど神経質だったので、赤くなりながらたずねた。

「どうか、お気になさらないでください。休みのぶんもお払いしますから。よければ、来週分も前払いさせてください」

ムシュ・デュクロの授業料は一時間十八ペンスだった。フィリップはポケットから十マルク硬貨を出して、おずおずとテーブルの上に置いた。物乞《ものご》いに渡すような真似はできなかった。

「では、具合がよくなるまでは、休みにしてもらおうか」そういうと、ムシュ・デュクロはいつものように、ていねいに頭を下げて出ていった。

「ボンジュール、ムシュ」

フィリップは拍子抜けしていた。こんなに寛大な申し出をしたからには、こっちが恐縮するほど、感謝されていいような気がしていたからだ。好意を当然のように受け取られて、あきれてしまった。フィリップはまだ若く、恩を売った者のほうが、恩を受けた者より、恩をはるかに大きく考えるものだということを知らなかったのだ。五、六日後、ふたたびムシュ・デュクロがやってきた。足がもつれて、みるからに弱々しかったが、なんとか激しい発作を乗り越えたようだ。相変わらずとっつきにくく、世間離れして、超然として、汚れていた。授業が終わるまで、病気のことはひと言も話さなかった。そして部屋を出るとき、ドアを開けて立ち止まり、苦しくて口がきけないかのように、ためらいがちにいった。

「先日の金がなかったら、餓死していただろう。持ち合わせがまったくなくてね」

そういうと、ゆっくり、ていねいに頭を下げてから出ていった。フィリップは喉《のど》に熱いものがこみあげるのを感じた。希望のない毎日を送る老人の苦しみと痛みがなんとなく伝わってきて、自分にとって楽しくてたまらない人生が、あの老人にとってどんなにつらいものかがわかったような気がした。

## 26

フィリップがハイデルベルクにきて三ヶ月ほどたったある日のこと、夫人から、へイワードというイギリス人がくるときかされ、その日の夕食のとき、新しい顔が加わった。その少し前から、うれしい騒ぎがふたつ続いていた。ひとつめは、確かなところはわからないが、おそらくつつましい祈りと遠回しの脅しが功を奏したのだろう、フロイライン・テクラが婚約相手の若いイギリス人の両親に家に招待された。彼女は水彩画の腕をみせるためのスケッチブックと、彼がどんなに自分のことを思っているか証明するための手紙の束を持ってイギリスにいった。その一週間後、フロイライン・ヘドヴィッヒが顔を輝かせ、ほほえみながら、自分の愛している中尉が両親とともにハイデルベルクにやってくると告げた。両親は、息子にしつこくせがまれて根負けし、またフロイライン・ヘドヴィッヒの父親が提示した持参金に驚いて、ハイデルベルクまで彼女に会いにくることになったのだ。結果は満足のいくもので、フロイライン・ヘドヴィッヒは中尉に、夫人の家の人たち全員を町の公園で紹介したのだった。いつもテーブルの上座で夫人のそばに座っている、寡黙な年上の女性たちはそわそわしだした。フロイライン・ヘドヴィッヒから、早速に正式な婚約をしにうちに帰るときくと、夫人が費用のことも忘れて、マイボウレを作りましょうと言った。するとエルリン先生が、それならわたしにまかせろといい、この口当たりのいい酒を作った。食後には、白ワインを炭酸水で割って数種類のハーブと野イチゴを浮かべた飲み物の入った大きなボウルが客間の丸テーブルの上に堂々と置かれた。フィリップは、フロイライン・アンナに、ほら、あなたの彼女がいってしまうわよとからかわれ、気詰まりで憂鬱《ゆううつ》になった。フロイライン・ヘドヴィッヒが何曲か歌った。フロイライン・アンナはウェディング・マーチをピアノで弾き、先生は「ラインの守り」を歌った。この楽しい宴《うたげ》の最中、フィリップは新しくやってきた若者にはほとんど目がいかなかった。夕食のとき、テーブルをはさんで座っていたのだが、フィリップはフロイライン・ヘドヴィッヒとおしゃべりをするのに忙しく、ドイツ語がまったくわからない若者は黙って食事をしていた。フィリップは彼が水色のネクタイをしているのをちらっとみて、いやなやつだなと思った。その若者は二十六歳で、肌が白く、長くてウェーブのかかった金髪をしょっちゅうかき上げている。目は大きくて青いが、色は薄く、若いくせに疲れてみえる。ひげはきれいに剃《そ》ってあって、唇が薄いわりに口の形はとてもいい。フロイライン・アンナは人相学に興味を持っていて、あとでフィリップに、あの人は頭蓋《ずがい》の形はとてもいいのに、顔の下半分がとても弱いのよね、といった。頭はいいが、口元に個性がないということらしい。フロイライン・アンナは頬骨が高く、鼻が大きく不格好なので、結婚できないまま老いていきそうにみえたが、人の個性にはうるさかった。ほかの連中がその若者について話し合っているとき、当の本人は少し離れたところから騒々しい人々を、人のよさそうな、しかし軽くばかにしたような顔でながめていた。背が高くほっそりした体型で、ことさら気取ったようなところがある。アメリカ人の学生のひとり、ウィークスはその若者がひとりでいるのをみると歩いていき、話しかけた。ふたりは奇妙に対照的だった。ウィークスのほうは黒の上着と混ぜ織りのグレイのズボンでこざっぱりまとめ、すでに牧師らしい雰囲気を漂わせているのに対し、イギリス人の若者は、だぼっとしたツイードのスーツを着て、手足が長く、動きも鈍い。

フィリップはひと言も交わさないうちに次の日になった。ふたりは客間のバルコニーにいたが、気がつくとほかにはだれもいない。昼食前だ。ヘイワードが話しかけてきた。

「イギリス人？」

「ええ」

「ここの食事は、いつも昨日みたいにまずいのかい」

「いつもあんな感じですね」

「ひどくない」

「ひどいと思います」

フィリップは食事については文句はなく、実際、食欲にまかせておいしく食べていたのだが、ほかの人がまずいと考えているものをおいしいといって、味音痴《おんち》だと思われたくなかったのだ。

　フロイライン・テクラがイギリスにいってしまうと、妹が家の仕事を余計に分担しなくてはならなくなり、長い散歩に付き合えなくなった。もうひとり、長い金髪をおさげにしている鼻が低くて小さいフロイライン・ツェツィーリエはこの頃、まわりの人たちとあまり付き合わなくなった。フロイライン・ヘドヴィッヒはいってしまい、いつもみんなと散歩にでかけていたアメリカ人のウィークスは南ドイツに旅に出た。自然とフィリップはひとりでいることが多くなる。ヘイワードは話し相手を求めていたのだが、フィリップには悪い癖があった。内向的な性格のせいか、大昔の穴居人《けっきょじん》の血のせいかはわからないが、初対面の人間に好意を抱くことはほとんどなく、相手と親しくなるまで、第一印象から抜け出すことができないという癖だ。そのせいで、人づきあいが下手だった。ヘイワードが近づいてきたときも、非常に消極的で、ある日、散歩にいかないかと誘われて出かけたのは、礼儀正しい言い訳を思いつかなかったという、ただそれだけの理由からだ。まず、いつもの言い訳をしたのだが、思わず赤くなってしまい、それが腹立たしかったが、笑ってごまかした。

「悪いけど、足が遅いんだ」

「そんなこと、どうでもいいよ。競走するつもりはないんだから。のんびり散歩できればいい。『享楽《きょうらく》主義者マリウス』でウォルター・ペイターが書いてるじゃないか。そぞろ歩きこそ、よき会話の生みの親だって」

フィリップはいつも聞き手だった。しばしば気のきいたことを思いつくのだが、いつも一拍遅い。それに対しヘイワードは話がうまかった。フィリップより経験の多い人間ならだれでも、ただのおしゃべり好きだとわかっただろう。その見下したような態度が印象的で、フィリップは思わずヘイワードを崇拝し、畏《い》怖《ふ》の念さえ抱いた。自分が神聖なものと考えている多くのことを軽く見下して話すのが新鮮だったのだ。スポーツに熱中している人々を軽蔑し、賞品ねらいの運動ばかといってこき下ろした。フィリップには、ヘイワードも似たようなもので、文化・教養ばかにすぎないということはわからなかった。

ふたりは城のほうへ歩いていき、高台までくると腰を下ろした。下にみえる街はライン川の支流ネッカー川沿いに、気持ちよさそうに広がっている。その上を煙突の煙が、薄青い霧のようにおおっている。高い屋根や教会の塔がのんびりした中世的な雰囲気を漂わせている。心温まる素朴な風景だ。ヘイワードはメレディスの『リチャード・フェヴェレルの試練』やフローベールの『ボヴァリー夫人』、その他、ヴェルレーヌ、ダンテ、マシュー・アーノルドなどについて語った。その頃はまだ、ペルシアの詩人ウマル・ハイヤームの『ルバイヤート』の翻訳は、フィッツジェラルドのものが選ばれた人に知られているだけだったが、ヘイワードはそのなかの詩を何度も暗唱してきかせた。詩を暗唱するのが好きで、自作の詩のこともあれば、ほかの人の詩のこともあったが、それを飾り気なく、歌うような調子で暗唱する。散歩からもどる頃には、フィリップのヘイワードに対する不信感は、熱烈な賞賛に変わっていた。

　こうしてふたりは毎日、午後になるといっしょに散歩をするようになり、フィリップはすぐにヘイワードの経歴や現状に詳しくなった。彼は地方判事の息子で、父親の死後、年に三百ポンドもらっている。チャーターハウス校での成績が非常に優れていたので、ケンブリッジに入学したとき、トリニティホール学寮の寮長がわざわざ会いにきて、満足そうに歓迎の意を述べたらしい。入学後は、輝かしい未来に向けて学業に精を出した。そして非常に知的なサークルにいくつも顔を出すようになり、ブラウニングを熱心に読む一方で、テニソンに対しては格好のいい鼻であしらってばかにするようになった。また、最初の妻ハリエットに対するシェリーのひどい扱いについても詳しくなった。そのうえ美術史もかじっていて（彼の部屋の壁にはG・F・ワッツや、バーン・ジョーンズやボッティチェリなどの複製がかけてあり）、レベルの高いペシミスティックな詩を書いていた。彼の友人は、あいつは素晴らしい才能を持っているといっていたし、ヘイワードも、友人たちから、将来を約束されているといわれて喜んでいた。そしてやがて、美術と文学の権威に祭り上げられた。彼は、オクスフォード運動の推進者のひとりジョン・ヘンリー・ニューマンの『弁明《アポロギア》』の影響を受けていた。ローマカトリックの絵画的な魅力が彼の審美的な感性に訴えたのだ。父親（素朴で粗野で、狭量な考えにとらわれ、トマス・バビントン・マコーリーの『英国史』を読むような通俗的な男）の怒りを怖れてさえいなければ、とっくに改宗していただろう。彼が普通学位しか取らずに卒業したとき、友人たちは驚いた。しかし彼は肩をすくめて、試験官の気に入る答えをするなんてばかばかしい、というふうなことをにおわせるのだった。彼のそばにいると、最上級というのはどことなく下卑たもののように思えてくる。彼は自分の受けた口頭試験のひとつを、ユーモアたっぷりに語った。気取ったカラーをつけた試験官が論理学の質問をしたらしい。それがじつに退屈だったのだが、ヘイワードは試験官が両側がゴムのブーツをはいているのに気がついた。それがださく、滑稽《こっけい》だったので、真剣に答えるのはやめて、キングズ・カレッジの礼拝堂のゴシック的な美について考え始めたという。しかし彼はケンブリッジでずいぶん楽しい日々を過ごした。自分の知っているだれよりも豪華な食事をほかの学生に提供することができたし、部屋で仲間とかわした会話はしばしば記憶に残るほどおもしろかったからだ。フィリップは彼から、素晴らしい詩の一節を教えてもらった。

「ヘラクレイトス〔ギリシアの哲学者〕よ、おまえの死を耳にした」〔ギリシアの詩人カリマコスの詩を、一九世紀の英国の詩人ウィリアム・コーリーが訳したもの〕

そしていま、彼は試験官とブーツのささやかなエピソードを語りながら、声を上げて笑っている。

「もちろん、滑稽は滑稽なんだが、どこか素敵なものを感じさせる滑稽さだったんだ」

フィリップはその言葉に打たれ、感動した。

その後、ヘイワードはロンドンにいって法律を学んだ。クレメンツ・イン〔法曹学院入学希望者の予備教育を担当した学生宿舎のひとつ〕に趣きのある部屋を借りた。壁に羽目板が貼《は》ってある高級な部屋で、彼はそれをトリニティホール学寮で借りていた自分の部屋に似せようとした。なんとなく政治家になろうという気持ちがあったので、自由党支持といって、自由党系で紳士階級の性格の強いクラブに指名推薦された。最初はまず、どちらかといえば穏健な大法院の弁護士になり、いろんな人からもらった約束が実行されるのを待っていればすぐに、どこかの選挙区の議員になれるだろうと考えていた。その一方で、しょっちゅうオペラにいき、同じ趣味で、感じのいい人たちとも、少数だったが、知り合いになった。ダイニングクラブのメンバーにもなったが、そこのモットーは当時流行《はや》った「全、善、美」というゲーテの言葉だった。またヘイワードは、ケンジントン・スクエアに住んでいる二、三歳上の女性とプラトニックな付き合いをするようになり、ほぼ毎日、午後になると、シェードをかぶせたロウソクのそばで、いっしょに紅茶を飲みながら、ジョージ・メレディスやウォルター・ペイターについて語った。弁護士協会の試験は、どんなばかでも通るとうわさされていたくらいで、ヘイワードはじつにのんびりと勉強を進めていた。そして最終試験に落ちると、面と向かって侮辱されたような気がした。それと同じ頃、ケンジントン・スクエアの女性から、夫が休暇でインドから帰ってくるといわれた。その夫というのがとても有能なのだが、考え方がじつに平凡で、若い男がしょっちゅう訪ねてくるなど到底理解できないという。ヘイワードは、身の回りはつまらないことだらけだと感じ、試験官の皮肉たっぷりの質問に答えるのもいやで、足元にあるチャンスというボールを蹴飛《けと》ばすのもおもしろいような気がした。それに借金もかなりたまっていた。年に三百ポンドで紳士階級の暮らしをするのはとても無理だ。心は、ジョン・ラスキン〔一九世紀英国の美術評論家。芸術家のパトロンでもあった〕が驚くほど美しく描写したヴェネチアやフィレンツェに憧れていた。そして自分は弁護士業などというせわしく粗野な職業には向いていないと思った。というのも、ドアに自分の名前を書いておくだけでは依頼がこないということがわかってきたからだ。それに最近の政治には品がないような気がした。ヘイワードは自分を詩人だと思っていた。そこでクレメンツ・インの部屋を引き払って、イタリアにいき、フィレンツェでひと冬過ごし、ローマでもうひと冬過ごし、そしていま二度目の夏をドイツで過ごしているところだった。ゲーテをドイツ語で読めるようになるつもりらしい。

ヘイワードには非常に貴重な才能がひとつあった。それは本物の文学的感性だ。彼は自分の情熱を驚くほど流暢《りゅうちょう》に相手に伝えることができた。また、作家と一体になって作品に感動し、作家における最良のものを発見し、真に理解したうえで作家を語ることができた。フィリップも量は読んでいたが、目に入るものを片っ端から読みあさってきただけなので、自分に合ったものを教えて導いてくれる人に出会ったのは、願ってもない幸運だった。フィリップは街の小さな図書館から本を借りて、ヘイワードが口にした素晴らしい作品を次々に読みだした。楽しく読めるものはなく、どれもが忍耐を要するものだった。しかしフィリップは自分を高めようと思った。自分がとても無知に思え、とても謙虚になっていたのだ。八月の終わり頃、ウィークスが南ドイツからもどってきたとき、フィリップは完全にヘイワードの影響下にあった。ヘイワードはウィークスを嫌っていた。アメリカ人の黒の上着とグレイのズボンを嘆かわしいといわんばかりの目でみて、ニューイングランド的良心には肩をすくめてみせた。フィリップは、最初わざわざ話しかけて親切にしてくれた相手がばかにされるのを平気な顔でききき、ウィークスがヘイワードの悪口をいうと不愉快になった。

「きみの新しい友だちはまるで詩人気取りだね」ウィークスが悩み疲れたような唇をゆがめ、うすら笑いを浮かべていった。

「本物の詩人ですよ」

「彼がそういったのかい？　アメリカでは、ああいう人間のことを典型的な浪費家と呼ぶんだけどね」

「ここはアメリカじゃないから」フィリップはそっけなくいった。

「何歳だっけ。二十五歳？　それなのに、ここに泊って詩を書いてばかりか」

「彼のことがわかってない」フィリップはかっとなっていった。

「いや、わかっているとも。あの手の人間にはもう百四十七人会ってる」

ウィークスの目がいたずらっぽく光ったが、フィリップはアメリカ的ユーモアがわからず、唇をすぼめて眉《まゆ》を寄せた。フィリップの目にウィークスは中年にみえたが、実際には三十をちょっと過ぎたくらいだ。背が高くやせていて、学者によくある猫背だった。頭は大きく不格好で、頭髪は色が薄くて量が少なく、肌は土気色。唇は薄く、鼻も細くて長く、額が異様に突き出ているので、顔はグロテスクにみえる。動作や仕草は冷ややかで的確で、血が通っていないというか、情熱が感じられない。それでいて妙なことに、ある種の軽薄さがあって、根の真面目《まじめ》な人間を不安にさせ不快にさせる。しかもなぜか、その種の人間に混ざりたがる。ハイデルベルクで神学を学んでいるのだが、同じアメリカからきた神学生たちは彼に不信感を抱いていた。というのも、非常に異端的なところがあって、それが恐ろしかったのだ。それにウィークスならではの奇抜なユーモアも、彼らにとっては不愉快だった。

「百四十七人なんて、そんなばかな」フィリップは真面目な顔でいった。

「パリのカルチェラタンでも、ベルリンやミュンヘンの下宿屋でも会ったよ。ペルージアでもアッシジでも、小さなホテルにいる。フィレンツェのボッティチェリの作品の前にも十人ほどいるし、ローマのシスティーナ礼拝堂のあちこちのベンチにも座ってる。イタリアではワインをちょっと飲み過ぎ、ドイツではビールを大いに飲み過ぎている。いつだって、ほめるべきものはなんでも賞賛するし、そのうち大作家になるつもりでいる。想像してみるといい。百四十七人の心のなかで百四十七の傑作が脈打っているんだ。ただ、じつに悲劇的なことに、その百四十七の作品は決して書かれることがない。しかしそれでも、地球は回る」

ウィークスは真剣な調子で話していたが、長い科白《せりふ》を終えるときに灰色の目をちらっと光らせた。フィリップは、からかわれたことに気づいてまっ赤になった。

「くだらない」フィリップはむっとしていった。

## 27

ウィークスはエルリン家の奥の小部屋をふたつ借り、そのうちのひとつをゲストハウス風にくつろげるように仕立てて、知り合いを招待した。夕食後、おそらくハーヴァードの友人に愛想をつかされた原因になった悪趣味なユーモアから、しょっちゅうフィリップとヘイワードを呼んだ。そして礼儀正しく迎え、部屋にふたつしかない快適な椅子《いす》をすすめるのだった。自分は飲まないくせに、フィリップには皮肉としか取れない好意から、ヘイワードの目の前にビールを二本置き、ヘイワードが話に熱中してパイプの火を消してしまうと、すぐにマッチをする。知り合った頃、ヘイワードは超エリート大学出身者として、ハーヴァード大学卒のウィークスに鷹揚《おうよう》なところをみせていた。たまたま話がギリシア悲劇の作者におよんだとき、ヘイワードは早速、ここは自分の出番で、ほかの連中の意見などいらないとばかりに話しだした。ウィークスはおとなしく、にこやかにほほえみながらきいていたが、相手が話し終わると、ひとつふたつ、非常に巧妙な質問をした。どちらも一見、無邪気な問いに思えたので、ヘイワードは、どんな目にあうかも知らず、ごく当たり前の答えをした。するとウィークスはていねいな口調で反対意見を述べた。事実の誤認を指摘し、あまり知られていないラテン語の識者の言葉を引用し、ドイツにおけるその分野の第一人者にも触れて、学識を披露した。ウィークスはにこやかに、いかにも申し訳なさそうに、ヘイワードの話したことすべてを粉砕し、いかにも紳士的な態度で、その知識の浅薄なことをさらしてみせたのだ。遠回しな皮肉をこめてばかにしたといってもいい。フィリップの目にも、ヘイワードの完璧《かんぺき》な敗北だった。ところがヘイワードは愚かなことに、口をつぐんでいられなかった。腹立たしそうに、自信たっぷりな態度で、さらに議論を吹っかけ、でたらめな意見を述べてはウィークスに穏やかに訂正され、誤った説明をしては矛盾を指摘された。ウィークスが、じつはハーヴァード大学でギリシア文学を教えていたことを明かすと、ヘイワードはばかにして笑った。

「たぶん、そんなところだろうと思ってたよ。いかにも学校の先生的な読みだ」ヘイワードがいった。「こっちは、詩人として読んでるんだ」

「そして、意味がよくわかっていないほうが詩人にふさわしいと思っているわけだ。誤訳されて意味が通じるようになるのは、啓示宗教〔合理主義的な宗教に対して、人知を超えた存在を中心に考える宗教〕だけだと思っていたんだが」

　そのうちビールを飲み終わると、ヘイワードはウィークスの部屋を出ていった。いらだちと腹立ちでどうしようもないといった感じだ。そしていまいましそうにフィリップにいった。

「あいつはただの頭でっかちだ。真の美がわかってない。正確さなんてのは役人の美徳だ。おれたちが求めているのはギリシアの精神なんだ。ルービンシュタインをききにいって、何度もミスタッチがあったといって文句をいうようなやつなんだよ、あいつは。ミスタッチがなんだっていうんだ！　素晴らしい演奏は素晴らしいんだ」

　フィリップは、どんなに多くの下手な演奏家が名演奏家のミスタッチになぐさめを見《み》出《いだ》しているかを知らなかったので、その言葉に素直に感動した。

　ヘイワードはウィークスから失地回復の機会を与えられると、つい誘いにのって、やすやすと議論に引っ張りこまれた。ヘイワード自身、自分がこのアメリカ人とくらべてどれほど知識が貧弱かわかっていたのだが、イギリス人特有の頑固さと傷ついた虚栄心（おそらくこのふたつは同じものなのだが）のせいで、論争をあきらめるつもりにはなれなかった。その結果、自分の無知と独善と偏屈をさらして喜んでいるようにさえみえた。ヘイワードが何か非論理的なことをいうと、ウィークスが簡潔にその誤りを指摘して、軽く勝利を味わってから、次の話題に移るところは、慈愛の心で敗者を許すクリスチャンらしさがおおいに働いているようでもあった。フィリップも何度かヘイワードを助けようとしたが、穏やかに論破された。しかしそれがとてもやさしい口調で、ヘイワードへの対応と違っていたので、恐ろしく繊細なフィリップも傷つくことはなかった。たまにヘイワードが自制心を失って、自分の愚かさにこらえきれず、口汚い言葉を発すると、そういう場合でも、ウィークスは礼儀正しくほほえんで応じたので、議論がけんかになることはない。そんなとき、ヘイワードはウィークスの部屋を出ると、腹立たしそうにフィリップにこういうのだった。

「くたばれ、ヤンキー！」

これですべて収まった。これこそ、反論できない相手への、まさに究極の応酬だ。

ウィークスの小部屋での議論は、様々な話題から始まるのだが、そのうちにいつも宗教論議に流れていく。ウィークスは神学部の学生だったので、それには元々興味があったし、ヘイワードのほうも確固とした客観的な間違いを指摘されることのないテーマは大歓迎だった。感情が物差しになる議論の場では、論理などまったく必要ないので、論理に弱いヘイワードにはありがたかったのだ。ヘイワードは自分の信仰については、言葉をつくし延々とフィリップに説明したが、それはフィリップの宗教観とも一致するし、彼が国教会の教会で育ったことは明らかだった。ただヘイワードは改宗するつもりはないものの、カトリックに共感を覚えていた。気に入っている特徴がいくつもあったし、カトリックの絢爛《けんらん》な儀式のほうが、国教会の簡素な儀式より好きだったからだ。フィリップはヘイワードからニューマンの自叙伝をもらった。これはうんざりするほどつまらなかったが、それでも最後まで読んだ。

「文体を味わうんだ、中身はどうでもいいから」ヘイワードはそういった。

ヘイワードはローマカトリックの礼拝音楽を熱っぽく語り、礼拝のときの香《こう》と信仰心の関係について魅力的な持論を持っていた。ウィークスのほうはいつもの冷ややかな笑みを浮かべて、それをきいた。

「つまりきみはこういいたいのかな。ジョン・ヘンリー・ニューマンが美しい英語を書き、マニング枢機《すうき》卿《けい》の姿が美しいということが、ローマカトリックが信仰するにふさわしい宗派であることを証明している、と」

ヘイワードは、かつて魂の問題を抱えていたときのことを話しだした。一年間、暗い海を泳いでいたのだという。そして癖のある金髪をかき上げながらいった。年に五百ポンドもらっても、あのときの苦しみはごめんだ。ありがたいことに、ようやく穏やかな海にもどれたんだから。

「だけど、何を信じてるんですか」フィリップは、曖昧《あいまい》な言葉に満足することは決してなかった。

「全、善、美さ」

のびのび育った大きな体で、格好よく首をかたむける姿はじつに様になっていて、ヘイワードはいかにも気取ってそういった。

「じゃあ、きみは国勢調査の記入欄に、そう書くのかい」ウィークスが穏やかにたずねた。

「厳密な定義とかは大嫌いでね。そういうのって、見苦しいほどに、わかりきっているじゃないか。いわせてもらえば、自分の信じているのは、ウェリントン公爵《こうしゃく》〔ワーテルローでナポレオンを破った英国の将軍で、のちの首相〕の教会とグラッドストーンの教会だ」

「それこそ英国国教会ですよね」フィリップがいった。

「さすが、若き賢者の言葉だ」ヘイワードがにやっと笑った。それをみてフィリップは赤くなった。相手がわざわざ言い換えて表現したところを、自分が単純な言葉でまとめてしまって、恥ずかしくなったのだ。

「この身は英国国教会に属しているが、ローマカトリックの司教が身につける金やシルクが好きだし、あの独身主義も、告解という儀式も、浄罪界という発想も好きだ。それにイタリアの大聖堂の暗がりのなか、香《こう》の煙の漂う神秘的な雰囲気のなかにいると、ミサの秘《ひ》蹟《せき》を心の底から信じてしまう。ヴェネチアにいたとき、漁師の女が裸足《はだし》でやってきて、魚の入ったかごをそばに置くとひざまずいて、聖母マリアに祈り始めた。これこそ本物の信仰だと思ったね。そしていっしょに祈り、いっしょに神を信じた。しかし、それだけじゃない。アフロディーテもアポロンもパンの大神も信じているからね」

ヘイワードは声が魅力的で、話すときに選ぶ言葉も絶妙なうえに、それをとても巧みに語る。放っておけば、まだまだ語り続けただろうが、ウィークスが二本目のビールの栓を抜いた。「まあ、もう一本」

ヘイワードはちょっと偉そうにフィリップのほうをみた。それがまたフィリップにはなんとも格好よくみえるのだった。

「どうだ、納得しただろう」ヘイワードがいった。

フィリップはちょっと戸惑ったが、ええ、と答えた。

「多少は仏教にも触れてほしかったな」ウィークスがいった。「それに、ぼく自身、ムハンマドにも共感しているところがあるんだ。こちらもあっさり無視されてしまったのは残念だよ」

ヘイワードは声を上げて笑った。その晩は機嫌がよかったし、自分の語った言葉がまだ耳に快く残っていたのだ。ヘイワードはビールを飲みほした。

「わかってもらおうなんて思ってないからね」ヘイワードはいった。「血の通ってないアメリカ人的知性からは批判的な態度しか生まれない。エマソンもほかの連中もみんなそうだ。だが、批判とはなんだ。批判とは単なる破壊だ。だれにだって壊すことはできるが、作ることができるのは選ばれた人間だけだ。きみは頭でっかちなんだよ。重要なのは建設すること。いわせてもらうが、こっちは作るほうの人間だ。詩人だからね」

ウィークスは真剣そのもののまなざしで相手をみたが、そこには明るい笑みもひそんでいた。

「もしかして、いささか飲み過ぎてないか」

「まだまだ、これからさ」ヘイワードは陽気に答えた。「論争できみに負けるほど飲んじゃいない。しかし、わが魂の告白は終わった。今度は、きみの宗教観をきこうじゃないか」

ウィークスは少し首をかしげた。枝にとまったスズメのようだ。

「もう何年もそれをさがしているんだが、どうやらぼくはユニテリアン〔三位一体説を否定し、神が唯一の実在であるとする宗派〕らしい」

「それって、反国教会派ですよね」

そうたずねて、フィリップは戸惑った。ふたりが同時に吹きだしたのだ。ヘイワードは大笑いし、ウィークスはおかしそうにくすくす笑いながらたずねた。「英国では反国教会派は紳士に入れてもらえないのかな」

「率直にきかれたから、率直に答えますが、その通りです」フィリップがむっとして答えた。

フィリップは笑われるのが大嫌いだったのだ。するとふたりはまた笑った。

「では、紳士とはいったいなんなのか、教えてもらいたい」ウィークスがいった。

「さあ、なんでしょう。だれでも知っていると思いますけど」

「きみは紳士かい？」

フィリップは、この件に関してまったく疑問を持ったことがなかったが、それは口にしてはならないと考えていた。

「自分のことを紳士だというような人間は、間違いなく紳士ではありません」

「ぼくは紳士だろうか」

フィリップは正直なたちだったので、どう答えるべきか困ったが、生まれつき礼儀正しいほうだった。

「なんというか、その、別なんですよ。だって、アメリカ人でしょう」

「イギリス人しか紳士になれないということかい」ウィークスは真顔できいてきた。

フィリップは、否定しなかった。

「もう少し具体的に、その条件をいくつかあげてもらえるとうれしいんだが」

フィリップは赤くなったが、むかむかしてきたので、失態をさらすことになってもかまわないと思った。

「いくらだって、あげられますよ」フィリップは、紳士を作るには三代かかるという、伯父の言葉を思い出していた。豚の耳で絹の財布は作れないということわざもある。

「まず、父親が紳士の息子であること。そして本人がパブリックスクールを出て、オクスフォードかケンブリッジを卒業すること」

「エジンバラじゃだめなのかい」ウィークスがきいた。

「紳士らしい言葉づかいができて、それなりの身だしなみができること。紳士には紳士がわかります」

フィリップは答えながら、なんとなく、ばかなことをいっている気がしていたが、どうしようもなかった。いっていることに間違いはないし、自分の知っている人はだれもがそう考えていたのだから。

「ということは、ぼくは間違いなく、紳士じゃないね」ウィークスがいった。「ところで、さっき、ぼくが反国教会派だということで、なぜ、あんなに驚いたんだね」

「ユニテリアンがなんなのか、よくわからないんです」フィリップはいった。

ウィークスはいつもの癖で、また首をかしげた。いまにも小鳥みたいにさえずりだしそうだ。

「ユニテリアンというのは、ほかの人々が信じていることをほとんど信じていない。そして、自分がよく知らないということを、心から信じているんだ」

「どうして、ぼくをそんなふうにばかにするんです。本当に知りたいんです」

「まあまあ。きみをばかにしているつもりはない。ぼくは時間と労力をかけて、真剣に研究した結果、その結論にいたったんだ」

ヘイワードといっしょに部屋を出るとき、ウィークスがフィリップに紙表紙の小さい本を渡した。

「フランス語は読めるんだろう。もしかしたら、これは気に入ってもらえるかもしれない」

フィリップは礼をいって、本を受け取った。タイトルをみると、エルネスト・ルナン〔一九世紀、フランスの宗教家・思想家〕の『イエス伝』だった。

## 28

ヘイワードもウィークスも予想さえしなかったが、退屈な夜を過ごすためのそういった論争は後々まで、フィリップの活発な頭のなかで何度もくり返されることになる。それまでフィリップは、宗教が議論の対象になるとは思ったこともなかったのだ。宗教とは国教会のことで、その教義を信じない狭量で頑迷な人間は、この世かあの世で必ず罰を受けると信じていた。ただ、異教徒が本当に罰を受けるのかどうかについては多少疑問に思っていた。慈悲深い審判者なら、地獄の業火《ごうか》はイスラム教徒や仏教徒のために取っておいて、反国教会派やローマカトリックの信者は免除してくれるかもしれない（ただ、彼らが過《あやま》ちを思い知らされるときには、どれほどの屈辱を感じるだろう！）。そしてまた、主が、真実を知る機会がなかった人々——可能性としては考えられるが、世界中で宣教活動がこれほど活発な現在、あまり数は多くないはずだが——を哀れに思うことがあるかもしれない。もちろんその機会が与えられたにもかかわらず、それを怠った場合（ローマカトリックや反国教会派の人々は明らかにこれにあたる）、罰せられるのは間違いないし、それは彼らのためでもある。いうまでもなく、異教徒は自らをじつに危険な状態に置いているのだ。フィリップは多くの言葉で教えられたわけではなかったが、国教会の信者だけが永遠の幸せを現実に保証されていると考えていた。

　フィリップが何度もはっきりときかされたことのひとつは、異教徒は魂の腐った極悪人だ、というものだ。ところがウィークスは、フィリップが信じていることをほとんど信じていないにもかかわらず、キリスト教的に純粋な人生を歩んでいるようにみえた。フィリップはそれまでだれかにやさしくしてもらった経験がなかったが、このアメリカ人が自分を助けようとしてくれていることに感動していた。風邪で三日間寝こんだときは、母親のように看病してくれた。ウィークスは魂が腐ってもいなければ、極悪人でもない。とても真摯《しんし》で、愛と優しさにあふれている。人間的に立派で、かつ国教会派でないということもあり得るということだ。

またフィリップはこう教えられてきた。ほかの宗教に固執するのは、頑固なせいか、私利私欲に固まっているせいだ、心の底では自分たちが間違っていることはわかっているくせに、故意にほかの人々を欺《あざむ》こうとしているのだ。フィリップはドイツ語を学ぶため、日曜日の朝、ルーテル派の礼拝に出ていたのだが、ヘイワードがやってきてからは、いっしょにカトリック教会のミサに出るようになった。それで気がついたことがある。プロテスタントの教会はほとんど礼拝にくる人がなく、信者もあまり熱心ではないのに、ローマカトリック系のイエズス会の教会は満員で、会衆もずいぶん熱心にみえるし、偽善者になどとてもみえないのだ。フィリップはその対比に驚いた。というのも、彼の頭のなかでは、プロテスタントであるルーテル派の教義は――イギリス国教会に近い、ということは当然――ローマカトリックよりキリスト教的真実に近いということになっていたからだ。人々のほとんど――大部分が男性だが――は南ドイツ人だ。ということは、どう考えても、もしフィリップが南ドイツに生まれていたら、きっとローマカトリックになっていただろう。考えてみれば、自分はイギリスではなくローマカトリックの国に生まれていたかもしれないし、同じイギリスでも、ウエスリー派、バプティスト派、メソジスト派などが強い地域に生まれていたかもしれない。自分はたまたま運よく国教会派が強い地域にいただけのことだ。そしてこれまで自分の陥ったかもしれない危険を考えて、ふと息が止まりそうになった。フィリップは小柄な中国人と仲がよく、毎日二度、食事のときに同じテーブルについていた。名前は宋《スン》といって、いつもにこやかで、愛想がよく、礼儀正しかった。彼が中国人であるという理由だけで、地獄の業火に焼かれると考えるのは奇妙な気がした。もし何を信仰しても救済が可能なのであれば、国教会に属していることが取り立てて有利というわけでもない。

フィリップは、それまでなかったくらい悩んだあげく、ウィークスにたずねてみることにした。ただ、ばかにされるとひどく傷つく性格だったので、かなり用心してかかったのだが、イギリス国教会を辛辣《しんらつ》なユーモアでこきおろされて、いよいよわけがわからず、いっそう悩むことになってしまった。ウィークスはこういった。イエズス会の教会でみた南ドイツ人は心からローマカトリックが正しいと確信していて、それはフィリップが国教会を正しいと確信しているのと同じだ、ということは、イスラム教徒も仏教徒もそれぞれの尊重している宗教を正しいと確信しているということだ。

ということは、いくら自分が正しいと信じていてもそんなことは何の証拠にもならないということになる。だれもがそう信じているのだから。ウィークスはフィリップの信仰をゆるがしてやろうなどというつもりはまったくなく、ただ宗教そのものに興味があって、これはつい熱弁をふるいたくなる話題なのだった。そして彼が、ほかの人々が信じていることはほとんど信じていないといったのは、まさにそんな考えを的確に表現したものだ。一度、フィリップはこんなことをたずねた。それは牧師館で、新聞の熱い話題になっていた合理論についての本に話がおよんだとき、伯父が口にした疑問だった。

「しかし、あなたの主張が正しくて、聖アンセルムス〔一一世紀生まれ。イタリアのスコラ派の神学者〕や聖アウグスティヌス〔四世紀生まれ。北アフリカの初期キリスト教会の指導者〕が間違っているなんてことがあると思いますか」

「つまり、ふたりは非常に賢明で学識ある人物だが、ぼくがそうだとはとても思えない、ということかな」ウィークスはたずねた。

「はい」フィリップは小声で答えた。というのも、生意気なことをきいてしまったと思ったからだ。

「聖アウグスティヌスは、世界は平らで、太陽がまわりを回っていると信じていた」

「それが、どう関係あるんですか」

「つまり、人はその時代のなかでしか考えられないということだよ。きみのいう聖者はみんな信仰の時代に生きていたわけで、その頃は、現代のわれわれにはとても信じられないことでも、疑うことなど不可能だった」

「じゃあ、現代のぼくたちが正しいって、どうしてわかるんです」

「そんなこと、ぼくにわかるはずがない」

フィリップは一瞬考えてからいった。

「しかし、過去の人々が信じていたことが間違っていたとしても、現代のぼくたちが間違いないと信じていることが、間違っているということもありえますよね」

「たしかに」

「だとしたら、何を信じればいいんですか」

「さあ」

フィリップはウィークスにヘイワードの宗教観をどう思うかたずねた。

「人はみな、自分の思うように神を作る。彼は美しいものを信じているんだ」

フィリップは少し黙ってからいった。

「なぜ、人間は神なんてものを信じるんでしょう」

その言葉が口をついて出た瞬間、フィリップは自分が神を信じなくなったことに気がつき、息を飲んだ。冷たい水に飛びこんだかのようだった。フィリップは目を見開いて、ウィークスをみた。突然、恐ろしくなって、すぐにその部屋を出た。ひとりになりたかった。こんな経験は初めてだ。懸命に考えるうち、興奮してきた。これには全人生がかかっていて（この問題に関する決定が人生を大きく左右するのは間違いない）、ここで誤ると永遠の破滅につながってしまう。しかし考えれば考えるほど、確信は強まった。それから数週間、夢中になって本を読んだが、どれも懐疑論的なものばかりで、その読書自体、直感的に知っていることを確認するようなものだった。結局、フィリップが信仰を捨てたのは、それなりの理由があったからではなく、そもそも宗教的な気質ではなかったからだ。それまでは、外から宗教を押しつけられてきたというだけで、信仰心は環境と体験のせいだったのだ。そして新しい環境と体験のせいで自分を発見する機会を得たフィリップは、幼い頃からの信仰をあっさり捨てた。まるでいらなくなったコートを捨てるように。最初のうち、信仰のない生活はなじめず、さびしかった。それは、自分ではわかっていなかったが、信仰は確固とした支えだったからだ。それまで杖《つえ》に頼って歩いていた人間が、いきなり支えなしで歩かされるようになったようなものだ。昼間も寒々として、夜は孤独にさいなまれた。しかし興奮という支えがあった。毎日が以前よりずっとスリルのある冒険のようにみえてきた。そしてしばらくするうちに、投げ捨てた杖も、脱ぎすてたコートも、耐えがたい重荷だったように思え、とても気が楽になった。長年自分をしばってきた宗教的な教義は宗教の一部に過ぎなかったのだ。フィリップは暗唱させられた祈りの文句や使徒書簡を思い出し、聖堂での長い礼拝の間、じっと座っているうちに動きたくて全身がもぞもぞしてきたことを思い出した。夜、ブラックステイブルの教会まで歩いたぬかるんだ道や殺風景な教会の建物。座っているうちに足は氷のようになり、指はかじかんで重くなり、まわりにはポマードのむっとするようなにおいが漂っていた。なにより、退屈だった！　あそこから自由になれたと思うと、晴れ晴れとした気持ちになった。

フィリップはこんなに簡単に信仰を捨てたことに自分でも驚いた。そしてそれは生まれついての性格が微妙に作用した結果だったことを知らず、自分が賢いからそう確信したのだと考えた。つまり自分を買いかぶっていたのだ。また若さにつきものの過剰な自意識のせいで、ウィークスやヘイワードを少なからず軽蔑《けいべつ》するようになった。ふたりとも自分たちが神と呼ぶものについてのあいまいな感情に満足して、フィリップが明白だと思っているもののほうへは歩み出そうとしない。ある日、フィリップはひとりで丘に登った。頂から下をながめると、なぜかはわからないが、いつも気持ちが高揚する。もう秋だったが、まだ雲のない天気が続いて、空はいつになく美しく輝いている。まるで自然が意識して、残りの晴れた日々を元気づけようとしているかのようだ。眼下には平野が、陽光の下で揺れるかのように、どこまでも広がっている。遠くにはマンハイムの街の屋根が、さらにそのむこうにはヴォルムスの街がぼんやりとみえる。あちらこちらでまぶしく光っているのがライン川だ。川幅がとても広く、ゆったり流れる水があふれるような金色に輝いている。頂に立っていると喜びで胸がうずき、高い山の上で悪魔がイエスに地上の王国を指し示す場面を思い出した。美しい眺めにうっとりとしているフィリップは、これが全世界のように思え、駆け下りていって、それを自分のものにして楽しみたい衝動にかられた。人を堕落させる不安や偏見から自由になった。地獄の業火《ごうか》の耐えがたい恐怖などなんとも思わずわが道を歩いていける。フィリップははっとした。責任という重荷もなくなったことに気づいたのだ。それまで、人生のあらゆる行動はすぐに大きな影響をもたらすと考えてきたが、そんなことはない。いまは軽い空気に包まれて、好きなように息をすることができる。これからは、自分の行ったことに自分が責任を持てばいいだけだ。自由だ！　ようやく自分で自分のことを決めることができるようになった。フィリップは昔からの習慣で、無意識のうちに神に感謝していた。もう神を信じなくなったことを。

フィリップは自分の知性と大胆さが誇らしく、そんな自分に酔って、新しい人生を歩みだした。だが、信仰を捨てたわりに、行動は思ったほど変わらなかった。キリスト教の教義を捨てたものの、キリスト教的な倫理を批判する気にはなれなかったからだ。キリスト教的な美徳を受け入れ、報賞や罰など考えることなく、それを実行するのは立派なことだと思っていた。エルリン先生の家で英雄的精神を披露する機会は多くなかったが、フィリップはそれまでよりは多少誠実になり、ときどき会話に招いてくれる退屈な年上の女性たちにも気を配るようになった。軽いののしり言葉は英語の特徴で、フィリップも以前は男らしさの一要素として身につけるようになっていたのだが、そういう言葉を意識して避けるようになった。

　こうしてすべてが満足できる形で落ち着くと、今度は宗教を頭のなかから追い出そうとするのだが、思うのは簡単なものの、これがなかなかうまくいかない。どうしても後悔の念がこみあげてくるし、ときどき心をさいなむ疑念を押し殺すことができないのだ。まだ若く、友人らしい友人がいなかったので、永遠の魂に魅力を感じることはなかったし、そんなものは苦もなく捨ててしまえる。ところがひとつだけ、悲しくてたまらないことがあった。自分でもばかばかしいと思い、そんな感情は笑い飛ばそうとするのだが、実際、涙がこみあげてくる。それはあの美しかった母に会うことは二度とないと考えるときだ。母の愛は、あの死からの年月の間にかけがえのないものになっていた。そしてときどき、神を畏《おそ》れた多くの敬虔《けいけん》な先祖が知らず知らずのうちに影響を与えているのか、心底恐ろしくなることもある。もしかしたら、神に関する教えはすべて真実で、あの青い空の彼方《かなた》には嫉妬《しっと》深い神がいて、不信心者を永遠の業火のなかに放りこむのではないかと恐ろしくなってくるのだ。そんなとき、理性はなんの助けにもならない。フィリップは果てしなく続く肉体の痛みや苦しみを想像し、あまりの恐怖に吐き気を覚え、どっと冷や汗をかくのだった。そしてそのうち、どうしようもなくなって独り言をつぶやく。

「それはもう、ぼくのせいじゃない。信じられないものを信じるなんてできないんだから。結局、もし神がいて、神を信じないから罰せられるというのなら、ぼくにはもうどうしようもない」

# 29

冬になった。ウィークスはフリードリヒ・パウルゼン〔一九世紀生まれのドイツの哲学者〕の講義をききにベルリンにいき、ヘイワードは南欧にいくことを考え始めた。演劇のシーズンが始まり、地方の劇場が扉を開く。フィリップはヘイワードと週に二、三度、ドイツ語の上達のためという立派な名目をつけて芝居を観にいくうちに、説教をきくよりこちらのほうがずっと楽しくドイツ語が身につくことに気がついた。ちょうど演劇復興期で、イプセンの戯曲も何本か冬の演目に入っていた。ヘルマン・ズーダーマンの『名誉』も当時は新しい演劇で、この静かな大学町での公演は大きな注目を浴び、絶賛されたかと思えば、徹底的にこきおろされた。ほかの劇作家も新しい潮流のなかで戯曲を書き、フィリップがみた一連の芝居は人間の醜さを描いたものだった。それまで演劇と無縁だったフィリップは（ブラックステイブルの集会場にときどき三流の旅芸人がやってきたが、牧師は、職業柄もあり、また、低俗な内容だろうと考えていたために、観にいくことはなかった）、演劇熱にとりつかれた。小さく、みすぼらしい、薄暗い劇場に入った瞬間、ぞくぞくしてくる。そしてすぐに、小さな劇団の特徴を覚えるようになり、配役をみただけで、その芝居でどの役者がどんな役を演じるかがわかるようになった。しかしそんなことはたいしたことではない。フィリップにとって、演劇は人生そのものだった。奇妙な人生、暗く、ゆがんだ人生、そのなかで男と女が容赦ない観客の前で、胸に秘めた邪悪さをさらけ出す。美しい顔が堕落した心を隠し、立派な人物が美徳を秘密の悪徳を隠すための仮面に使い、りりしくみえる男が自らの弱さで内心おろおろし、有徳者が腐敗していて、貞淑な女性が好色だったりする。まるで、ひと晩中、男と女が酒を飲んで騒いだあとの部屋にいるかのようだ。朝になっても窓は閉まったままで、空気はビールのかすと、いやなにおいの煙と、まぶしいガス灯の光に満ちている。笑い声はなく、あるのは、せいぜい偽善者か愚者を嘲《あざけ》る自分の声くらいだ。登場人物は自分たちを、じつに残酷な言葉で表現する。その言葉は、恥辱と苦痛にさいなまれた人物の心からしぼりだされるものだった。

フィリップは、その強烈な不健康さに心を奪われた。世界をまったく違う視点からながめたような気がして、この世界も知りたくてしようがなくなったのだ。芝居が終わると酒場にいって、ヘイワードと明るく暖かい場所に座り、サンドイッチを食べてビールを飲んだ。まわりには学生のグループがいくつかあって、しゃべったり、笑ったりしている。あちこちに家族連れがいて、父親と母親がいて、男の子や女の子がいる。ときどき女の子が気のきいたことをいうと、父親が椅子の背にもたれるようにして笑う。それも声を上げて笑う。じつに親密で無邪気な光景だ。さわやかで心地よい情景だが、フィリップはそんなものは目に入らなかった。頭のなかは、いまみてきた芝居のことでいっぱいなのだ。

「あれこそ人生ですね」フィリップは興奮していった。「なんていうか、もう、居ても立ってもいられない感じです。すぐにロンドンにいって、人生を始めたい。経験を積みたい。人生の準備をするのはもう飽き飽きだ。人生を生きてみたい」

　ときどきヘイワードは、フィリップを置いて先に帰ることがあった。フィリップにしつこくきかれてもまともに答えることは決してなく、愉快そうに、間の抜けた笑い声をあげて、女のところに遊びにいくとほのめかす。そしてロゼッティの詩を数行暗唱して、一度などは自作のソネットを暗唱してみせた。それはトルードという名の若い女を主題にしたもので、情熱と激情、ペシミズムとペイソスが凝縮されていた。ヘイワードは自分の不健康で低俗でちっぽけな冒険を、詩の輝きで包み、ペリクレス〔紀元前五世紀のアテネの政治家〕やペイディアス〔紀元前五世紀のギリシアの彫刻家〕に匹敵すると自負していた。そして自分の関心の対象を表現するために、英語の愚直で直接的な言葉を使わず、わざわざギリシア語のhetaira（遊女）を使った。昼間、フィリップは好奇心に駆られて、古い橋近くの細い通りまでいったことがあった。こぎれいな白い家と緑の鎧戸《よろいど》が並んでいる通りで、ヘイワードによれば、トルードはそこに住んでいるとのことだった。ところがいってみると、粗野な顔で頬を赤く塗った女たちが戸口から出てきて、大声で呼び止められた。フィリップはぎょっとした。そして怖くなり、乱暴に引き止めようとする手から逃げた。フィリップは何よりも経験に飢えていて、自分が愚かに思えてならなかった。というのも、この歳《とし》にもなって、人生で最も重要だと多くの小説に書かれていることを経験していなかったからだ。ところがそのくせ、物事をありのままにみるという才能があった。そして目の前に提示された現実は、夢に描いた現実から恐ろしいほどかけ離れていることに気がついた。

フィリップにはまだわかっていなかったが、人間という旅人は険しい不毛の大地をどこまでも歩いてようやく、現実を受け入れるようになる。青春が幸福に満ちているなどというのは幻想、それも青春を失った人々の幻想にすぎない。それにひきかえ、若者は自分たちのみじめさを身をもって知っている。なぜなら、地に足の着いていない理想にあふれていて、現実とぶつかるたびに、傷つき苦しむのだから。若者は本と年配者の共謀の犠牲者といっていい。というのも、読む本は必然的に理想主義的なものになるし、年配の人々はバラ色の霧のむこうにある過去をながめながら語るわけで、両方の影響を受ければ、非現実的な人生を思い描くほかなくなるからだ。人はみな、読んだ本も、きいた話もすべて嘘《うそ》以外の何物でもないことに、自分で気づくほかない。そしてその発見のひとつひとつが、人生という十字架に架けられた肉体に新たに打ちこまれる釘《くぎ》なのだ。奇妙なことに、この苦い幻滅を経験した人はだれもが無意識のうちに、自分の内にあるどうしようもない力によって、その幻滅をさらに深いものにしてしまう。ヘイワードとの付き合いはフィリップにとって最悪だった。というのも、ヘイワードは自分では何もみようとはせず、ただ文学的雰囲気を通してものをみる男で、なにより危険なのは、自分が誠実だと思いこんでいたからだ。無邪気にも、自分の性的な欲求はロマンティックな想《おも》いで、優柔不断さは芸術的な資質で、怠慢さは哲学的な冷静さだと思いこんでいた。なりふり構わず洗練された人間になろうとするあまり、あらゆるものを実物より少し大きくみてしまう。そのせいで、ものの輪郭がぼやけ、それにさらに感傷という金色の霧がかかる。彼は嘘をつくが、自分が嘘をついていることに気づいていない。そしてそれを指摘されると、嘘は美しいと答える。彼はロマンチストだったのだ。

# 30

フィリップは落ち着かず、物足りない気持ちにさいなまれていた。ヘイワードの詩的な比喩《ひゆ》に想像力をかき立てられ、恋をしたくてたまらないのだ。少なくとも、自分ではそう思っていた。

そんなとき、エルリン先生の家でちょっとした事件が起こり、そのせいでフィリップは性に対する興味をさらにそそられた。丘を散歩するときに二、三度、ひとりで歩いてくるフロイライン・ツェッツィーリエに会った。フィリップが会釈《えしゃく》をして数メートル歩くと、いつも例の中国人と顔が合った。そのときは別になんとも思わなかったのだが、ある夜のこと、帰る途中のかなり暗くなった道で、寄りそってやってくるふたり連れとすれ違った。ふたりはフィリップの足音に気づくとあわてて離れた。暗くてよくみえなかったのだが、フィリップにはそれがツェッツィーリエとヘル〔ドイツ語の「ミスター」にあたる〕・スンだとわかった。さっと離れたところをみると、腕を組んで歩いていたのだろう。フィリップは不思議に思い、また驚いてもいた。フロイライン・ツェッツィーリエにはあまり興味がなかったのだ。不細工で、四角い顔は、どうみても美人とはいえない。せいぜい十六歳くらいだろう。というのは、まだ長い髪をお下げにしていたからだ。その晩、夕食のとき、フィリップはあらためて彼女をみた。すると、最近、食事のときはほとんど口をきかなかった彼女が話しかけてきた。

「ヘル・ケアリ、今日はどこを散歩してたんですか」

「ケーニヒスシュトゥールのほうまでいってきたんだけど」

「わたしは外出しませんでした」ツェツィーリエはきかれてもいないのに、そういった。「頭が痛くて」

彼女の隣に座っていた中国人が振り向いた。

「それはいけませんね。もうよくなりましたか」

フロイライン・ツェツィーリエはみるからにそわそわしていて、またフィリップにたずねた。

「途中で、たくさん人にお会いになったのでしょうね」

フィリップはまったくの嘘をつくときは、どうしても顔が赤くなってしまう。

「いいえ、だれにも会わなかったと思いますよ」

フィリップは、フロイライン・ツェツィーリエの目にほっとした表情が浮かんだような気がした。

しかしすぐに、ふたりの間には何かあるということが明らかになり、先生の家にいる人たちはみんな、ふたりが人目につかないところにいるのを目にすることになった。食事のときテーブルの上座に座っている年かさの女性たちは、この件についてあれこれ話しだした。夫人は腹を立て、困ったことになったと思ったが、精一杯、何もみないようにしていた。冬が近く、夏と違って、空き部屋ができないようにするのは難しかったのだ。ヘル・スンは上客だった。一階にふた部屋借りていて、食事ごとにモーゼルワインを一本空ける。夫人は一本につき三マルク請求していたので、これはいい収入になっていた。ほかにワインを飲む客はなく、何人かはビールさえ飲まない。それにツェツィーリエにもいてほしかった。というのは、両親が南アメリカで商売をしていて、夫人の母親代わりの世話に対してたっぷり謝礼をもらっていたし、もし夫人がこの件をベルリンにいるおじに手紙で知らせたりしたら、姪《めい》をすぐに呼びもどすだろう。夫人は食事のとき、ふたりをきびしい目でみる程度でがまんして、ヘル・スンに無礼な態度をとることはなく、フロイライン・ツェツィーリエにはちょっと不親切にすることで満足していた。しかし年かさの女性三人はそれくらいでは満足できなかった。そのうちのふたりは未亡人、もうひとりはオランダ人で、がっしりした体格のオールドミスだった。三人とも最低限の部屋代しか払っていないくせに最大限の世話をかけていたが、長期滞在の客だったので、夫人もがまんしていた。この三人が夫人のところにいって、何か手を打つべきだといった。そもそも不品行きわまりないし、この家の評判も落ちているというのだ。夫人は頑固につっぱねたり、怒ってみたり、泣いてみたりしたが、結局、三人にたきつけられ、突然、倫理的な怒りにかられたかのように、きっぱりやめさせてみせますといった。

昼食のあと、夫人はツェツィーリエを寝室に連れていって、恐ろしいほど真剣な口調で話をした。ところが驚いたことに、相手のほうは平然としていて、わたしは好きなようにしますといった。中国人といっしょに歩いたからといって、そんなことはほかの人の知ったことではありません。それをきいて、夫人は、おじさまに手紙を書きますよとおどしてみた。

「そうなったら、ハインリッヒおじさまは冬の間、ベルリンの家にくるようにいってくると思います。わたしにとってはそのほうがずっと都合がいいんです。だって、彼もいっしょにベルリンにきてくれますから」

夫人は泣きだした。荒れた赤くて丸い頬を涙が伝うのをみて、ツェツィーリエは笑った。

「そうなったら、この冬、空き部屋が三つ増えますよね」

そこで夫人は次の計画を立てた。フロイライン・ツェツィーリエの性格のよさにつけこもうとしたのだ。ツェツィーリエは親切で、聞き分けがよく、忍耐強い。夫人は彼女を子どもとしてではなく、大人の女性として扱うことにした。ほかのことならともかく、相手は中国人ですよ、肌は黄色で、鼻は低く、目は豚のように小さい中国人ですよ！ おぞましいと思わない？ 考えただけでぞっとするでしょう？

「どうか、お願いです」ツェツィーリエは感情をおさえて答えた。「あの人のことを悪くいわないでください」

「まさか、真剣なわけではないでしょう？」夫人は驚いてたずねた。

「わたしは彼を心から愛しているんです」

「まあ、嘘でしょう！」

夫人はまじまじとツェツィーリエをみた。あきれて、呆然《ぼうぜん》としていた。子どもっぽいいたずら心か、無邪気な遊び心程度だと考えていたのだ。ところが、ツェツィーリエの声にこめられていた情熱がすべてを語っていた。ツェツィーリエは目を怒らせて夫人をみていたが、やがて肩をすくめて部屋から出ていった。

夫人はツェツィーリエの話をだれにも話さず、二、三日後、席を変えることにした。

ヘル・スンに、よかったらわたしの隣に座ってもらえませんかといったのだ。彼はいつものように礼儀正しく、喜んでそうした。ツェツィーリエのほうは何もなかったかのように席が変わったことを受け入れた。しかし、自分たちの関係を全員が知っていることに気づき、ふたりはそれまでと違って好き勝手に振る舞うようになった。もうふたりで歩くのも平気で、毎日午後になると、だれの目を気にすることもなく、いっしょに丘へ散歩にいった。ふたりは、何をいわれようとまったく気にしなかった。ついに、エルリン先生までが冷静でいられなくなり、夫人に、ヘル・スンに話をするようにしつこくいいだした。こうして夫人は、彼を呼んで説教をすることになった。あなたのせいで、あの子はあれこれ悪くいわれるようになったし、うちも迷惑をこうむっています、ご自分がどんなに非常識でひどいことをしているか考えてみてください。そういったところ、にっこり微笑《ほほえ》んで否定されてしまった。なんのことをおっしゃっているのかさっぱりわかりません。わたしはフロイライン・ツェツィーリエにはまったく関心がありません。いっしょに散歩をしたことなど一度もありません。すべて、何もかも、事実無根です。

「まあ、どうしてそんなことをおっしゃるのです。もう何人もがみているんですよ」

「いいえ、それは間違いです。事実無根です」

彼は相変わらずにこにこしながら、きれいに並んだ小さな白い歯をみせた。いたって冷静に、すべてを否定した。温和に、じつに堂々と、しらを切り通した。ついに夫人も耐えきれず、あの子もあなたを愛していると打ち明けたんですよ、といったのだが、彼のほうはいっこうに動じることなく微笑むだけだった。

「ばかばかしい！　じつに、ばかばかしい！　事実無根です」

結局、夫人は彼から何も引き出せなかった。そのうち天候がいきなり悪くなり、雪が降り、霜が下りた。雪解けの時期になると、陰気な日々が続いた。そんなときの散歩はちっとも楽しくない。ある晩、フィリップがエルリン先生のドイツ語の授業を終え、しばらく客間で夫人と立ち話をしていると、アンナが血相を変えてやってきた。

「ママ、ツェツィーリエはどこ」

「自分の部屋でしょう」

「明かりがついていないの」

夫人は、えっと声を上げ、顔色を変えて娘の顔をみた。アンナが考えていることが、夫人の頭にもひらめいたのだ。

「ベルを鳴らして、エミールを呼んで」夫人がかすれた声でいった。

エミールという、いつも給仕をしたり家事全般をやっている頭の足りない青年がやってきた。

「エミール、下のヘル・スンの部屋にいって、ノックはしないでなかに入ってみてちょうだい。もしだれかいたら、ストーブの具合をみにきましたといえばいいから」

エミールの血色の悪い顔に、驚いたような表情は浮かばなかった。

エミールはゆっくり階段を下りていった。夫人とアンナはドアを開けたままにして、聞き耳を立てていた。すぐに階段を上がってくるエミールの足音がきこえてきたので、ふたりはなかに呼んだ。

「だれかいた」夫人がたずねた。

「はい、ヘル・スンがいらっしゃいました」

「ほかにはだれか」

エミールは狡猾《こうかつ》そうなほほえみを浮かべそうになって、口をすぼめた。

「はい、フロイライン・ツェツィーリエもいました」

「まあ、なんて恥知らずな」夫人が大声でいった。

すると、エミールの顔にほほえみが広がった。

「フロイライン・ツェツィーリエは毎晩、あそこにいます。毎晩、何時間もあそこにいます」

夫人は両手を握りしめた。

「まあ、嘘でしょう！　なぜ、いままで黙っていたの」

「自分の知ったことではありませんから」エミールはそういうと、ゆっくり肩をすくめてみせた。

「ふたりからお金をたっぷりもらったのね。もう、いいわ。出ていきなさい」

エミールはぎこちなく体を揺らしながら、ドアの方にいった。

「ふたりを追い出すべきよ、ママ」アンナがいった。

「そうなったら、部屋代をだれが払ってくれるの。それに税金も払わなくちゃいけない。追い出せというのは簡単だけど、あのふたりが出ていったら、いろんな払いができなくなるのよ」夫人はフィリップのほうを向いた。頬には涙が流れている。「ねえ、ヘル・ケアリ、いまきいたことはだれにもいわないでください。もしフロイライン・フェルスターが」これはオランダ人のオールドミスの名前だ――「もしフロイライン・フェルスターがこれを知ったら、即刻ここを出ていくでしょう。そしてあとのふたりも出ていったら、もうここは閉めるしかなくなります。やっていけなくなるの」

「もちろん、だれにもいいません」

「もし、あの子がこれからもいるんだったら、わたしはひと言も口をきかないから」

アンナがいった。

　その日の夕食のとき、フロイライン・ツェツィーリエはいつもより赤い顔に、頑固そうな表情を浮かべ、時間通りに席に着いたが、ヘル・スンのほうは現れなかった。まずいことになりそうだと思って逃げたのかもしれないと、フィリップは思った。しかし、しばらくすると、にこやかに、遅刻して申し訳ないといわんばかりの目をあちこちに向けながらやってきた。そしていつものように、夫人にモーゼルワインを勧め、フロイライン・フェルスターにも注いだ。部屋のなかはとても暑かった。一日中ストーブをたいていたうえに、窓はめったに開けなかったからだ。エミールがたどたどしい足取りで、手早く、手落ちなく全員に給仕をしている。中年女性三人は黙って座っているが、みるからに不愉快そうだ。夫人は泣いたあとを隠しきれていないし、エルリン先生は押し黙っている。会話ははずまない。フィリップは、何か恐ろしいことが起こりそうな気配を感じていた。毎日いっしょに食事をする人々ばかりなのだが、天井から下がっているふたつのランプの下の顔はどれも、いつもと違ってみえる。フィリップはなんとなく居心地が悪かった。一度、ツェツィーリエと目が合ったが、その目には憎悪《ぞうお》と軽蔑がこもっているようにみえた。部屋の雰囲気は重苦しく、まるでふたりの熱い想いがほかの人々をさいなんでいるかのようだ。東洋的な堕落の雰囲気が漂い、かすかな線香のにおいと神秘的な悪徳が、みんなを息苦しくさせているようだった。フィリップはこめかみの血管が脈打つのを感じ、味わったことのない感情に困惑していた。ぞくぞくするほどの興奮を覚えながらも、嫌悪と恐怖に身震いした。

それから数日間、同じような状況が続いた。だれもがふたりに感じていた不穏な情熱で空気はよどみ、ここの小さな集団の気持ちはささくれ立っていった。ヘル・スンだけが涼しい顔でいた。それまでと変わらず、にこにこと愛想がよく、礼儀正しい。それが文明的優越感からきているのか、それともヨーロッパを征服した東洋人の優越感からきているのかは、だれにもわからなかった。ツェツィーリエのほうはまったく遠慮することなく、冷笑的にまわりの人々をながめている。ついに夫人までがその状況に耐えきれなくなり、突然、パニックに襲われた。エルリン先生から、残酷なまでにはっきりと、いまやだれの目にも明らかになったこの恋愛沙汰《ざた》がどんな結果を産むかについてきかされていたのだ。夫人は、ハイデルベルクでは多少は知られている自分の名前とこの家の評判が落ちていくのが目にみえるようだった。このとんでもない話はいずれ外にも知れてしまうに違いない。なぜか——おそらく経済的なことにばかり気を取られていたせいだろう——そういうことに、まったく考えがおよばなかったのだ。そしていま、恐ろしくてたまらなくなり、理性も鈍り、ツェツィーリエに即刻出ていってもらうしかないと思った。しかしアンナの良識的な判断に従って、ベルリンにいる彼女のおじに、ツェツィーリエを引き取ってほしいと手紙を書いた。ところがいったん、ふたりに出ていってもらおうと思い切ると、それまでこらえていた怒りの手綱を放す誘惑に抵抗できなくなった。そして、いいたいことをいうことにした。

「ツェツィーリエ、おじさまに手紙を書いて、引き取っていただくことにしました。これ以上、あなたをここに置いておくわけにはいきませんからね！」

夫人の小さな丸い目が、相手の顔がふいに青ざめるのをみて、うれしそうに輝いた。

「恥知らずとしかいいようがありません。まったく」

そして次々に、ひどい言葉を投げつけた。

「ハインリッヒおじさまに、なんと書いたんですか？」ツェツィーリエの高慢で無遠慮な態度が、ふと影をひそめた。

「おじさまがお手紙に書いていらっしゃると思いますよ。明日には、お返事がくるはずです」

次の日、もっとおおっぴらに恥をかかせてやろうと、夕食のとき、夫人はテーブルのむこうからツェツィーリエに声をかけた。

「おじさまからお手紙がきましたよ、ツェツィーリエ。今晩中に荷物をまとめなさい。明日の朝の列車に、あなたを乗せるよう書いてありました。ベルリン中央駅で待っていらっしゃるとのことです」

「わかりました」

ヘル・スンは夫人にほほえみかけ、断られるのもかまわずワインをグラスに注いだ。夫人は心ゆくまま食事を楽しんだ。しかし、これで勝ったつもりになったのは浅はかというほかない。寝る直前、夫人はエミールを呼んだ。

「もしツェツィーリエの荷物ができていたら、今晩のうちに下におろしておいてちょうだい。そうすれば、朝食前にポーターに取りにきてもらえるから」

エミールは出ていって、すぐにもどってきた。

「フロイライン・ツェツィーリエが部屋にいません。荷物もありません」

夫人は悲鳴をあげて飛んでいった。床の上に紐《ひも》をかけて鍵《かぎ》をかけた箱がひとつあったが、バッグはなく、帽子もコートもない。鏡台の引き出しも空っぽだ。夫人は階段を駆け下りて、ヘル・スンの部屋に向かった。こんなに速く走ったのは二十年ぶりだ。エミールが後ろから、転ばないように気をつけてくださいと声をかけた。夫人はノックもせず、なかに飛びこんだ。ふた部屋とも空っぽだった。荷物はなく、庭に出る窓は開いたまま。どこから運び出したかは考えるまでもない。テーブルの上には封筒があり、なかにはその月の食費と、雑費の大体の額が紙幣で入っていた。夫人はふいに、事を急ぎすぎたことに気づいてぞっとすると、力なくソファに座った。間違いない。ふたりは駆け落ちをしたのだ。エミールはぼんやりと突っ立っていた。

## 31

ヘイワードが、明日から一ヶ月ほど南にいくといってから、一週間、また一週間と出発をのばすうちに一ヶ月がたった。荷物をまとめるのも面倒なら、旅に出るのもおっくうだったのだ。そしてようやくクリスマスの直前、その準備も終わるという頃になって、追い出されるように出発した。ヘイワードはドイツ人のクリスマス騒ぎが苦手で、その時期の恐ろしいほどの陽気さを考えると鳥肌が立った。そこで、鳥肌が立つことがわかっているのだからと、クリスマスイヴに出発したのだ。

フィリップは、ヘイワードがいってしまってもさびしくはなかった。元々、さっぱりした性格で、優柔不断な人間にはいらいらするほうだったのだ。ヘイワードの影響をかなり受けてはいたものの、あのどっちつかずの態度が繊細な感性の表れだとは思えなかった。それに、自分の率直な物言いを軽くばかにされるのもいやだった。ただ、手紙のやりとりはあった。ヘイワードはじつに筆まめで、自分の才能を知っていて、とてもていねいな手紙を書いてくる。美的感性がとても鋭く、ローマからの手紙では、イタリアならではの香りを巧みに伝えてきた。彼は古代ローマの都市をいささか野蛮だと考えていて、退廃期の帝国にしか魅力を感じないのだが、教皇たちのローマには感動していて、選び抜かれた言葉でていねいに鮮やかに、その華麗で繊細な美しさを語った。古い教会音楽やアルバーノ丘陵、重く漂う香《こう》の煙、夜の通りの魅力、とくに雨のとき、歩道が輝き、街灯が神秘的にみえることなど。おそらくヘイワードはいろんな友だちに同じような手紙を送ったのだろう。そして自分の手紙がフィリップにあたえる影響など知りもしなかったに違いない。しかしフィリップはそのおかげで、毎日の生活が退屈でしかたなく思えてきた。春になるとヘイワードからの手紙はいきなり熱を帯び、イタリアにこいといってきた。ハイデルベルクなんかで時間を浪費しているときじゃない。ドイツ人は感受性にとぼしく、ドイツ人の生活は平凡きわまりない。そんな殺風景なところでは魂が萎縮《いしゅく》してしまう。いまトスカーナは春だ、いたるところ花が咲き乱れている。きみは十九歳。イタリアにこい。いっしょにウンブリアの山間《やまあい》の町を歩こう。そんな地名がフィリップの胸にしみこんだ。ツェツィーリエもヘル・スンといっしょにイタリアにいった。ふたりのことを思うと、フィリップはわけもなく心が騒いだ。そして自分の身の上を呪《のろ》った。旅をする金はなく、伯父は一ヶ月に十五ポンドしか送ってくれない。そういう約束だ。いまでも生活が苦しかった。部屋代と授業料を差し引くと、ほんの少ししか残らない。ヘイワードといっしょに旅するとなるとかなりの出費になる。ヘイワードはハイデルベルクにいたときもしょっちゅう、あちこちにいこう、芝居にいこう、ワインを一本取ろうといった。月末、フィリップの仕送りが底をつきそうでも平気だった。そしてフィリップはまだ若く愚かだったので、そんな贅沢《ぜいたく》はできないとはいいだせなかったのだ。

ありがたいことにヘイワードからの手紙はあまり頻繁にこなかったので、その合間は落ち着いて勉強ができた。大学に入学を許可されて、ひとつかふたつ講義に出るようになった。ちょうどクーノ・フィッシャー〔一九世紀生まれのドイツの哲学者〕の名声が最も高かったときで、その冬はショーペンハウアーについての素晴らしい講義がきけた。これがきっかけで、フィリップは哲学に目ざめた。もともと現実的な思考の持ち主で、抽象的な考えは苦手だったのだが、哲学的な論考に耳を傾けることに思いがけない魅力を発見したのだ。きいてみて、息が止まった。深い谷の上に張ったロープを渡る芸人をみつめているような緊張感に、ぞっとした。語られる哲学の悲観的なところが若い心に響いた。自分を待ち受けているのは、底知れない悲しみと闇《やみ》の世界なのだと感じ、それにもかかわらず、そこに踏みこんでいきたいと思った。そんなとき、伯父の代筆をしている伯母から手紙がきた。一度、イギリスにもどってこないかとのことだ。フィリップは喜んで、そうしますと返事をした。これから何をするのか決めなくては。ハイデルベルクを七月末に発《た》てば、八月中いろんなことを相談できる。これからのことを準備するのにちょうどいい。

　フィリップが出発の日を決めると、ミセス・ケアリからまた手紙がきた。それによると、ハイデルベルクのエルリン先生の家を紹介してくれたミス・ウィルキンソンが、ブラックステイブルの牧師館に二、三週間泊ることになったらしい。○月○日にオランダのフリシンゲンから船に乗ることになっているから、同じ頃に発つのならお世話をして、いっしょにブラックステイブルまで帰っていらっしゃいと書かれている。フィリップは内気な性格だったので、すぐに返事を書いて、その一日か二日後にならないと出発できないと断った。フィリップの頭に、ミス・ウィルキンソンをさがしている自分の姿が浮かぶ。知らない人におどおどと近づいていって、ミス・ウィルキンソンですかとたずねるのもいやだったし（たいがい人違いで、いやな顔をされることが多い）、列車のなかでは話しかけたほうがいいのか、それとも無視して本でも読んでいたほうがいいのかと考えるのもいやだった。

そうこうするうちにフィリップはハイデルベルクを離れた。三ヶ月前からずっと、将来のことばかり考えていたので、出発するときにはなんの後悔もなかった。ハイデルベルクにいたときがいかに幸せだったか、まったくわかっていなかったのだ。フロイライン・アンナから『ゼッキンゲンのラッパ吹き』〔一九世紀の詩人ヨーゼフ・ヴィクトール・フォン・シェッフェルの作品〕をプレゼントされ、お返しにウィリアム・モリス〔一九世紀英国の工芸美術家・詩人〕の本を贈った。賢明なことに、ふたりとももらった本を読むことはなかった。

## 32

フィリップは伯父と伯母をみて驚いた。こんなに老いているとは、それまでに一度も思ったことがなかったのだ。牧師のほうはいつもの温かい無関心で迎えた。少し太り、少し頭髪が薄くなり、少し白髪が増えた。ずいぶん頼りなくみえる。顔は張りがなく、身勝手な性格が表れている。ルイーザ伯母さんは抱きしめてキスをしてくれた。うれし涙が頬を伝っている。フィリップは感動して、どうしていいかわからなかった。これほど自分のことを思ってくれているとは考えたこともなかったのだ。

「フィリップ、あなたがいってしまってからは時間のたつのが遅くて遅くて」

ルイーザ伯母さんはフィリップの手をなでながら、うれしそうにフィリップの目をみつめた。

「大きくなったこと。もう立派な大人ね」

フィリップの鼻の下にはうっすらとひげが生えている。剃刀《かみそり》を買ってあって、ときどき、思い切り注意して、なめらかな顎《あご》のあたりを剃《そ》るようになっていた。

「わたしも伯父さまも、あなたがいってから、さびしくてたまらなかったわ」伯母はそういうと、ちょっと声をとぎらせ、それからたずねた。「あなたも、うちに帰れてうれしいでしょう」

「はい、とても」

伯母はむこうが透けてみえそうなほどやせていて、フィリップの首の後ろにまわした腕はニワトリの骨のようだ。やつれた顔には、驚くほど多くのしわが刻まれていた。

白いものがまじった髪は若い頃からずっと同じ形だが、それがまた奇妙な悲しげな印象を与えている。小柄で細い体は秋の枯葉のようで、強い風が吹けばすぐに飛んでいってしまいそうだ。フィリップは気がついた。この寡黙《かもく》で小柄なふたりは、ともに人生を終えかけている。ふたりとも昔の人で、何をするでもなく、どちらかというと愚かに、死を待っている。フィリップのほうは若さと活力にあふれ、血の躍る冒険に憧《あこが》れていたので、そんなふたりをみると、なんという人生の浪費だろうと思い、身震いした。ふたりは結局何もなし遂げることなく、このまま死んだところで、いなかったのとまったく変わらない。フィリップはルイーザ伯母さんが哀れでしかたなく、これほど自分を愛してくれていると思うと、愛《いと》おしくてたまらなかった。

伯父と伯母が甥《おい》を温かく迎えるのを邪魔しないようにと席を外していたミス・ウィルキンソンが、部屋に入ってきた。

「フィリップ、ミス・ウィルキンソンよ」ミセス・ケアリが紹介した。

「放蕩《ほうとう》息子のご帰還ね〔新約聖書のエピソード。放蕩をつくしておちぶれ、改心して帰ってきた息子を父親が歓待する〕」ミス・ウィルキンソンはそういうと片手を差しだした。「放蕩息子のボタン穴に挿すバラを持ってきてあげたわ」そして明るい笑みを浮かべて、フィリップのコートに、さっき庭で摘んできたバラを挿した。フィリップは、ばつが悪くて顔を赤らめた。ミス・ウィルキンソンがウィリアム伯父がつかえた最後の牧師の娘であることは知っていたし、聖職者の娘もほかにたくさん知っていた。だれもが仕立ての悪い服を着て、不格好なブーツをはいている。服はほとんどいつも黒。フィリップが幼い頃のブラックステイブルでは、ホームスパン〔手で紡いだ糸を用いた毛織りの布。または手織り風の粗い生地〕はまだイーストアングリアまで広がっていなかったし、聖職者の家の女性は色のついた服を着ようとしなかった。髪は雑にまとめて、だれもが糊《のり》のききすぎたシャツのきついにおいをさせていた。それは女性らしい優雅さは自分たちにはふさわしくないと思っていたからで、老いも若きもみな同じにみえた。みんなそろって頑固に、宗教を鎧のようにまとっていた。そして教会関係の人間だということを盾にとって、ほかの人たちに対して独裁者のような態度を取るのだった。

ミス・ウィルキンソンはまったく違った。派手な色の小さな花束模様を散らした白のモスリンのワンピースを着て、ヒールが高く先の尖《とが》った靴と、透かし模様の靴下をはいている。経験の乏しいフィリップはつい、みとれてしまった。ワンピースは派出なだけの安物だということはわかっていなかった。髪は細かく編んであって、額のまんなかにひとつ小さな巻き毛をたらしている。髪は黒々と輝き、かっちりした感じで、一度も乱れたことなどなさそうにみえる。大きな黒い瞳《ひとみ》、少しワシ鼻で、横顔もワシのようにみえるが、前からみるととても魅力的だ。よく微笑みを浮かべるが、口は大きい。なるべく歯をみせないようにするのは、歯が大きく黄ばんでいるからだろう。最も気になったのは、白粉《おしろい》を厚く塗っていることだ。フィリップは女性の身だしなみについては厳しい考えを持っていて、それなりの身分の女性は化粧などすべきではないと思っていた。しかしミス・ウィルキンソンはそれなりの身分の女性だ。聖職者の娘なのだから。

フィリップは、こんな女を好きになってたまるかと思った。ミス・ウィルキンソンは、ちょっとフランス語風のアクセントで話す癖がある。フィリップは、なんでそんな話し方をするんだろうと思った。というのも、彼女は生まれも育ちもイギリスの中心部だからだ。笑うときの気取った感じも、相手にこびるような軽薄な調子も、不快だ。フィリップは二、三日、ろくに話もせず、不機嫌な顔をしていたが、相手は気がついていないようだった。ミス・ウィルキンソンはいたって愛想がよく、たえず話しかけてきて、常にフィリップの自尊心をくすぐった。そしてよく笑わせた。フィリップは、愉快な気持ちにさせられる人物にはつい好意を抱くところがある。また、ときどき気のきいた言葉を口にすると、ちゃんとわかってくれるのもうれしかった。牧師夫妻はどちらもユーモアのセンスがなく、何をいっても笑ってくれない。フィリップはミス・ウィルキンソンに慣れていくうちに、少しずつ打ち解けて、好感を抱くようになった。フランス語風のアクセントもかわいくきこえ、医師が開くガーデンパーティでは、だれよりも服の趣味がよかった。青のフラー布に大きな白い水玉を散らしたスカーフをつけていて、フィリップはそれをみてぞくっとした。

「きっと、みんなにいやな女だと思われてますよ」フィリップは笑いながらいった。

「わたしの夢は、自由奔放で生意気にみられることなの」

ある日、ミス・ウィルキンソンが自分の部屋にもどっているとき、フィリップはルイーザ伯母さんに彼女の歳をきいてみた。

「まあ、女性の歳をたずねたりするもんじゃありません。でも、あなたが結婚するにはちょっと上すぎますよ」

牧師は丸い顔をゆるめて笑った。

「小娘という歳じゃない。われわれがリンカンシャーにいたとき、もういい歳だった。たしか二十年ほど前のことだ。ポニーテールを背中にたらしていたな」

「せいぜい十歳くらいだったんじゃありませんか」フィリップがきいた。

「もっと上でしたよ」ルイーザ伯母さんがいった。

「いや、二十歳近かったんじゃないか」

「まあ、そんなことありませんよ、あなた。せいぜい十六か十七かでしたよ」

「どっちにしろ、三十をかなり過ぎているということですね」フィリップがいった。

ちょうどそのとき、ミス・ウィルキンソンが階段を下りてきた。バンジャマン・ゴダール〔一九世紀、フランスの作曲家〕の曲をうたっている。帽子をかぶっているのは、ふたりで散歩に出かけることになっていたからだ。そしてフィリップのほうに手を差しだして、手袋のボタンをみせた。フィリップはぎこちない手つきでボタンをとめた。どぎまぎしたが、誇らしい気もした。この頃には会話もスムーズになって、いっしょに歩きながら、いろんな話題について話した。ミス・ウィルキンソンはフィリップにベルリンのことを話し、フィリップはミス・ウィルキンソンにハイデルベルクでの体験を話した。フィリップは話すうちに、それまでどうでもいいと思っていたことに新たな興味をかきたてられた。またエルリン先生の家にいた人々のことも話題にした。たとえばヘイワードとウィークスの論争は、そのときはとても重要に思えたのだが、それを少しひねって、おもしろおかしく話した。ミス・ウィルキンソンが笑ってくれると、うれしくなった。

「ほんとにびっくり」彼女はいった。「あなたって、すっごい皮肉屋さんなのね」

それから、からかい半分に、ハイデルベルクでは女の子といいことがあったんでしょう、とたずねた。フィリップは何も考えず、ばか正直に、いいえ何もありませんでしたと答えた。すると、嘘ばっかりといわれた。

「隠さなくてもいいのに！　その歳なら、あってもちっともおかしくないわ」

フィリップはまっ赤になって笑った。

「そんなことまできかなくてもいいじゃないですか」

「ほら、やっぱり」彼女はうれしそうに声を上げて笑った。「そんなに赤くなっちゃって」

フィリップは、悪ぶりたかったので、口には出せないロマンスをいろいろ経験したと思わせておこうと、話題を変えた。実際、自分にそういう経験がないのが腹立たしいくらいだった。まったくそんな機会がなかったのだから。

ミス・ウィルキンソンは現在の境遇から抜け出したくてしょうがなかった。自活しなくてはならないことを憤《いきどお》っていて、フィリップに母方の伯父について長々と話をした。彼女に財産を残すことにしていたのに、料理女と結婚して、遺書を書き換えたというのだ。そして、故郷ではとても贅沢な生活をしていた、リンカンシャーにいたときは馬が何頭もいて、馬車もいくつかあったというのに、いまの自分は細々と暮らしていかなくてはならないという。フィリップはあとでその話をルイーザ伯母さんにして、戸惑ってしまった。というのは、ウィルキンソン家にはポニーが一頭と軽装の小さな馬車が一台あったきりだった、といわれたからだ。お金持ちの伯父さんがいたという話をきいたことがあるけれど、伯父さんは普通に結婚して、ミス・ウィルキンソンが生まれる前にもう何人も子どもがいたから、あの人が伯父さんの財産をもらう可能性はまったくなかったともいわれた。ミス・ウィルキンソンはベルリンのことを決してよくいわなかった。いまはベルリンに住んでいるのだけれど、ドイツ人の生活ときたらどうしようもなく粗野で、その点、パリは素晴らしいわ、パリにはずいぶん長いこといたのよ、という。しかし、何年暮らしたのかはいわなかった。パリでは、人気のある肖像画家の屋敷で家庭教師をしていたらしい。画家の妻が金持ちのユダヤ人で、そこでずいぶん多くの有名人と会ったという。その名前をきいて、フィリップは気後れしてしまった。コメディ・フランセーズの俳優の面々もきたし、なかでも名優といわれているブノワ・コンスタン・コクランが晩餐会《ばんさんかい》のとき隣に座って、あなたほど完璧《かんぺき》なフランス語を話す外国人には会ったことがないといってくれたとか。『風車小屋だより』で有名なアルフォンス・ドーデもきたことがあって、そのときに『哀愁のパリ』をもらったとか。ところが、サインしてあげるといわれたのに、催促し忘れちゃったの。でもいまでもその本は大切に持っているから、貸してあげる。その次はモーパッサンだった。ミス・ウィルキンソンは小波《さざなみ》のような声を上げて笑い、うなずきながらフィリップをみた。まったく、あの人ときたら、作家としては最高なのに！　モーパッサンについてはヘイワードからもきいたことがあって、その評判はフィリップもよく知っていた。

「言い寄られたんですか」

フィリップも、さすがにこの言葉は妙に喉《のど》につかえたが、それでもきいてみた。この頃には、ミス・ウィルキンソンに好意を持つようになり、話をするのが楽しくてたまらなかったものの、この人を好きになる男がいるとはとても思えなかったのだ。

「まあ、なんてことをきくの！」ミス・ウィルキンソンは大きな声でいった。「まったく、あの人ときたら、会った女はみんな好きになるの。持って生まれた病気ね」

彼女は軽くため息をついた。懐《なつ》かしい昔を思い出しているような顔だ。

「とても魅力的な人だったわ」小声で続けた。

フィリップより経験を積んだ人なら、そういった言葉をきけば、大方の見当はつく。著名な作家がある家の昼食に招待されていってみると、そこの家庭教師の女性がふたりの背の高い少女を連れてそっとやってきて、家の人に紹介される。

「うちの娘たちを教えてくださっているイギリス人の先生です」

「こんにちは、マドモワゼル」

そして昼食の間、彼女は黙ったまま食事をして、著名な作家は家の主人と妻を相手に話をする。

しかしフィリップは彼女の言葉から、じつにロマンティックな想像をめぐらせた。

「ぜひ、モーパッサンのことを話してください」フィリップは熱っぽい調子でいった。

「そんな。大して話すことなんてないわよ」それは事実そのものだったのだが、三巻本の小説でも描ききれないことがあったのよといわんばかりの言い方だった。

ミス・ウィルキンソンはパリのことを話しだした。大通りやブーローニュの森が大好きなの。それにどの通りも素敵で、とくにシャンゼリゼの並木は最高、あんな並木はほかのところではみられないわ。そんなことを話した。ふたりはブラックステイブルの広い道のそばにある柵《さく》の踏み越し段〔家畜を通さないよう牧草地の柵につけた踏み段〕に座り、ミス・ウィルキンソンは目の前に並ぶ太いニレの並木を、さも軽蔑したような目でながめた。それに劇場がまたいいの、お芝居も楽しいし、演技も最高。マダム・フォワイヨ――わたしが教えていた娘さんたちのお母さま――が服を買うときには、よくいっしょにいったものよ。

「それにしても、貧乏っていや！」ミス・ウィルキンソンは大きな声でいった。「本当にきれいな服ばかりだった。着る物のことがわかっているのはパリの人だけ。そしてわたしにはそんな服を買うお金がない！　マダム・フォワイヨはスタイルが悪くて、時々仕立屋が小声でわたしにいうの。『マドモワゼル、奥さまがあなたのスタイルだったら、どんなによかったでしょう』って」

フィリップはそのとき気づいたのだが、ミス・ウィルキンソンは堂々とした体格で、本人もそれを自慢に思っていた。

「イギリスの男ときたら、ばかばかり。女性の顔しかみようとしない。その点、フランスは愛を大切にする国だから、みんな、スタイルがどんなに大切か知っているの」

フィリップはそんなことは考えたこともなかったが、そのとき、彼女の足首が太くて不格好なのに気がついた。そしてあわてて目をそらせた。

「なぜ、フランスにいかないの。一年ほどパリにいってくればいいのに。フランス語が身につくし、それに déniaiser してもらえるし」

「それ、どういう意味ですか」

彼女は意味ありげに笑った。

「辞書で調べてみれば？　イギリスの男は女の扱い方を知らないのよね。内気っていうか。男が内気でどうするのよ。女の口説き方も知らないんだから。イギリス男が、あなたは魅力的ですねというところって、本当にばかみたい」

フィリップは自分がばかみたいに思えてきた。いうまでもなく相手はもっと違う反応を期待していて、自分もさっそうと気のきいた言葉を返したいのだが、頭に何も浮かんでこない。そして頭に浮かんだときも、口にするとばかにみえるのではないかと不安になるのだった。

「ああ、パリって本当に素敵なの」ミス・ウィルキンソンはため息をついた。「でも、ベルリンにもどらなくちゃ。フォワイヨ家の娘さんが結婚してしまうと、仕事がなくなっちゃって。それでベルリンにこないかという話があったから、マダム・フォワイヨの親戚《しんせき》の方だったので、お引き受けしたというわけ。パリではブレダ通り《ルー・ブレダ》に住んでたの。アパルトマンの六階《サンキエーム》だったわ。それがひどい部屋でね。ほら、ブレダ通り《ルー・ブレダ》って、あの手の女《セ・ダーム》がたくさんいるところでしょう」

フィリップはうなずいたものの、よくわかっていなかった。ただ、なんとなく推測はできたので、物知らずと思われないようにと思ったのだ。

「でも、そんなことは気にならなかった。だって、わたしは自由でしょう《ジュ・スイ・リーブル・ネスパ》?」彼女はフランス語が大好きで、実際、上手だった。「一度、そのアパルトマンで、おもしろいアバンチュールがあったの」

彼女が言葉を切ったので、フィリップは先をうながした。

「ハイデルベルクでの話はしてくれないくせに」

「アバンチュールとまったく無縁な話しかないんです」

「わたしたちが話していることを伯母さまが知ったら、なんていわれるかしら」

「ぼくがいうはずないじゃありませんか」

「約束する？」

フィリップがうなずくと、彼女は上の階に住んでいた画学生のことを話し始めたのだが、途中でやめて、フィリップにたずねた。

「美術を勉強するつもりはないの？　絵がとても上手なのに」

「そんな才能はありませんよ」

「それを判断するのはあなたじゃないわ。わたしにはわかる《ジュ・ミ・コネ》の。あなたはきっと素晴らしいアーティストになる素質がある」

「ぼくが突然、絵の勉強をしにパリにいきたいといったら、伯父さんがどんな顔をすると思います」

「あなたの主人はあなたでしょう」

「ほら、そんなふうに話をそらさないでください。続きをお願いします」

ミス・ウィルキンソンは軽く笑って続けた。彼女はその画学生と階段で何度かすれ違ったが、あまり興味は持たなかった。その青年はきれいな目をしていて、帽子をとって礼儀正しく挨拶《あいさつ》をした。ところがある日、部屋のドアの下から手紙が差しこまれていた。それは画学生からで、もう何ヶ月もあなたのことが頭から離れず、階段であなたが通りかかるのを待っているのです、という。とっても素敵な手紙だったの！　もちろん返事は出さなかったわ。でも、女ってそんな手紙をもらって、うれしくないわけないじゃない。そして次の日、また手紙が入ってたの！　それが素晴らしいの、情熱的で感動的な手紙だった。だから、その次、階段で会ったときは、もうどっちを向いたらいいかわからなくて。それから毎日、手紙がきて、どうか会ってくださいと書いてあった。そしてついにある晩、九時《ヴェール・ヌヴール》にそちらにいきますと書いてきたの。もうどうしていいかわからなくて。でも、そんなこと絶対にだめでしょう。だからベルが鳴っても、決してドアを開けないようにしようと思った。そしてベルが小さく鳴るのを息をこらして待っていたら、彼がいきなり目の前に現れたの。わたし、部屋に入ったとき、ドアを閉めるのを忘れていたわけ。

「これって運命《セテ・チュンヌ・ファタリテ》よね」

「それで、どうなったんですか」

「話はここでおしまい」彼女は小波のような笑い声を上げた。

フィリップはしばらく黙っていた。鼓動が速くなり、それまで知らなかった感情が心のなかでせめぎ合った。暗い階段、ふいの出会い、大胆な手紙——自分にはとてもできない——そして何もいわず、神秘的といってもいい方法で部屋に入っていくとは。これこそロマンスだ。

「どんな人でした」

「ええ、ハンサムだったわ。素晴らしい男《シャルマン・ギャルソン》だった」

「いまでも会うことがあるんですか」

フィリップはそうききながら、かすかないらだたしさを感じていた。

「それがひどいの。男ってみんな同じ。みんな、ろくでなしなんだから」

「そうですか」フィリップは困ってそういった。

「さ、帰りましょう」

# 33

ミス・ウィルキンソンの話が頭から離れなかった。話を途中で切ってしまったものの、そのあとのことは想像するまでもない。フィリップは軽いショックを受けた。その手の経験は既婚の女性ならあってもおかしくないし、フランスの小説を読んでいたので、フランスならよくあるということも知っていたが、ミス・ウィルキンソンはイギリス人だし、未婚だし、なにより父親は聖職者なのだ。それにその画学生というのは多くの相手のうちのひとりに過ぎないのだろうと思うと、息が止まりそうになった。それまで彼女をそういう目でみたことがなかったのだ。だれかがミス・ウィルキンソンに言い寄るなど、まずありえないと思っていた。フィリップはまだ純真だったので、彼女の話を、読んだ本と同じように真に受けてしまったのだ。そしてそんな素敵な体験がないのが腹立たしくてならなかった。恥ずかしいことに、ミス・ウィルキンソンにハイデルベルクでのアバンチュールを話すようにうながされても、話すことなどなにもない。ある程度のことは創作できそうだが、何人もの女の子と関係があったと話したところで、とても信じてもらえそうにない。いままで読んできた本によれば、女性は直感が鋭いらしい。彼女のことだ、嘘《うそ》はすぐばれるに決まっている。彼女に陰で笑われるかと思うと、それだけで顔がまっ赤になった。

ミス・ウィルキンソンはピアノを弾きながら、少し疲れたような声で歌った。しかし彼女の歌うジュール・マスネ〔一九世紀生まれのフランスの作曲家。代表作に『マノン』など〕やバンジャマン・ゴダールやオーギュスタ・オルメス〔一九世紀生まれのフランスの女性作曲家〕などの曲はフィリップには耳新しかった。ふたりは何時間もピアノのそばで過ごした。ある日、フィリップはミス・ウィルキンソンに、いい声をしているんだから歌ってといわれて、歌ってみたら、素敵なバリトンね、わたしがレッスンしてあげるといわれた。最初はいつもの内気さから断ったのだが、何度も勧められて、毎日、朝食のあとの適当なときに一時間のレッスンを受けることになった。ミス・ウィルキンソンはもともと教えるのがとてもうまく、家庭教師としても非常に優秀だということがわかった。教え方がしっかり身についていて、指導も的確だった。フランス語ふうのアクセントだけは相変わらずだったが、いったん教え始めると、いつもの軽薄な感じはまったくなくなる。いい加減な態度は許さなかったし、声まで少し厳しくなった。勘を働かせて、相手を常に緊張させ、気の緩みを許さない。自分のしていることをしっかり自覚していて、フィリップに音階を教え、歌の練習をさせた。

レッスンが終わるとすぐ、いつもの軽く誘惑するようなほほえみがもどり、声もまた鼻にかかったやわらかい声になる。だがフィリップのほうは、彼女が教師をやめるように簡単には、生徒をやめられなかった。頭のなかでは、彼女が教えているときの印象と、彼女の話でかき立てられた感情がぶつかりあっていた。そしてさらに細かく相手を観察するようになる。夜の彼女のほうが朝の彼女より、ずっといいと思った。朝はしわが目立つうえに、首のあたりが少し荒れてみえる。フィリップはやめてほしいと思ったが、とても暖かいせいで、彼女は襟ぐりの広いブラウスを着ていた。白が大好きで、昼間はよく白を着るのだが、似合っていない。夜は魅力的にみえることが多い。ディナードレスかと思うようなワンピースを着て、ガーネットのネックレスをしていた。胸元や肘《ひじ》にあしらったレースが柔らかい印象を与え、つけている香水（ブラックステイブルではだれもコロン以外はつけなかったし、それも日曜日やひどい頭痛に悩まされているときに限られていた）は悩ましく、エキゾティックだ。そんなとき、彼女はとても若くみえた。

フィリップは何度も彼女の年齢を計算してみた。二十に十七を足してみたが、どうも納得がいかない。ルイーザ伯母さんに何度か、なぜ三十七歳だと思うのかたずねた。

三十歳以上にはとても思えないのだ。外国の女性はイギリスの女性より早く年を取るのはだれでも知っているし、ミス・ウィルキンソンはずいぶん長いこと海外で暮らしているから外国人といってもいい。それも合わせて考えると、どうしても二十六歳より上には思えないのだった。

「もっと上ですよ」ルイーザ伯母さんはいった。

フィリップには、伯父夫婦の言葉は信じられなかった。ふたりが確かに覚えているのは、ミス・ウィルキンソンを最後にリンカンシャーでみたときは、まだ髪をポニーテールにしていたということだ。かりに、そのとき十二歳だったとしよう。すると、それはずいぶん前のことで、伯父の記憶はいつもあやしい。伯父夫婦は二十年前といったが、人の口にする数は適当なことが多いから、十八年前かもしれないし、十七年前かもしれない。十七に十二を足すと二十九だ。なら、年というほどではない。アントニウスが失脚したとき、その原因になったクレオパトラは四十八歳だった。

気持ちのいい夏で、毎日暑く、空は晴れ渡っていたが、海が近いので暑さは和らいでいた。心地よい活気にあふれ、気分は高揚し、八月の日差しもそう厳しくは感じられない。牧師館の庭の池では、噴水が楽しそうに踊っていた。スイレンの葉が浮かび、金魚が水面で日差しを浴びている。昼食後、ミス・ウィルキンソンとふたりで敷物やクッションを持って芝生に出ると、バラの高い生垣の陰に寝そべった。そして夕方まで話をしたり本を読んだりして過ごした。煙草《たばこ》も吸ったが、それは家のなかでは禁じられていたからだ。伯父は喫煙を毛嫌いしていて、習慣の奴隷《どれい》になるのは恥ずべきことだといっている。ただ、彼自身、午後のお茶《ハイ・ティー》の奴隷になっていることには気づいていない。

ある日、ミス・ウィルキンソンはフィリップにアンリ・ミュルジェール〔一九世紀フランスの詩人・作家〕の小説『ラ・ボエーム』を渡した。牧師館の書斎の本をみているとき、偶然みつけたらしい。ミスタ・ケアリがまとめ買いした本の一冊で、十年間、だれの目にもつかずにそこにあったものだ。

フィリップは、魅力的だが、文章が下手で奇妙なこの物語を読み始めたとたんに、そのとりこになった。楽しくて魂が踊りだしそうだった。そこでは、ひもじさも愉快で、卑《いや》しさも素敵で、さもしい愛もロマンティックで、凡庸《ぼんよう》さも感動的だった。ロドルフとミミ、ミュゼットとショナール！　彼らはカルチェラタンの灰色の通りをさまよい、屋根裏部屋から、また別の屋根裏部屋へと移り、ルイ・フィリップ朝〔一八三〇～四八年〕のおかしな服を着て、幸や不幸に笑ったり泣いたりするのだ。この小説にはあらがいがたい魅力がある。冷めた目で読み直したとき初めて、彼らの快楽がありきたりで、考えが低俗で、だれもかれも芸術家としても人間としてもまったく無価値だということに気づくのだ。フィリップはこの作品を読みふけった。

「ロンドンはやめて、パリにいったらどう」ミス・ウィルキンソンは、夢中になっているフィリップにいった。

「いこうと思っても、今からじゃ無理です」

ドイツからもどってきてから二週間、伯父との話し合いが続いていた。フィリップは、オクスフォードには絶対にいかないと主張していたし、奨学金をもらえる可能性もなくなったいま、伯父もあきらめざるを得なかった。フィリップの財産はたった二千ポンドで、これは年利五パーセントで預けてあるものの、利子だけではとても暮らしていけない。それにいまは元金も少し目減りしている。大学にいくとなれば最低限、年に二百ポンドは必要になるが、オクスフォードに三年いったとしても将来の職業に結びつくわけではないことを考えると、それはばからしい。フィリップは、いっそロンドンに出ようと考えていた。ミセス・ケアリにいわせると、紳士の職業というのは四種類しかないらしい。陸軍、海軍、法律、教会だ。ミセス・ケアリはそれに医師を付け加えた。というのは義理の弟が医師だったからだ。しかし彼女がまだ幼い頃、医師は紳士とはいえなかったことはよく知っていた。というわけで、最初のふたつは論外だったし、フィリップは聖職者になるつもりはまったくなかった。とすると法律しか残っていない。ブラックステイブルの医師は、最近では多くの紳士が専門的な技師になっているといったが、ミセス・ケアリは即座に反対した。

「フィリップには商工業の方面には進んでほしくないの」

「たしかに。知的職業についてほしい」ミスタ・ケアリがいった。

「なら、お父さまみたいに医師になるのもいいんじゃない？」

「医者は、ぼくがいやです」フィリップがいった。

ミセス・ケアリは、それはそれでいいと思った。ただ、法廷弁護士は論外だった。というのもケアリ夫妻は、オクスフォードで学位を取らない限り、その分野の仕事で成功できないと考えていたからだ。そこで最終的に、事務弁護士のもとで実務修習生として働いてはどうかということになった。夫妻は顧問弁護士のアルバート・ニクソンに手紙を書くことにした。ニクソンは、ヘンリー・ケアリが死んだときの遺産の共同遺言執行人だ。そこで、フィリップを引き受けてもらえないかといってみたのだ。一日か二日して返事がきたが、それには、いま空きがないし、そんな将来計画は絶対に勧められないと書かれていた。この分野はもう人があふれているし、資金とコネがなければ、せいぜい事務長にでもなれればいいほうで、それくらいなら、公認会計士のほうがずっといいというのだ。伯父も伯母も、公認会計士がなんなのかさっぱりわからなかったし、フィリップも公認会計士の知り合いはいなかった。しかし次にきた手紙には、こう書かれていた。最近の商業の発達はめざましく、会社の数も増えてきて、会計士事務所も多数できた。仕事は、顧客の帳簿を整理して、いままでになかった方法で財政的な分析をすることだ。かなり前に王室の勅許を得てからは年々、会計士の社会的評価は上がり、収入も増え、重要性も高くなってきている。この三十年間つきあいのある公認会計士事務所が実務研修生を募集している。三百ポンド払えば、フィリップを引き受けてもらえる。五年間、研修生として働けば、そのうちの半額は給与の形でもどってくる。フィリップはそれを読んで、あまり魅力を感じなかったが、そろそろ決めなくてはならないときだったし、ロンドンで暮らせるということもあり、少々気乗りがしないものの心が動いた。ブラックステイブルの牧師はミスタ・ニクソンに手紙を書いて、それは紳士にふさわしい仕事なのかどうかたずねた。その返信にはこう書かれていた。免許制になってからは、パブリックスクールや大学を卒業した人たちもこの分野に参入するようになってきたし、一年働いたあと辞めたくなったら、ハーバート・カーター――会計士の名前――は三百ポンドの半分は返却するといっている。この手紙が決め手となって、フィリップは九月十五日から研修生として働くことになった。

「あと丸々一ヶ月あるんです」フィリップはいった。

「そしてあなたは自由な世界に飛びだして、わたしは不自由な世界にもどるわけね」ミス・ウィルキンソンがいった。

彼女の休暇は六週間で、フィリップがロンドンに出発する一日か二日前にブラックステイブルを去ることになっていた。

「もう二度と会えないわね」

「そんなことありません」

「もう少しやさしい言い方ができないの。あなたみたいに冷たい人には会ったことがないわ」

フィリップは赤くなった。ミス・ウィルキンソンに半人前にみられるのがいやだったのだ。つまるところ、彼女は若く、ときどきとてもかわいくみえるし、フィリップもそろそろ二十歳だ、いつまでも芸術や文学の話ばかりしているのも変だ。そろそろ自分から気持ちを伝えていい頃だろう。愛や恋については、もうさんざん話した。ブレダ通り《ルー・ブレダ》の画学生の話もきいた。そういえば、パリに長いこといた家族のひとりが画家で、モデルになってほしいといわれ、そのうち激しく言い寄られたので、モデルになるのを断る言い訳を作らなければならなくて大変だったという話もきいた。ミス・ウィルキンソンがそういうことに慣れているのは間違いない。いま大きな麦わら帽子をかぶっている彼女は魅力的だ。ふたりで過ごしたなかでもいちばん暑い日の昼下がり、彼女の鼻の下にビーズのような汗が浮かんでいる。フィリップはフロイライン・ツェツィーリエとヘル・スンのことを思い出した。ツェツィーリエを恋愛の対象として考えたことはなかった。ちっともかわいくなかったからだ。ところが振り返ってみると、ふたりの駆け落ちはとてもロマンティックに思える。自分もいま、そのチャンスを手にしているのだ。ミス・ウィルキンソンは実際、フランス人といってもいい。そう思うと、密《ひそ》かな想像をかき立てられた。夜、ベッドで横になっているときや、庭でひとり本を読んでいるとき、それを考えるとぞくぞくしてくる。ところがミス・ウィルキンソンと顔を合わせると、とたんにその熱がさめてしまうのだった。

　彼女の語ったことを考えれば、フィリップが気持ちを打ち明けても、まったく驚かないはずだ。それどころか、そんな素振りさえみせないのを不思議に思っているだろう。おそらく気のせいだろうが、フィリップは、昨日か一昨日、彼女の目に軽蔑の色が浮かぶのを一、二度、みたような気がした。

「いったい、何を考えてるの」ミス・ウィルキンソンがにっこりして、フィリップをみた。

「内緒です」

フィリップは、いまここでキスしなくてはと考えていた。しかし彼女のほうはそれを期待しているだろうか。なんの前触れもなく、いきなりそんなことをしていいものかわからなかった。頭がおかしいと思われるかもしれないし、引っぱたかれるかもしれない。もしかしたら、伯父にいいつけにいくかもしれない。いったい、ヘル・スンはフロイライン・ツェツィーリエと、どうやってあんな関係になったんだろう。もし伯父にいいつけられたら、それこそ、目も当てられない。伯父の性格はわかっている。きっと医師やジョサイア・グレイヴズに話すに決まっている。そうなればいい笑いものだ。ルイーザ伯母さんはいつも、彼女は三十七歳だといっている。どんなにみじめな思いをするか考えただけで、ぞっとした。母親ほど年の離れた女をよく好きになれたものだといわれるに決まっている。

「いったい、何を考えてるの」ミス・ウィルキンソンがまたにっこりしてきいた。

「あなたのことを考えていたんです」フィリップは思い切っていってみた。

これくらいならだいじょうぶだろう。

「どんなふうに？」

「まったく、知りたがり屋さんですね」

「だめよ、そんないたずらっ子みたいなことをいっちゃ」

まただ！　フィリップは思った。勇気を振りしぼっていってみたのに、先生みたいな言い方をされてしまった。うまく歌えなかったりすると、からかい半分に「いたずらっ子」といわれることがあった。さすがに今回はフィリップもむっとした。

「子ども扱いしないでください」

「怒ってる？」

「とても」

「そんなつもりはなかったの」

彼女は手を差しだし、フィリップはその手を取った。最近、一、二度、夜に握手をするとき、彼女が手に力をこめたような気がしたのだが、今回は間違いなさそうだ。

フィリップは、どうしていいかわからなかった。ようやく、アバンチュールのチャンスが訪れたのだ。これをつかまないのはばかだ。しかしこれはちょっと普通すぎる。フィリップはもっと胸の高鳴る展開を期待していた。多くの本で愛の場面を読んできたが、そういう本に書かれている感情の高まりがまったくない。情熱の波に足をさらわれることもない。それにミス・ウィルキンソンは理想の相手ではない。フィリップがよく思い描く美しい女の子は、スミレ色の目に、雪花石膏《せっかせっこう》の肌をしていた。そしてフィリップは、その波打つとび色の豊かな髪に顔をうずめるところを想像した。しかしミス・ウィルキンソンの髪に顔をうずめるところは想像できない。なんとなくべとついた感じがするのだ。もちろん、うまくいけば大きな満足が得られるだろうし、女性を征服した喜びにひたれる。よし、口説いてみよう。キスしよう。だけど、夜まで待とう。暗いほうがいい。キスさえしてしまえば、あとはうまく運ぶはずだ。よし、今晩、彼女にキスをしよう。フィリップは心の中で誓った。

フィリップは計画を立てた。夕食後、庭を散歩しませんかと誘ってみた。すると、いいわね、といわれたので、いっしょに並んで歩いた。フィリップはじりじりしていた。どういうわけか、会話が思った方向に進まないのだ。まず最初に腕を彼女の腰に回そうと計画していたのだが、相手が来週のレガッタの大会のことを話している最中にいきなりそんなことはできない。うまく、庭の暗がりに連れていくところまではこぎつけたのだが、そこで気力がつきた。ベンチに並んで腰をかけ、今度こそはと思ったとき、彼女が、ハサミムシがいるから、ほかのところにいきましょうといった。また庭を回りながら、フィリップは、あのベンチのところにもどるまえには絶対にと思っていたら、玄関のところにミセス・ケアリが立っているのがみえた。

「ふたりとも若いのはわかっているけれど、なかに入ったらどうです。夜風は体によくありませんよ」

「そうですね」フィリップはミス・ウィルキンソンにいった。「風邪をひくとよくないから」

フィリップはほっとため息をついた。その夜は、ほかにはまったく進展はなく、そのあとフィリップはひとり部屋にもどると、情けなくて腹立たしくなった。ばかを絵に描いたようなものだ。彼女がキスを期待していたのはわかりきっている。そうでなければ、庭を散歩なんかするはずがない。彼女はいつも、女の扱いを知っているのはフランス人だけだといっている。自分もフランスの小説は読んでいる。もしフランス人だったら、彼女を抱きしめて、熱く愛の言葉を語り、うなじ《ニュク》に唇を押しあてるところだ。なぜフランス人が女性のうなじにキスをするのかはわからないし、あんなところがそれほど魅力的には思えない。もちろん、フランス人はこういうことをするのが、イギリス人にくらべてずっと楽なのかもしれない。そういうとき、フランス語だと様になるが、英語で愛の言葉を語るとなんとなく間が抜けてしまう。フィリップは、ミス・ウィルキンソンを口説こうなどと考えなければよかったと思った。最初の二週間はとても楽しかったが、いまはみじめな気持ちにさいなまれるだけだ。だが、あきらめるわけにはいかない。あきらめたら、自分が情けなくてどうしようもなくなる。フィリップは、明日の晩は何があってもキスをしようと心に決めた。

次の日、目が覚めると雨が降っていた。まずフィリップの頭に浮かんだのは、今晩は庭に出られないということだ。朝食のとき、フィリップは上機嫌だった。メアリ・アンがミス・ウィルキンソンの伝言を持ってきたのだ。頭が痛いからベッドから出られない、とのことだった。そしてティーの時間まで下りてこなかった。やっと姿を現したときにもゆったりした部屋着姿で、顔色が悪かったが、夕食の席ではすっかり元気になっていて、会話もはずんだ。ミス・ウィルキンソンは夜のお祈りが終わると、早めに休みますといって、ミセス・ケアリにキスをした。それからフィリップのほうをみて大声でいった。

「あら、ごめんなさい！　あなたにもキスするところだったわ」

「してくださってもかまいませんよ」

彼女は笑って、手を差しだし、握った手にしっかり力をこめた。

次の日は雲ひとつない天気で、雨上がりの庭は美しくさわやかだった。フィリップは海岸にいって泳ぎ、もどってくると昼食をたっぷり食べた。午後、牧師館でテニスパーティがあって、ミス・ウィルキンソンは上等のワンピースを着てきた。着こなしが上手で、副牧師の妻や医師の既婚の娘のそばにいると、いかにもエレガントだ。ウエストバンドにバラを二輪挿して、芝生の脇《わき》に置いてあるガーデンチェアに座り、赤いパラソルをさしている。顔に注ぐ日差しがまた彼女を引き立てている。フィリップはテニスが好きだった。サーブはうまいのだが、速く走れないので、ネット近くでプレイした。足は悪いものの動作は機敏で、左右に飛んでくるボールをうまく打ち返す。今日はすべてのセットを取って、上機嫌だ。ティーのとき、フィリップはミス・ウィルキンソンの足元に横になって、暑そうに息をついていた。

「フランネルのズボンが似合うのね」ミス・ウィルキンソンがいった。「今日の午後はとっても素敵」

フィリップはうれしくて赤くなった。

「お世辞を返しましょうか。あなたは完璧といっていいほど魅力的です」

彼女はにっこりして、長いことフィリップを黒い目でみつめた。

夕食後、フィリップは彼女を、外に出ませんかと誘った。

「まだ運動が足りないの？」

「今夜の庭はきれいだと思うんです。大空いっぱいに星が輝いています」

フィリップは気分が高揚していた。

「ねえ、知ってる？　ミセス・ケアリに、あなたのことでしかられたのよ」ミス・ウィルキンソンは裏の菜園を歩いているときにいった。「あの子をそそのかしちゃだめですよって」

「ぼくをそそのかしていたんですか。気がつきませんでした」

「伯母さんは冗談でいったのよ」

「昨日の晩、ぼくにキスしてくれなかったのはひどいと思います」

「わたしが、あなたにキスするところだったといったときの伯父さんの顔、あなたにもみせたかった！」

「だから、キスしてくれなかったんですか」

「キスは人のみていないところでするのが好きなの」

「いまは、だれもみてませんよ」

フィリップは彼女の腰に腕を回して、唇にキスをした。彼女は少し声を上げて笑っただけで、身を引こうとはしなかった。とても自然な感じだった。フィリップは達成感を味わった。こうすると決めて、こうした。驚くほど簡単だった。もっと前にしていればよかったと思ったくらいだ。フィリップはもう一度キスをしようとした。

「あら、だめ」

「どうして」

「あなたのキスが好きだから」彼女は笑った。

## 34

次の日、昼食が終わると、ふたりは敷物とクッションを持って噴水のところにいった。それぞれ本も持っていったが、読まなかった。ミス・ウィルキンソンはくつろいで、赤のパラソルを開いた。フィリップは以前ほど内気ではなくなったが、最初のうちはキスをさせてもらえなかった。

「昨夜は本当にごめんなさいね。もうしわけなくて、眠れなかったの」

「また、そんなことをいって！」フィリップは声を上げた。「どうせ、ぐっすり寝たんでしょう？」

「伯父さんが知ったら、なんていうかしら」

「知るはずありませんよ」

フィリップは彼女のほうに身をかがめた。心臓の鼓動が速くなる。

「なぜ、キスしたいの」

「好きだから」と答えなくてはならないのはわかっていたのだが、どうしてもいえなかった。

「なぜだと思います？」

彼女は目に笑みを浮かべてフィリップをみると、指先で顔に触れた。

「すべすべね」彼女がささやいた。

「ひげを剃《そ》らないと」

ロマンティックな言葉を口にするのは驚くほど難しい。沈黙のほうが言葉よりずっと役に立つし、謎《なぞ》めいてみえる。ミス・ウィルキンソンはため息をついた。

「本当に、わたしのことを好き」

「ええ、とても好きです」

キスしようとすると、今度は彼女もあらがわなかった。フィリップは実際よりずっと熱い気持ちをこめてキスをした。われながら、とてもうまく役をこなしていると思った。

「あなたのことが、ちょっと怖くなってきたの」

「夕食のあと、外に出ましょう」

「お行儀よくしてくださると約束してくれなくちゃ、いや」

「なんでも約束します」

フィリップは演技のつもりでつけた火にあおられ、ティーのとき異様に陽気だったので、ミス・ウィルキンソンは不安そうな目を向けていた。

「あんなに目を輝かせちゃだめよ」あとでミス・ウィルキンソンがいった。「伯母さまがなんて思うか」

「どう思われてもかまいません」

ミス・ウィルキンソンはうれしそうにほほえんだ。フィリップは夕食が終わるとすぐに声をかけた。

「いっしょに外に出ませんか。煙草を吸いたいんです」

「少し休ませてさしあげなさい」ミセス・ケアリがいった。「あなたとちがって、そんなに若くないんだから」

「いえ、わたしも外に出ようと思っていたんです」彼女が少しきつい口調でいった。

「昼食のあとは一、二キロ歩き、夕食のあとはしばらく休む」牧師がいった。

「伯母さまはとても親切だけど、ときどきいらいらさせられるのよね」ミス・ウィルキンソンは脇の戸口から出てドアを閉めるといった。

フィリップは火をつけたばかりの煙草を投げ捨てると、ミス・ウィルキンソンを抱きしめた。彼女はフィリップを押しやった。

「いい子にするって、約束したでしょう、フィリップ」

「ぼくが約束を守るなんて思ってないくせに」

「家のすぐそばはだめ、フィリップ。だれかがいきなり出てこないとも限らないんだから」

フィリップは裏の菜園にミス・ウィルキンソンを連れていった。ここならだれもこない。今回は彼女もハサミムシのことは頭に浮かばないらしい。フィリップは夢中になってキスをしながら、不思議でしょうがなかった。朝は彼女のことを好きだなどとはまったく思わず、午後になってもなんとなく好きになったくらいだったというのに、夜になると手に触れただけでぞくぞくする。そして、とてもいえないと思っていたことをいい、明るい日の光の下では決して口にできなかったことを口にする。フィリップは驚き、満足していた。

「じょうずなのね」

フィリップは自分でもそう思っていた。

「ああ、この胸を焦《こ》がしている思いをすべて打ち明けられればいいのに！」フィリップは熱にうかされたようにささやいた。

すごい。こんなにスリルのあるゲームは初めてだ。なによりすごいのは、自分の言葉のままに自分が感じていることだ。誇張はあるが、ほんの少しだ。フィリップは気をそそられ、また興奮して、これが相手におよぼしている効果をながめた。そのうち、彼女がなんとか気を落ち着けて、もういかなくちゃといった。

「まだ、まだだめです」フィリップは声を上げた。

「いかなくちゃ。怖いの」

フィリップはふいに、直感で、どうすればいいかわかった。

「ぼくはまだ帰りません。ここでしばらく考えます。頬が熱くて。夜風に当たっていようと思います。おやすみなさい」

フィリップが真剣な目で手を差しだすと、彼女は黙ったままその手を取った。すすり泣きそうになるのをこらえているようにみえる。最高だ！　暗い庭でひとりぼんやりと時間をつぶしたあと、家のなかにもどってみると、ミス・ウィルキンソンはすでに部屋にもどっていた。

それを境に、ふたりの関係が変わった。次の日も、その次の日も、フィリップは熱心な恋人の役を演じた。ミス・ウィルキンソンが自分に恋していると思うと、うれしくてならない。彼女は英語で好きだといい、フランス語で好きだといった。そしてうれしくなるようなことをいってくれた。フィリップがそれまでだれにもいわれたことのないことをいってくれた。その目がとても魅力的、その唇をみると体が震えてくるの。フィリップはそれまで自分の顔などろくにみたことがなかったが、いまでは機会がありさえすれば鏡をのぞいて、ほほえんだ。キスをするときは、彼女の心を震わせている情熱を感じてうれしくなった。そしてしょっちゅうキスをした。彼女が期待している言葉は直感でわかるものの、そんなことを口にするよりキスのほうがずっと簡単だとわかったからだ。心からあなたのことが好きなんですというと、まだ自分が愚かしく思えた。軽く自慢できる相手がいれば、喜んで自分の行動の細かい点について話し合えるのに。ときどき彼女に謎めいたことをいわれて、困ることがあった。そんなとき、ヘイワードがいてくれたら、彼女が何を考えているかたずねて、次にどうすればいいか教えてもらえるだろうに。この勢いで突っ走ったほうがいいのか、それともペースを落としたほうがいいのか。あと三週間しか残っていない。

「それを考えると、たまらないの。心が張り裂けそう。そしておそらく、それきり二度と会えないんだわ」

「ぼくのことを少しでも思ってくれているなら、そんなひどいことはいわないで」フィリップは小声でいった。

「だって、しかたないじゃない。なるようにしかならないでしょう。男っていつもそう。満足するってことを知らないの」

そしてフィリップが、もっと会いたいというと、こういうのだった。

「でも、そんなことできないでしょう。ここでこれ以上どうするっていうの」

フィリップはいろんな提案をしてみたが、彼女は耳を貸さなかった。

「そんな危ないことできないわ。もし伯母さまにみつかったら、恐ろしいことになるわよ」

一日か二日して、フィリップはいいことを思いついた。

「提案があります。日曜日の晩、頭が痛いから、うちにいて留守番をするといってください。そうすればルイーザ伯母さんは教会にいきます」

普段、ミセス・ケアリは日曜日の夜は家にいて、メアリ・アンを教会にいかせることにしていた。だから、夕べの祈りにいけるとなれば喜ぶはずだ。

フィリップは伯父や伯母に、ドイツでキリスト教についての考えが変わったことをいっていなかった。説明してもわかってもらえそうになかったし、黙って教会に通うほうが面倒がないと考えたからだ。しかし夕べの祈りにはいかなかった。朝いくのは社会の偏見に対するゆるやかな譲歩であり、夜いかないのは自由意志の適切な主張だと考えていたからだ。

フィリップの提案をきいて、ミス・ウィルキンソンはちょっと黙ったが、すぐに首を振った。

「いえ、それはだめ」

ところが、日曜日のティーの時間、フィリップはびっくりした。

「今夜は教会をお休みしようと思うんです」彼女がふいにいった。「頭痛がひどくて」

ミセス・ケアリはとても心配して、わたしがいつも使っている水薬をおのみなさいと勧めた。ミス・ウィルキンソンは礼をいって、ティーが終わるとすぐ、部屋にもどって横になりますといった。

「何かほしいものはないの」ミセス・ケアリが気づかわしげにたずねた。

「ええ、だいじょうぶです。ありがとうございます」

「なら、わたし、教会にいこうかしら。夕べのお祈りに出る機会はあまりないから」

「ええ、どうぞ、いってらしてください」

「ぼくはうちにいるから」フィリップがいった。「何かすることがあったら呼んでください」

「フィリップ、客間のドアを開けておいてね。そうすればミス・ウィルキンソンがベルを鳴らしたらきこえるから」

「わかりました」

六時を過ぎると、家のなかにはフィリップとミス・ウィルキンソンだけになった。フィリップは不安で吐き気がしてきた。心の底から、あんな提案をしなければよかったと思ったが、もう遅い。自分で招き寄せたチャンスを投げ捨てるわけにはいかない。そんなことをしたら、彼女にどう思われるだろう！　フィリップは玄関ホールにいって耳をすませてみた。なんの音もきこえない。ミス・ウィルキンソンは、本当に頭が痛いのではないだろうか。ぼくのいったことなんか忘れているのかもしれない。心臓が痛いほど打っている。フィリップはこっそり階段を上がっていった。階段がきしむたびに立ち止まる。そして彼女の部屋の前にいって、また耳をすませた。それからドアノブに手をかけて、待った。最低五分くらいは待ったような気がする。しっかりしなくてはと思ったが、手が震えるばかりだ。いっそ逃げだそうかと思ったが、あとで後悔するのはわかりきっている。飛びこみ台のいちばん上の板にあがったときの気持ちだった。下からみるとなんでもないが、そこに立って下のプールをみると心臓が縮みあがる。それでも飛びこませるものがあるとすれば、それは、上がってきた階段をおどおどと下りていく恥ずかしさ以外にない。フィリップは勇気を奮い起こし、ゆっくりノブを回し、なかに入った。体がまるで木の葉のように震えている。

ミス・ウィルキンソンはドアに背を向け、化粧台をみて立っている。そしてドアが開く音をきくと、さっと振り向いた。

「あら、あなただったの。何かご用」

彼女はスカートもブラウスも脱いで、ペチコート姿で立っていた。ペチコートは短く、ブーツの上までしかない。上の部分は黒く、つやつやした生地で、赤の縁飾りがついている。白いキャラコの、半袖《はんそで》のキャミソールをつけている。フィリップはうんざりした。みるみる気持ちがなえていく。彼女がこれほど魅力がなく思えたのは初めてだった。しかしもう遅い。ドアを閉めて、鍵《かぎ》をかけた。

## 35

次の日は朝早く目が覚めた。寝苦しかったが、脚を伸ばして、ヴェネチア風の鎧戸《よろいど》から差しこむ日光が床に模様を作っているのをみると、満足げにため息をついた。うれしかった。そしてミス・ウィルキンソンのことを考え始めた。彼女に、エミリーと呼んでといわれたが、なぜだかわからなかったし、そんな名前で呼ぶ気にはなれなかった。頭のなかでは、いつもミス・ウィルキンソンだった。ところがそう呼ぶとしかられるので、そのうち名前では呼ばなくなった。フィリップは子どもの頃、ルイーザ伯母さんの妹——海軍士官の未亡人だった——がエミリーおばさんと呼ばれていたのを覚えていて、ミス・ウィルキンソンをそう呼ぶのがいやだったし、ほかのふさわしい呼び方も思いつかなかったのだ。最初に呼び始めた名前は、彼女の印象と切り離せなかった。フィリップは少し顔をしかめた。良くも悪くも、彼女の最悪の姿をみてしまったのだ。あのときの落胆は忘れられない。こちらを振り向いたときの彼女、キャミソールと短いペチコート姿の彼女。少し荒れた肌と、首の横の深く長いしわはよく覚えている。興奮もすぐにさめた。もう一度歳《とし》を数えてみると、四十歳以下にはとても思えない。そう考えると、この関係がとてもばかげたものに思えた。彼女は不器量で老《ふ》けている。彼女のことをちらっと思い浮かべると、そこにはしわだらけの、年老いた、化粧をした女が、異様に派手な、年に合わない格好をして立っている。フィリップは身震いした。そしてふいに、もう二度と会いたくないと思った。キスをすると考えるだけで、耐えられない。おぞましくてたまらなくなる。あれが恋なんだろうか？

フィリップはできるだけゆっくり着替えをした。彼女に会う時間を先延ばししたかったのだ。そしてようやくダイニングルームにいったときは、憂鬱《ゆううつ》でしようがなかった。もうお祈りは終わって、三人は朝食の席に着いている。

「あら、お寝坊さん」ミス・ウィルキンソンが陽気に声をかけた。

フィリップはそちらをみて、軽く息を飲んだ。ほっとしたのだ。窓を背にして座っている彼女はとてもかわいかった。なぜさっきはあんなことを考えたのだろう。ふたたび満足感がもどってきた。

彼女の変わりように、フィリップは驚いた。朝食が終わるとすぐ、彼女は気持ちのこもったぞくぞくさせるような声で、好きよ、とささやいた。そのすぐあと、歌のレッスンをしに客間にいくと、彼女はピアノ椅子《いす》に座って、音階を弾きながら顔を上げていった。

「キスして《アンブラッスモア》」

フィリップが体をかがめると、彼女が腕を首に回してきたので、首をしめられているようで、ちょっと苦しかった。

「ああ、好き、大好き《ジュテーム・ジュテーム》」彼女は大声で、派手なフランス語でいった。

フィリップは、英語でいってくれればいいのにと思った。

「ほら、だめですよ。いつ庭師が窓の前を通るかもしれないんだから」

「ああ、庭師なんかどうでもいいわ《ジュ・マン・フィシュ・ドゥ・ジャルディニエ》。どうでも《ジュ・マン・ルフィシュ》、どうでもいいの《ジュ・マン・コントルフィシュ》」

フィリップは、まるでフランスの小説のようだと思った。そして、なぜだかわからないが、軽いいらだちを覚えた。

そのうち、フィリップが声をかけた。

「のんびり海岸までいって、ちょっと泳いできます」

「だめ。今朝は、わたしを置いていかないで。今朝だけは――お願い」

フィリップは、なぜそんなことをいわれるのかわからなかったが、それはどうでもよかった。

「いてほしいんですか」フィリップはにっこりした。

「ええ、いてほしいの！　でも、いいわ。いってらっしゃい。わたしはここであなたのことを考えているから。しょっぱい水をかきわけながら、のびのびと体を動かして広い海を泳ぐあなたを」

フィリップは帽子を取って、ゆっくり歩いていった。

「女って、つまらないことをいうな」フィリップは思った。

ところが、それでいて、うれしくてたまらなかった。彼女が恐ろしいほど自分に夢中になっているのがわかった。フィリップは足を引きずってブラックステイブルの広い通りを歩きながら、優越感にひたって、すれ違う人々をながめた。知った顔もたくさんあって、そのたびにほほえんで会釈《えしゃく》しながら、この気持ちをわかってくれたらと思った。だれかにわかってほしくてたまらなかった。ヘイワードに手紙を書こうと思いつき、頭のなかで文面を考えた。まず庭とバラのことを書く。それからあのフランス人の家庭教師のこと。バラの花に囲まれてなお、香りも癖もひときわ強いエキゾテイックな花のようだと書こう。フランス人だということにしよう。だって——フランスにあんなに長く住んでいたんだから、フランス人といってもいいし、何もかもありのままに書くのはつまらない。そういうものだ。それから最初に会ったとき、モスリンのワンピースを着ていて、ボタン穴にバラを挿してくれたことを書こう。ロマンテイックな恋物語にまとめよう。陽光と海が情熱と魔法を与え、星々が詩を添える、古い牧師館の庭は願ってもない舞台だ。ジョージ・メレディス〔一九世紀生まれの英国の作家〕が書きそうな情景。ルーシー・フェヴェレル〔メレディスの小説『リチャード・フェヴェレルの試練』の女主人公〕というほどでもなく、クレアラ・ミドルトン〔メレディスの小説『エゴイスト』の女主人公〕というほどでもないが、いいようもなく魅力的だ。心臓がどきどきしてきた。そんなことを想像して楽しくなっていたので、泳いで浜辺にもどり、滴《しずく》をたらしながら寒い寒いと思いつつ移動更衣室までもどってくると、また考え始めた。どこが魅力的なんだろう。とても形のいい小さな鼻と褐色の目――ヘイワードに書き送ってやろう――ふさふさした柔らかい褐色の髪、顔をうずめたくなるほど魅力的な髪。象牙《ぞうげ》と陽光を溶かし合わせたような肌、頰は真紅のバラ。何歳？十八くらいか。名前はミュゼット。笑い声は小川のせせらぎのようで、声はとてもやさしく、それまできいたことのない甘い音楽のようで……。

「何を考えてるの」

フィリップははっとして立ち止まった。のんびり、家にもどる途中だった。

「五百メートルくらい前からずっと手を振っていたのに、ぜんぜん気づいてくれないんだから」

ミス・ウィルキンソンが目の前に立って、目を丸くしているフィリップをみて笑っている。

「迎えにきてみたの」

「すごくうれしい」

「びっくりした?」

「ちょっとね」

フィリップはヘイワードに手紙を書いた。それも八枚。

残りの二週間はあっという間に過ぎた。そして毎晩、食後ふたりで庭にいくたびにミス・ウィルキンソンは、また一日過ぎちゃったというのだった。フィリップのほうは楽しくてたまらず、日が過ぎるのもまったく平気だった。ある夜、彼女が、ベルリンからロンドンに移れたらうれしいのにといった。そうすれば、いつも会えるでしょう。フィリップは、そうなったら本当にいいなと答えたものの、ちっともうれしい気はしなかった。ロンドンでの新しい生活を待ち望んでいて、その邪魔をしてほしくなかったのだ。これからのことを少し余計に話してしまったせいで、さっさと逃げていきたがっていることに勘づかれてしまった。

「本当にわたしを愛してくれてるんだったら、そんな言い方はしないはずよ」彼女は声を張り上げた。

フィリップは図星《ずぼし》を指されて、何もいえなかった。

「わたしって、ほんとに、ばか」彼女は小声でいった。

フィリップはびっくりした。彼女が泣いている。フィリップはやさしい性格で、だれかが悲しい思いをしているのがいやだった。

「ごめん。本当にひどいことをいってしまった。どうか、泣かないで」

「フィリップ、わたしを置いていかないで。あなたにはわかってないと思うけど、わたしにとってあなたはとても大事な人なの。みじめな思いをしていたわたしを、あなたはとても幸せにしてくれたの」

フィリップは何もいわずにキスをした。その口調があまりに悲しそうで、恐ろしくなった。それまで一度も、彼女がこれほど真剣だとは思わなかったのだ。

「本当に、ごめん。だけど、ぼくがあなたのことを好きでたまらないのは、わかっているでしょう。いっしょにロンドンにいければ、それほどうれしいことはないよ」

「でも、わかってるでしょう。それは無理なの。仕事を見つけられそうにないし、それに、わたし、イギリスの生活は嫌いなの」

ほとんど無意識のうちにフィリップは、演技をしていた。彼女の悲しみにうたれて、強く強く抱きしめていた。涙をみるとなんとなく胸がうずいて、本物の情熱をこめてキスをした。

ところが一、二日後、彼女がちょっとした騒ぎを起こした。牧師館でテニス・パーティがあって、女の子がふたりやってきた。つい最近インド陸軍の連隊から退いてブラックステイブルにやってきた少佐の娘だ。どちらもかわいい。ひとりはフィリップと同い年で、もうひとりはひとつかふたつ下だ。ふたりとも若い男との付き合いに慣れていて（インドの高原の夏季駐屯地での話をよく知っていて、当時、英国でもラドヤード・キプリング〔『ジャングル・ブック』や『少年キム』の作者〕の作品がもてはやされていた）、フィリップを楽しそうにからかい始めた。フィリップのほうも、この初めての経験が楽しく――ブラックステイブルの女の子は、牧師の甥《おい》にはどうしても堅苦しくなる――愉快でたまらなかった。そして内なる悪魔にそそのかされて、ふたりと少し露骨な話を始めた。すると、ほかに若い男はいなかったので、ふたりも冗談半分で話を合わせてきた。たまたまふたりはテニスがとてもうまく、ミス・ウィルキンソンとの付き合いに飽きたフィリップは（彼女はブラックステイブルにきてからテニスを始めた初心者だった）ティーの後、ミス・ウィルキンソンに、副牧師さんとペアになって、副牧師の奥さんのペアとやったらいい、ぼくは新しくやってきたふたりとプレイしますといった。そして姉の隣に座って、小声でいった。

「まず下手な人たちにやってもらって、そのあと、ぼくたちで楽しくやろう」

どうやら、これが耳に入ったらしく、ミス・ウィルキンソンはラケットを投げ捨てると、頭が痛いといって、いなくなった。だれの目にも、彼女が怒っているのは明らかだ。フィリップは、みんなの前であんな態度を取ることはないのにと当惑した。彼女がいなくなったので組み合わせを変えてテニスが始まったが、少ししてミセス・ケアリがやってきた。

「フィリップ、あんなひどいことをするもんじゃありません。エミリーは部屋で泣いてますよ」

「どうして泣いているんです」

「下手な人たちといったからに決まってるでしょう。部屋にいって、そんなつもりはなかったんです、これからは気をつけますといってらっしゃい」

「わかりました」

フィリップはミス・ウィルキンソンの部屋のドアをノックしたが、返事を待たずになかに入った。彼女はベッドにうつ伏せになって泣いている。フィリップはその肩に手を置いた。

「いったい、どうしたんです」

「出ていって。あなたとはもう二度と話したくない」

「ぼくがなにをしたというんです。うっかり傷つけてしまったなら、あやまります。そんなつもりはなかったんです。ほら、どうか起きて」

「もう、つらくてたまらない。どうして、あんなひどいことができるの？　わたしが、あのばかばかしいボール遊びをきらっているのは知っているくせに。わたしがあれをするのは、あなたに相手をしてほしいからなのよ」

　彼女は立ち上がって、化粧台のほうへいったが、鏡をちらっとのぞくと椅子に座った。それからハンカチを丸めて、目のまわりをぬぐった。

「わたしはあなたに、女が男に捧《ささ》げるいちばん大切なものをあげたのよ。ほんと、ばかみたい！　それを、何とも思ってくれないんだから。ほんとに冷たい人ね。どうしてあんな残酷なことができるの。ださい女の子たちのご機嫌を取ったりして。わたしたち、あと一週間ちょっとしかないっていうのに、その一週間さえ、やさしくしてくれないの？」

　フィリップはむっつり立ったまま、なんて子どもっぽいんだろうと思っていた。そして、みんなの前であんなところをみせたことで腹を立てていた。

「あの姉妹のことなんか、ぼくはなんとも思ってませんよ。なぜ、そんなに怒るんです」

　ミス・ウィルキンソンはハンカチを置いた。白粉《おしろい》を塗った顔に涙のあとが残って、髪型も少し崩れている。白いワンピースも似合っていない。彼女はフィリップを、飢えたような熱い目でみた。

「なぜって、あなたは二十歳で、あの子たちもそうだからよ」彼女はかすれた声でいった。「そしてわたしはもう歳だから」

フィリップは赤くなって、目をそらした。彼女の声ににじむつらさが伝わって、妙に落ち着かなくなったのだ。そして、ミス・ウィルキンソンと関係を持ったことを心から後悔した。

「そんなつもりありませんよ」フィリップはぎこちなくいった。「そろそろ、下におりて、みなさんのお相手をしないと。どうしたんだろうと心配してるでしょう」

「そうね」

フィリップはそばを離れられてほっとした。

けんかは終わり、すぐに以前の仲にもどったが、残りの何日間か、フィリップはときどきいらっとすることがあった。これから先のことしか話したくなかったのに、先のことを話すと必ず、ミス・ウィルキンソンが泣きだすのだ。最初のうちは、泣かれると同情して、自分がひどい人間のように思え、あなたを想《おも》う気持ちは変わらないと、力強く抗弁していたのだが、それがいまは、腹だたしいだけになってきた。若い女の子なら、それもわかるが、いい歳をした女性があんなふうに泣くのは、愚かしくてみていられない。それに彼女はことあるごとに、あなたはわたしにいくら感謝しても感謝しきれないものをもらっている、という。フィリップもそれは認めて、たしかにその通りだと思ったが、それはお互いさまで、なぜ自分だけが負い目を感じなくてはならないのかわからなかった。それも、感謝の気持ちを形にしろという、それがまた面倒だった。フィリップはひとりでいることに慣れていて、時々、ひとりでいることが必要だった。ところがミス・ウィルキンソンは、いつもそばにいてくれないのは、わたしのことを愛していないからだという。少佐の娘たちからティーパーティの誘いがきたが、彼女は、あと五日しかないのだから、ずっといっしょにいてほしいという。ある意味、うれしくはあったが、うんざりした。ミス・ウィルキンソンは、いまの自分たちのような関係になったら、フランスの男たちがどんなに細やかな気づかいをみせるかについて話しだすと止まらなかった。彼らはみな、礼儀正しく、強い自制心を持って、完璧《かんぺき》といっていいほど気がきくらしい。ミス・ウィルキンソンの要求は並大抵のものではなかった。

彼女が並べ立てる完璧な恋人の資質をきいていて、フィリップは、彼女がベルリンに住んでいてよかったと思わずにはいられなかった。

「手紙をくださるわよね。毎日、書いてちょうだい。あなたが何をしているのかすべて知りたいの。何ひとつ隠しちゃいやよ」
「とても忙しくなると思うけれど、できるだけまめに手紙を出します」

彼女は大喜びでフィリップの首に抱きついた。フィリップはときどき、この手の愛情表現を持てあました。もう少し、抑えてほしい。こんなふうに迫られると驚いてしまう。というのも、女性はしとやかだという勝手な思いこみがあったからだ。

ようやく、出発の日がやってきた。朝食に下りてきたミス・ウィルキンソンは青ざめ、元気がなさそうだった。黒白チェックの旅行用のワンピースを着ているところは、教えるのが上手な家庭教師という感じだ。フィリップも黙っていた。こういうときなんといえばいいのかわからない。そしてもし軽はずみなことをいったら、ミス・ウィルキンソンが伯父のまえで取り乱してしまいそうで怖かった。前の晩、庭で別れの言葉を交わしたときは、もうふたりきりになる機会はないと思って、ほっとしていた。フィリップが朝食後もダイニングルームに残っていたのは、階段でキスしてとせがまれるのを警戒したからだ。もう中年になって口の悪くなったメアリ・アンにそんな危ないところをみられるのは避けたかった。メアリ・アンはミス・ウィルキンソンが嫌いで、彼女のことをおいぼれ猫と呼んでいた。ルイーザ伯母さんは具合が悪くて、駅にはこなかったが、牧師とフィリップが彼女を見送った。列車が出発する直前、彼女は窓から身を乗り出してミスタ・ケアリにキスをした。

「あなたにもしなくちゃね、フィリップ」

「はい」フィリップはまっ赤になった。

フィリップが踏み段に立っていると、彼女は素早くキスをした。列車が動き始め、ミス・ウィルキンソンは客席の奥に力なく座って、悲しそうに泣きだした。フィリップは牧師館まで歩いてもどりながら、心からほっとしていた。

「無事、出発しましたか」ふたりがもどってくると、ルイーザ伯母さんがたずねた。

「ああ、ずいぶん悲しそうだったな。わたしとフィリップにキスをするといってきかないんだ」

「でも、あの歳ですから、そう心配することもないでしょう」ミセス・ケアリはサイドボードを指さした。「手紙がきてますよ、フィリップ。二度目の配達できたみたい」

ヘイワードからだった。

やあ、フィリップ
手紙がきたので、早速、返事を書いている。きみからの手紙を女友だちに読んできかせた。素晴らしい女性でね、ぼくはとても世話になっているんだ、親切で、そのうえ、美術にも文学にも素晴らしい感性を持っている。そしてぼくたちは、素晴らしい手紙だと意見が一致した。きみの気持ちがありのままに書かれていて、自分では気がついていないだろうが、一行一行に無邪気な喜びが表れている。きみは恋をしている、だから詩人のような文章が書けるんだ。フィリップ、これこそ本物だ。若き情熱の輝きが感じられる。この文章は、きみの率直な気持ちが奏《かな》でる音楽だ。きみが幸せなのは間違いない！　こっそり、その魅惑の庭に隠れてのぞいていたかったよ。きみたちがダフニスとクロエのように手に手を取って花のなかを散歩するところを。まるで目にみえるかのようだ。わがダフニスが、目に若き愛の光をたたえているところが。その目はやさしく、陶然として、熱く燃えている。そしてきみに抱かれているクロエは若く、柔らかく、初々《ういうい》しく、決してこの人を好きになってはいけないと思いながらも――好きになってしまう。バラとスミレとスイカズラ！　まったく、うらやましいよ。きみの初めての恋が純粋に詩的なものだったと思うと、それだけでうれしい。いまの、その瞬間を大切にしなくちゃいけない。きみは不死の神々から最高の贈物をもらったんだ。そしてそれは甘く悲しい思い出として、死ぬまで心に留まる。きみは二度とこんな無防備な喜びを味わうことはないだろう。最初の恋こそ、最上の恋だ。彼女は美しく、きみは若い。世界はきみたちのものだ。

まったくこちらまでわくわくしてくるじゃないか。賞賛すべきその無邪気さでもって、彼女の髪に顔をうずめたなどと書かれてしまっては。きっとその髪は、かすかに金色に輝く美しいクルミのような色だったんだろう。きみたちふたりを葉の生い茂る木の下に座らせて、ふたりで『ロミオとジュリエット』を朗読させたいよ。そしてきみに、ぼくに代わって、ひざまずき、ぼくに代わって、彼女の足が残した足跡に口づけをしてほしい。そして彼女にこういってほしい。これはひとりの詩人の、あなたのまぶしいばかりの若さと、あなたに対するぼくの愛への敬意なのですと。

元気で。

G・エサリッジ・ヘイワード

「ばかばかしい！」フィリップは手紙を読み終えてつぶやいた。

偶然といえば偶然だが、ミス・ウィルキンソンに、『ロミオとジュリエット』をいっしょに読みましょうといわれたことがあった。しかしきっぱりと断った。フィリップはその手紙をポケットに突っこんだとき、奇妙な痛みをちらっと感じた。現実がこれほど理想と違うとは思ってもいなかったのだ。

## 36

数日後、フィリップはロンドンにいった。副牧師からテムズ川沿いの小さな町バーンズの下宿屋を勧められたので、手紙で連絡して、週十四シリングで借りることにしてあった。着いたのは夜だった。そこの女主人は、しなびた感じで顔中しわだらけの、愛嬌《あいきょう》のある小柄な女性だった。軽い食事と紅茶を用意してくれていた。居間は食器棚と四角いテーブルでほぼ埋まっている。壁際《かべぎわ》に馬巣織《ばすお》りのソファが、暖炉のそばにはそれに合わせたひじ掛け椅子が置いてある。椅子の背には白いカバーがかけてあり、座面には、スプリングがきかなくなっているので、硬いクッションが敷いてある。

食事が終わると、フィリップは本を出して並べ、椅子に座って読みだした。しかし気が滅入《めい》っていた。通りが静かなのもあって、なんとなく落ち着かず、孤独を噛《か》みしめていた。

翌日、朝早く目が覚めた。学生時代のモーニングを着て、シルクハットをかぶって出かけたものの、どちらもさすがにみすぼらしいので、事務所に行く途中の店で新しいのを買うことにした。そして着替えたのだが、まだ時間はたっぷりあったので、ストランド通りを歩いていった。ハーバート・カーター事務所は、チャンセリー通りから脇《わき》に入ったところにあって、二、三度道をたずねなくてはならなかった。道々、人にじろじろみられるので、値段を書いた札がついたままなのかもしれないと思って一度、帽子を取ってみたくらいだ。事務所の前まできてドアをノックしたが、だれも出ない。懐中時計をみると、まだ九時半になっていない。早すぎたらしい。そこで十分ほど時間をつぶしてもどってくると、若い事務員がいた。長い鼻、にきび面《づら》、スコットランドなまりのその事務員がドアを開けてくれた。フィリップが、カーターさんはいらっしゃいますかとたずねると、いえ、まだいらっしゃってませんという。

「いつ、いらっしゃいます」

「十時から十時半の間です」

「では、待たせていただきます」

「なんのご用です」

　フィリップは不安になったが、軽い調子で取りつくろった。

「いえ、その、ここで働かせてもらおうと思っているんです」

「新しい実務研修生さんですね。なら、入ってください。グッドワージーさんが、もうじきいらっしゃいます」

フィリップはなかに入ると、あらためてその事務員をみた。年は同じくらいで、下級事務員とのことだった。フィリップは足をみられているのに気付いて、赤くなり、椅子に座ると、悪いほうの足をもう一方の足の後ろに隠した。それから部屋を見回した。なかは暗く、薄汚れた感じで、明かりは天窓から射《さ》しこむ日光だけだ。机が三列に並んでいて、それぞれ高い丸椅子が添えてある。暖炉の上には、埃《ほこり》まみれのボクシングの版画が一枚かかっている。やがて書記がひとり、ふたりとやってきた。そしてフィリップをちらっとみると、小声で下級事務員（名前はマクドゥガルだとわかった）に、あれはだれだとたずねた。そのうち笛の音が響いて、マクドゥガルが立ち上がった。

「グッドワージーさんがいらっしゃいました。事務長です。あなたがいらっしゃっていることを知らせてきましょうか」

「ええ、お願いします」

マクドゥガルが出ていって、すぐにもどってきた。

「どうぞ、こちらへ」

フィリップは後について、廊下の反対側にある小さな部屋に入った。ほとんど家具はない。小柄でやせた男が暖炉に背を向けて立っている。かなり背が低く、大きな頭が重そうに肩の上に載っているところは、いかにも奇妙で不細工だ。顔は横に広く平《へい》坦《たん》で、青い目が飛び出ている。薄い頭髪は薄茶色だ。ふぞろいなほおひげが生えている。普通なら濃く生えているところには一本も生えていない。血色が悪く、肌は黄色っぽい。彼は手を差しだした。笑うとひどい虫歯がのぞく。恩着せがましい調子で話しかけるものの、おどおどした感じもあり、柄にもなく少し偉そうな振りをしているようにみえる。仕事は気に入ってもらえると思う、まあ、面倒くさい仕事が山ほどあるが、慣れてくるとおもしろくなってくるし、なにより金になるんだ、それは大切だと思わないかね？　そういって、優越感と気恥ずかしさが入りまじった妙な笑い声を上げた。

「もうすぐ、ミスタ・カーターがくると思う。月曜の朝はときどき遅れてくるんだ。きたら、呼ぶよ。そのあいだやっててもらう仕事を頼むとしよう。簿記、というか帳簿の付け方は知っているかね」

「いえ、残念ながら」

「そうだろうと思っていた。学校ではビジネスに必要なことを教えないようだからね」一瞬、考えてまた言葉をついだ。「まあ、何かやってもらうことはあると思う」

それから隣の部屋に入っていって、すぐに大きな段ボール箱を持って出てきた。なかには大量の手紙が雑多に入っている。そしてフィリップに、これを整理して、差出人のアルファベット順にするようにといった。

「研修生がいつも使う部屋に連れていってあげよう。いいやつがひとり、いまその部屋にいる。ワトソンというんだ。ほら、ワトソン・クレイグ・トンプソン醸造会社のワトソンの息子だ。ここで一年、実務の勉強をすることになっている」

ミスタ・グッドワージーは、六人から八人くらいが作業をしている部屋を出て、その裏にある小部屋に入った。そこはガラスで仕切られた部屋で、ワトソンは椅子に座って後ろにもたれて、「ザ・スポーツマン」を読んでいた。大柄でがっしりした体格の若者で、趣味のいい服を着ている。ミスタ・グッドワージーが入ってくると顔を上げ、姿勢を正して、事務長をグッドワージーと呼んだ。事務長は、馴《な》れ馴れしすぎるといわんばかりに、わざとらしく彼をミスタ・ワトソンと呼んだ。ところがワトソンのほうは平気で、紳士階級の自分への当然の呼び方と受け止めている。

「今度の競馬で、リゴレットの出場が取り消しになったそうだね」ふたりきりになると、ワトソンがフィリップに話しかけた。

「そうなんですか」と答えたものの、フィリップは競馬のことなど何も知らなかった。

フィリップは相手の服装をほれぼれとながめた。モーニングはぴったり体に合っているし、大きなネクタイのまん中にはいかにも高そうなピンがこれみよがしに刺さっている。暖炉の上に置いてあるシルクハットはおしゃれで、鐘の形をしていて、輝いている。フィリップは自分がみすぼらしく思えた。ワトソンはハンティングの話を始めた。こんな地獄のように退屈なところで時間をむだにするのは地獄のようにつまらない、ハンティングにいけるのは土曜日だけになってしまった、それに射撃も国中からうれしい招待がきているというのに、全部断らなくてはならない、まったく地獄のように不幸だ、だがこんなところに長いこといるつもりはない、こんな地底の穴蔵《あなぐら》は一年で出ていく、そうなれば家業について、週に四日ハンティングにいって、銃を撃ちたいだけ撃ってやる。

「きみは、五年いるのかい」ワトソンは小さな部屋を指さしていった。

「ええ、たぶん」

「きみにはこれから先も会うことになるだろう。うちの帳簿付けはカーターがやってくれているからね」

フィリップは、この若い紳士の偉そうな態度になんとなく気圧《けお》された。ブラックステイブルでは、醸造業などだれもが軽蔑《けいべつ》していたし、牧師もビール造りについてささやかなジョークを口にしていたくらいだ。なので、ワトソンがこんなに偉そうで堂々としているのをみて、あっけにとられた。ウィンチェスターのパブリックスクールからオクスフォードに入ったそうで、話の最中に何度もそれを強調した。そしてフィリップの学歴について詳しく知ると、さらにフィリップを弟扱いするようになった。

「もちろん、パブリックスクールにいかないなら、その手の学校にいくのが一番だからね」

フィリップは事務所にはほかにどんな人がいるのかたずねた。

「まあ、どうでもいい連中ばかりだよ。カーターはなかなかいいやつだ。ときどき食事をいっしょにする。ほかは、相手にするに足りない連中ばかりかな」

ワトソンはそういうとさっさと自分の仕事にもどった。フィリップは手紙の整理を始めた。ミスタ・グッドワージーが部屋にきて、ミスタ・カーターが出社したと告げた。そしてフィリップを自分の部屋の隣の広々とした大きな部屋に連れていった。大きな机がひとつ、大きなひじ掛け椅子がふたつ、床にはトルコ絨毯《じゅうたん》が敷かれ、壁には何枚ものハンティングの版画が飾られている。ミスタ・カーターは机に向かって座っていたが、立ち上がって、フィリップと握手をした。ロングのフロックコートを着ている。

まるで軍人のようだ。口ひげはワックスで整えられ、白髪まじりの髪は短くきちんと切りそろえてある。背筋を伸ばして、てきぱきと話す。ロンドン郊外の町エンフィールドに住んでいるとのことだ。カードゲームやスポーツや勝負事が大好きで、郊外の生活に詳しかった。元ハーフォードシャー祖国防衛義勇団の将校で、保守党の地方支部の会長も務めている。地方の実力者に、まさかきみがロンドンのシティで働いているとはだれも思わないだろうといわれたときは、自分もまんざら人生をむだにしたわけじゃないと思ったそうだ。フィリップに対しては、感じのいい、気さくな調子で話した。ミスタ・グッドワージーがきみの面倒をみてくれる。ワトソンはじつにいい青年で、完璧な紳士で、ハンティングの腕は抜群だ。ところで、きみはハンティングはどうだね？　そうか、それは残念だ、あれこそ紳士のためのスポーツだからね。わたしもこの頃はあまりいけなくなって、息子にゆずった形だ。息子はケンブリッジにいるが、そのまえはラグビー〔ウォリックシャーの都市で、ラグビーの発祥地〕にいたんだ。ラグビー校はいい学校だ。上流階級の子弟たちばかりだからね。息子も二年ほどすると、研修生として働くことになる。きみにとってもいいんじゃないか。きっと、気に入ると思う。ハンティングが大好きでね。ともあれ、うまくやって、仕事を好きになってほしい。わたしの講座には必ず出るように。世間では会計士という職業の地位が上がってきて、紳士階級の職業として認められるようになってきた。さあ、ミスタ・グッドワージーがそこにいる。なんでもきくといい、なんでも教えてくれる。字はうまいほうかね？　まあいい、ミスタ・グッドワージーにまかせよう。

　フィリップは相手の紳士ぶりに圧倒された。イーストアングリアではだれでも、だれが紳士で、だれが紳士でないかわかっているが、紳士は紳士について語らないものだった。

## 37

　最初のうち、フィリップは仕事の目新しさに興味を持ち、ミスタ・カーターが口述する手紙を書き取ったり、計算書を清書したりしていた。

　ミスタ・カーターは事務所を紳士階級の職場にふさわしいものにしようとしていたので、タイプライターなどはまったく置こうとしなかったし、速記も嫌っていた。下級事務員は速記ができたが、それを利用するのはミスタ・グッドワージーだけだ。フィリップはときどき、先輩といっしょに会社の会計検査に出かけたりするうちに、どの顧客が大切か、どの顧客は経営状態がよくないかといったことがわかってきた。ときどき、数字がずらりと並んだ帳簿を渡されて、足し算をするようにといわれることもあった。最初の試験のための講座にも出席した。ミスタ・グッドワージーからは何度も、この仕事は最初はつまらないが、そのうちに慣れるといわれた。フィリップは事務所を六時に出るとテムズ川を渡ってウォータールーに出る。下宿にもどると夕食が待っていて、夜は本を読む。土曜日の午後はナショナル・ギャラリーにいった。ヘイワードに美術評論家ジョン・ラスキンの批評を集めたガイドブックを勧められ、これを持参して、真剣に部屋から部屋をめぐった。そして一枚一枚、ラスキンの書いたことをていねいに読みながら、真剣にその絵に同じものをみようとした。日曜日は時間をつぶすのに困った。ロンドンに知り合いはいなかったので、ひとりで過ごすしかなかったのだ。一度、弁護士のミスタ・ニクソンに、日曜日をハムステッドでいっしょに過ごさないかと誘われ、初対面の元気な人たちに囲まれて楽しく過ごした。大いに食べ、おおいに飲んで、ヒースの草原を散歩し、帰るときには、いつでもいいからまた遊びにおいでといわれた。しかしフィリップは病的なくらい人の邪魔になるのが心配で、正式な招待がくるのを待っていた。当然ながら誘いはこなかった。というのも、ニクソンには友人がたくさんいて、無口でさびしがり屋の青年のことなど考えもしなかったからだ。そもそも好んで世話をする理由もない。そんなわけで、フィリップは日曜日は遅く起きて、テムズ川の船引き道を散歩した。バーンズあたりは川は濁って汚く、潮の影響を受ける。水門から上流ののんびりした魅力もなければ、ロンドンブリッジから下流の多くの船が行き来するロマンティックな雰囲気もない。午後は公有地を散歩したが、このあたりも灰色で汚れた感じだ。郊外でもなければ街でもない。背の低いとげだらけのエニシダがいじけたように茂っている。あたり一帯に、文明のくずが散らばっているといってもいい。土曜日の夜はいつも、芝居を観《み》にいった。そして桟敷《さじき》のドア近くの立見席で、一時間かそれ以上のあいだは幸せな気持ちで過ごした。博物館が閉まってから安レストランで食事をするまでの時間にわざわざバーンズまでもどる必要はなく、時間を持てあました。ボンド通りや、バーリントン・アーケードを歩いて回り、疲れるとセント・ジェイムズ・パークのベンチに座り、雨が降っていれば、セント・マーティンズ通りの公共図書館に入った。通りを歩く人々をながめ、仲間のいる人間をうらやましく思った。ときどき、うらやましい気持ちが憎しみに変わる。みんな楽しそうなのに、なぜ自分はみじめなんだと考えてしまうのだ。大都会でこれほどつらい思いをするとは、想像したこともなかった。桟敷席に立っているとときどき、隣の男性が声をかけてくることがあった。しかしフィリップは地方出身者の猜疑《さいぎ》心《しん》から、つい愛想のない返事をしてしまう。芝居が終わると、感想を頭のなかに留めておきたくて、急いで橋を渡ってウォータールーのほうへ向かう。そして部屋にもどると、倹約のため暖炉は冷たいままで、心は沈んだ。ぞっとするほど陰気だった。そしてこの部屋にうんざりして、そこで味わう長く孤独な夜がいまいましく思えてくる。ときどき、あまりにさびしくて本さえ読めないこともあった。そんなときには暖炉の火をみつめ、何時間もみじめな気持ちに身をさいなまれるのだった。

ロンドンにきて三ヶ月、ハムステッドで過ごした日曜日をのぞくと、フィリップは仕事仲間以外だれとも口をきかなかった。ある晩、ワトソンからレストランで夕食をいっしょにどうかと誘われ、ミュージックホールにいくことになった。ところがフィリップは気後れして、気詰まりだった。というのも、最初からずっと興味のないことばかりきかされたからだ。そしてワトソンのことを俗物だと思う一方、うらやましく思わずにいられなかった。自分が身につけた教養を、ワトソンがまったく評価してくれないのは腹立たしかったが、フィリップは他人の目で自分をみてしまうところがあり、それまでとても大切に思って身につけてきたいろんなものを軽蔑するようになった。そして生まれて初めて、貧しいということを恥ずかしく思った。伯父からは月に十四ポンド送ってもらっていたが、服を次々に買わなくてはならない。イヴニングスーツは五ギニーした。それをストランド通りで買ったとは、ワトソンにはいえなかった。ワトソンは、ロンドンに仕立屋はひとりしかいないといっていたからだ。

「ダンスはしないのかい」ある日ワトソンが、フィリップの悪い方の足をみていった。

「ええ」

「残念だな。ダンスホールに仲間を連れてこいといわれているんだ。楽しい女の子に紹介できるんだけどな」

一、二度、バーンズにもどるのがいやでロンドンでぶらぶらしていたことがある。そして夜遅く、ウエストエンドを歩いていると、どこかの家でパーティを開いていた。薄汚れた人々の小さなグループのなかに立って、そこの召使いたちの後ろでみていると客が次々に到着し、耳をすませていると窓越しに音楽が流れてきた。ときどきカップルが寒さも気にせず、新鮮な空気に触れようとバルコニーに出てきた。ふたりは愛し合っているんだろうと思い、フィリップは背を向けて足を引きずり、重い心を抱えて通りを歩いていった。あの男のようには決してなれないような気がした。世の中の女性はみんな、この足をみると嫌悪《けんお》を抱くにきまっている。

するとミス・ウィルキンソンのことを思い出した。彼女のことを考えると、あまりいい気持ちはしなかった。別れる前、彼女はチャリングクロス郵便局に手紙を送るから、住所が決まったら教えてねといった。フィリップが郵便局にいってみると、三通届いていた。青い便箋《びんせん》にスミレ色のインクで、フランス語で書かれている。なぜ英語で書かないんだ？　常識のある女性ならそうするだろう。それに大げさな表現が、それまでに読んだフランス語の小説を思い出させて、気持ちが冷めてしまった。手紙を下さらないなんてひどいと書かれていたので、返事には、忙しかったんだ、ごめんと書いた。フィリップは手紙で、彼女のことをどう呼べばいいのか、まったくわからなかった。親愛なる人へとか、大好きなきみへと書く気にはなれないし、エミリーへと書くのは絶対にいやだった。そこで、愛する人へと始めることにした。そっけなく、妙に間抜けな気がしたが、そうすることにした。初めてのラブレターだったが、どうも力が入らない。熱烈な言葉を並べなくてはとは思っていた。一日中、あなたのことを思わないときはないとか、その美しい手にキスをしたくてたまらないとか、その赤い唇を思うだけで体が震えてくるとか。ところがなんとも説明のしようがない恥ずかしさが邪魔をして書けない。しかたがないので、下宿の部屋と事務所のことを書いた。彼女からきた返事は、怒りと悲しみと非難で埋まっていた。なぜそんなに冷たいの？　こんなにあなたからの手紙を待っているのがわからないの？　わたしは女としてあげられるものをすべてあげたのに、これがそのお礼？　もうわたしに飽きたの？　そのあと、フィリップが返事を書かないでいると、今度は手紙の猛攻が始まった。あなたの不実な態度にはもう我慢できない。ずっと手紙がくるのを待っているのに、いつまで待ってもこない。毎晩、泣いて泣いて泣き疲れて眠るの。具合が悪くて、人にまでそういわれるようになってしまった。もしわたしを嫌いになったなら、そういって！　わたしは、あなたなしでは生きていけない。あとはもう自殺しかない。あなたは冷淡で、利己的で、感謝知らず。そういったことがすべてフランス語で書かれていた。フィリップには、それが彼女なりの見栄《みえ》だということはわかっていたが、それでも悩まないわけではなかった。彼女を不幸にしたくなかったのだ。それからしばらくしてきた手紙には、これ以上別れて暮らすのは無理、クリスマスにはロンドンにいくよう段取りをつけますと書かれていた。フィリップは返事にこう書いた。それはとてもうれしいけど、クリスマスは田舎で友だちと過ごす約束をしていて、それを破るわけにはいかない。その返信にはこう書かれていた。何も無理強いするつもりはないの。でも、わたしに会いたくないのはよくわかった。わたしはどうしようもなく傷ついた。あんなにやさしくしてあげたのに、こんな心ない仕打ちをされるなんて。この手紙に、フィリップもさすがに悪かったと思い、便箋に涙のあとさえみえるような気がした。そこで衝動的に、本当にすまなかった、ぜひきてほしいと書いた。ところがほっとしたことに、次の手紙には、やはりここを離れることはできないと書かれていた。そのうち、彼女から手紙がくると、気分が落ちこむようになり、開封しないまま置いておくようになった。読む前から内容がわかるからだ。怒り、非難、悲しみのこもった訴え。それを読むと、実際、自分が最低の人間に思えてくるのだが、自分をどう責めればいいのかがわからない。一日一日と返事を書かないでいるうちに、また手紙がくる。わたしはもう病気、さびしい、とてもみじめ。

「いっそ、あんな関係にならなければよかった」フィリップは独り言をいった。

フィリップはワトソンを尊敬していた。というのは、こういったことをじつに容易《たやす》く処理するからだ。ワトソンは、旅回りの劇団の女優と付き合っていて、その話をきくと、フィリップは驚きと羨望《せんぼう》でいっぱいになった。ところが、しばらくするとワトソンは気が変わって、別れることにしたと打ち明けた。

「はっきり、そういうしかないよ。だから、もうここまでにしようっていったんだ」

「相手はおとなしく、はいっていったんですか」

「まさか。そんなわけないよ。だから、騒いだってむだだといってやった」

「泣かれました？」

「泣かれたどころか。だけど、女に泣かれるのは嫌いなんだ。だから、もういってくれっていってやった」

フィリップのユーモアのセンスは年々、鋭くなっていた。

「それで、いっちゃいました？」

「うん。だって、ほかにどうしようもないだろう」

そうこうするうちに、クリスマス休暇が近づいてきた。ミセス・ケアリは十一月中ずっと具合が悪く、医師から、クリスマス前後に二週間ほど、ご主人といっしょにコーンウォールにいって、元気になってもどってらっしゃいといわれていた。というわけで、フィリップはクリスマスをひとりで過ごすことになった。ヘイワードに影響されて、この時季のお祭り騒ぎは野蛮で下品だと思いこんでいたので、普段と同じように過ごそうと思っていたのだが、いざその日になると、まわりじゅうが浮き立っていて、不思議とその影響を受けないわけにはいかなかった。下宿を経営している夫婦は、結婚している娘といっしょにその日を過ごすことにしていたので、手間をかけないよう、外で食べてきますといっておいた。昼頃、ロンドンの中心部まで歩いていって、ギャティというレストランでターキーをひと切れと、クリスマス・プディングを食べた。そしてあとはすることもないので、ウエストミンスター寺院の昼の礼拝に出た。

どこの通りもほとんど人通りはなく、たまに出くわす人も、何か用事のあるような顔をしている。だれもが、漫然と散歩をしているのではなく、しっかりした目的があって歩いているようにみえたし、ほとんどみんなだれかといっしょに歩いている。フィリップには、だれもが幸せそうにみえた。このときほど、孤独を痛切に感じたことはない。その日は街で時間をつぶして、レストランで食事をするつもりだったのだが、幸せそうな人々がしゃべったり、笑ったりして楽しんでいるところはこれ以上みたくなかった。そこでウォータールーにもどり、ウエストミンスターブリッジ通りを歩いて、ハムとミンスパイを買い、バーンズにもどった。小さなわびしい部屋で食事をすませ、夜は本を読んだ。気持ちが落ちこんで、どうしようもなかった。

事務所にもどると、ワトソンから数日のクリスマス休暇の話をきかされてさらに落ちこんだ。仲間といっしょに、愉快な女の子たちと過ごしたらしい。食事のあとは、客間を片づけてダンスをしたといっていた。

「寝たのは三時でさ、どうやってベッドまでたどりついたか覚えてないんだ。もうすべてがゆがんでみえた」

フィリップはがまんできず、思い切ってたずねた。

「ロンドンでは、どうしたら、知り合いを作れるんですか」

ワトソンはびっくりしたような顔でフィリップをみたが、そこにはかすかな軽蔑をふくんだ笑みが浮かんでいた。

「さあ、どうかなあ。ただ知り合いになればいいんだよ。ダンスでもしにいけば、いくらだって相手ができる」

フィリップはワトソンが嫌いだったが、ワトソンになれるなら、なんでもしただろう。キングズ・スクールで味わった気持ちがよみがえった。ほかのだれかになれれば、ワトソンみたいになれれば、自分の人生はどんなふうになるんだろう。

## 38

年末は忙しかった。トンプソンという事務員に連れられて、いろんなところにいき、一日中、支出の項目を淡々と読み上げ、それをトンプソンがチェックした。ときどき数字の並んだ書類を何枚も渡されて、集計することもある。フィリップは数字に弱かったので、時間がかかってしょうがなかったし、ミスをしてはトンプソンをいらいらさせた。トンプソンは背が高く、やせ型で、四十代、顔色が悪く、髪は黒く、口ひげはろくに手入れをしていない。頬がこけて、鼻の両側に深いしわが刻まれている。トンプソンはフィリップを嫌っていた。それは、フィリップが研修生として雇われているからだ。研修生だと最初に三百ギニー払って五年務めれば、会計士として正式に雇ってもらえる。ところが彼は経験も能力もあるのに、いつまでたっても週三十五シリングの事務員以上にはなれない。大勢の家族を養うのは大変で、性格もゆがんでしまう。そしてフィリップの態度が生意気に思えて、腹を立てていた。自分よりいい教育を受けているくせにといってあざ笑い、なんだその発音はとからかった。ロンドンなまりでしゃべれといって、ばかにするようにhの音を強調して発音してみせる。最初はぶっきらぼうで、冷ややかなだけだったが、フィリップに会計士の才能がないのがわかると、ばかにするのがおもしろくなってきたようだ。うんざりするほど浅薄な言葉でからかうのだが、それでもフィリップは傷つき、身を守るために、持ってもいない優越感をみせつけることにした。

「今朝は、風呂《ふろ》にでも入ってきたのか」事務所に遅れてきたフィリップにトンプソンがきいた。というのも、フィリップは早起きの習慣が長続きしなかったからだ。

「ええ、そうなんです。お風呂は入ってこなかったんですか」

「ああ、紳士階級の出じゃないもんでね。ただの事務員だ。一週間に一度、土曜の晩に入って終わりだ。面倒くさいったら、ありゃしない」

「だから、月曜日になってもまだ、いつも以上に機嫌が悪いんですね」

「さて、今日は簡単な足し算をいくつかやってもらえるかな。ラテン語やギリシア語に詳しい紳士にはちょっと荷が重いかもしれないが」

「せめて、もう少し気のきいた皮肉をいってくださいよ」

そうはいったものの、ほかの事務員は給料は悪くて不格好でも自分より有能だという事実はごまかせない。一、二度だが、ミスタ・グッドワージーもいらだちを抑えかねたくらいだ。

「そろそろ、この程度はできるようになってもらわないと。これじゃ、うちの雑用係以下だ」

フィリップはむっつりしてきいていた。しかられるのは嫌いだったが、なにより、ばつが悪い。数字を修正して清書するようにいわれて仕上げたものを、ミスタ・グッドワージーが気に入らず、ほかの事務員に回したこともある。最初のうちは、仕事も新味があってなんとか我慢ができたが、そろそろ耐えられなくなっていた。とくに、自分がこの仕事に向いていないことがわかると、みるのもいやになってきた。仕事をしなくてはいけないときにもしょっちゅう、事務所のメモ用紙に小さな落書きをするようになった。いろんな姿勢のワトソンを描いたこともあって、それをみたワトソンはフィリップの才能に驚いた。そして家に持ち帰り、次の日、事務所にやってくると、うちじゅうみんなほめていたといった。

「なんで絵描きにならなかったんだ。まあ、金にはならないけどね」

たまたまその二、三日後、ミスタ・カーターがワトソンの家に食事に呼ばれ、その絵をみせられた。そして次の日の朝、フィリップに呼び出しがかかった。フィリップはミスタ・カーターにはあまり会うことがなく、恐る恐るという感じで部屋にいった。

「少しいっておくが、きみが仕事の時間以外に何をしようがそれはかまわない。しかしきみのスケッチをみせられてね、それも事務所のメモ用紙に描いてある。ミスタ・グッドワージーはきみのことをなまけ者だといっている。一生懸命やらないと、会計士として役に立たないぞ。これはやりがいのある職業だ。だからわれわれは、上の階級の人材を取りこもうとしているところなんだが、この職業では……」彼は最後の言葉をさがしたが、適当な文句がみつからなかったので、あまりうまくないと思ったが、こうしめくくった。「一生懸命やってくれ」

もしかしたらフィリップはここに落ち着いたかもしれない。しかし仕事が気に入らなくて一年でやめた場合、研修生として使ってもらうために収めた金額の半分は返ってくることになっていた。フィリップは、自分が帳簿の計算よりはましな職業に向いていると思っていたし、自分がばかにしていることがろくにできないことを屈辱に感じていた。トンプソンとの言い合いもしゃくにさわってしょうがない。三月、ワトソンが研修期間を終えた。フィリップは彼のことを好きではなかったが、いなくなるのは残念だった。ほかの事務員から、少し上の階級の人間だというのでふたりいっしょに嫌われていたため、ある種の絆《きずな》で結ばれていたのだ。フィリップは、あと四年以上、このつまらない連中といっしょにいなくてはならないと思うと、気持ちが暗くなった。ロンドンにくれば素晴らしいことが待っていると思ったのに、何もない。いまでは、ロンドンなど大嫌いだった。知り合いはひとりもいないし、どうやって知り合いを作ればいいかもわからない。ひとりであちこちにいくのも飽きてきた。こんな生活はそろそろ限界だと感じていた。夜、ベッドに横になっては考える。あの薄汚い事務所や事務員、この貧相な部屋を二度と目にせずにすんだら、どんなにいいだろう。

春、とんでもない失望を味わうことになった。ヘイワードから、ロンドンにいって夏まで過ごすことにするという連絡があり、フィリップはまた会えると思って心待ちにしていた。こちらにきてからはずいぶん本を読んだり、あれこれ考えたりしていたので、頭のなかは議論したいことでいっぱいだったのに、そういった抽象的なことに興味を持ってくれそうな人間がまわりにひとりもいなかったのだ。これでやっと話し相手ができると思って期待をふくらませていたところに手紙がきて、みじめに落ちこんでしまった。彼の手紙には、こう書かれていた。今年のイタリアの春は、これまでみてきたなかで最高だ、とてもここを離れる気にはなれない。きみがここにくればいい。なぜ若い日々を事務所なんかで無駄にすごす？　世界は美しいぞ。そのあと手紙はこう続いていた。

　よくそんな生活に耐えられるなあ。いまでもフリート通りやリンカンズイン界隈《かいわい》を思い出すと、ぞっとして身震いしてしまう。生きていてよかったと思えることが世界にふたつある。愛と芸術だ。きみが事務所で、台帳の上にかがみこんでいるところなんか想像もできない。シルクハットをかぶって、雨傘と小さな黒のカバンを持ってるのか？　いわせてもらうが、人生は冒険だ。宝石のようなすさまじい炎に身を焼き、運命に自らをまかせ、危険を冒せ。パリにいって、美術を勉強したらどうだ？　きみには才能がある。

ヘイワードの言葉は、しばらく前からフィリップがぼんやりと心に思い描いていた考えと一致した。最初は驚いたが、やがてそれが頭から離れなくなり、何度も反芻《はんすう》するうちに、いまのみじめな生活から抜け出すにはこれしかないと考えるようになった。だれもが、才能があるといってくれる。ハイデルベルクでは水彩画をほめられたし、ミス・ウィルキンソンもくり返し、素敵ねといってくれた。会ったことのないワトソン家の人たちもあのスケッチに驚いた。フィリップは『ラ・ボエーム』を読んで感動し、ロンドンに持ってきていた。そしてとことん落ちこんだときでも、数ページ読みさえすれば、あの魅力あふれる屋根裏部屋に入っていけた。そこではロドルフたちが踊り、愛し合い、歌っている。フィリップはロンドンにいこうと思いついたときのように、パリを考え始めた。また幻滅するのではないかという不安はちらりとも浮かばなかった。自分の憧《あこが》れているロマンスと美と愛は、すべてパリにあるような気がした。絵は大好きだ。人並み以上にうまく描ける。フィリップはミス・ウィルキンソンに手紙を書いて、パリで暮らすにはどれくらいかかるかきいてみた。返事には、年に八十ポンドもあれば楽に暮らせる、ぜひパリにいくべきよと書かれていた。それから、事務所なんかでくすぶってちゃもったいないわ、一流の画家になれるかも知れないのにと、大げさに続き、自分を信じることがなにより大切、と書かれていた。しかしフィリップは元々慎重な性格だった。ヘイワードが運命に身をまかせるのは勝手だ、なにしろ、英国債から年に三百ポンド入るのだ。フィリップの全財産は千八百ポンド。ためらうのも当然だった。

そんなある日、ミスタ・グッドワージーから突然、パリにいくつもりはないかときかれた。パリのフォブール・サントノレに英国の会社が持っているホテルがあって、そこの経理をこの事務所が担当しているので、年に二度、事務員を連れていくことになっているのだが、いつも同行する事務員が病気で、事務所も忙しくてほかの人員を割けない。そこでフィリップが選ばれた。なにしろいなくなったところで事務所の仕事にたいして支障はないし、年季契約をしている以上、これくらいの楽しみがあってもいいだろうという考えからだった。フィリップは喜んだ。

「昼間は仕事をしてもらうぞ」ミスタ・グッドワージーがいった。「だが、夜はおたがい好きにしよう。なにしろ、パリだからな」そういって、にやっと笑った。「ホテルの待遇はいいし、三食つきで、すべて無料だ。パリにいくには、これに限る。ただほど安いものはないからな」

カレーの港に着いた。フィリップはポーターたちが大きく手を振っているのをみて、心が躍った。

「これか」フィリップはつぶやいた。

列車で地方を走っていくとき、フィリップは全身でその光景をながめた。砂浜が素晴らしい。これほど美しい色はみたことがない。運河も、どこまでも続くポプラ並木も魅力的だ。パリ北駅《ガール・デュ・ノール》で下りて、石畳の道を、揺れる騒々しい馬車でいくときも、フィリップはかぐわしい新しい空気を吸っている気がして、思わず声を上げそうになった。ホテルの入口で支配人が待っていた。がっしりした感じの、気のよさそうな男で、そこそこ英語が話せる。ミスタ・グッドワージーとは昔からの知り合いで、ふたりに機嫌良く挨拶《あいさつ》をした。そのあと支配人の私室で、支配人の妻もまじえて食事になった。フィリップはそのとき出たステーキのフレンチフライ添えほどおいしい料理は食べたことがなく、そのとき飲んだテーブルワインほどおいしい酒は飲んだことがないような気がした。

ミスタ・グッドワージーは立派な考えを持った、立派な家の主人だったが、彼にとってフランスの首都は愉快な風俗の楽園だった。次の日の朝、早速支配人に、どこか「楽しめるところ」はないかとたずねた。そしてパリでの滞在を思い切り楽しんだ。ここにくると、体が錆《さ》びつかないですむらしい。夕方、仕事が終わり、夕食をすませると、彼はフィリップを連れてムーラン・ルージュやフォリー・ベルジェールにいった。

そして小さい目を輝かせ、顔にずるくて好色そうな笑みを浮かべて、猥雑《わいざつ》なものをさがした。外国人相手のその手の場所には残らず首を突っこみ、あとで、こんなことを許している国はろくなことにならないといった。レヴューで、全裸に近い女性が登場すると、フィリップを肘《ひじ》でつつき、ホールを歩いている堂々とした体格の高級娼婦《しょうふ》をみつけると、フィリップに指さして教えた。ミスタ・グッドワージーがみせたのは猥雑なパリだったが、フィリップの目は幻想で何もみえなくなっていた。朝早く、ホテルから飛び出すと、シャンゼリゼまでいって、コンコルド広場に立った。六月のパリは、震えるような銀色の空気に包まれている。フィリップはまわりを歩いている人々に心引かれた。ようやく、ロマンスをみつけたような気がした。

　ふたりはパリで一週間過ごし、日曜日に発《た》った。フィリップは夜遅くバーンズの薄汚い部屋にもどったとき、心を決めていた。会計士の研修はやめて、パリにいき、絵画の勉強をする。ただ、だれからも文句をいわれないように、一年はいまの職場にいようと思った。八月後半の二週間は休暇がもらえるので、そのときになったら、ミスタ・カーターに、もどってくるつもりはありませんというつもりだった。ところが事務所に毎日通いはしたが、仕事を楽しんでいるふりはとてもできなかった。頭のなかは未来のことでいっぱいなのだ。七月半ば、フィリップはたいした仕事もなく、初めての試験を受けるための講習を受けにいくという口実が使えたので、ナショナル・ギャラリーを訪れた。すでにパリや絵画についての本を読んでいて、とくにラスキンに傾倒していた。十六世紀のイタリアの画家、ジョルジョ・ヴァザーリの『芸術家列伝』もかなり読みこんでいて、なかでもルネサンス期の画家コレッジョのエピソードが好きだった。コレッジョは、ある大傑作を前にこういった。「おれも画家だ」。もうフィリップにためらいはなかった。あるのは、自分は素晴らしい画家になる才能があるという確信だった。

「とにかく、やるしかない」フィリップは自分にいいきかせた。「人生、冒険に危険はつきものだ」

やっと八月も半ばになった。ミスタ・カーターは休みをとって一ヶ月スコットランドにいき、その代わりを事務長がしている。ミスタ・グッドワージーは、あのパリ出張以来、フィリップに好意を持つようになった。フィリップのほうも、もうすぐ自由になれると思うと、この小柄な男にいらだつこともなくなった。

「ケアリ、明日から休みだったな」前の日の夜、彼が声をかけてきた。

フィリップはその日、朝から何度も、このいまいましい事務所の椅子《いす》に座るのも今日が最後だと自分にいっていた。

「ええ、研修の一年目は今日で終わりです」

「残念ながら、よくやったとはいえないな。ミスタ・カーターも不満に思っている」

「自分はそれ以上に、ミスタ・カーターに不満を持ってます」

「そんなことはいわないほうがいいぞ、ケアリ」

「もう、ここにはもどってきませんから。会計士の研修をやめた場合、ミスタ・カーターは最初に収めた分の半額を返してくれることになってます。一年たてば、やめていいことになってますし」

「そんなにあせって決めないほうがいいんじゃないか」

「この十ヶ月、いやでいやでしかたなかったんです。この仕事も、この事務所も、ロンドンも。こんなところで働くくらいなら、道路の掃除でもするほうがましですよ」

「まあ、たしかにきみは会計士には向いていないな」

「では、失礼します」フィリップは手を差しだした。「いろいろとご親切に、ありがとうございました。お世話をおかけして、申し訳ありませんでした。最初から、この仕事には向いてないとわかっていたんです」

「まあ、そこまで考えて決めたなら、しかたない。これからどうするつもりか知らないが、近くまでくることがあったら、いつでも寄ってくれ」

フィリップは軽く笑った。

「失礼かもしれませんが、あなたがたのだれとも二度と会いたくないんです」

## 39

ブラックステイブルの牧師は、フィリップの説明した計画に一切聞く耳を持たなかった。いったん何かを始めたら、とことんやるべきだと考えていたからだ。弱い人間はそういうものだが、牧師もまた、ひとつのことにしがみつくことを強調した。

「公認会計士になると決めたのは自分だろう」

「ロンドンにいきたかったから、そうしただけです。いまではロンドンは大嫌いだし、仕事も大嫌いです。何があってももどるつもりはありません」

ケアリ夫妻は、フィリップの画家になりたいという希望をきいて、心底驚いた。ふたりは口をそろえていった。お父さんもお母さんも紳士階級の出だったことを忘れてはいけない。画家なんて、まっとうな職業ではない。根無し草のボヘミアンの、だらしない、不道徳な連中の仕事だ。それにパリなんて、とんでもない！

「この件に関しては、はっきりいわせてもらう。パリで暮らすことなど、絶対に許さん」牧師はきっぱりといった。

パリは背徳の街で、娼婦やふしだらな女が悪徳の限りをつくしている、邪悪な町ソドムやゴモラの比ではないといわんばかりだ。

「わたしはおまえを紳士としてキリスト教徒として育ててきたつもりだ。もしおまえがそんな誘惑に身をさらすことを許せば、おまえの亡《な》き父や母の信頼を踏みにじることになる」

「いえ、もうぼくはキリスト教徒じゃないと思います。紳士かどうかも自信がなくなってきました」

対立は次第に激しくなった。ミスタ・ケアリは、フィリップがささやかな遺産を引き継ぐまであと一年あり、事務所で働くなら、そのときまで仕送りは続けてやるといった。一方フィリップにしてみれば、会計士の研修をやめるなら、契約金の半分を返してもらえる間に事務所を去りたかった。だが伯父は納得してくれそうにない。フィリップは遠慮も慎みも忘れて、問題をこじらせるような言葉を口にした。

「伯父さんにぼくのお金を使う権利はありません」といってしまったのだ。「あれは、どう考えても、ぼくのお金です。ぼくはもう子どもじゃない。どんなに止められてもパリにいきます。いくと決めたんです。無理やりロンドンに帰すことはできません」

「そんな勝手は許さない。わたしのいうことをきかないなら、あの金は渡さない」

「じゃあ、かまいません。パリにいく気持ちは変わりませんから。自分の服と本と、父の宝石を売っていきます」

ルイーザ伯母さんは黙って座っていたが、心は悲しみと不安でいっぱいだった。フィリップがわれを忘れているのがわかったし、自分が何をいってもフィリップをいらだたせるだけだということもわかっていた。そのうち牧師が、この件に関してはもう何もききたくないといって、憤然と部屋から出ていった。それから三日間、ふたりは口をきかなかった。フィリップはパリのことを知りたくてヘイワードに手紙を書き、返事がきたらすぐ出発することにした。ミセス・ケアリは頭のなかでしきりに、どうしたらいいか考えた。フィリップが夫だけでなく自分も嫌っていると思うと、悲しくてならなかった。彼女はフィリップのことを心から愛していたのだ。そのうちなんとか話しかけることができると、親身になって話をきいた。フィリップはロンドンに対する幻滅をぶちまけ、未来への希望を熱く語った。

「結局、ものにならないかも知れません。でも、やらせてください。あのいまいましい事務所にいたときよりはましなことができると思うんです。それに、絵には自信があります。自分には才能があると思うんです」

彼女は夫と違って、フィリップの強い意志をねじ曲げる権利があるとは思っていなかった。それまでにも偉大な画家の生涯を本で読んでいたので、親が絵の道に進むのに反対したものの、あとになってそれがいかに愚かだったかがわかる話をいくつも知っていた。それに画家でも神の栄光を讃《たた》える素晴らしい人生を送ることはできる。それは公認会計士となにも変わるところはない。

「パリにいくというところが心配なの」彼女はひどく悲しそうにいった。「ロンドンでも絵の勉強はできるんじゃないの」

「絵の勉強をするなら、徹底的にやりたいんです。本物に出会えるのはパリだけなんです」

ミセス・ケアリはフィリップの気持ちをくんで弁護士に手紙を書き、フィリップはロンドンの仕事が合わないらしい、転職するのはどうかとたずねてみた。ミスタ・ニクソンからの返信はこうだった。

ミセス・ケアリへ

ミスタ・ハーバート・カーターに会いました。残念ながら、ご子息の仕事ぶりはあまり芳《かんば》しくなく、もし彼がどうしても続けたくないというのであれば、これを機会に、契約を破棄するのもよいかと思われます。わたしとしても不本意ではありますが、馬を水桶《みずおけ》の前まで連れていくことはできるが、無理やり水を飲ませることはできないといいますから。

アルバート・ニクソン

ミセス・ケアリは手紙を夫にみせたが、火に油を注ぐようなものだった。彼は、ほかの職業、たとえば父親の後を継いで医師になるというのなら喜んで認めるが、パリにいくようなやつに金を出すつもりはないといった。

「どうせ、放埒《ほうらつ》と女遊びの言い訳に決まっている」

「伯父さんの口から、放埒を非難する言葉が出るとはおもしろいですね」フィリップが皮肉たっぷりにいった。

だが、このときすでにヘイワードからの手紙が届いていた。それには一ヶ月三十フランで部屋を借りられるホテルの名前が書かれていて、美術学校のアトリエ管理者〔美術学校のアトリエは学生が管理費を集め、運営していた。そのとりまとめ役〕への紹介状も入っていた。フィリップは手紙をミセス・

ケアリに読んできかせ、九月の一日に出発するつもりだと告げた。

「でも、お金がないでしょう」

「今日の午後、ターカンベリにいって宝石を売ってきます」

父親の金の懐中時計と鎖、それから指輪が二、三個、カフスボタンがいくつか、クラバットピンが二本あった。ピンのうちの一本はヘッドが真珠で、これだけでもかなりの値で売れそうだ。

「でも、値打ちそのままの値段では売れませんよ」ミセス・ケアリがいった。

フィリップは思わず笑ってしまった。それは伯父の口癖のひとつだったのだ。

「わかってます。だけど、せめて百ポンドくらいには売れるでしょう。それくらいあれば、二十一歳までやっていけます」

ミセス・ケアリは何も答えず二階にいって、小さな黒のボンネットをかぶっておりてくると、銀行にいった。そして一時間ほどしてもどってきて、フィリップを探し、客間で本を読んでいるのをみつけると封筒を渡した。

「なんですか」

「ささやかな贈物よ」彼女は恥ずかしそうにほほえんだ。

開けてみると、五ポンド札が十一枚と、ソヴェリン金貨でふくらんだ小さな紙袋が入っている。

「お父さまの宝石を売らせるのはしのびないから。それはわたしの預金なの。百ポンドくらい入っていると思うわ」

フィリップはまっ赤になった。なぜか、いきなり涙がこみ上げてきた。

「そんな。いただけません」フィリップはいった。「伯母さんはなんで、そんなにやさしいんですか。とても受け取れません」

ミセス・ケアリは結婚したとき、三百ポンド持っていた。そしてそれを大切にして、予想外の出費とか、緊急の募金とか、夫やフィリップのためのクリスマスや誕生日のプレゼントに使ってきたのだ。悲しいことに、長年のうちに減っていた。牧師はよく冗談めかして、妻は金持ちだ、いざというときの貯金をちゃんと持っている、といっている。

「いいのよ、フィリップ。取っておきなさい。ずいぶん使っちゃって、申し訳ないけど、それだけしか残ってないの。でも、あなたが受け取ってくれると、とてもうれしいわ」

「でも、伯母さんだって必要でしょう」

「いいえ、いらないの。これはね、伯父さまがわたしより先に亡くなったときのために取っておいたお金なの。そのとき、手元に少しでもあれば安心だと思ったから。でも、この先そんなに長くないと思うから」

「やめてくださいよ、そんな。どうか、ずっとずっと生きててください。伯母さんがいなくなるなんて、考えられません」

「だから、いいの」声がとぎれて、目に手を当てたが、すぐに涙をぬぐって、にっこり笑った。「最初のうちは、神さまにこうお願いしてたの。どうか、わたしを先にお召しにならないでくださいって。だって、伯父さまがひとりぼっちになっちゃうでしょ。そんなつらい思いをさせるのはいやだもの。でもいまは、伯父さまはわたしとちがって、それほど悲しんではくれないってことがわかったの。きっと、わたしより長生きしたいと思ってるわ。わたしはあの人が期待していたような妻じゃなかった。だから、わたしに何かあったら、あの人は再婚すると思う。だから、わたしは先にいってしまいたい。自分勝手だなんて思わないでね、フィリップ。でも、あの人に先にいかれるのは耐えられない」

フィリップはミセス・ケアリのしわだらけの細い首にキスをした。なぜかはわからなかったが、この愛にあふれた情景を前にして、不思議と恥ずかしいような気がしてならなかった。あんなに無関心で利己的で、とことん自分勝手な男を伯母がそれほど愛しているのが理解できなかった。それでも、夫が無関心で利己的なことを頭のどこかでわかっていながら、伯母が謙虚にそんな相手を愛しているということは薄々察しがついた。

「だから、受け取ってちょうだい、フィリップ」ミセス・ケアリはそういって、フィリップの手をやさしくなでた。「こんなお金なくても、あなたがやっていけることくらいわかってる。でも、受け取ってくれると、とてもうれしいの。わたしはずっと、あなたに何かしてあげたかった。ね、わたしには子どもがいないから。だから、あなたを自分の子どものように思ってるの。まだあなたが幼かった頃、いけないとはわかっていたけれど、この子が病気になればいい、そうしたら昼も夜もずっと看病してあげられるって考えたりしたわ。でも、あなたが大きな病気にかかったのは一度きりで、それも学校にいきだしてからだった。わたしはあなたの力になりたいの。これが最後のチャンスかもしれない。もし、いつの日か、立派な画家になっても、わたしのことを忘れないでね。あなたの出発に力を貸してあげたってことを覚えていて」

「なんていったらいいか。本当にありがとうございます」

彼女の疲れた目に、心から幸せそうな表情が浮かんだ。

「本当にうれしいわ」

## 40

数日後、ミセス・ケアリはフィリップを見送りに駅までいった。客車のドアの前に立って、涙をこらえている。フィリップは気がせいて落ち着かない。早く出発したくてたまらないのだ。

「もう一度、キスしてちょうだい」

フィリップは窓から体を乗りだしてキスをした。列車が動きだす。ミセス・ケアリは小さな駅の木のプラットホームに立って、列車がみえなくなるまでハンカチを振っていた。心は恐ろしいほど重く、牧師館までの数百メートルが途方もなく長く感じられた。あんなにいきたがっているのも仕方がない。まだ若いんだし、未来が手招きをしているんだから、そう考えた。だが、泣きだすまいと歯を食いしばった。そして心のなかでそっと神に祈った。どうか、あの子をお守りください、誘惑の手をしりぞけ、あの子に幸福とよき未来を与えてやってください。

一方、フィリップのほうは客席に落ち着いたとたん、伯母のことは忘れた。頭にはこれからのことしかなかった。ヘイワードが紹介してくれた美術学校のアトリエ管理者のミセス・オターには手紙を出しておいた。ポケットには、翌日のティーの招待状が入っている。パリに着くと、荷物を馬車に預け、陽気な通りをのんびり歩き、橋を渡って、カルチェラタンの細い通りをいくつか散策してみた。部屋はオテル・デ・ドゥゼコールに取ってある。モンパルナス通りから少し外れたみすぼらしい通りにあるホテルで、通うことになっているアミトラノの美術学校にいくには便利だ。ウェイターが荷物を六階まで運んでいった。小さい部屋で、閉め切った窓のせいでかびくさい。部屋のほとんどは大きな木のベッドが占めていて、それには畝織《うねお》りの赤の天蓋《てんがい》がついている。そして窓にも同じ薄汚い畝織りの分厚いカーテンがかかっている。チェストは洗面台も兼ねていて、ごつい感じのワードローブは、ルイ・フィリップ王の時代のスタイルだ。色あせた古い壁紙は暗い灰色だが、ぼんやりと茶色の葉の模様が浮かんでいる。フィリップには、この部屋が古風で魅力的にみえた。

もう夜も遅かったが、フィリップは興奮して寝られず、外に出てみた。大通りを明るいほうに歩いていくと、先には駅があり、その手前に広場がある。広場はアーク灯で明るく照らされ、黄色の鉄道馬車《トラム》が騒々しい音を立てて四方八方から出たり入ったりしている。フィリップはうれしくて声を上げて笑った。いたるところにカフェがある。フィリップはたまたま喉《のど》がかわいていたので、そこにいる人たちをもっと近くでみようと、カフェ・ドゥ・ベルサイユの外の小さなテーブルの椅子に座った。ほかのテーブルはすべて埋まっている。気持ちのいい夜だからだろう。フィリップは好奇心を隠そうともせず、まわりの人々をみつめた。数人の家族連れがいるかと思えば、変な格好の帽子をかぶってあごひげを生やした男たちが固まって大声でしゃべり、大げさな身振りをしている。フィリップの隣には画家らしい男がふたり、女性連れで座っている。フィリップは、妻じゃないんだろうなと思って楽しくなった。後ろではアメリカ人が大声で芸術論議を交わしている。フィリップはわくわくしてきて、ずいぶん遅くまでそこにいた。かなり疲れていたのだが、うれしすぎて動くつもりになれなかったのだ。ようやくベッドに入ったものの、目がさえて眠れず、パリの様々な騒音に耳を傾けていた。

次の日のティーの時間、フィリップはリオン・ドゥ・ベルフォールに出向いた。そしてラスパイユ大通りから分かれている新しい細い通りでミセス・オターの家をみつけた。あまり面白い相手ではなかった。三十代でどことなく野暮なのに、ことさら気取っている感じがする。フィリップは彼女の母親に紹介された。そのうちわかったのは、ミセス・オターがパリで三年、絵の勉強をしているということで、そのあとで知ったのは、離婚しているということだ。彼女は小さな客間に、自分の描いた肖像画を一、二点飾っていた。素人《しろうと》のフィリップにも、素晴らしい出来だということはわかった。

「ぼくも、ここまで描けるようになるでしょうか」

「あら、だいじょうぶよ」彼女はちょっとうれしそうにいった。「何もかもいっぺんにできるようになるわけがないでしょう」

ミセス・オターは親切で、紙挟みやスケッチブックや木炭を売っている店を教えてくれた。

「明日は九時にアミトラノ校にいくから、もしくるなら、いい場所を取るとか、それくらいはしてあげてもいいわよ」

フィリップは彼女に、何をしたいのかたずねられ、まだ何もろくに考えていないとはいえなかった。

「その、最初はデッサンをと思ってます」

「それはいい心がけね。だれでもみんな急いであれこれやろうとするの。わたしなんか油に手を出したのは、ここで二年勉強したあとだったわ。その成果があれよ」

そういって彼女は母親の肖像画のほうに目をやった。絵具を厚く塗った油絵がピアノの上にかかっている。

「それから、わたしがあなただったら、付き合う相手には気をつけると思う。わたしなら、イギリス人以外とは付き合わないわ。注意深いほうなの」

フィリップはありがとうございますとはいったものの、なんとなく変な気がした。そもそも、それほど用心深くするつもりもなかった。

「イギリスにいるときとまったく同じ暮らしをしてましてね」それまではほとんどしゃべらなかったミセス・オターの母親がいった。「ここにくるとき、家具などは全部持ってきたんです」

フィリップは部屋のなかを見回した。たしかに、堂々とした家具が並んでいる。窓には、白のレースのカーテンがかけてある。ルイーザ伯母さんが夏になると牧師館の窓に使うものと同じだ。ピアノにも暖炉の棚にもリバティ社のシルクの覆《おお》いがかかっている。ミセス・オターは、フィリップの視線を追っていった。

「夕方、鎧戸《よろいど》を閉めると、イギリスにいるのとまったく同じ感じがするの」

「食事も同じでしてね」母親がいった。「朝はお肉を出して、お昼はたっぷり食べて」

フィリップはそこを出ると、画材を買いにいった。翌日の朝、九時の鐘が響く頃には、余裕をもって授業にのぞめるよう、学校に着いていた。ミセス・オターがいて、親しげな笑みを浮かべてやってきた。フィリップは新入りがどんな扱いを受けるのか不安だった。というのも、多くの本で、アトリエにやってきた新入りが笑いの的にされる話を読んでいたからだ。しかしミセス・オターは、だいじょうぶよ、といってフィリップを安心させた。

「ここではそんなことはないわ。ほら、学生の半分は女性で、彼女たちがここの雰囲気を作ってるの」

そのアトリエは大きくて、ほとんど何もなく、灰色の壁には賞をもらった習作がピンで留めてある。ゆったりしたガウンを体にまとったモデルが椅子に座っていて、十人ほどの男女がまわりを囲んで立っている。しゃべっている人もいれば、デッサンに手を入れている人もいる。モデルの最初の休憩だ。

「最初はあまり難しいものをやらないほうがいいわよ」ミセス・オターがいった。「ここにイーゼルを立てて。いちばん描きやすい角度だから」

フィリップはいわれたところにイーゼルを立てると、ミセス・オターが隣の若い女性に、フィリップを紹介した。

「ミスタ・ケアリ——こちらはミス・プライスよ。ミスタ・ケアリは初めてなの。だから、最初のうち少し教えてあげてくれるかしら」そういうと、モデルに向かって、

「じゃ、続き、お願い」といった。

　モデルは読んでいた新聞、「ラ・プティット・レピュブリーク」を横に放ると、面倒くさそうにガウンを脱いで台の上にまっすぐ立ち、頭の後ろで手を組んだ。

「間の抜けたポーズね」ミス・プライスがいった。「なんで、みんなこんなポーズを選んだのかしら」

　フィリップがアトリエに入ってきたときは、だれもが好奇の目でみて、モデルだけが無関心な目を向けただけだったが、もうだれも興味がなさそうだ。フィリップはきれいな紙を目の前にして、ぎこちなくモデルをみつめた。どこから描き始めればいいのかわからない。それに全裸の女性をみるのも初めてだ。モデルは若くなく、胸はしぼみ、色の褪《あ》せた金髪がだらしなく額にたれている。顔は大きなそばかすだらけだ。フィリップはミス・プライスのデッサンをのぞいてみた。まだ描き始めて二日目で、やはりうまく描けないようだ。画用紙のあちこちにこすって消したあとがあるし、形も奇妙にゆがんでみえる。

「あれくらいなら、ぼくにも描けそうだ」フィリップは思った。

　まず頭から描いてみた。それからゆっくり下のほうへ鉛筆を進めていけばいいと思ったのだ。理由は不明だが、人の顔というのは、想像で描くよりモデルをみて描くほうがずっと難しいのがわかった。最初から壁にぶつかった。ミス・プライスのほうをみると、一心に集中して描いているのがわかる。必死になって眉《まゆ》を寄せ、目には不安そうな表情がちらついている。アトリエのなかは暑く、額に汗が浮かんでいる。ミス・プライスは二十六歳で、鈍い金色の豊かな髪は魅力的だが、無造作に後ろにまとめて雑にくくってある。顔は大きく、横に広がった感じで彫りが浅く、目は小さい。肌は青白く、不健康な色で、頬はまっ白といっていい。全体に薄よごれた感じがあって、服を着たまま寝ているのではないかと思うくらいだ。真剣そのもので、ひと言も口をきかない。次の休憩になると、一歩下がって、自分の絵をみた。

「なんでかしら、ぜんぜんだめ」彼女はいった。「でも、なんとかしなくちゃ」それからフィリップのほうをみた。「どう」

「お手上げです」フィリップは残念そうな笑みを浮かべた。

彼女はその絵をみた。

「何をするにしても、それじゃだめ。バランスを考えなくちゃ。まず、四角く線を引くの」

彼女はさっさと画用紙に線を引いてみせた。フィリップは相手の誠意に感動したが、もう少し優しく教えてくれてもいいのにと思った。しかし、いいヒントをもらったので感謝して、デッサンにもどった。その間にほかの人も入ってきたが、たいがいは男だ。というのも女性はいつも早くくるからだった。そして学期が始まったばかりだというのに、アトリエは（そのうえ、まだ朝早いというのに）、ほぼ満員だ。そのうちに若者がひとり入って来た。黒くて細い髪、異様に大きい鼻、まるで馬のような長い顔。若者はフィリップの横の椅子に座ると、フィリップのむこうにいるミス・プライスに軽く会釈《えしやく》をした。

「ずいぶん、遅かったわね」ミス・プライスがいった。「起きたばかり？」

「とても天気がいいから、ベッドに横になったまま、外は気持ちがいいだろうなと考えてたんだ」

フィリップは思わず笑ってしまったが、ミス・プライスは本気に取ったらしい。

「それって変よ。だって、そういうときは、起きて、外に出て楽しむもんでしょ？」

「ぼくみたいなユーモアを愛する人間には、難しいんだよな、そういうのは」若者はむっつりした顔でいった。

絵を描くつもりはなさそうで、自分のキャンバスをみている。すでに絵具をのせているところで、いまポーズを取っているモデルのデッサンは前の日に終えたらしい。若者はフィリップのほうをみた。

「イギリスからきたばかりかい」

「ええ」

「なんでまた、このアミトラノへ」

「ここしか知らなかったんです」

「まさか、ここで何かを学ぼうと思ってきたわけじゃないよね。万が一そうだったら、ここはほとんど役に立たないよ」

「ここはパリで一番いい学校よ」ミス・プライスがいった。「美術をちゃんと教えてくれる学校なんて、ここ以外にないわ」

「美術って、ちゃんと学ぶべきものだっけ」若者はきいた。ミス・プライスがばかにするように肩をすくめただけだったので、こういった。「しかし問題は、学校というものはすべて間違っているということだ。いうまでもなく形式を重んじるところだ。もしこの学校がほかの学校にくらべて害が少ないとしたら、それはここの教師がみんな無能だからだ。なにしろ何も学ぶものがない……」

「じゃあ、なぜ、きているんですか」フィリップがたずねた。

「よりよき道は知れども、その道は歩まず、というやつさ。ミス・プライスは教養があるから、元のラテン語を知っているだろうよ」

「わたしは話からはずしてちょうだい、ミスタ・クラットン」ミス・プライスが冷たくいった。

「絵を学ぶ唯一《ゆいいつ》の方法は」ミスタ・クラットンは平気な顔で続けた。「アトリエを借りて、モデルを雇って、わが道をゆく、それだけだ」

「ずいぶん簡単そうにきこえますが」フィリップがいった。

「ただ金がかかる」

　相手が描き始めたので、フィリップは横目でながめていた。ミスタ・クラットンは長身で恐ろしいほどやせていて、太い骨が体から突き出ているようにみえる。やけに鋭い肘は、みすぼらしいコートを突き破って飛び出てきそうだ。ズボンは裾《すそ》のところがすり切れ、ブーツは左右ともに不格好な継ぎが当ててある。ミス・プライスが立ち上がって、フィリップのイーゼルのほうにやってきた。

「ミスタ・クラットンがしばらく口をつぐんでいる間に、少し教えてあげる」

「ミス・プライスがぼくを嫌うのは、ぼくがユーモアを解する人間だからだ」クラットンはそういいながら、自分のキャンバスをにらんでいる。「そして、彼女がぼくを憎らしく思うのは、ぼくに才能があるからなんだ」

　クラットンはおもむろにそういったが、その異様に大きくてゆがんだ鼻のせいで、ひどく滑稽《こっけい》にきこえた。フィリップはクラットンの言葉には笑うしかなかったが、ミス・プライスのほうは顔をまっ赤にして怒った。

「クラットン、自分は天才で困っちゃう、なんていってるのはあなたひとりよ」

「ぼくに対してまったく意味のない意見をいうのもぼくだけだしね」

ミス・プライスはフィリップのデッサンの欠点を挙げていった。そして口早に解剖学と構造、面と線、その他、フィリップには理解できないことをしゃべった。彼女はアトリエにもう長いこといて、教師たちがくり返し口にする重要なポイントはよく知っているので、フィリップの絵のどこがまずいのかは指摘できるのだが、どう直せばいいかまではいえなかった。

「ていねいにありがとうございます」

「あら、なんでもないわ」彼女は恥ずかしそうに赤くなった。「わたしも最初ここにきたとき、みんなに教えてもらったの。だから、だれにでも教えてあげるの」

「ミス・プライスがいいたいのは、自分のほうがよく知っていることをきみに教えているのは義務感からであって、きみに魅力があるからというわけじゃないってことさ」クラットンがいった。

ミス・プライスは彼をにらみつけたが、また自分の絵にもどった。時計が十二時を告げると、モデルは大きなため息をついて台から下りた。

ミス・プライスは道具をしまった。

「グラヴィエのレストランにいく人もいるんだけど」ミス・プライスはフィリップにいった。「わたしはいつもうちに帰ることにしてるの」

「よかったら、レストランに連れていってやろうか」クラットンがいった。

フィリップは礼を言って、いっしょにいく準備をした。学校を出るとき、ミセス・オターが、午前中、どうだったときいてきた。

「ファニー・プライスが教えてくれたでしょ。あなたをあそこに連れていったのは、あの子がそうしてくれるってわかってたからなの。あの子は気難しくて、性格もよくなくて、絵も下手なんだけど、いろいろよく知ってるから、初心者には助けになるの。まあ、あの子がその気になればだけど」

通りを歩いていく途中でクラットンがいった。

「ファニー・プライスに気に入られたらしいな。気をつけたほうがいいぞ」

フィリップは声を上げて笑った。あれほど気に入られたいと思えない女性も珍しい。

ふたりは安っぽい小さなレストランに入った。学生が数人食事をしている。クラットンは、三、四人座っているテーブルについた。一フランで、卵一個、肉をひと皿、チーズ、ワインの小瓶が出てくる。コーヒーは別料金だ。ふたりは舗道のほうを向いて座った。黄色のトラムが大通りを行ったり来たりしながら、絶え間なくベルを鳴らしている。

「ところで、名前は」腰を下ろすと、クラットンがきいた。

「ケアリです」

「さて、ミスタ・フラナガンにミスタ・ローソン、古くからの友だちを紹介させてくれ」クラットンが真面目《まじめ》な顔でいった。「ケアリだ」

三人はどっと笑って、話を続けた。様々な話題が飛び交った。だれもがいっせいにしゃべった。だれもほかの人の話をきいていない。夏いってきた所のこと、アトリエのこと、絵のいろんな流派のこと。フィリップがきいたこともない画家の名前が飛び出す。モネ、マネ、ルノワール、ピサロ、ドガ。フィリップは全身を耳にしてきいた。少しのけ者になっている気がしたが、気持ちは高揚し、心は躍った。時間が過ぎ、クラットンが立ち上がった。

「今晩、ここにくれば、一緒に食事ができるぞ。カルチェラタンで一番安く消化不良になりたかったら、ここがお勧めだ」

# 41

フィリップはモンパルナス通りを歩いていた。パリは、春、経理の仕事でオテル・サン・ジョルジュにきたときとはまったく別物だった。そのときのことは思い出すだけで身震いするのだが、いまみるとまるで地方の町といった風情《ふぜい》だ。落ち着いた雰囲気で、陽光にあふれ、のんびりしている。ふと白昼夢にでも誘われそうだった。きれいに剪定《せんてい》された木々、まぶしいほどに白い家々、広々した様子、どれもが心地よい。フィリップはすでにすっかりくつろいだ気分になっていた。気ままに歩きながら、まわりの人々を観察する。幅広の赤い飾り帯をしめて太いズボンをはいたごく普通の労働者も、地味だが気のきいた軍服を着た小柄な兵士も、みんなエレガントにみえる。そのうちオプセルヴァトワール通りにさしかかり、フィリップはうれしくなってため息をついた。壮大だが、優雅な街路が広がっている。リュクサンブール公園では子どもが遊び、長いリボンをつけた乳母がふたりずつ組になってゆっくり歩いている。忙しそうな男たちが脇《わき》にカバンを抱えて行き過ぎる。奇妙な服装の若者もいる。どこをみてもなんとなく統一感と品がある。自然さえ手を入れられ形を与えられ、それがなんとも素晴らしくみえるため、手を入れていないそのままの自然は野蛮にみえる。フィリップはあたりをうっとりとながめた。いままで多くの本で読んできたその場所に立っていると思うと、体が震えてくる。フィリップにとってはここそが古典的な場所だった。畏《おそ》れと喜びを感じる。ギリシアの古典を論じる有名大学の教授が初めて、心が晴れ渡るようなスパルタの平原を目の前にしたときは、まさにこんな感じだったのだろう。

　さらに歩いていくと、ミス・プライスがベンチにひとりで座っていた。フィリップはどうしようかためらった。というのも、いまはだれとも会いたくなかったからだ。それに彼女の粗野な雰囲気は、いま感じている幸せにそぐわない気もしていた。しかし彼女が侮辱にとても敏感なことを思い出し、それにむこうもこちらに気がついていることも考えれば、声をかけるのが礼儀というものだ。

「こんなところで何をしているの」フィリップが近づいていくと、彼女がたずねた。

「ひとりを楽しんでいるところです。そちらは」

「わたしは毎日、夕方の四時から五時まではここにくることにしているの。一日中勉強ばかりするのはよくないから」

「ちょっと座ってもいいですか」

「どうぞ。座りたければ」

「あまり、歓迎されている感じがしませんね」フィリップは笑った。

「わたし、そういう性格じゃないから」

フィリップはちょっと戸惑って、黙って煙草《たばこ》に火をつけた。

「クラットン、わたしの絵のことで何かいってた」彼女がいきなりたずねた。

「いいえ、何も」

「いやなやつ。自分は天才だと思ってるけど、全然。第一、なまけ者だし。天才というのは、たゆまぬ努力を続ける資質のある人のことよ。とことん頑張らなくちゃ。これをやろうと心に決めたら、どうしてもそうせざるをえないのが天才なんだから」

フィリップはその激しい口調に驚いた。黒のセーラーハットをかぶり、あまりきれいにみえない白のブラウスを着て、茶色のスカートをはいている。手袋もしていなければ、手も汚れている。魅力のかけらもなく、フィリップは話しかけなければよかったと思った。彼女がいてほしいと思っているのか、いってほしいと思っているのかもわからない。

「わたしにできることがあれば、なんでもしてあげるわよ」彼女は、前触れも何もなく、いきなりいった。「どんなに大変か、わかってるから」

「それはとても助かります」フィリップは返事をしてから、ふと、「どこかでいっしょにお茶でもどうですか」と誘ってみた。

彼女はさっと顔を上げて赤くなった。血色の悪い顔が奇妙なまだら模様になる。腐りかけのイチゴにミルクをかけたようだ。

「いいえ、遠慮するわ。だって、なぜ、わたしが紅茶を飲みたいなんて思うわけ？　さっきお昼を食べたばかりなのに」

「時間をつぶすのにいいと思って」

「いくら時間を持てあましてたって、わたしなんか相手にしなくていいわよ。ひとりは慣れてるから」

そのとき男がふたり通りかかった。ベッチンのジャケット、ぶかぶかのズボン、ベレー帽という格好だ。ふたりとも若いのに、あごひげを生やしている。

「画学生ですかね」フィリップがいった。「まるで『ラ・ボエーム』から抜け出てきたみたいな格好でした」

「アメリカ人よ」ミス・プライスがばかにしたようにいった。「フランスではあの格好はもう三十年前に終わってるから。でも、はるか西からやってきたアメリカ人たちはパリに着くと次の日にはああいった服を買って写真を撮ってもらうの。彼らにとっての芸術は、せいぜいその程度。でも、そんなこと彼らにとってはどうでもいいわけ。だって、お金を持ってるから」

　フィリップはアメリカ人の、絵に描いたような大胆な服装が気にいった。ロマンティックな意気ごみが感じられる。ミス・プライスが時間をたずねた。

「アトリエにもどらなくちゃ。あなたもデッサンのクラスに出るつもり？」

　フィリップが、それについては何も知らないというと、彼女は、毎晩五時から六時まで、モデルがくるので、だれでも五十サンチーム払えばデッサンの練習ができるといった。毎日モデルが変わるので、いい練習になるという。

「でも、まだあなたには早いかも。もう少ししてからのほうがいいんじゃない」

「だけど、いってみてもかまいませんよね。どうせほかにすることはないんだし」

　ふたりは立ち上がって、アトリエまで歩いた。フィリップは彼女の素振りをみて、いっしょに歩きたいのか、ひとりで歩きたいのかわからなかった。離れるにも、どうすればいいかわからず、途方に暮れた。ところが彼女のほうはいっこうに口をきこうとしないし、何をたずねても、そっけない返事をするだけだ。

　アトリエの入口に男が立って大きな皿を持っている。だれもがその皿に五十サンチーム入れてなかにはいっていく。午前中より人が多い。イギリス人やアメリカ人はそれほど多くなく、女性もあまりいない。フィリップにとっては、こちらのほうが期待していたものに近かった。部屋のなかは暑いくらいで、すぐにいやなにおいがしてきた。今回、椅子《いす》に座っているのは老人だった。灰色のひげをたっぷり生やしている。フィリップは今朝覚えたなけなしの知識を駆使してみたが、思っているようには描けない。そしてうらやましそうに、そばに座っている人たちのデッサンをのぞいて、なんで自分はあんなふうに木炭を使えないんだろうと考えた。あっというまに一時間が過ぎていく。フィリップはミス・プライスの邪魔をするのも悪いと思って、少し離れたところに座っていた。そして時間が終わって、外に出るときそばを通ると、彼女がぶっきらぼうに、どうだったときいてきた。

「うまく描けなくて」フィリップはほほえんだ。

「じゃあ、こっちにきてそばに座れば、いくつかヒントをあげたのに。ちょっと、自信過剰なんじゃない」

「いえ、そんなことありません。お邪魔だったら申し訳ないと思って」

「邪魔なときは、そういうから」

彼女なりにぶっきらぼうな調子で、教えてあげるといっているらしい。

「じゃ、明日はお邪魔させてもらいます」

「いいわよ」

フィリップは外に出ると、夕食までどうするか考えた。何かパリらしいことをやりたくてしょうがない。そうだ、アブサン！ それしかない。駅のほうにのんびり歩いていくと、カフェの外に座って、アブサンを注文した。吐き気とともに飲み下し、満足感にひたった。味はひどかったが、効果はてきめんだった。全身、画学生になった気分だ。空《す》きっ腹で飲んだせいもあって、とたんに気分が高揚した。まわりをみると、みんなが兄弟のように思えた。幸せだった。グラヴィエのレストランにいってみると、クラットンのいるテーブルはいっぱいだったが、すぐに、足を引きずりながらやってきたフィリップに気づいたクラットンが声をかけてきた。テーブルについていた人たちが席を詰めた。食事はつつましいもので、スープ一皿、肉一皿、フルーツ、チーズ、ワインがボトルに半分。しかし食べ物はどうでもいい。フィリップは、テーブルを囲んでいる人たちを観察した。フラナガンもいる。アメリカからきた小柄な若者で、獅《し》子《し》鼻《ばな》で、人のよさそうな顔で、口元が笑っている。大胆な柄のノーフォークジャケットを着て、首にはブルーのストックタイを巻き、しゃれた形のツイードのキャップをかぶっている。当時、カルチェラタンでは印象派が人気だったが、印象派がそれ以前の流派を押しのけて先頭に立ったのもつい最近のことだったので、まだカロリュス＝デュラン、ブグローなどの先人たちが、マネやモネやドガなどと張り合っていた。それでも、こういった新しい画家を支持することは柔軟性の表れであり、イギリスやアメリカでは、アメリカのジェイムズ・アボット・マクニール・ホイッスラーの評価が高く、見る目のある人は日本の浮世絵を収集していた。以前の巨匠が新しい基準でその価値を問われていたのだ。何世紀にもわたって愛されてきたラファエロは、聡明《そうめい》な若者たちにとっては嘲笑《ちょうしょう》の的だった。彼らにいわせれば、ラファエロの作品を全部集めても、ナショナル・ギャラリーにあるベラスケスのフェリペ四世の肖像画にかなわないらしい。フィリップにも、芸術論議が熱く交わされているのがわかった。昼食のときに会ったローソンがむかいに座っている。彼は若くやせていて、顔にはそばかすが多く、髪は赤い。目はとても明るい緑だ。フィリップが腰かけると、その緑の目を向けて、いきなりしゃべりだした。

「ラファエロは、他人の肖像を描く限りにおいてはまだ許せる。彼が描いたペルジーノやピントゥリッキオ〔どちらもルネサンス期、イタリアの画家〕の肖像画は魅力的だ。ところが、ラファエロ本人を描かせたら」彼はばかにするように肩をすくめた。「ラファエロになってしまうんだよな」

ローソンの攻撃的な口調に、フィリップは思わず身を引いたが、何か答えるまえに、フラナガンがいらだたしそうに割りこんできた。

「芸術なんて、くそくらえだ！」彼は大声でいった。「ジンを飲め」

「おいフラナガン、昨日の晩もジンでつぶれてただろう」ローソンがいった。

「今夜は昨日の晩より酔いつぶれるぞ。パリにいるってのに、年がら年中、美術、芸術、そればっかりか」フラナガンはアメリカの西部なまりでいった。「生きてるってこと、これが素晴らしいんだ」それから背筋を伸ばすと、こぶしでテーブルを殴った。

「芸術なんか、くたばっちまえ」

「とにかく、うるさい、くどい、もう何百回もきいた」クラットンがぴしっといった。

テーブルにはもうひとりアメリカ人がいた。フィリップが昼間リュクサンブール公園でみかけた男たちのような派手な格好をしている。顔立ちはよく、やせていて、禁欲的な雰囲気があり、目は黒い。カリブの海賊風の着こなしが大胆だ。黒い髪がふさふさしていて、しじゅう目の上まで長い髪が垂れ下がってきて、それを大げさにかき上げている。彼はリュクサンブール美術館に展示されているマネの「オランピア」〔現在はオルセー美術館所蔵〕の話を始めた。

「今日、一時間くらいあの絵の前に立ってて、それで思ったんだけど、たいした絵じゃないね」

ローソンはナイフとフォークを置いた。緑の目が燃えている。怒りで鼻息が荒い。が、なんとかおさえている。

「興味深いご意見をありがとう。そこで、無教育の野蛮人にききたいんだが、あの絵のどこが気に入らないんだ」

アメリカ人が答えるよりまえに、だれかが意気ごんで割って入った。

「あの肉体の描き方が、つまらないということか」

「いや、そうはいっていない。右の乳房なんかはうまく描けていると思う」

「右の乳房がどうのなんて、どうでもいい」ローソンが怒鳴った。「あの絵そのものが奇跡なんだ」

ローソンは絵の美しさについて細かく語ったが、グラヴィエのレストランのこのテーブルでは、長々としゃべる人間はみな持論をまくしたてるだけだ。だれひとりきいてはいない。アメリカ人が腹立たしそうにローソンの話をさえぎった。

「あの頭が素晴らしいとかいいだすんじゃないだろうな」

ローソンは熱にうかされたかのようにしゃべっていたが、今度は頭の弁護を始めた。ところがクラットンが、それまでは黙って、ばかにしたような笑みを浮かべて楽しそうにしていたのだが、突然、割って入った。

「頭なんて、だれかにくれてやれ。ここに頭は必要ない。絵には関係ない」

「わかった。頭はおまえにやる」ローソンが大声でいった。「やるから、持っていけ。そして地獄に堕《お》ちろ」

「じゃあ、あの黒の線はなんだ」アメリカ人が勝ち誇ったように、スープに入りそうだった髪をはね上げていった。「自然のなかに黒の線なんてあるか」

「ああ、神よ、どうか火を降らせてこの男を焼き殺してください」ローソンがいった。

「自然なんて、なんの関係がある？　自然のなかに何があって、何がないかなんて、だれにわかる！　人間は、自然を、芸術家の目でみるんだ。もう何世紀もの間、画家は馬がフェンスを跳び越えるとき脚を伸ばすのをみてきた。だから、馬は脚を伸ばして跳び越えるんだ。影だって、モネが影にも色があると発見するまで、画家は黒とみていた。だから影は黒かったんだ。もしわれわれが物の輪郭を黒い線でとるようになれば、輪郭が黒くみえてくる。そして未来の人々もそうみる。もし画家が赤い草を描き、青い牛を描くようになれば、だれもがそうみるようになる。そうとも、草は赤く、牛は青くなるんだ」

「芸術、くたばれ」フラナガンがぼそぼそといった。「ジンをくれ」

ローソンはそんな邪魔はまったく気にしない。

「いいか、『オランピア』がサロンに出品されたとき、ゾラは——俗人の嘲笑や、アカデミーや一般人の非難の声のなかで——ゾラはこういった。『マネの絵がルーヴルで、アングルの「オダリスク」の向かいに飾られる日を待ち望んでいる。そしてそのとき、高く評価されるのは「オダリスク」ではない』きっと、そうなる。毎日、その日が近づくのがわかる。十年後、『オランピア』はルーヴルに飾られる」

「ありえないね」アメリカ人が、今度は両手を使って邪魔な髪の毛を思い切りかき上げていった。「十年後には、あの絵は死んでる。一時の流行にすぎない。生きのびるべき絵になくてはならないものが、あの絵にはないんだ」

「なんだ、それは」

「偉大なる芸術として生き残る絵にはすべて、道徳的良心がある」

「おいおい！」ローソンが大声でわめいた。「そんなところだろうと思った。道徳的良心だと」そして天に向かって嘆願するかのように両手をさしのべた。「ああ、クリストファー・コロンブスよ、あなたはアメリカ大陸を発見したことで、いったい何をしてくれたのですか」

「ラスキンによれば……」

しかし次の言葉を発する前に、クラットンがナイフの柄でいまいましそうにテーブルを叩《たた》いた。

「注目」クラットンは語気強くいった。大きな鼻には怒りのしわが寄っている。「知識と教養ある人々の集まる場で、その名前を耳にするとは思ってもいなかった。言論の自由は大いに尊重せられるべきだ。しかし遵守《じゅんしゅ》すべき最低限の礼儀というものがある。アドルフ・ブグローなら話題にのぼってもまあ、許される。なにしろ陽気でもったいぶったブグローという名前が笑いを誘う。だが、われわれの清き唇を汚す名前を口にすべきではない。たとえば、J・ラスキン、G・F・ワッツ、E・B・ジョーンズ」

「そもそも、ラスキンって何者なんだ？」フラナガンがきいた。

「偉大なるヴィクトリア朝を代表するひとりで、イギリス・スタイルの中心人物だった」クラットンがいった。

「ラスキンのスタイルってのは、高貴なる紫のつぎあてだらけの寄せ集めだ」ローソンがいった。「それに、偉大なるヴィクトリア朝もごめんだね。新聞を開くたびに、偉大なるヴィクトリア朝の終焉《しゅうえん》を知る。天に感謝あるのみだ。連中の唯一の才能ときたら、長生きだけだ。芸術家たるもの、四十歳を超えてまで生きてはならない。それまでには最高傑作ができているはずだからな。それ以後は、繰り返しにすぎない。この世で最も幸せな連中、それは、キーツ、シェリー、ボニントン、バイロンたちだ。彼らはみな若くして死んだ。もしスウィンバーンが一八六六年、『詩とバラッド 第一集』を出したその日に死んでいたら、なんたる天才とわれわれは思ったに違いない」

これは受けた。というのも、そのテーブルに二十四歳より上の者はいなかったからだ。場がどっとわいた。初めての全員一致だ。それからいろんな案が出た。だれかが、アカデミー会員四十名の作品を集めて壮大なたき火を燃やし、そのなかに偉大なるヴィクトリア朝を代表する連中を四十歳の誕生日に放りこんでやろうと提案して、喝采《かっさい》を受けた。カーライル、ラスキン、テニソン、ブラウニング、G・F・ワッツ、E・B・ジョーンズ、ディケンズ、サッカリーなどが次々に放りこまれた。そしてグラッドストーン、ジョン・ブライト、コブデン〔三人ともヴィクトリア朝の政治家〕。ジョージ・メレディスはどうかという議論がちらっと出たあと、マシュー・アーノルドとエマソンは歓声とともに放りこまれた。そして最後、ウォルター・ペイターの名があがった。

「ウォルター・ペイターはちがうと思います」フィリップがぼそっといった。

ローソンは緑の目でちらっとフィリップをみてうなずいた。

「その通りだ。ウォルター・ペイターは唯一の『モナリザ』の擁護者だからな。きみはクロンショーは知ってるか。昔、ペイターと知り合いだったらしい」

「だれですか、クロンショーって」

「詩人だよ。ここに住んでる。いっしょにリラにいこう」

　クロズリー・デ・リラはカフェで、彼らは夕食後しょっちゅうここに寄った。そして夜の九時から朝の二時までの時間帯なら必ず、クロンショーがいた。しかしフラナガンはひと晩にこれ以上の知的な会話はごめんだったので、ローソンがリラにいこうといいだすと、フィリップのほうをみていった。

「女の子のいるところにいこう。ゲテ・モンパルナスがいい。そこでジンを飲もう」

「ぼくはクロンショーに会いにいきます。お酒は十分です」フィリップは笑った。

## 42

　いつものことらしいが、それからちょっともめたあと、フラナガンとその他二、三人はミュージックホールにいき、フィリップはゆっくりクラットン、ローソンといっしょにクロズリー・デ・リラに向かった。

「ゲテ・モンパルナスにはいくべきだ」ローソンがフィリップにいった。「あそこはパリで一番素敵な場所だからな。そのうち、あのなかの様子を絵に描こうと思ってる」

フィリップはヘイワードの影響を受けていて、ミュージックホールなんかと思っていたのだが、ちょうど当時のパリではその手のホールの芸術的な可能性が注目を集め始めていたのだ。独特の照明、暗い赤とくすんだ金の色の重なり、影と装飾的な線が生み出す重厚感、そういったものが新しいテーマを投げかけていた。カルチェラタンにあるアトリエの半数には、そういった小ホールのスケッチが何枚かかけてあった。詩人や作家は画家のあとを追い、にわかに共謀したかのように、そうした変化に芸術的な価値を発見し始めた。鼻を赤く塗ったコメディアンがその独特のキャラクターで大いに賞賛された。二十年もわけのわからない言葉を怒鳴るように歌ってきた太った女性歌手が発見され、だれも真似《まね》できないおもしろさを持っていると評価される。芸をする犬に審美的な喜びを発見する者も出た。また、マジシャンや自転車の曲芸を、持てる限りの言葉をつくしてほめそやす人も出てくる。一般大衆までが、別の影響を受けてだが、共感的興味の対象になる。フィリップはというと、ヘイワードに感化されていたために、集団としての人間を軽蔑《けいべつ》して、ひとり孤独の殻にこもり、嫌悪《けんお》感《かん》をもって低俗な大衆の愚行をながめていた。ところが、クラットンもローソンも、そういう大衆を熱っぽく語るのだ。パリの様々な市に集まるにぎやかな人々、アセチレンランプのけばけばしい光に半ば照らされ、半ば闇《やみ》に隠れている顔の海、吹き鳴らされるトランペットの音、口笛、耳に響く人の声。ふたりの話はどれも新鮮で目新しいことばかりだ。ふたりはクロンショーのことも話してくれた。

「クロンショーの詩を読んだことがないのか」

「ええ」

「『イエローブック』〔十九世紀英国の挿絵入り文芸雑誌〕に載ったことがあるんだ」

ふたりはクロンショーを、画家が作家をみるときはたいがいそうだが、絵のことなんか何もわかっていないと軽蔑していた。しかし詩を書いているというので大目にみていたし、自分たちが得意でない言葉の使い手として尊敬していた。

「とんでもないやつなんだ。最初は少しがっかりするかもしれない。おもしろいのは、酔っ払ったときだけだからな」

「困ったことに」クラットンが付け加えた。「酔っ払うのに恐ろしく時間がかかる」

カフェに着くと、ローソンがフィリップに、なかに入らなくちゃだめだといった。秋といっても風は寒くもなんともなかったのだが、クロンショーは風に当たるのを病的なほど嫌っていて、どんなに暖かい日でも、なかに座りたがるらしい。

「知るに値する人間はすべて知っていてね」ローソンがいった。「ペイターもオスカー・ワイルドも知っているし、マラルメとかそういった詩人や作家も知っている」

目当ての人物はカフェのいちばん奥の隅にいた。コートを着たまま、襟を立てている。帽子を目深《まぶか》にかぶって、冷たい風を避けるようにしている。大柄でがっしりしているが、太ってはいない。丸顔で、口ひげを少し生やし、間が抜けたような小さな目をしている。体とくらべて頭は小さく、卵の上にのったあぶなっかしい豆のようだ。フランス人を相手にドミノをしていて、三人をみるとにこっとした。何もいわなかったが、場所を空けようと、テーブルの上に数枚重ねて置いてある受け皿を押しやった。それで何杯飲んだかがわかる。フィリップを紹介されると、軽く頭を下げて、ドミノにもどった。フィリップはまだフランス語の知識は浅かったが、クロンショーが、パリに数年住んでいるくせに、ろくにしゃべれないのはよくわかった。

そのうち、クロンショーがうれしそうに笑いながら体を起こした。

「おれの勝ちだ」クロンショーがひどいフランス語でいった。「ウェイター!」

ウェイターを呼ぶと、フィリップのほうを向いた。

「イギリスからきたばかりなんだろう? クリケットは好きか」

思いがけない質問に、フィリップはちょっと戸惑った。

「クロンショーはここ二十年間のクリケットのトップクラスの選手の平均スコアを暗記してるんだ」ローソンがにやにやしながらいった。

フランス人は席をゆずって、ほかのテーブルにいった。クロンショーは言葉を引きずるような、独特のしゃべり方で、ケント州チームとランカシャー州チームの比較を始めた。そして最後にみた国際試合の模様をじつに細かく話した。

「パリにいて唯一残念なのは、クリケットの試合がみられないことだ」クロンショーはそういうと、ウェイターが持ってきたビールを飲みほした。「クリケットはみないのか」

フィリップはがっかりしていた。カルチェラタンの名物男をみせに連れてきたローソンも申し訳なくて、いらいらしている。その晩、クロンショーはなかなか目ざめなかった。脇に積み上がったビールグラスの受け皿をみると、本人が酔っ払おうとしているのはよくわかるのだが。クラットンはおもしろそうにながめている。クロンショーがクリケットについての細かい知識を披露しているのはそれなりの魂胆があってのことだと考えている。明らかに相手が退屈する話題をふっかけて楽しんでいるのだ。

クラットンが質問した。

「最近、マラルメに会いましたか」

クロンショーはその質問を頭のなかで反芻《はんすう》するかのように、ゆっくりクラットンのほうに目をやったが、答える前に大理石のテーブルをビールグラスの受け皿で叩いた。

「おれのウィスキーのボトルを持ってこい」クロンショーは大声でいうと、フィリップのほうを向いた。「ウィスキーを一本入れてあるんだ。ショットグラスに一杯五十サンチームなんて払ってられないからな」

ウェイターがボトルを持ってくると、クロンショーはそれを光にかざした。

「だれか飲んだな。ウェイター、おれのウィスキーを飲んだのはだれだ」

「いえ、だれも《メ・ペルソンヌ》飲んでませんよ、ムシュ・クロンショー」

「昨日の晩、印をつけといたんだ、ほら、これをみろ」

「ムシュが印をつけたのは確かですが、そのあとも、お飲みになってたでしょう。あれでは、いくら印をつけてもなんにもなりません」

ウェイターは陽気な男で、クロンショーとは親しいようだ。クロンショーは相手をみつめている。

「きみは心正しき紳士として、ほかならぬこのおれがこのウィスキーを飲んだというのだな。なら、認めざるを得ない」

この発言はいかにもひどいフランス語でなされたので、カウンターにいる女までが声を上げて笑ったくらいだった。

「おもしろい人《イレ・アンペヤブル》」女が小声でいった。

クロンショーはそれをききつけて、羊のような目をそちらに向け——ごつい体格で、いかにも威厳のある中年女性に——おおげさに投げキスをした。女は肩をすくめてみせた。

「心配するな、マダム」クロンショーが太い声でいった。「四十五の女の誘いに乗る年はもう過ぎた」

クロンショーはウィスキーを水で割ると、ゆっくり飲み、手の甲で口をぬぐった。

「よくしゃべってた」

ローソンとクラットンは、それがマラルメに会ったかという質問への答えだとわかった。クロンショーはしょっちゅう、火曜日の夕べの会に顔を出していた。これはマラルメが詩人や作家や画家を招待して、あらゆることについて言葉を尽くして話し合う会だった。クロンショーは最近、その会に出たらしい。

「よくしゃべってたが、たわごとばかりだ。世界で芸術ほど重要なものはないといわんばかりだった」

「もし、そうでなかったら、なぜぼくたちはここにいるんですか」フィリップがたずねた。

「きみがなぜここにいるのかは知らないが、そんなのはおれの知ったことじゃない。だが、芸術というのはぜいたく品だ。人間にとって重要なのは種の保存と繁殖だ。この本能が満たされてようやく、遊びに目が向く。作家や画家や詩人の提供するものを楽しむようになるんだ」

クロンショーは言葉を切って、ウィスキーを飲むと、こういった。二十年間、自分に問い続けたことがある。それは、自分が酒を好きなのは、饒舌《じょうぜつ》にしてくれるからか、それとも自分が話し好きなのは、酒が飲みたくなるからなのかという問題だ。

それからこういった。「昨日、ひとつ詩ができた」

そしてだれも何もいわないのに、その詩を朗唱し始めた。とてもゆっくり、人差し指を振ってリズムを取りながら。おそらく素晴らしい詩だったのだろうが、ちょうどそのとき、若い女の子が入ってきた。唇がまっ赤だ。頬も鮮やかで、自然のままの野暮な赤ではない。まつげも眉も黒く塗り、まぶたは大胆な青に塗っていて、それが目の端の三角形のところまで届いている。奇抜で面白い。黒い髪は額のまんなかで左右に分けて耳にかぶせている。マドモワゼル・クレオ・ドゥ・メロード〔フランスのバレエダンサー。ベルエポックを代表する美女〕が流行《はや》らせた形だ。フィリップの目はついそちらに流れてしまった。クロンショーは朗唱が終わるとにやにやしながらフィリップをみた。

「きいてなかっただろう」

「あ、いえ、きいてました」

「いや、いいんだ。きみは、さっきおれのいった言葉を見事に証明してみせてくれた。愛の前に、芸術がいったいなんだ？　素晴らしい詩に対するきみの無関心に心から拍手を送りたい。あの女のけばけばしい美に陶然となっていたんだからな」

その女の子がテーブルの横を歩いてくると、クロンショーがその腕をつかんだ。

「ほら、かわいい子、ここに座って、われわれと愛の神曲ごっこをして遊ばないか」

「ほっといてよ《フィーシェ・モワ・ラ・ペ》」女の子はそういうと、クロンショーを押しのけて、さっさと歩いていった。

「芸術なんてのは」クロンショーは手を振りながらいった。「発明の才に富む連中が作りだした逃避場所だ。食と女に飽きた連中が、つまらない人生から逃避するための場所だよ」

　クロンショーはまたグラスにウィスキーを注いで、よどみなく話しだした。それもよく響く声でめりはりをつけて。ひとつひとつ言葉を選び、深い意味に絶妙のタイミングでナンセンスを交え、真剣に話しかけながら聞き手をからかったかと思うと、冗談めかしてためになるアドバイスを披露した。芸術を語り、文学を語り、人生を語った。敬虔《けいけん》に語ったかと思うと罰当たりな言葉を吐き、愉快に笑ったかと思うと涙を浮かべた。そのうち見事に酔っ払って、詩を暗唱し始めた。自分の詩、ミルトンの詩、自分の詩、シェリーの詩、自分の詩、キットことクリストファー・マーロウの詩。

ついにローソンは疲れ果て、立ち上がって帰ることにした。

「ぼくも出ます」フィリップがいった。

クラットンはそれまでほとんど口を開かなかったが、後に残り、唇に冷笑を浮かべて、クロンショーのとりとめない言葉に耳を傾けていた。ローソンはフィリップをホテルまで送っていき、おやすみといって帰っていった。しかしフィリップはベッドに入っても眠れなかった。不用意に次々と投げつけられた新しい考えのすべてが、頭のなかで沸き立って、とんでもなく気分が高揚している。自分のなかに大きな力を感じた。これほど自信がわいたことはなかった。

「ぼくは偉大な画家になる」フィリップはつぶやいた。「それをこの体に感じる」

もうひとつ新たな考えがわいて、全身が震えた。しかしたとえ自分に対してでも、それを言葉にすることはできなかった。

「間違いなく、ぼくは天才だ」とはいえなかった。

たしかに酔っ払っていた。しかしビールを一杯飲んだだけだ。もし酔っ払っていたとすれば、それはアルコールよりずっと危険なもののせいだったのかもしれない。

## 43

火曜日と金曜日の朝、アミトラノの美術学校では、教師が学生の作品を講評することになっていた。フランスの画家は、肖像画を描いて売るか、アメリカ人のパトロンをみつけるかしなければ、ほとんど稼ぎがなかったので、人気のある画家は週に一度喜んで、二、三時間教えて収入を増やすことにしていた。美術を教えるアトリエは数え切れないくらいある。火曜日はミシェル・ロランがアミトラノにくる日だ。かなりの歳《とし》で、ひげは白く、血色がいい。公的な建物で使われる装飾画を多く描いていたが、それらは彼の教えている学生たちの嘲笑の的になっている。アングルの弟子なので、新しい美術にはまったく鈍感で、「あの道化ども《タ・ド・ファルスール》」にはがまんならんといつも怒っていた。「あの道化ども《タ・ド・ファルスール》」というのはマネ、ドガ、モネ、シスレーといった面々だ。しかし教師としては理想的で、有益な助言を与え、礼儀正しく、学生をやる気にさせるこつを心得ていた。一方、金曜日にアトリエにやってくるフワネは気難しく、近寄りづらい人物だった。小柄で、しわだらけで、歯並びが悪く、いつもいらいらしていて、灰色のひげはろくに手入れをしていないうえに、目が獰猛《どうもう》だった。声は甲高く、言葉は辛辣《しんらつ》。彼の絵画はリュクサンブール美術館が何枚か買っていた。二十五歳のとき、有望な画家として期待されたが、その才能は個性というより若さに負うところが大きかったらしく、この二十年間、若い頃に評価された風景画をくり返し描いているだけだ。それを批判されると、彼はこう答えた。

「コローだって同じ絵しか描いていない。なぜ、それを責められる」

フワネは、成功している人間にはすべて嫉妬《しっと》していて、とくに印象派の画家には強烈な嫌悪を抱いていた。というのは、自分が成功できないのは、あのわけのわからない流行が大衆という不愉快な獣の興味を引きつけたからだと思っているせいだ。ミシエル・ロランは印象派の画家をばかにして、ペテン師と呼ぶ程度だったが、フワネにかかると、罵詈《ばり》雑言《ぞうごん》の嵐《あらし》だった。低俗、下劣などという非難はましなほうで、彼らの私生活まで、ユーモアを交えて嘲笑しつつ、卑猥《ひわい》で猥雑な私事までとりあげ、嫡子《ちゃくし》だ庶子だ、妻だ妾《めかけ》だなどといいだす。それも東洋的な比喩《ひゆ》や東洋的な視点を駆使して、その下品な侮蔑を演出する。フワネは、学生の作品への軽蔑もまったく隠さなかった。学生たちは彼を憎み、怖《おそ》れた。女子学生は侮蔑のこもった残酷な言葉にしょっちゅう泣かされた。そして彼はそれをみてまた、ばかにするのだった。それでも、くびになることはなかった。あまりにひどい言葉を投げつけられた学生たちの抗議は数々あったが、彼は間違いなくパリの有名画家のひとりだったからだ。年寄りのモデルで、この学校の経営者でもある男が、ときどきみかねて、いさめることもあったが、とたんに激しい調子で傲慢《ごうまん》な言葉をぶつけられ、手もなく謝ってしまうのが常だった。

フィリップが最初に絵をみてもらったのはフワネだった。アトリエにやってくると、すでにきていて、イーゼルからイーゼルへと歩いていた。ミセス・オターが付き添い、フランス語のわからない学生に通訳している。ファニー・プライスはフィリップの隣の席で必死に描いていた。神経が張りつめて青ざめ、しょっちゅう筆を止めて、手をブラウスでふいている。不安で手に汗をかいているのだ。彼女がふいにフィリップのほうを向いた。不安な気持ちを、不機嫌そうなしかめっ面《つら》で隠そうとしているのがわかる。

「この絵、どう」自分の絵のほうにあごを向けてたずねた。

フィリップは立ち上がり、その絵をみて驚いた。ファニー・プライスは目がみえないんだろうか。絶望的なほど、ひどい。

「ぼくもその半分くらいうまく描けるといいんだけど」

「そんなの無理よ。まだ始めたばかりじゃない。わたしくらい描けるようになりたいなんて、高望みしすぎよ。わたしはもうここに二年もいるんだから」

フィリップはあっけにとられた。うぬぼれにもほどがある。フィリップは、彼女がこのアトリエの全員に嫌われているのに気がついていた。それは彼女が平気で人を傷つけるからだ。

「ミセス・オターに、フワネのことで文句をいってやったわ」彼女がいった。「この二週間、あいつったらわたしの絵をみてくれないの。ミセス・オターのところには三十分くらいいるくせに。彼女、アトリエの管理者だから。わたしだってほかの人と同じ授業料を払ってるんだから、同じようにみてもらっていいはずでしょ。なんで、わたしだけ不公平な目にあわなくちゃいけないの」

彼女は木炭を取り上げたが、すぐにうめくような声を上げて下に置いた。

「もう無理。神経がぴりぴりしちゃって」

彼女はフワネのほうをみた。ミセス・オターといっしょにこちらにやってくるところだ。ミセス・オターはおとなしく平凡だが、独りよがりでちょっと偉そうなところがある。フワネは、イギリスからきたルース・チャリスというだらしない感じの小柄な女のイーゼルの前に座った。きれいな黒い目は気だるそうで情熱的、ほっそりした顔は禁欲的で官能的、肌は古い象牙《ぞうげ》の色。バーン＝ジョーンズの影響をうけた、チェルシーあたりにいる若い女の子たちのようだ。フワネは機嫌がよさそうだ。あまり話はしなかったが、彼女の木炭を持って手早く的確に絵のまずい部分を直していった。ミス・チャリスは顔を輝かせた。それからフワネは立ち上がって、クラットンのところへいった。その頃には、フィリップも不安になってきたが、ミセス・オターからは、うまく取り次いであげるといわれていた。フワネはふとクラットンの絵の前で立ち止まり、黙って親指を口に突っこむと、無意識に、噛《か》み取った小さな皮をキャンバスに吐き出した。皮はキャンバスに張り付いた。

「いい線だ」しばらくしてフワネがそういって、親指で気に入った部分を示した。「少しはわかってきたようだな」

クラットンは何も答えなかったが、教師をみる目にはいつもの、世間の意見はどうでもいいといわんばかりの嘲笑的な表情が浮かんでいる。

「才能のかけらくらいはあるらしい」

クラットンを嫌っているミセス・オターは唇をすぼめた。たしかに、その絵にまずい点はまったくない。フワネは椅子に座って、細かい技術的なことを話しだした。ミセス・オターは立っているのに飽きてきた。クラットンは黙ったままだが、ときどきうなずいている。フワネは自分の指摘やその理由を相手が理解していると思って満足そうだ。学生のほとんどは彼のいうことをきいても、まったくわかっていないのは間違いない。それからフワネは立ち上がってフィリップのところにやってきた。

「二日前にきたばかりなんです」ミセス・オターがあわてて説明した。「初心者で、絵を学ぶのはこれが初めてなんです」

「サ・ス・ヴォワ。ひと目みればわかる」フワネがいった。

フワネはそういって歩きだした。すると、ミセス・オターが小声でいった。

「その若い子です。さっきお話ししたのは」

彼は、嫌いな動物でもみるかのようにファニー・プライスをみると、それまで以上に耳障《みみざわ》りな声でいった。

「わたしがろくに絵をみてくれないので不満らしいな。このアトリエ管理者に文句をいったんだって？　よくみてほしいという絵をみせてもらおうか」

ファニー・プライスの顔色が変わり、不健康そうな肌の下を流れる血の色が奇妙な紫に変わった。彼女は何もいわずに、その週の初めからずっと描いていた絵を指さした。フワネは椅子に腰かけた。

「それで、どんなことをいってほしい。いい絵だといってほしいのか。いいや。うまく描けているといってほしいのか。いいや。どこかいいところがあるといってほしいのか。まったくない。どこがまずいかいってほしいのか。すべてまずい。どうすればいいかいってほしいのか。破り捨てればいい。さ、これで満足かね」

ミス・プライスはまっ青だ。ミセス・オターの前でいわれて、よけいに怒っている。フランスには長くいて、フランス語は堪能《たんのう》なのだが、何もいえそうにないので英語でいった。

「あなたにこんな扱いをする権利はありません。ほかの学生と同じ授業料を払っているんですから。わたしは教えてもらうためにお金を払っているんです。これで教授料を取るんですか」

「なんだって?　なんといっているんだ」フワネがきいた。

ミセス・オターはどう伝えればいいか困っていた。するとミス・プライスがひどいフランス語でいった。

「わたしは教えてもらうためにお金を払ってるのよ」

フワネは目を怒らせると、声を荒げて、こぶしを振った。

「笑わせるな《メ・ノン・ドゥ・デュ》。だれがおまえになんか教えられる。ラクダにでも教えるほうがずっとましだ」彼はそういってミセス・オターのほうを向いた。「この女にきいてくれ。絵を習ってるのは、暇つぶしか、それともそのうちこれで稼ぐつもりか」

「画家として食べていくつもりです」

「なら、義務としていっておこう。時間のむだだ。才能がないのはまだいい。この頃は才能というものをめっきり目にしなくなったからな。だが、きみには適性がまったくない。ここにきて何年になる？　五歳の子だって二回ほどレッスンを受ければ、きみよりうまく描けるようになる。ひとついっておく。見こみはない、あきらめろ。画家より家政婦《ボン・ア・トゥ・フェル》でもやったほうが、ずっと稼ぎになる。ほら、みてみろ」

フワネは木炭を手に取って紙に当てたが、とたんに折れてしまった。彼は毒づいて、手に残った部分で力強い線を描きだした。手早く木炭をすべらせ、しゃべりながら、毒をふくんだ言葉を吐き散らした。

「この腕はなんだ。左右、長さが違う。この膝《ひざ》はなんだ。みっともない。いいか、五歳の子だって、まだましだ。こんな脚で立っていられるか。それに、この足！」

ひと言いうたびに、怒りにまかせて線を描いていく。すぐに、ファニー・プライスが長時間、苦労しながら描いた絵はなにがなんだかわからなくなり、線と汚れの混沌《こんとん》と化してしまった。そのうちフワネは木炭を放り投げて立ち上がった。

「ひとつ忠告しておこう、マドモワゼル。お針子にでもなるんだな」彼は懐中時計をみた。「十二時か。では、みんな《メシュ》、また来週《ア・ラ・スメン・プロシェン》」

ミス・プライスはゆっくり道具を片づけた。フィリップは、彼女になぐさめの言葉をかけようと思ってあとに残った。しかしせいぜい、こんなことくらいしか頭に浮かばない。

「ひどい目にあいましたね。それにしても、ひどいやつだ！」

彼女がすさまじい顔で振り向いた。

「そんなことをいうために待ってたの。あなたの同情がほしければ、そういうから。さ、どいてちょうだい」

彼女はそばを通ってアトリエから出ていった。フィリップは肩をすくめると、足を引きずりながら昼食を食べにグラヴィエのレストランまでいった。

「ざまあみろ」フィリップが話し終わると、ローソンがいった。「かんしゃく持ちのいやな女だ」

ローソンは批評されるとすぐ傷つくので、それを避けるため、フワネがくるときは決してアトリエにいかなかった。

「他人の意見なんていらないよ。いいか悪いか、自分でわかる」

「他人に作品をくたされるのがいやなのさ」クラットンがそっけない口調でいった。

午後、フィリップはリュクサンブール美術館に絵をみにいこうと思った。そしてその庭園を歩いているとき、ファニー・プライスがいつもの場所に座っているのをみつけた。フィリップは、さっきなぐさめようと思っていたのにひどいことをいわれて傷ついていたので、気がつかない振りをして通り過ぎようとした。ところが彼女はすぐに立ち上がってやってきた。

「無視するつもり？」

「いや。そんなんじゃない。話しかけられたくないんじゃないかと思って」

「どこにいくの」

「マネをみにきたんだ。いろいろきかされているから」

「いっしょにいってもいい？　リュクサンブールはかなり詳しいの。ひとつかふたつ、おもしろい作品を教えてあげられると思う」

彼女は素直に謝ることができなくて、そのかわりにこんな申し出をしたのだろう、フィリップはそう思った。

「それはうれしいな。ぜひ、いっしょに」

「ひとりのほうがよければ、無理しないで」彼女は疑わしそうにいった。

「いや、そんなことないよ」

ふたりは美術館まで歩いていった。つい最近、カイユボットのコレクションが展示され、画学生も初めて、印象派の作品をじっくりみる機会を持てた。それまではラフィット通りにあるデュラン＝リュエルの画廊でみるか（この画廊は、イギリスにある画廊と違って、画家を相手に偉そうにするようなことはなく、いつでもみすぼらしい画学生にまで、好きな絵をみせてくれる）、デュラン＝リュエルの私邸にいくしかなかったのだ。ただ、火曜日なら入場券を入手するのは容易だったし、そこにいけば世界的に有名な絵をみることができた。ミス・プライスはフィリップをまっすぐマネの「オランピア」の前に連れていった。フィリップは目を見開いて、声も出なかった。

「どう？」

「わからない」フィリップは頼りない声を上げた。

「間違いなく、この美術館で最高の絵よ。おそらく例外があるとすれば、ホイッスラーの母親の肖像画くらいね」

彼女はしばらくフィリップにその傑作をながめさせてから、次は駅の絵の前に連れていった。

「これがモネの」彼女がいった。「『サン＝ラザール駅』」

「線路が平行に描かれてないけど」

「そんなのどうでもいいの」彼女は偉そうにいった。

フィリップは恥ずかしくなった。ファニー・プライスは、あちこちのアトリエで画学生が饒舌に語ることをしっかり吸収していて、その広い知識にフィリップはまたたくまに圧倒された。彼女はさらに絵の解説を続けた。偉そうだが、洞察力に富んでいて、画家が何を目指したのか、どこに注目すべきなのかといったことを教えてくれた。彼女は親指を大げさに使って話した。フィリップは耳にすることすべてが新しく、戸惑いながらも一心に聞き入った。それまではワッツとバーン＝ジョーンズを崇拝していた。ワッツの美しい色彩、バーン＝ジョーンズの気取った雰囲気、それだけで審美的な感受性は完全に満足していた。ふたりの漠然とした理想主義と、絵のタイトルの裏に秘められた哲学的な概念への不信は、自分の考える芸術の機能にぴったり一致していたからだ。それはラスキンを熟読して理解した結果、身についたものだ。ところがここにはまったく異質なものがある。ここには道徳的な主張がない。作品をいくらみつめても、純粋な生活、崇高な生活に導いてはくれない。フィリップは、わけがわからなくなった。

そのうちやっとこういった。「あの、もうくたくたなんだ。これ以上、もう何も吸収できそうにない。外に出て、ベンチに座ろう」

「一度にあんまりたくさんの絵をみるべきじゃないわね」

外に出ると、フィリップは心から感謝して礼をいった。

「あら、いいのよ」彼女はちょっとぶっきらぼうにいった。「自分が楽しいからそうしただけだから。よかったら、明日はルーヴルにいかない。そのあと、デュラン＝リュエルの画廊に連れていってあげる」

「きみって、ほんとに親切だね」

「ほかの人はわたしのことを、すごくひどい女みたいにいうけど、そんなふうに思わないで」

「もちろんだよ」フィリップはにっこりした。

「みんな、わたしをアトリエから追い出したいと思ってるの。でも、それは無理。わたしはいたいだけいるんだから。今朝のことはルーシー・オターの仕業ね。わかってる。あの女はずっとわたしのことを嫌ってきたから。ああすれば、出ていくと思ったのよ。間違いなく、出ていってほしいと思ってる。わたしがあの人のことを知りすぎてるからね」

ミス・プライスはフィリップにこみ入った話を延々とした。それによると、ミセス・オターは退屈で狭量で、いかがわしいことをしているという。それから、彼女は、今朝フワネにほめられたルース・チャリスのことを話した。

「アトリエのほとんどすべての男と寝てるの。売春婦ね。それに汚いの。一ヶ月くらいお風呂《ふろ》に入らないんだから。これは本当よ」

フィリップはきいていて、不快になった。ミス・チャリスについてのいろんな風聞は耳にしていたが、ミセス・オターは母親と住んでいるわけで、そんなことをしていると考えるのはばかばかしい。こんな悪意に満ちた嘘《うそ》をつくような女と並んで歩いているかと思うと、ぞっとした。

「ほかの人がなんといおうと、どうでもいいわ。わたしはわたしだから。才能があるのはわかってるの。感じるのよ、自分はアーティストだって。あきらめるくらいなら自殺する。いままでにもたくさん、学校で笑われたあげく、まれにみる天才だと認められた人がいたわ。わたしは芸術にしか興味がないの。全人生をそれに捧《ささ》げるつもり。あとはどこまでその気力が続くかだけよ」

彼女は、自分を評価しない人々すべてをくたしていった。まず、クラットンが大嫌いだった。フィリップに、あの人はまったく才能がなくて、見かけ倒しで、薄っぺらなものしか持ってなくて、人物をまともに描けないといった。それからローソンについてはこういった。

「赤毛でそばかすだらけの、最低の男ね。フワネが怖くて、作品をみせようともしないんだから。なんだかんだいっても、わたしは平気。フワネのいうことなんて、ちっとも気にしない。だって、わたしは本物のアーティストだから」

彼女の住んでいる通りまできた。フィリップはほっとため息をついて、別れた。

## 44

ところが、次の日曜日、ミス・プライスにルーヴル美術館にいかないかと誘われて、フィリップはいくことにした。彼女はまず「モナリザ」をみせた。フィリップはちょっとがっかりしたが、ウォルター・ペイターが世界で最も有名な絵をさらに美しく讃《たた》えた珠玉の言葉を暗記するまで読んでいたので、それをミス・プライスにきかせた。

「それは文学ね」彼女は軽くばかにしたようにいった。「文学は忘れなくちゃ」

それからレンブラントをみせて、適切な言葉で解説した。前にある絵は「エマオの晩餐《ばんさん》」だ。

「この絵の美しさが感じられるようになったら、絵画について少しはわかったってこと」

それからアングルの「オダリスク」と「泉」をみせた。ファニー・プライスは暴君のようなガイドで、相手のみたい絵はみせず、自分の賞賛する作品を賞賛させようとした。必死に、真剣に美術を勉強しているのはよくわかった。フィリップがグランドギャラリーを歩いていると、窓からテュイルリー庭園がみえた。明るい陽光を浴びた上品な様はまるでジャン＝フランソワ・ラファエリの絵のようだ。フィリップは思わず声を上げた。「素晴らしい！　一分ほどここにいようよ」
すると彼女はどうでもよさそうに返事をした。「ええ、いいわ。でもわたしたちは絵をみにここにきたのよ」

陽気でさわやかな秋の風に、フィリップは元気づいた。昼近く、ルーヴルの広い中庭に立っているとき、フラナガンのように叫びたくなった。「芸術なんか、くたばっちまえ」

「あの、サン・ミシェル通りのレストランにいって軽く食事をしようか」フィリップが提案した。

　ミス・プライスはけげんな顔を向けていった。

「うちで昼食が待ってるわ」

「そんなの、どうでもいいよ。明日食べればいいんだから。昼食をごちそうさせてほしいんだ」

「なんで」

「ごちそうしたいから」フィリップはにっこり笑った。

　ふたりは川を渡り、サン・ミシェル通りの角にあるレストランの前まできた。

「ここにしようか」

「だめ。すごく高そう」

　彼女がさっさといってしまうので、フィリップはついていくしかなかった。少し歩くと小さなレストランがあって、日よけの下の舗道で十人ほどの客が食事をしている。窓ガラスに大きな白い文字でこう書かれている。「昼食一・二五フラン　ワイン付き」

「ここより安いところはまずないわ。それになかなか感じがいいし」

　ふたりは空いているテーブルについて、メニューの最初に書いているオムレツがくるのを待った。フィリップは通りをいく人々をながめていた。心引かれるものがあった。疲れてはいたが幸せだった。

「ほら、あの仕事服を着た男の人、かっこいいなあ！」

そういって、ミス・プライスのほうをみて驚いた。外を歩く人などには目もくれないで、テーブルの皿をみつめていて、その頬を涙が伝っているのだ。

「どうしたんです」フィリップは思わず声を上げた。

「何もいわないで。そうでないと、わたし、すぐにここから出ていくから」

フィリップはあっけにとられたが、そのとき幸いオムレツがきたので、半分に分けて、ふたりで食べ始めた。フィリップは必死にあたりさわりのない話題をさがして話し、ミス・プライスのほうも精一杯話を合わせようとした。しかし食事はあまり楽しくはなかった。フィリップは潔癖なところがあり、ミス・プライスの食べ方をみて食欲がなくなってしまったのだ。音を立てて、がつがつ食べるところは動物園の獣のようだった。それに一品出てくるごとに、皿をパンで拭《ぬぐ》って、白くぴかぴかにしてしまう。まるで肉汁の最後の一滴までむだにしたくないといわんばかりだ。カマンベールがきたとき、フィリップはうんざりした。彼女は皮の部分からなにからすべて食べてしまった。よっぽどひもじい思いをしていない限り、あんな食べ方はできないだろう。

ミス・プライスはよくわからない女性だった。友好的に別れても、次の日、不機嫌で愛想がないこともある。しかしフィリップは多くのことを学んだ。彼女は絵は下手だが、教わるべきことはすべて知識として持っているし、いつも有益な意見をくれる。おかげでフィリップの絵の腕も上がった。ミセス・オターも有益な助言をくれたし、ミス・チャリスも絵を批評してくれた。ローソンの饒舌やクラットンの絵からも教わるものがあった。しかしファニー・プライスはフィリップが自分以外の意見を受け入れるのを嫌がった。そしてフィリップがほかの人と話したあとで彼女に何か頼むと、にべもなく断った。ローソンやクラットンやフラナガンたちはフィリップをからかった。

「おいおい、気をつけたほうがいいぞ」彼らがいった。「彼女、きみのことが好きらしい」

「まさか。ばかばかしい」フィリップは声を上げて笑った。

ミス・プライスがだれかを好きになるということ自体、考えられなかった。不細工だし、髪もぼさぼさだし、手もきたないし、いつも着ている丈の長い茶色のワンピースはしみがついて裾《すそ》がほつれている。きっと貧しいんだろうとは思うものの、それをいえばだれもがみんな貧乏だ。それなりにこぎれいにすることはできる。針と糸があれば裾くらい繕える。

フィリップは知り合った人間の印象を分類し始めた。いまはもうハイデルベルクにいた頃ほど純情ではない。あれはもうずいぶん昔のことのように思える。そしていまは人間に対してもう少し深い興味を抱くようになり、細かく観察し、批判するようになっていた。クラットンについては、この三ヶ月間ほとんど毎日顔を合わせているのだが、知り合った日以上によく知ることはできないことがわかった。アトリエでの大体の印象は、できる男という感じだ。将来、すごいことをなしとげそうな雰囲気はあって、それはまわりも認めていたのだが、何をやろうとしているのかという点に関しては、本人もほかの人もまったくわかっていない。アミトラノにくるまえにもいくつかのアトリエに顔を出していた。たとえばジュリアン、エコール・デ・ボザール〔パリ国立高等美術学校〕やマクファーソンなどのアトリエだ。ほかのところよりアミトラノに長くいるのは、ここがいちばんほっといてくれるからだ。そもそも作品をみせるのが好きではなく、多くの若者と違って、アドバイスを求めることも与えることもない。カンパーニュ・プルミエール通りにある小さなアトリエは作業場兼寝室だが、そこには素晴らしい絵が何枚もあって、彼が出展する気になりさえすれば、すぐ有名になれるだろうといわれていた。モデルを雇う余裕がないので、静物ばかり描いている。ローソンは皿にのったリンゴの絵をしょっちゅう話題にして、間違いなく傑作だと断言した。クラットンは気難しいところがあり、自分がつかみきれないものを描こうとして、いつもその作品全体のできに不満を持つことになる。おそらく部分部分は気に入っているのだろう。人物でいえば、前腕とか脚部とか足とか。静物でいえばグラスとかカップとか。そして気に入ったところだけキャンバスから切り抜いて取っておき、あとは捨ててしまう。そんなふうなので、みんなが押しかけていって絵をみせてくれというと、彼は真顔でこういう。みせられるような絵はまだ一枚も描けていないんだ。彼はブルターニュでひとりの画家に会ったらしい。まったく無名で、株の仲買をしていたのだが、中年になってから絵を描き始めたらしい。クラットンはその男の絵に大きな影響を受けたという。そして印象派には背を向け、苦心惨憺《さんたん》しながら独自の道をさぐっている。それには絵の手法だけでなく、絵の見方もふくまれていた。フィリップはクラットンの話をきいて、その男のなかに、それまで知らなかった独創性を感じた。

彼らが食事をするグラヴィエのレストランでも、夜のヴェルサイユやクロズリー・デ・リラでも、クラットンは無口だった。黙って座り、こけた頬に皮肉な表情を浮かべ、気のきいた言葉をはさむときにだけ口を開く。人を嘲笑《ちょうしょう》するのが好きで、その場にいるだれかをこきおろすときが一番元気がいい。絵のこと以外ほとんど何も話さず、話すのも、話すに値する相手がひとりかふたりのときだけだ。フィリップは、クラットンが本物かどうかわからなかった。寡黙《かもく》さ、やせ細った顔、辛辣なユーモア、これらは強烈な個性のようにもみえるが、無能さを隠す仮面にすぎないのかもしれない。一方、ローソンとはすぐに親しくなった。彼はいろんなことに興味を持っていて、そのおかげで気の合う仲間になれた。ほとんどの画学生より本を読んでいて、収入は少なかったが、本を買うのが好きで、気前よく本を貸した。それでフィリップはフローベール、バルザック、ヴェルレーヌ、エレディア、ヴィリエ・ドゥ・リラダンなどを読むようになった。いっしょに芝居をみにいくようになり、たまにオペラ・コミーク座の桟敷席にもいった。近くにオデオン座があったので、フィリップはローソンの影響を受けて、ルイ十四世時代の悲劇作家や、響きのいいアレクサンダー格の詩に夢中になった。テブー通りにはコンセール・ルージュがあり、そこでは七十五サンチームで素晴らしい音楽がきけたし、そのうえ、いい酒も飲めた。座席は座り心地が悪いし、混んでいるし、安煙草《やすたばこ》の煙が立ちこめて息苦しいほどだったが、熱心な若いふたりはいっこうに気にしなかった。彼らはときどきバル・ブリエにいった。そんなときにはフラナガンがいっしょにきた。彼の興奮ぶりと浮かれ騒ぐ様子に、ふたりとも声を上げて笑った。彼はダンスがめっぽううまくて、店に入って十分もたたないうちに、そこで知り合ったばかりの店の小柄な女の子と踊り始めるのだった。

彼らの最も大きな関心事は女だった。それはパリに住む画学生の付属品のようなものだ。女がいるだけで、仲間から一目置かれるし、自慢の種にできる。しかし問題は、みんな生活費にも事欠く有様だということだ。フランス女は金のやりくりがうまいから、ひとり分でふたり暮らせるなどというものの、同じように思ってくれる若い女に出会うことがそもそも難しい。というわけで、自分たちと違って成功した画家の庇護《ひご》を受けている女たちをうらやんだり、悪くいったりすることで満足するほかなかった。驚くことに、パリで女を作るのはじつに困難なのだ。ローソンも若い女の子と知り合って約束をしては、二十四時間ずっと興奮して、会う人すべてにその子のことを細かく話すのだが、相手が約束した時間に現れることは決してない。そして夜遅くグラヴィエのレストランにやってきて、不機嫌に怒鳴る。

「ったく、まただめだった！　なんで、もてないんだ、おれは。フランス語が下手なせいか、それともこの赤毛のせいか。一年以上パリにいて、女をひとりもつかまえられないなんて、もういやになるよ」

「やり方がまずいんじゃないか」フラナガンがいった。

彼は語るに足りる、うらやましいほど多くの女と付き合っていた。そしてみんなは、すべてが本当ではないと思いながらも、それなりの証拠があるので、まんざら嘘でもないことは認めざるを得なかった。ただ、フラナガンは女と長く付き合おうとはしない。パリにはあと二年しかいられないというのがその理由だ。家族を説得して、大学にはいかず、絵の勉強をしにきているのだが、その期間が終わるとシアトルに帰って父親の仕事を継ぐことになっている。そんなわけで、ここにいられる間、できるだけ楽しむつもりでいて、ひとりの女と長く付き合うより、多くの女と楽しむほうを選んだのだ。

「どうすれば、つかまえられるんだよ」ローソンが腹立たしそうにきいた。

「簡単さ」フラナガンが答えた。「ただぶつかっていけばいい。難しいのは別れるほうだ。こちらは技術がいる」

フィリップは自分の絵と、読んでいる本と、観《み》た芝居と、耳を傾ける会話が楽しくて、女性には目が向かなかった。フランス語がうまくなれば、そんな時間はいくらでもできると考えていた。

ミス・ウィルキンソンと会ってからそろそろ一年になる。パリに着いて数週間は忙しく、ブラックステイブルを発《た》つ前にもらった手紙の返事が書けなかった。そのあとまた一通届いたが、非難の言葉であふれていることはわかっていたし、読む気になれなかったので、脇《わき》に置いて、後で読もうと思った。ところがそれも忘れてしまい、思い出したのは一ヶ月後だ。引き出しのなかをひっくり返して穴の開いていない靴下をさがしていたとき、封を切っていない手紙をみつけて、まずいと思った。ミス・ウィルキンソンのつらさを思って、なんと残酷なことをしてしまったのかと後悔した。しかし、そろそろ立ち直っているだろう、少なくとも最悪の状態からは抜け出している頃だろうと思い直した。そもそも女はしょっちゅう大げさに書きたがる。そこが男と違うところだ。フィリップは、何があっても二度と会うまいと決心した。こんなに長いこと放っておいたのだから、いまさら返事を書くつもりにもなれなかった。そしてこの手紙も読まないことにした。

「これきり手紙はこないに決まってる」フィリップは思った。「これでもう、ぼくたちは終わったとわかるだろう。だいたい、母親といっていいくらい年上なんだから。それくらいわかってもいいはずだ」

一、二時間、なんとなく気がふさいだままだった。自分は間違っていないとは思うものの、これまでのことを考えるとどこかすっきりしない。しかしミス・ウィルキンソンから手紙がくることはなく、フィリップが怖れていたこと、つまり彼女がいきなりパリにやってきて仲間の前で恥をかかされるようなこともなかった。というわけで、すぐに彼女のことは忘れてしまった。

　一方、フィリップは古き神々も見限った。最初、印象派の作品をみたときの衝撃は賞賛に変わり、すぐに、マネやモネやドガの素晴らしさを仲間と同じように熱く語るようになった。そしてアングルの「オダリスク」の習作とマネの「オランピア」の写真を買った。二枚を並べて洗面台の上にピンで留めたのは、ひげを剃《そ》りながらふたつの美について考えるためだ。そしていまでは、モネ以前には風景画と呼べるものはなかったと確信している。レンブラントの「エマオの晩餐」やベラスケスの「鼻をノミにかまれた女」の前に立つときには、まぎれもない精神の高揚を感じた。「鼻をノミにかまれた女」というのは本当のタイトルではなかったが、グラヴィエのレストランではそう呼ぶことで、女が不器量であるにもかかわらずその絵が美しいことを強調していたのだ。ラスキンやバーン＝ジョーンズやワッツを捨てるついでに、パリにくるとき身につけていた山高帽や青地に白の水玉の上品なネクタイも捨ててしまった。そしていまではつば広の柔らかい帽子をかぶり、黒のスカーフを巻き、しゃれたデザインのケープをはおっている。モンパルナス通りを、生まれたときからずっと知っていたかのように散歩し、並々ならぬ忍耐のすえ、平気な顔でアブサンを飲むことも覚えた。髪も伸ばしっぱなしだ。ただ残念なことに、自然が無情にも若者の永遠の切望にこたえてくれなかったせいで、ひげを伸ばすことだけはかなわなかった。

## 45

フィリップもそのうち気づいたのだが、仲間の知性を刺激しているのはクロンショーだった。ローソンの気のきいた逆説も彼からの受け売りだし、個性にこだわるクラットンでさえ、無意識のうちに年上の彼から得た言葉で自分を語っている。彼らがテーブルで交わすのも彼のアイデアだし、彼らの下す判断も彼の考えに基づくものだ。だれもがクロンショーを尊敬していて、彼の欠点を笑ったり、彼の悪行を嘆いたりしてみせるところにも、そういった無意識の気持ちが表れていた。

「クロンショーは、かわいそうにあの年だ、ものになるはずない」だれもがいった。

「絶望的だね」

　彼らは自分たちだけがクロンショーの才能を評価しているということに誇りを持っていた。そしてこの中年男の愚行に、若者ならではの軽蔑《けいべつ》を抱きながらも、特別視していた。そしてたまたまカフェで彼とふたりきりになるようなことがあると、だれもが小躍りして喜んだ。クロンショーは決してグラヴィエのレストランにはこない。というのは、この四年間、所帯を持って、非常に貧しい暮らしをしているからだ。相手の女に会ったことのあるのはローソンだけだった。ふたりはセーヌ川左岸のケ・デ・グラン＝ゾーギュスタン通りにある思い切り貧相なアパルトマンの七階の小さな部屋に住んでいた。ローソンはおもしろおかしく、部屋の不潔さと汚さと乱雑さを語ってみせた。

「それにあのにおい。鼻どころか首が飛ぶかと思った」

「食事のときはよせよ、ローソン」だれかがいさめた。

しかしローソンが、自分の鼻を直撃した悪臭を細かくリアルに描写する楽しみをあきらめるはずがない。そして次はいかにも愉快そうに、自分なりの写実的技巧を駆使して、ドアを開けてくれた女を描写するのだった。色黒で、ちびで、肥満体で、まだ若く、黒い髪はいまにも落ちてきそうだ。だぼっとしたブラウスを着て、コルセットはつけていない。赤い頰、大きく官能的な唇、輝くみだらな目、ルーヴルにあるフランス・ハルス〔一七世紀のオランダの画家〕の「ジプシーの女」を思い出させる。なりふり構わぬ猥雑《わいざつ》さがあって、それがまたおかしくもあり、恐ろしくもある。発育の悪い、ろくに体も洗ってない赤ん坊が床で遊んでいる。このろくでもない女がカルチェラタンのくずどもと結託してクロンショーを欺《あざむ》いていることはだれもが知っている。カフェのテーブル越しに彼の知識を吸収しているうぶな若者たちにとっての謎《なぞ》は、あれほど鋭い感性と美への情熱を持っているクロンショーがなぜあんな女といっしょにいるのかということだ。ところがクロンショーときたら女の下品な言葉づかいをおもしろがっていて、しょっちゅう、排水溝のにおいがしてきそうな言葉を披露した。そして皮肉たっぷりに、その女のことを「わが管理人の娘《ラ・フィユ・ドゥ・モン・コンシェルジュ》」と呼んでいた。クロンショーはとことん貧しかった。ぎりぎりの生活を支えているのは、イギリスの一、二の新聞に書く絵画展についての記事で、そのほかに多少の翻訳もしていた。かつてはパリで発行されている英語新聞の会社で仕事をしていたのだが、酒癖が悪くて首になった。ただ、そこでの半端《はんぱ》仕事はまだ頼まれることがあって、オテル・ドゥルオーというオークションハウスの競売や、ミュージックホールのレビューの記事を書いている。パリでの生活が体にしみついていて、どんなにみすぼらしく、みじめで、しんどくても、決して変えようとしない。そして一年中、パリにいた。知り合いがひとりもいなくなる夏でもそうだ。サン・ミシェル通りから一キロ半以上離れると落ち着かなくなるらしい。ただおかしいのは、いつまでたってもフランス語がろくに話せないことだ。また、ベル・ジャルディニエール百貨店で買って着古した服を捨てず、イギリス人らしい格好を貫いている。

　おそらく百五十年前ならひとかどの人物になれたかもしれない。当時は、会話の妙が上流階級へのパスポートで、過度の飲酒などなんの障害にもならなかったからだ。「一世紀前に生まれるべきだった」クロンショー自身、そういっている。「ほしいのはパトロンだ。昔なら、予約をつのって詩集を出して、それを貴族に献呈する。伯爵《はくしゃく》夫人のプードルを讃える詩を作る。小間使いの愛、主教の会話、わが心はそれを求めている」

　そしてアルフレッド・ド・ミュッセのロマンティックな詩、「ロラ」を暗唱するのだった。

「われ、遅かりし。世界はすでに古びたり」

　クロンショーは新顔が好きで、フィリップを好意的に迎えた。フィリップの、会話には十分についていくが、しゃべりすぎて相手の饒舌《じょうぜつ》を邪魔することはないという離れ業ができるところが気に入ったらしい。フィリップもクロンショーに魅了された。彼のいっていることは、ほとんどどれも言い古されたことだということに気づかなかったのだ。それに話しぶりが見事だった。よく響く美しい声と彼の言葉は若者にとってあらがいがたい魅力があった。彼の話はすべて、きく者の思考を刺激する。帰り道、フィリップはローソンと、お互いのホテルを行き来しながら、ふと気になったクロンショーの言葉について議論をした。性急に結果を求める若者にありがちなことだが、フィリップはクロンショーの詩が、自分の思っているほど世間で評価されていないのが不満だった。一冊の本として出版されたことはなく、ほとんどの詩は雑誌に掲載されただけだ。フィリップに何度も頼まれて仕方なく、クロンショーは「イエローブック」や「サタデーレヴュー」や、その他の雑誌からの切り抜きの束を持ってきた。それがすべてだ。フィリップは唖《あ》然《ぜん》とした。どれもがウィリアム・アーネスト・ヘンリーかアルジャーノン・チャールズ・スウィンバーンの焼き直しとしか思えない。クロンショーがよく響く声で朗読すればなんとか彼の詩にきこえるという程度だ。フィリップは、がっかりしたことをローソンに話したのだが、ローソンがうっかりそれをクロンショーにもらしてしまった。フィリップが次にクロズリー・デ・リラにいったとき、クロンショーはにやっと笑って顔を上げた。

「あの詩が気に入らなかったそうだな」

フィリップはどぎまぎした。

「ぼくにはよくわかっていないんです。だけど、楽しく読ませていただきました」

「そう気をつかわなくていいって」クロンショーはふっくらした手を振っていった。

「自分の詩をそれほど高く評価しているわけでもないからね。人生は生きるためにある、詩の題材にするためにあるんじゃない。自分が探し求めているのは、人生が提供する重層的な体験なんだ。それが示してくれる感情の一瞬一瞬をつかみ取ってやりたいと思っている。自分の詩は趣味のいいたしなみのようなもので、生から快楽を吸いとるのではなく、生に快楽を与えるものだと思っている。後世に残るかって？　後世なんて、どうでもいい」

　フィリップは笑った。というのも、目の前にいる芸術家はみじめな染《し》みのような作品しか書けないことがはっきりわかったからだ。クロンショーはうなずきながらフィリップをみて、グラスにウィスキーを注いだ。それからウェイターを呼んで、煙草を買いにいかせた。

「楽しそうに人の話をきいてるな。それは、話している相手が貧乏で、屋根裏部屋に住んでいて、自堕落な女と暮らしていて、その女や仲間の美容師やウェイターにだまされているのを知っているからだろう。そして本人はどうしようもない本をイギリス人のために訳したり、けなす価値さえないばからしい絵についての記事を書いたりしているわけだしね。しかしひとつ教えてくれないか。きみにとって、人生の意味って、なんだ？」

「難しいですね。教えてほしいくらいです」

「いや、他人に教えてもらってもしょうがない。なぜなら、それは自分でみつけない限り意味がないからな。では、この世界でいかに生きるべきだと思う？」

フィリップはそんなことを考えたことがなかったので、すぐには答えられなかった。

「さあ、どうでしょう。たぶん、自分の義務を果たし、自分の能力を最大限に生かし、他人を傷つけないように生きるべきだと思います」

「簡単にいうと、人に為《な》されんと欲する事を、汝《なんじ》等も人に為せ、というところか」

「はい、たぶん」

「よきキリスト教徒というわけだ」

「いえ、違います」フィリップはむっとしていった。「キリスト教とはまったく関係がありません。人間が本来持っている漠然とした道徳観です」

「おいおい、漠然とした道徳観なんてものを人間が持っているはずないだろう」

「たとえば、あなたが酔っ払って置き忘れた財布をぼくが拾ったとしましょう。ぼくはそれをあなたに返します。どうしてだと思います？　警官が怖いからですか」

「それは、罪を犯せば地獄行き、善行を積めば天国行き、と思っているからだ」

「いえ、ぼくはそのどちらも信じていないんです」

「それはあり得るな。カントもそうだった。そして定言命法という考えを提示したわけだ。きみはキリスト教の教義は捨てた。しかしそれに基づいた倫理観はしっかり持っている。つまりあらゆる意味において、いまもクリスチャンなんだ。そしてもし天国に神がいれば、きみは間違いなくよき報いを受ける。神は、教会が考えているほど愚かではない。もしきみが神の法を守って生きれば、きみが信じていようがなかろうが、そんなこと神はちっとも気にしないと思う」

「だけど、ぼくが財布を忘れていったら、あなただってきっとぼくに返してくださるでしょう」

「そりゃ、返すよ。しかし漠然とした道徳観からじゃない。警察に捕まるのが怖いからだ」

「十中八九、警察にはばれませんよ」

「われわれは長いこと文化的な生活を送ってきたせいで、警察の恐ろしさを身に染みて知っているんだ。わが管理人の娘《ラ・フィユ・ドゥ・モン・コンシェルジュ》はなんのためらいもなく財布を自分のものにする。きみはきっと、あの女が犯罪社会に関わっているからだというだろう。しかしそれは見当外れだ。あの女にはわれわれの頭に染みこんでいる思いこみがないだけなんだ」

「それじゃあ、誇りも、美徳も、善良さも、慎みもすべてないということですか」

「きみは罪を犯したことがあるかい」

「よくわかりませんが、あると思います」

「まるで非国教会の牧師の言い草だな。おれは一度も罪を犯したことはない」

クロンショーはみすぼらしい厚地のコートを着て、襟を立て、帽子を目深《まぶか》にかぶり、肉のついた赤ら顔で、小さな目を光らせている。見るからに滑稽《こっけい》だ。しかしフィリップは真剣に考えていて笑えなかった。

「後悔するようなことは何ひとつしていないんですか」

「すべてそうせざるを得なかった。それを後悔できるかい」

「運命論ですよ、それは」

「人間は自由意志に基づいて行動するという幻想はじつに深く染みこんでいる。それは喜んで認めよう。そしてまるで自由人だといわんばかりに振る舞うわけだ。ところが後になって、はるか彼方《かなた》の宇宙のあらゆる力が結託してそうさせたのであって、自分はそれを防ぐことなどとてもできなかったことが明らかになる。避けられなかったのだ。ということは、それがいくら良きことであっても、自慢することはできないし、それがいくら悪《あ》しきことであっても、そしりを受けるいわれはない」

「頭がくらくらしてきました」

「ちょっとウィスキーを飲めばいい」クロンショーはそういってボトルを回した。「頭をすっきりさせるのに、これほど効く薬はない。ビールばかり飲んでると、ばかになるぞ」

フィリップが首を振って断ると、クロンショーは続けた。

「きみは悪いやつじゃないが、飲まないのがいかん。素面《しらふ》のやつがいると会話がだいなしになる。しかし、この口が善悪について語るときは……」フィリップは、彼がさっきの続きを始めたことに気がついた。「ごく一般的な意味でいっているのであって、とくに意味らしい意味はない。そもそも人間の行動に優劣をつけて、ある行為をほめ、ある行為をけなすのには反対だ。悪徳も美徳もどうでもいい。賞賛もしなければ、糾弾もしない。ただ受け入れる。すべてを計る物差しは自分だからね。自分が世界の中心にいるんだ」

「しかし、世界にはひとりやふたり、ほかの人間がいますよね」フィリップがいった。

「問題なのは自分だ。他人はいるが、他人は自由を妨げる存在にすぎない。世界は彼らのまわりも回る。つまりそれぞれが宇宙の中心にいるわけだ。自分の権利がそのふたりに届くのは、自分の力が影響をおよぼす範囲内だ。自分にできることが、自分の自由の限界だ。われわれは集団が好きだから、社会を作って生きているわけで、社会はわれわれを力でもってひとつにまとめる。武力（すなわち警察）によって、また世論（すなわち周囲の監視）によってね。ということは片方に社会があり、片方に個人があるわけだ。そしてどちらも必死に自己保存のために闘っている。力と力のぶつかり合いだ。そこで自分の立ち位置はというと、社会のほうだ。それも喜んでそうしている。税金を納める代わりに守ってくれるからね。そう、強い他者の横暴から、弱い個人を守ってくれるんだ。しかし社会の法に従うのは、仕方がないからであって、社会的正義を認めているからではない。そもそも、正義のなんたるかがわからない。わかっているのは力だけだ。したがって、守ってくれる警官の給料は払い、もし徴兵制のある国に住んでいるなら、家や国を侵略者から守る軍隊に入る、そうすれば社会とは五分と五分だ。あとは、むこうが力でくるなら、こちらは奸計《かんけい》で対抗する。社会は自己保存のために法を作っているわけだから、それを破った者は刑務所に入れられるか、処刑されるかだ。社会はその力を持っている、ということはその権利を持っているわけだ。だから法を犯せば、国から復讐《ふくしゅう》されるわけだが、それは受け入れる。だからといって、罰だとは思わないし、自分が悪しきことを行ったから処罰されたとも考えない。社会は人に奉仕させるために、名誉や富や世評なんかを目の前にちらつかせる。しかしいわせてもらうが、他人の意見なんてどうでもいい。名誉なんてばかばかしいし、金なんかなくったって楽しく暮らしていける」

「しかし、みんながあなたのように考えだしたら、世界は崩壊してしまいますよ」

「他人のことなんかどうでもいい、自分さえよければね。じつはとても都合のいい事実があって、それを利用させてもらっているんだ。ほとんどの人間がある種の報酬につられて行っていることは直接的、また間接的に、このクロンショーにとってじつに都合がいいんだ」

「ずいぶん身勝手な考えですね」

「じゃあきみは、人間が利己的な理由以外の理由で動くことがあると思っているのかい」

「ええ」

「そんなわけないだろう。きみもそのうちわかると思うが、この世界で生きていくには、人間というものはどうしようもなく利己的にできているということを知らなくてはならない。きみは、人は利己的であってはならないというが、とんでもない話だ。ほかの人々がきみのために犠牲を払わなくてはならないというのかい。冗談じゃない。きみも、人間というのは自分を中心に考えているということを認めるべきだ。そうすれば、他の人への要求も少なくなるよ。そうすれば、他の人にがっかりすることもなくなるし、他の人のことも思いやるようになる。人間が人生に求めるものはひとつ、快楽だ」

「いえ、違います！」フィリップは思わず大声でいった。

クロンショーはくすくす笑った。

「おびえた子馬じゃあるまいし、そんなに飛びあがらなくていい。まあ、キリスト教ではけしからん言葉とされているがね。キリスト教徒は物事に上下をつけたがる。快楽は階段の一番下に置かれている。一方、義務とか慈善とか真実という言葉を口にするときは、ささやかな自己満足を感じてうっとりする。快楽というと感覚的な快楽しか考えていないから、そうなるんだ。あわれな奴隷《どれい》さ。自分たちが楽しめない快楽を軽蔑することによって道徳なんてものを作りだすんだから。たぶん、快楽といわず、幸福といったら、きみもそんなには驚かなかっただろう。そのほうが響きが柔らかいから、きみの心もエピクロスの豚小屋ではなく、エピクロスの園にいけたと思う。だが、あえて快楽といわせてもらう。というのは、人生の目的はそれだと確信しているからだ。幸福が目的かどうかについては自信がない。すべての立派な行為には快楽が潜んでいる。人間は自分にとって快いことを行っているだけだ。そしてそれが他人にとっても快いとき、人はそれを立派な行為と考える。たとえばある人が慈善を快いと思えば、寄附や施しをする。もし人を助けることが快いと思えば、情け深くなるだろうし、社会につくすことが快いと思えば、公共心を持って生きるだろう。ただ、きみが物乞《ものご》いに二ペンスやってひそかな快楽を得るのも、おれがハイボールをもう一杯飲んでひそかな快楽を得るのも同じなんだ。おれはきみみたいな偽善者じゃないから、偉そうにいわないし、きみにほめてもらおうと思わないというだけさ」

「ですが、本当はしたくないけれどする人間だっているでしょう」

「いないね。そもそも、その質問はばかげている。それは目の前の快楽より、目の前の苦痛を選ぶ人間がいるかってことだろう。きみの反論もばかげているが、反論の提示の仕方もばかげている。もちろん、目の前の快楽を捨てて、目の前の苦痛を取る人間はいる。しかしそれは、その苦痛の先に、より大きな快楽をみているからにすぎない。未来の快楽はしばしば幻想に終わることがあるが、それは計算が違っただけであって、おれのいっていることが間違っているわけじゃない。きみはまだ首をかしげているが、それは快楽を感覚的なものとしか考えていないからだ。だが、いいかい、愛国者が国のために死ぬのは、キャベツのピクルスが好きだから食べるのとまったく同じだ。これは万国共通の真実だと思う。もし人間が快楽より苦痛を選ぶなんてことがあったら、人類はとっくの昔に滅んでいるはずじゃないか」

「ですが、それが真実だとしたら、ものの価値はいったいどうなるんですか。つまり、義務も善も美もないとしたら、われわれはなぜこの世に送り出されたのです」

「おや、東方の賢者たちがやってきた。その質問に答えてくれるかもしれないぞ」クロンショーがにやっと笑った。

　クロンショーが指さす先に目をやると、男がふたりカフェのドアを開けて、冷たい風とともに入ってくるところだった。行商のレバント〔地中海の東部沿岸地方〕人で、筒のように巻いた安物の敷物を一本ずつ腕に抱えている。日曜日の夜なのでカフェは混んでいる。ふたりはテーブルの間を歩いてきた。店のなかは煙草の煙が充満しているうえに、人のにおいで息苦しいほどだ。そこへやってきたふたりは、神秘的な風を吹きこんだかのようだった。着ているのはみすぼらしい西洋の服で、その上の厚地の外套《がいとう》はすりきれて薄くなっている。頭にはトルコ帽。寒いので顔が青ざめている。ひとりは中年で、黒いひげを生やしているが、もうひとりのほうは十八歳くらいで、顔に天然痘のあとがひどく残っていて、片方の目がない。ふたりはクロンショーとフィリップのほうにやってきた。

「アラーは偉大なるかな、ムハンマドはその預言者なり」クロンショーが重々しい口調でいった。

中年の男が、殴られ慣れた野犬のこびるような笑いを浮かべてやってきた。そしてちらっと入口のほうをみてから、手早く女の裸の絵を出してみせた。クロンショーがいった。

「そちらは、アレクサンドリアの商人、マスレディーン〔トルコの伝説に登場するナスレディーン・ホジャのもじり〕でいらっしゃいますか。それとも、その敷物はバグダッドから持ってきたものでしょうか。それから、むこうにいる片目の若者は、シェヘラザードが王に語った物語に登場する三人の王のうちのひとりでしょうか」

男はさらにへつらうような笑みを浮かべたが、クロンショーのいったことはひと言もわかっていない。そして今度は手品師のように白檀《びゃくだん》の箱を取りだした。

「いやいや、東洋で織られた豪華絢爛《けんらん》な敷物をみせてほしい。それをみて、教訓をひとつ、物語をひとつ、語ってみせたい」

レバント人の男はテーブルクロスを一枚広げてみせた。赤と黄で染めた、安っぽく、けばけばしくグロテスクな代物《しろもの》だ。

「三十五フラン」男はいった。

「いやいや、これはサマルカンドで織られたものでもなければ、この色はブハラの桶《おけ》で染められたものでもない」

「二十五フラン」行商人がこびるように笑った。

「これが最果ての地で作られたものであれば、わが生誕の地、バーミンガムで作られたのかもしれない」

「十五フラン」ひげの男が卑屈な口調でいった。

「もういい。いってしまえ」クロンショーがいった。「野生のロバが、汝の母方の祖母の墓を踏み荒らしてくれますように」

　レバント人の男は動じることもなく、しかし笑みは消して、荷物を抱えてほかのテーブルにいった。クロンショーはフィリップのほうを向いた。

「この国のクリュニーの美術館にいったことはあるかい。あそこに展示してあるペルシア絨毯《じゅうたん》は、ほれぼれするような色合いで、描かれている模様ときたらじつに細やかで美しい。目が離せないくらい素晴らしい。まさに、東洋の神秘的で官能的な美だ。ハーフィズ〔一四世紀ペルシアの詩人〕のバラ、ウマル・ハイヤームの酒杯が織りこまれているんだ。まあそのうち、きみも多くのことがわかるようになる。さっき、人生の意味をたずねていたが、あそこにあるペルシア絨毯をみにいってみるがいい、きっと答えはおのずからわかると思う」

「また、謎めいたことをいってくれますね」

「酔っぱらいだからな」クロンショーがいった。

## 46

パリでの生活は思っていたほど安くはなかった。二月には持ってきた金はほとんど底をついた。伯父にせびるのは自尊心が許さなかったし、伯母に逼迫《ひっぱく》した状況を知られるのもいやだった。伯母のことだ、知ったらきっとささやかな蓄えから出そうとするに違いない。三ヶ月後には法律上、成人になるので、ささやかながら遺産が手に入る。フィリップはそれまでの間、わずかな父親の形見を売ってしのぐことにした。

その頃、ローソンが小さなアトリエをシェアしないかと持ちかけてきた。ラスパイユ通りに続く通りにひとつ空いていて、家賃がとても安いという。ひと部屋ついているので、そこをふたりの寝室に使える。午前中、フィリップは学校にいっているので、その間、ローソンはアトリエをひとりで使える。ローソンはいくつもの学校を渡り歩いたあげく、これならひとりで描いても同じだという結論に至り、週に三、四日モデルを頼まないかとフィリップに持ちかけた。フィリップは最初、モデル料を出せるか不安だったが、ふたりでなんとかすることになった。ふたりともアトリエを持ちたくてたまらなかったので細かく計算してみたところ、ホテル暮らしとくらべてそれほど高くつくわけではないようだ。家賃と掃除代が余分にかかるが、朝食《プティ・デジュネ》は外で食べないで節約することにした。一、二年前なら、フィリップはだれかと部屋をシェアする気にはならなかっただろう。足をみられるのがいやだったからだ。しかし、不格好な足を嫌がる気持ちはかなり薄れてきた。パリではそれほど人目を引かないようで、フィリップ自身は忘れなかったものの、他人にいつもみられているように感じることはなくなった。

というわけで、ふたりは引っ越した。ベッドをふたつ、洗面台をひとつ、椅子《いす》を数脚買い、生まれて初めてこういったものを所有する喜びに胸を躍らせた。ふたりはうれしくてたまらず、「わが家のベッド」に横になって朝の三時まで話しこんだ。翌朝、ストーブに火を入れて、コーヒーをいれ、パジャマ姿で飲んだ。楽しくてたまらず、フィリップがアミトラノの学校に着いたのは十一時近くだった。最高の気分で、ファニー・プライスをみると軽くうなずいた。

「今日はどう」フィリップは陽気にたずねた。

「何かあったの？」

フィリップは思わず笑った。

「そんな言い方しなくてもいいのに。ただ礼儀正しく挨拶《あいさつ》しただけだよ」

「礼儀正しい挨拶なんてしてほしくないから」

「けんかを売ってる？」フィリップはおだやかにたずねた。「そんなふうだから、話し相手が少ないんだよ」

「余計なお世話よ」

「たしかに」

フィリップは絵を描きだしたが、ファニー・プライスはどうしてこんなに性格がきついんだろうと思っていた。そして、こんな女は大嫌いだという結論に至った。だれもが嫌っている。みんながひどい態度を取らないのはただ、彼女にあしざまにいわれるのがいやだからだ。ファニー・プライスは気に食わない相手がいると、当人の前でも後ろでも徹底的にこきおろす。しかしフィリップはとてもいい気分だったので、悪感情を持たれたくなかった。そこで、彼女の機嫌を直すのにそれまで何度も成功した手を使うことにした。

「よかったら、ぼくの絵をみてもらえない？　とにかくうまく描けなくて」

「その申し出はとてもうれしいけど、もっとましなことに時間を使いたいの」

フィリップは驚いて目を丸くした。というのも、アドバイスならいつも喜んでしてくれると思っていたのだ。ファニー・プライスはすぐに、低い声で、毒々しく、怒りをこめて続けた。

「ローソンがいないから、わたしで我慢しようってわけなんでしょう。おあいにくね。アドバイスがほしければ、だれかほかの人をさがして。ローソンの代わりなんて、お断りよ」

ローソンは人に教える才能があった。新しいことを発見すると、それがなんであっても人に話したくてたまらなくなるのだ。そしていかにもうれしそうに話すので、相手にもいい勉強になる。フィリップはそんなことはまったく考えないで、いつの間にか彼のそばに座るようになっていたのだ。まさか、ファニー・プライスがそれをみて嫉妬《しっと》でかりかりしているなどとは思いもしなかった。

「我慢して付き合ってくれてありがとう。でもそれはほかにだれもいなかったからだったみたいね」ファニー・プライスが嫌みたっぷりにいった。「そしてほかに仲間ができたらさっさと、わたしを捨ててしまう。古くなった手袋みたいに」彼女はその古くさいたとえを得意げにくり返した。「古くなった手袋みたいにね。もういいわ。あなたのことなんかどうでもいいんだから。でも、二度とばかにされるのはいや」

彼女の言い分には多少思い当たるところがあって、フィリップは頭に浮かんだ最初の言葉を口にした。

「やめてほしいな、そういうのは。ぼくは、そっちが喜ぶと思って、アドバイスをしてもらってただけなんだから」

ファニー・プライスははっと息を飲み、いきなり顔をゆがめてフィリップをみた。頰を二筋の涙が伝う。みっともなく、グロテスクだった。彼女がこんな表情をみせたのは初めてだったので、フィリップはどうしていいかわからず、自分の絵にもどった。ばつが悪く、気がとがめたが、そばにいって、気を悪くしたならごめんといってあやまるつもりにはなれなかった。またばかにされてはたまらないと思ったからだ。二、三週間、彼女は口をきかなかった。フィリップも彼女に無視される気まずさが薄れると、疲れる友だちから解放されてなんとなくほっとした。彼女に自分の所有物のように扱われるのが少々いやになってきていたのだ。とにかく変わった女だった。毎朝八時にはアトリエにきて、モデルがポーズをとるときには描き始められるように準備している。こつこつと作業を進め、だれにも話しかけず何時間も、彼女にはこなせるはずのない作業を、時計が十二時を打つまで続ける。彼女の描く絵は絶望的だった。若い人たちが数ヶ月勉強すれば到達できるレベルにもまったく達していないのだ。毎日着てくるみっともない茶色のワンピースの裾《すそ》には、こないだの雨の日に散った泥がこびりついているし、フィリップが最初に会ったときに気づいたほころびもそのままだった。

ところがある日のこと、彼女が顔をまっ赤にしてやってきて、あとで話をしたいといった。

「ああ、いいよ」フィリップはにっこりしていった。「十二時に待ってる」

その日の授業が終わると、フィリップは彼女のところにいった。

「少し散歩に付き合ってくれる」彼女は目をそらして、決まり悪そうにいった。

「もちろん」

ふたりは何もいわずに二、三分歩いた。

「こないだいったこと、覚えてる？」彼女がいきなりたずねた。

「まあ。だけど、けんかはやめようよ。けんかするほどのことじゃないし」

彼女はつらそうに、息をのんだ。

「わたしだって、あなたとけんかなんてしたくない。だって、あなたはパリでたったひとりの友だちなんだから。わたし、あなたに好かれてるって思ってた。わたしたちの間には何かあるって。わたしはあなたにひかれていて——いいたいこと、わかるわよね。あなたは足が悪いし」

フィリップは赤くなって、とっさになるべく足を引きずらないで歩こうとした。ほかの人に足のことをいわれるのはいやだった。ファニー・プライスのいいたいことはわかった。彼女は不細工で不格好だ、そしてフィリップは足が悪い、だからふたりの間にはある種の共感があるはずだといいたいのだ。フィリップはかっとなったが、口には出さなかった。

「わたしが喜ぶと思ってアドバイスを頼んだだけだっていったでしょう。わたしの絵をいいと思ってるわけじゃないのね」

「アミトラノで描く絵しかみていないから、それだけで判断するのは難しいと思う」

「じゃあ、うちにきて、ほかの作品もみてくれないかしら。ほかの人には、こんなこと頼んだためしはないの。でも、あなたにはみてほしい」

「それはうれしいな。ぜひみたい」

「うちは、このすぐそばなの」彼女は何か弁解でもするかのようにいった。「ほんの十分くらいのところ」

「じゃあ、そうしようか」

ふたりは大通りを歩いていたが、彼女は途中で普通の通りに折れ、そこからさらにうらぶれた通りに入った。一階で安い商品を売っている建物が並んでいる。彼女はそこまできてやっと足を止めた。そして一階から二階、三階へと上っていって、部屋の鍵《かぎ》を開けた。フィリップもいっしょになかに入った。そこは屋根裏部屋で天井が斜めになっていて、小さな窓がひとつついている。窓は閉まっていて、部屋はカビくさい。なかはとても寒かったが、暖炉に火はなく、たかれた様子もない。ベッドの寝具はしわになったままだ。椅子が一脚、洗面台にも使われている低いタンスがひとつ、安物のイーゼルがひとつ。家具と呼べるものはそれくらいだ。何をどうしようと粗末な部屋に変わりはないものの、乱雑で不潔となると、さすがにみられたものではない。暖炉の上の棚には、絵具と筆、カップ、汚れた皿、ティーポットが雑然と置かれている。

「そこに立ってちょうだい。よくみえるように、椅子に絵を置くから」

彼女は二十枚ほど小さな絵をみせた。どれも縦横、十八インチ×十二インチだ。それを一枚ずつ椅子にのせてはフィリップの顔をうかがった。フィリップはそのたびにうなずいた。「どう？　どう思う？」彼女はしばらく間を置いてから、おずおずとたずねた。

「全部みてからでいいかな。そのあとで感想をいうから」

フィリップは気持ちを落ち着けようとした。どうしていいかわからなかったのだ。いったい、なんといえばいいだろう。絵が下手とか、色のことがまったくわかっていない素人《しろうと》のようだという程度ではない。明暗も考えていなければ、遠近法もグロテスクにゆがんでいる。五歳児の絵のようだったが、子どもにはある種の無邪気さがあって、少なくともみたものをそのままに描こうとするからいい。しかし、ここにあるのはどうしようもなく古くさい絵の記憶で頭がいっぱいの、古くさい考えの人間が描いた絵ばかりなのだ。フィリップは、彼女がモネや印象派について熱く語ったときのことを思いだしたが、ここにあるのは英国王立美術院《ロイヤルアカデミー》にある悪しき伝統のなかでも最悪のものだった。

「これでおしまい」彼女がいった。

フィリップは人並みのお世辞くらいは平気でいえたが、まったく思ってもいない嘘《うそ》をつくのは気が引けるほうだったので、まっ赤になった。

「素晴らしい出来だと思う」

彼女の青白い頬にかすかな赤みがさして、顔にちらりと笑みが浮かんだ。

「お世辞をいわなくてもいいのよ。本当にどう思ったかが知りたいの」

「いや、素晴らしいと思う」

「注意したほうがいいところとかない？　いくつかあるでしょう、ここは違うんじゃないかってところが」

　フィリップはどうしようもなくあたりを見回した。風景画が一枚目に止まった。素人が描きそうな美しい風景画だ。古い橋と、ツタのからまった小さな家と、緑の草におおわれた堤。

「もちろん、まだまだ偉そうなことはいえないけど、あの絵の色使いはちょっと、どうかなと思う」

　とたんに彼女は表情を曇らせ、その絵を取り上げると裏返しにした。

「なぜこの絵を取り上げてばかにしたのかわからない。いままでに描いたなかで一番いいと思っているのに。色使いだって完璧《かんぺき》よ。色使いは教えようにも教えられないものよ。わかるかわからないか、それしかないもの」

「そうそう、どれもとても素晴らしいと思う」フィリップがいった。

　すると彼女はうれしそうに自分の絵をながめた。

「わたしも、そんなにひどい出来じゃないと思ってるの」

　フィリップは懐中時計をみた。

「こんな時間だ。軽い昼食でもごちそうしようか」

「お昼はここで食べることにしているの」

昼食らしいものはどこにも見当たらなかったが、自分が出ていったら、管理人が持ってきてくれるのだろう。フィリップは急いで外に出た。カビくさい部屋のなかにいて頭が痛くなってきたのだ。

## 47

三月になると、絵をサロンに出品するというのでだれもが大騒ぎした。クラットンはクラットンらしく、まだ何も描いていないくせに、ローソンが送った二枚の肖像画をとことんばかにしていた。たしかに画学生が描きましたといわんばかりの絵で、モデルをそのまま写し取っただけのものなのだが、ある種の力があった。一方、クラットンは完璧主義者で、少しでもためらいが表われた作品には我慢がならず、ローソンに対しても肩をすくめて、自分のアトリエから外に出してはならない作品を恥ずかしげもなくよく出品したもんだ、といった。ローソンの肖像画が二枚展示されたときも、その侮蔑《ぶべつ》的な態度は変わらなかった。フラナガンも出品したが返送された。ミセス・オターは「母の肖像《ポルトレ・ドゥ・マ・メル》」を出した。これは完成度が高く、一級品とはいえないものの、いい場所に展示された。

ハイデルベルクを引き払って以来会っていなかったヘイワードがパリにやってきた。数日間、滞在するとのことで、ローソンの肖像画がサロンに飾られることになったのを祝うフィリップとローソン主催のパーティにも参加するという。フィリップは彼に会いたくてしょうがなかったが、会って、がっかりした。みた感じも少し変わっていた。薄い髪が細くなり、美しいものほど褪《あ》せやすいという言葉通り、全体にしなびた感じがして生気も感じられなかった。青い目もさらに青みが薄くなり、顔には気だるい表情が浮かんでいる。一方、考え方のほうは当時のままのようで、フィリップも十八歳のときには感銘を受けたが、二十一歳でそれをきかされるとなんとなくばかばかしい気がした。フィリップ自身ずいぶん変わってしまい、かつての芸術や人生や文学などに対する自分の意見すべてを冷ややかにみていたので、まだそういう意見を持っている人の話をきくと我慢できなくなった。フィリップ自身はほとんど気づいていなかったのだが、ヘイワードにあれこれ自慢したい気持ちがあり、美術館をいくつか回る間、つい最近仕入れたばかりの革新的な意見を片っ端から披露していた。そしてマネの「オランピア」の前に連れていくと、芝居がかった調子でこういった。

「ベラスケスとレンブラントとフェルメールをのぞく、すべての画家は、この一枚の絵の前には無価値だと思います」

「フェルメールって」ヘイワードがきいた。

「え、フェルメールを知らないんですか？　それは遅れてますよ。すぐにでもみにいかないと。現代的な絵を描いた唯一《ゆいいつ》の昔の画家だから」

フィリップはヘイワードをリュクサンブールから連れ出すと、早足でルーヴルに連れていこうとした。

「待てよ、ここにだってもっと絵があるんだろう」ヘイワードはすべてをみたがる観光客のようにたずねた。

「みるべきものはありません。あとで、ベデカーの旅行案内でも持ってみにきてください」

ルーヴルに着くと、フィリップはヘイワードをグランドギャラリーに案内した。

「ジョコンダの肖像をみたいんだけどな」

「あれは、文学ですから」

ようやく小さい部屋に着くと、フィリップはフェルメール、ことヤン・ファン・デル・メール・ファン・デルフトの「レースを編む女」の前で立ち止まった。

「ルーヴルで最高の絵です。まさに、マネです」

フィリップは親指に表情を持たせ、雄弁に使いながら、その魅力的な絵について詳しく説明した。美術用語を最大限に駆使して語った。

「その素晴らしさが、この絵にはまったく感じられないんだけど」

「つまり、これは画家の目からみた魅力なんです。だから、このよさはわからないんですよ、一般の人には」

「だれにわからないって」

「一般の人です」

芸術に入れこんだ覚えのある人はほとんどだれもがそうだが、ヘイワードも心の底から正しくありたいと思っていた。つまり、自分の考えを主張しない人に対しては上手に出るものの、主張する人に対しては下手に出るほうだったので、フィリップの確信に満ちた解説に感銘を受けて、おとなしくその考えを受け入れた。フィリップが言外にいいたかったのは、絵画を判断できるのは自分以外にいないと画家が考えているのは傲慢《ごうまん》かもしれないが、けっして不当ではないということだ。

一日か二日後、フィリップとローソンはパーティを開いた。クロンショーも、ふたりのパーティは特別だからといって加わった。ミス・チャリスが料理をしにきた。彼女は女性にはまったく興味がなく、ほかの女の子も呼ぼうかという提案を却下した。クラットン、フラナガン、ポター、その他二名が出席した。家具が少ないので、モデルの立つ台をテーブルにして、客はトランクに座るか、床に座るかしてもらった。料理はまずポトフ。これはミス・チャリスが作った。それから羊の脚。これは角の店から焼きたてのおいしいものを持ってきてもらうことになっていた（ミス・チャリスがあらかじめジャガイモをゆでておいた。部屋は炒《いた》めたニンジンのにおいが充満していた。これはミス・チャリスの得意料理だ）。そしてポワールフランベ、洋ナシにブランデーを振りかけて火をつけたもの。これはクロンショーが作った。最後の巨大なブリーチーズは窓のそばに置いてあって、アトリエのなかに並んだ料理すべてにいい香りをそえていた。クロンショーは特等席、つまりどっしりした革の旅行カバンに座って、トルコの大臣のようにあぐらをかき、まわりの若者を機嫌よく、にこにこしてながめていた。これが習慣というものなのだろう、ストーブをたいた小さなアトリエは暑くてたまらないくらいなのに、クロンショーはいつもの厚手の外套を着たままで襟を立て、頭には山高帽をのせている。うれしそうな目を向けた先にあるのは、四本のキャンティの大瓶で、ウィスキーの瓶の両側に二本ずつ並べてある。クロンショーは、ほっそりしたチェルケス〔ロシア、北コーカサスの先住民族〕美人が、四人の太った宦官《かんがん》に守られているみたいだといった。ヘイワードはほかの人をくつろがせようと、ツイードのスーツにトリニティホールのネクタイを締めていた。グロテスクなまでにイギリス的な格好だ。だれもが彼に対してはことさら礼儀正しく、スープが出たときも、話題に出るのは天気と政治くらいだった。羊の脚がなかなかこなかったので、ミス・チャリスは煙草《たばこ》に火をつけた。

「ラプンツェル、ラプンツェル、髪をおろしましょう」彼女がふいにいった。

そして手を軽く動かしてリボンをほどき、金髪が肩に落ちると、首を振った。

「髪を下ろすと、いつもほっとするのよね」

大きな褐色の目、細く清楚《せいそ》な顔、白い肌、広い額、まるでバーン＝ジョーンズの絵から抜け出てきたかのようだ。きれいなほっそりした手をしていて、指にはニコチンが染《し》みついている。藤色《ふじいろ》と緑の、流れるようなロングワンピースを着て、ケンジントンのハイストリートのロマンティックな雰囲気を漂わせている。奔放な美の信奉者の振りをしているが――じつは心根がよく、とても親切で思いやりがあり――それは見せかけにすぎない。ドアをノックする音が響き、いっせいに歓声が上がった。ミス・

チャリスが立ち上がってドアを開け、羊の脚を受け取り、頭の上にかかげる。まるで皿の上にのったヨハネの首〔サロメは母ヘロディアにそそのかされ、ヘロデ王の前で踊ったほうびにヨハネの首を望んだと、いう逸話が有名〕を持っているかのようだ。そして唇に煙草をくわえたまま、ゆっくりと神官のように歩いてみせた。

「待ってました、ヘロディアの娘」クロンショーが大声でいった。

羊の肉はあっという間になくなった。色白の女性の旺盛《おうせい》な食欲をみるのは気持ちがいい。彼女の隣にはクラットンとポターが座っていた。ふたりが彼女のことを恥ずかしがり屋の小娘だなどと思っていないのはだれもが知っている。彼女はどんな相手でも六週間くらいたつと飽きてしまう。しかし自分の前にひざまずいた若い男たちのその後の扱いもよく心得ていた。気持ちがさめた男に対して悪感情を抱くことはなく、親密にすることはないものの、気持ちよく付き合うようにしていた。ときどき憂《うれ》いをふくんだ目でローソンをみることがあった。ポワールフランべは最高に受けた。ひとつには、ブランデーのおかげで、もうひとつには、ミス・チャリスが絶対チーズといっしょに食べなきゃだめと主張したからだ。

「これ、完璧においしかった、でも、わたし吐きそう」彼女はポワールフランべとチーズを平らげたあとでいった。

すぐにコーヒーとコニャックが出てきて、そんなことにはならずにすんだ。こうして全員がのんびり煙草をふかすことになった。ルース・チャリスは、きわめて芸術的なことしかしないというのがモットーだ。いまクロンショーの隣で、いかにも絵になりそうな格好で座り、かわいい頭を彼の肩にのせている。そして、悲しそうな目で暗い時の深淵をのぞきこみ、ときどき思い詰めたような眼差《まなざ》しでローソンをじっとみては深いため息をつくのだった。

夏になると、若者はみな落ち着きがなくなる。青い空が海へ誘い、大通りのプラタナスの葉を揺らすそよ風が郊外へ誘う。だれもがパリを離れる計画を立て始めた。そして持っていくキャンバスはどれくらいの大きさがいいか、意見を言い合った。スケッチ用の画板を準備し、ブルターニュ地方のいろんな場所の美点を話し合った。フラナガンとポターはブルターニュのコンカルノーへ、ミセス・オターは母親といっしょに、当然といわんばかりに、同じくブルターニュのポンタヴァン〔一九世紀後半から二〇世紀初めにかけて、画家に人気があった。ゴーギャンも一時期、ここにいた〕へ。フィリップとローソンはパリ郊外のフォンテーヌブローへいこうということになったのだが、ミス・チャリスは、モレにとてもいいホテルを知っている、モレは絵になりそうなところがあちこちにあるといいだした。モレはパリの近くなので、フィリップもローソンも旅費がかからずにすむ。ルース・チャリスがそこにいるなら、戸外で彼女の肖像を描くのもいいとローソンは考えていた。ちょうどその頃、サロンには、日当たりのいい庭で、日に照らされた緑の葉の反射を顔に受けながら、目をしばたたかせている人の肖像画があふれていたのだ。ふたりはクラットンにもいっしょにいかないかと誘ったが、夏はひとりで過ごすといって断られた。クラットンはセザンヌの魅力を発見したところで、プロヴァンスにいきたがっていた。彼が頭に描いていたのは、青が汗のようにしたたり落ちてきそうな暑い空、土埃《つちぼこり》の立つ広く白い道、強烈な日光のせいで色あせた白い屋根、熱さで灰色になったオリーブの樹《き》だった。

出発の日の前日、午前中の課題が終わると、フィリップは持ち物をまとめながら、ファニー・プライスに話しかけた。

「明日、パリを出るんだ」フィリップは陽気にいった。

「どこへ？」彼女はとっさにたずね、「いなくなってしまうんじゃないんでしょうね」といってうつむいた。

「夏はどこかにいこうと思って。どうするつもり」

「わたしはパリにいるわ。あなたもパリにいるんだと思ってた。だから、楽しみにしていたのに……」

そういいかけて口ごもると、肩をすくめた。

「だけど、ここは恐ろしいほど暑くなるよ。絶対、体によくない」

「あら、わたしの健康のことまで考えてくれてるの？　どこにいく予定？」

「モレ」

「チャリスもモレにいくといってた。いっしょにいくの？」

「ローソンといっしょにいくんだ。彼女もいくらしいけど、三人そろっていくことにはならないと思う」

彼女はうなるような声を上げた。大きな顔が赤黒くなる。

「不潔！　あなただけは純粋で、ほかの人とは違うと思っていたのに。あの女はクラットンともポターともフラナガンとも関係があったのよ。それにずいぶん年上のフワネとも。だから、フワネはあんなに彼女に目をかけてるの。そして今度は、あなたたちふたり、あなたとローソンまで。もう、うんざり」

「そんなことないって。彼女はそんな人じゃない。みんな彼女とは男同士みたいに付き合ってるんだ」

「もうやめて。ききたくない」

「だけど、それがなんの関係がある？　ぼくが夏をどこで過ごそうが、そんなこときみに関係ないだろう」

「わたしはね、この夏をとても楽しみにしてたの」彼女は大きく息をつくと、自分自身に語りかけるかのようにいった。「あなたはどこかにいくお金は持ってないし、ここにはだれもいなくなるから、ふたりでいっしょに絵を描いたり、いろんなものをみにいける、そう思ってたの」そういってから、またルース・チャリスのことを考えた。

「ほんとにいやな女」彼女は大声でいった。「あんな女とは話をするのもいや」

　フィリップはうんざりして彼女をみた。自分が女の子に好かれるなどとは思ったことがない。足のことが気になってしょうがなく、女性に対してはぎこちなくおどおどしてしまうのだ。ところが、ファニー・プライスの憤慨した様子をみると、好かれているとしか思えない。汚れた茶色のワンピースを着て、目の上まで髪をたらして、だらしなく、きたならしい女が目の前に立って、怒りの涙をこぼしている。フィリップはぞっとして、とっさにドアのほうをみた。だれかが入ってきて、この場から救い出してくれないかと思ったのだ。

「本当に悪いけど」

「あなたもほかの男たちと同じ。もらうものだけもらって、ありがとうのひと言もいわない。あなたの知っていることはすべて、わたしが教えてあげたことよ。ほかの人はみんな、あなたのことなんかどうでもいいと思ってるんだから。フワネだって、ちっともかまってくれなかったでしょ。だから、これだけはいっておく。あなたはここで千年勉強しても、芽は出ない。才能がまるっきりないんだから。創造性がない。わたしだけじゃなくて、みんな、そういってる。死ぬまで、いっぱしの画家にはなれないわよ」

「それも、きみには関係ない」フィリップはまっ赤になっていった。

「どうせ、わたしがかっとなってでたらめをいってると思ってるんでしょう。クラットンにきいてみれば？　ローソンにきいてみれば？　チャリスにきいてみれば？　だめ、だめ、だめっていわれるに決まってる。あなたには才能がないの」

フィリップは肩をすくめて出ていった。後ろから彼女の叫ぶような声がきこえた。

「だめ、だめ、だめ」

当時のモレはフォンテーヌブローの森のはずれにある、一本道沿いにできた古い町として有名だった。エキュ・ドールというホテルはアンシャン・レジーム〔フランス革命以前の社会〕の古い雰囲気が残っていて、曲がりくねったロワン川に面している。ミス・チャリスが借りている部屋の小さなテラスからのながめはとてもよく、古い橋がみえる。橋の入り口には、敵の侵入に備えて要塞《ようさい》化している門がある。夕食が終わると、三人はそこに座って、コーヒーを飲み、煙草を吹かしながら、芸術を語った。少し離れたところで細い運河がその川に流れこんでいる。運河沿いにポプラ並木が続いていて、三人は一日中絵を描いてすごしたあと、しばしばそこを散歩した。その世代の若者と同様、ありきたりの美を心底嫌っていたので、その町の美しい風景には背を向け、自分たちの軽蔑《けいべつ》する美とは違うものを探した。シスレーやモネもポプラ並木の運河を描いているので、その手の典型的なフランスの風景を描いてみたい気もしたのだが、そういう形式的な美は怖いので、ことさら避けていた。ミス・チャリスの筆使いは達者で、女性の絵をばかにしているローソンでさえ感心した。彼女は林を描くにあたって、木々の梢《こずえ》のあたりを描かないことによって、新しさを出そうとしている。ローソンは思いついて、絵の前景にショコラムニエの青い大きな看板を入れることにした。そこのチョコレートの箱が大嫌いだという気持ちを強く出そうと考えていたのだ。

フィリップはようやく油絵の具を使い始めた。この夢のような画材を初めて使ったときは、うれしくて体が震えた。朝方、小さな箱を持ってローソンと出かけ、彼の隣に座って画板に描いていく。楽しくてたまらなかったので、自分の描いているものがただの模写にすぎないことにはまったく気づいていなかった。そしてローソンの影響を強く受けていたため、すべて彼の目を通してみていた。ローソンは明るい色は使わなかった。ふたりの目には、エメラルド色の草は暗いベルベットのようにみえ、空の輝きもふたりの手にかかると、くすんだ群青色《ぐんじょういろ》になってしまう。七月は毎日よく晴れていて、とても暑かった。フィリップは心臓が苦しく、体がだるく、絵が描けなくなってしまった。描きたいものが無数に浮かんでくる。午前中は、運河のポプラの木《こ》蔭《かげ》にいることが多く、本を何行か読んでは、三十分ほどぼんやりとあれこれ考えた。ときにはおんぼろの自転車を借りて、土埃の立つ道を走って森までいき、空き地に寝転がることもあった。頭のなかはロマンティックな夢想でいっぱいだ。ヴァトーが描く陽気で無邪気な女たちが騎士につきそわれて、大きな木の間を歩きながら、他愛のない楽しいことをささやき合っている。ところが、どことなく妙におびえているようにもみえる。

　ホテルには三人のほかに、太ったフランス人の中年女がひとり泊っているだけだった。ラブレーの作品に出てきそうな女で、いやらしいくらい大きな声で笑う。昼間は川岸に座って、いつまでものんびりと釣り糸を垂れているが、魚が釣れたためしがない。フィリップはときどきそこにいって話しかけてみた。それでわかったのは、彼女はかつてある職業についていて——その頃、この職業でもっとも有名なのはウォレン夫人だったといえばわかるだろうが、娼婦《しょうふ》のことだ〔娼館の女主人を描いた戯曲『ウォレン夫人の職業』が当時有名だった〕——ちょっとした財産ができたから、余生を静かに贅沢《ぜいたく》にすごしているといっていた。そしてフィリップにその手の話をよくしてくれた。

「そりゃ、セビリアにいってみることだね」彼女は片言の英語で話した。「あそこの女は世界一きれいだから」

そういってにやりとすると、ひとりうなずく。それから声を出さずに笑うと、三重あごと大きな腹がいっしょに揺れた。

いよいよ暑くなり、夜も眠れないほどになった。木の下にも毛布のような熱気がこもっていた。三人とも星空をみていたかったので、ルース・チャリスの部屋のテラスにいつまでも居続けた。話し疲れ、黙りこくっているのだが、その静寂がまたうっとりするほど魅力的だ。川のささやきに耳を傾ける。教会の時計が一時を打ち、二時を打ち、ときには三時を打つ頃、三人は仕方なくベッドにつく。フィリップはあるときふと、ルース・チャリスとローソンがいい仲になっているのに気づいた。彼女が彼に向ける眼差しや、彼の偉そうな感じでわかったのだが、いっしょに座っていると、ふたりの間のある種の緊張が伝わってくる。そして、それまでに体験したことのない奇妙に息苦しい雰囲気が漂っているのだ。フィリップはそれに気づいて驚いた。というのも、それまではミス・チャリスのことを気の合う仲間のように考えていて、話をするのも楽しかったのだが、まさかこんな複雑な関係になるとは思ってもいなかったからだ。ある日曜日、三人は紅茶などをバスケットに入れて森にいった。そして木に囲まれたさわやかな空き地までくると、ミス・チャリスが、ここはとってものんびりして気持ちがいいから、靴も靴下も脱ぐといいだした。きっと魅力的な展開になると思われたが、足が大きいうえに、どちらの足にも中指に大きい魚の目があるのをみて、フィリップは吹きだしそうになった。しかし彼女をそれまでと違った目でみることになったのも確かだ。大きな目とオリーブ色の肌は女性らしいやさしさを感じさせた。これまでその魅力に気がつかなかった自分が愚かに思えた。そして彼女から、わたしはずっと目の前にいたのにわからなかったの、と軽くばかにされているような気がしたし、ローソンからは軽い優越感を持ってみられているような気がした。フィリップはうらやましく、ねたましかった。それはローソンに対するものではなく、ローソンが手に入れた恋人に対してのものだ。自分もあんな恋人を作って、その気分を味わってみたくてたまらなくなった。そして、悩んだ。愛は自分をすり抜けていってしまうのではないかと思ってぞっとした。激しい情熱に翻弄《ほんろう》され、吹き上げられ、強い風にあおられ、なされるがまま、どこかわからないところへいってしまいたい。ミス・チヤリスとローソンがこれまでと違ってみえ、ずっといっしょにいると落ち着かず、どうしようもない自分が腹立たしかった。人生は、自分が求めているものを与えてくれない。時間をむだにしているのではないかと思うと、いても立ってもいられなかった。

大柄なフランス女はすぐにふたりの関係に気づいて、あけすけな調子でフィリップに話しかけた。

「それで、あんたには」彼女は、男たちの欲望で太った女らしい寛容な笑みを浮かべてたずねた。「かわいい子はいないの」

「残念ながら」フィリップはそう答えて赤くなった。

「また、なんで。もう、いい歳なのに《セ・ドゥ・ヴォトル・アージュ》」

フィリップは肩をすくめた。ヴェルレーヌの詩集を持って散歩に出たのだが、読もうと思っても熱にうかされてそれどころではない。フラナガンに教えられて、何度かこっそりいった娼館を思い出した。通りの行き止まり《キュドサック》にある建物、趣味の悪い壁掛けで飾られた接客室、金目当ての愛想のいい厚化粧の女たち。フィリップは身震いした。草の上に仰向けになって、眠りからさめたばかりの子犬のように体を伸ばしてみる。川面《かわも》のさざめきも、そよ風にやさしく揺れるポプラの葉も、青い空もすべて気にさわる。恋に恋していた。頭のなかでは、温かい唇と唇が触れ合い、首にやわらかい手が触れる。ルース・チャリスの腕のなかにいる自分を心に描き、その黒い瞳《ひとみ》を思い、なめらかな肌の感触を想像した。そんな素晴らしい冒険を逃してしまったかと思うと、腹立たしくてたまらなかった。ローソンにできたなら、自分にできないはずがない。ただ、こんなことを考えるのは、彼女がいないとき、夜寝られないでいるとき、運河のそばでとりとめのない想《おも》いにふけるときだけだ。彼女がそばにくると、とたんに気持ちが変わる。抱きしめたいとも思わず、キスをするところなど想像もできなくなるのだ。これは自分でも不思議だった。そばにいないときは、彼女を美しいと思い、あの大きな目と色白のなめらかな顔ばかりが頭に浮かぶのに、そばにいると目につくのは、薄い胸と、少し茶色くなっている歯ばかりなのだ。それに足の魚の目もつい思い出してしまう。自分で自分のことがわからなくなった。自分はそばにいない人にしか恋をすることができないのか。せっかくのチャンスをものにすることはできないのか。ゆがんだ想像力が、嫌悪《けんお》をそそるものを強調してしまうのだろうか。

　季節が変わって、長い夏が終わりを告げ、パリにもどるときがきても、フィリップはまったくさびしいとは思わなかった。

# 48

アミトラノにもどってみると、ファニー・プライスはいなくなっていた。ロッカーの鍵も返したらしい。フィリップがミセス・オターに詳しいことを知っていますかとたずねてみたところ、彼女は肩をすくめて、イギリスにでも帰ったんじゃないかしらといった。フィリップはほっとした。彼女の気難しさには、ほとほとうんざりしていた。絵についてしつこくアドバイスをしてくるし、いわれた通りにしないと侮辱されたと思うし、フィリップが最初のときよりはわかってきているということを認めようとしない。フィリップはさっさと彼女のことを忘れてしまった。油絵を始めて、いまはそれに夢中だった。来年、サロンに送れるような作品を描こうと考えているところだ。ローソンはミス・チャリスの肖像を描いている。絵の素材としては最適で、彼女の魅力に溺《おぼ》れた若者はみんな彼女の肖像画を描いた。生来のしどけなさが、絵になるポーズを取ることへの情熱といっしょになった理想的なモデルといっていい。そのうえ技術的なこともよく知っていて、有益な指摘をすることができた。彼女は芸術に情熱をかけていたが、それは芸術家らしく生きるという情熱だったので、自分の絵が描けなくなるのはまったく平気だった。アトリエの暖かさも、吸いたいだけ煙草が吸えるのも気に入っていた。低く耳に快い声で、芸術への愛を語り、愛の芸術を語った。彼女にとって、そのふたつは分かちがたく結びついているのだ。

ローソンはひたすら描き続けた。何日も、立っていられなくなるまで描いたというのに、すべてペインティングナイフで削ってしまった。ルース・チャリス以外のモデルならとっくに愛想をつかしていただろう。とうとうローソンは泥沼にはまりこんで抜けられなくなった。

「キャンバスをかえて、最初からやり直すしかない」ローソンはいった。「描きたいものはわかった。今度はそんなに時間はかからないと思う」

ちょうどそのときそこにいたフィリップに、ミス・チャリスが声をかけた。

「あなたもいっしょに描いたら？　ミスタ・ローソンが描くのをみてると、いい勉強になるわよ」

ミス・チャリスにはやさしいところがあって、恋人には必ずミスタをつける。

「彼が気にしなければ、ぜひそうしたいんだけど」

「そんなの気にするわけないだろう」ローソンがいった。

フィリップは肖像画を描くのは初めてだった。おずおずと、しかし、臆《おく》することなく描き始めた。ローソンの隣に座って、彼が描くのをみて描いた。お手本はあるし、ローソンやミス・チャリスから次々にアドバイスをもらった。ローソンはなんとか描き上げると、クラットンを呼んで意見をきいた。クラットンはパリにもどってきたばかりだ。それまで、プロヴァンスからスペインにいき、ベラスケスをみたくてたまらずマドリードへいき、さらにトレドまでいって、三ヶ月いた。そして若い連中の知らない名前を持って帰ってきた。エル・グレコ〔ギリシア生まれのスペインの画家。一五四一～一六一四年〕。クラットンはその画家について色々と興味深い話を披露した。その作品はトレドでないとみられないという。

「ああ、知ってるよ」ローソンがいった。「昔の画家で、注目すべきは、現代の画家と同じくらい下手だったってことだろう？」

クラットンはいつも以上に寡《か》黙《もく》で、返事をしなかったが、皮肉たっぷりの表情を浮かべて相手をみた。

「スペインで描いた作品をみせてもらえませんか」フィリップがいった。

「スペインでは何も描かなかった。忙しくてね」

「じゃあ、何をしていたんです」

「いろんなことを考えていた。もう印象派とは縁を切ったんだ。あと数年のうちに、彼らの作品は薄っぺらで浅はかなものにみられると思う。ぼくはいままで学んだものをきれいさっぱり捨てて、新しいことを始めようと思っているんだ。だからもどってきて、これまでに描いたものはすべて始末してしまった。いま、アトリエには、イーゼルと、絵具と、新しいキャンバスが数枚あるだけだ」

「これからどうするんです」

「まだわからない。やりたいことの輪郭がみえてきたって感じかな」

クラットンはゆっくりと妙な話し方をした。まるで、ほんのかすかにきこえてくる何かに耳をすませながら話しているような感じだ。彼には自分にも理解できない不思議な力があって、それが出口を求めて苦闘しているかのようだった。そこから生まれる彼の力には人を感動させるものがある。ローソンはクラットンに意見を求めたものの、それをきくのを怖がっていた。そして返ってきそうな批判を割り引いて受け取ろうと、クラットンの意見など気にしていないといわんばかりの態度を取っている。しかしフィリップにもわかっていたが、クラットンのほめ言葉ほど彼にとってうれしいものはないのだ。クラットンはしばらくその絵を黙ってみていた。それから、フィリップの絵をみた。それはまだイーゼルの上にあった。

「あれは？」クラットンがたずねた。

「ぼくも肖像画を描いてみたんです」

「せっせと猿まねか」

そういってまた、ローソンのキャンバスをみた。フィリップはまっ赤になったが、何もいわなかった。

「それで、どう思う」そのうちローソンがきいた。

「立体感がうまく出ているし、よく描けていると思う」

「色使いはどうだろう」

「満点だね」

ローソンはうれしそうに微笑《ほほえ》んだ。そして濡《ぬ》れた犬のように、体を震わせた。

「気に入ってもらえたようで、うれしいよ」

「気に入ってなんかないよ。ごみみたいなもんだ」

ローソンの顔から笑みが消え、きょとんとしてクラットンをみた。何をいわれたのかわからなかったのだ。クラットンは言葉で説明するのが下手で、いつも苦労する。しかしいいたいことが混乱しているうえに、つっかえながら、長々としゃべるのだ。しかしフィリップは、そのとりとめのない話を構成している言葉をよく知っていた。クラットンは本など一冊も読んだことがなく、その言葉は最初にクロンショーからきいたものだった。そしてクロンショーの言葉はさほど印象深いものではなかったものの記憶に残り、その後ふいに思い出されて、啓示のようなものになった。よき画家にはふたつの大きな目的がある、ひとつは人を描くこと、もうひとつはその人の本質を描くことだ。印象派の画家はほかのことに気を取られてしまって、人は見事に描くが、十八世紀のイギリスの肖像画家と同様、本質を描こうとしない。

「だけど、それは作家のやることだ」ローソンが口をはさんだ。「マネのように人を描ければそれでいい。本質なんて悪魔にくれてやる」

「たしかにそれもいいだろう。だが、それをやるならマネに勝たなくちゃだめだ。どうだ、きみはマネの足元にもおよばない。一昨日の料理は半端《はんぱ》に古くて食えたもんじゃない。それに、今この地面には草一本残ってない。過去にもどるしかないんだ。エル・グレコの絵をみたとき、思った。われわれは肖像画から、これまで知っていた以上のことが学べるんじゃないかと」

「なんだ、ラスキンに回帰しろというのか」

「違う。ラスキンが求めたのは、道徳だ。くだらない。道徳なんかくそくらえだ。教育も倫理もどうでもいい。情熱と感情、これさえあればいい。いままでの最高の肖像画家はみな、人間と人間の本質を描いてきた。レンブラントとエル・グレコがそうだ。人しか描かないのは二流の画家だ。谷間のユリはにおいがしなくても美しいが、あればさらに素晴らしい。あの絵だが」クラットンはローソンの絵を指さした。「まあ、よく描けているし、立体感もうまく出ている。だが、どこにでもある絵だ。だらしない男好きって本質がまったく出ていない。たしかに正確であることはいいことだ。ところがエル・グレコは二メートル半くらいの人物画を描いている。そうしなくちゃ描けないものを描きたかったからだ」

「エル・グレコだって?」ローソンがいった。「そんなやつのことをぐだぐだしゃべってどうする。絵がみられないんだろ」

クラットンは肩をすくめた。それからだまって煙草を一本吸って出ていった。フィリップとローソンは顔をみあわせた。

「彼のいうこともわかるような気がする」フィリップがいった。

ローソンは不機嫌そうに自分の絵をみた。

「みたまま正確に描かないで、どうやって本質を描くっていうんだ」

この頃、フィリップに新しい友人ができた。月曜日の朝は、モデルが集まって、一週間その学校でモデルをする人が選ばれることになっている。そしてある日、職業モデルではない若者が選ばれた。フィリップは彼の身のこなしをみて、興味を引かれた。台の上に上がると両足を広げて立ち、両手を握りしめ、堂々と前を向いてあごを上げた。立派な体格を誇示するポーズだ。脂肪はまったくなく、引き締まった筋肉は鉄のようだ。髪は短く刈り上げ、頭の形がいいのがよくわかる。短いひげを生やし、大きな目は黒く、眉《まゆ》は太い。数時間、平然と同じポーズを続けた。その姿には照れくささと決意が表れていた。その激しいエネルギーに、フィリップはロマンティックな想像力をかき立てられた。モデルの時間が終わって服を着た若者は、フィリップの目にはぼろを着た王のようにみえた。だれとも話そうとしなかったが、一日か二日後、ミセス・オターから、スペイン人で、モデルをするのは初めてだときいた。

「食べるのに困ってるんでしょうね」フィリップはいった。

「あの服をみなかったの？　さっぱりした感じのいい服だったでしょう」

うまいことに、アミトラノで勉強しているアメリカ人のポターに、二ヶ月ほどイタリアにいくのでアトリエを使わないかといわれ、フィリップは喜んだ。ローソンの偉そうなアドバイスに少々うんざりしていて、ひとりになりたいと思っていたところだったのだ。その週の終わり、フィリップは例のモデルのところにいき、まだ絵が仕上がっていないという口実をつけて、一日モデルをやってもらえないかといってみた。「ぼくはモデルじゃないんです」スペイン人の若者は答えた。「来週はいろいろ用事があって」

「じゃ、これから昼食にいって、そこで話そう」フィリップは相手が迷っているのをみていった。「ぼくと食事するくらい、なんでもないだろう」

若者は肩をすくめてうなずいた。ふたりは軽食屋《クレムリ》に入った。若者は訛《なま》りの強いフランス語を話した。流暢《りゅうちょう》だが、聞き取りづらく、フィリップは話についていくのがやっとだった。作家志望らしく、パリへは小説を書きにきたのだが、持ち金がないので、できることならなんでもやって食っているとのことだ。スペイン語を教えたり、仕事になればなんでも——とくに多いのは事務関係だったが——翻訳したあげく、ついには自分の外見を売るところまできたらしい。モデルは時給が高く、先週の稼ぎで二週間食べていけるという。驚いたことに、彼は一日二フランで暮らせるという。しかし金のために体をみせなくてはならないのは屈辱で、こんな恥ずかしいことは、こんな状況でない限り、絶対にしたくないという。そこでフィリップは、自分の描きたいのは体じゃない、顔なんだといった。肖像画を描いて、次回のサロンの募集に応募したいんだ。

「だけど、なんでぼくを」スペイン人の若者がきいた。

フィリップは、頭の形が気に入った、きっといい肖像画になると思うと答えた。

「時間がなくて。一分でも書く時間を奪われるのがいやなんです」

「いや、午後だけでいい。午前中は学校にいってるから。それに法律文書の翻訳をするより、ぼくの前に座ってるほうがいいと思う」

カルチェラタンには、異国の者同士が親しく付き合っていた頃の伝説が多く残っているが、それは昔の話で、今では各国の人間が別々に暮らしている。それは中近東の都市と同じだ。ジュリアン美術学校でも、エコール・デ・ボザールでも、外国人と親しくするフランス人学生は、フランス人から冷たい目でみられた。なのでパリに住んでいるからといって、イギリス人が、表面的な付き合い以上にパリのフランス人を知ることは難しい。実際、五年くらい住んでいる学生でも、知っているフランス語はせいぜい買い物に使う言葉くらいで、生活スタイルはロンドンのサウス・ケンジントンで働いているイギリス人と変わらない。

フィリップはロマンティックな性格もあって、スペイン人と親しくなれるいい機会だと思い、気乗りのしない相手を説得することに成功した。

「じゃあ、こうしましょう。モデルになりますが、お金はもらいません。好きでやっていると思ってください」

フィリップは、それはよくないといったが、相手は首を縦に振らず、とりあえず月曜日の午後一時に、アトリエにきてもらうことになった。スペイン人の若者はフィリップにカードを渡した。それにはミゲル・アフリアと印刷されていた。

ミゲルは決まった日にくるようになった。モデル料は受け取らなかったが、ときどき五十フラン借りていった。それはフィリップがモデル料として払う額よりも少し多いのだが、そのほうが、いやな仕事をして暮らしていないという満足感を与えることができた。スペイン人というだけで、フィリップは彼をロマンスの化身のように思い、セビリアやグラナダのことをたずね、ベラスケスやカルデロン〔一七世紀のスペインの劇作家〕のことをきいた。ところがミゲルはスペインの栄光が大嫌いだった。ほかのスペイン人仲間と同様、フランスこそ知識人にとっての唯一の国で、パリこそ世界の中心だった。

「スペインなんて、もう終わってますよ。作家もいなければ、芸術もない。何もありません」

ミゲルは少しずつ、スペイン人らしく大げさな言葉で熱く、将来の夢を語るようになった。小説を書いて、有名になりたいというのだ。ゾラのような作品を書きたくて、パリにやってきたのだという。そしていま書いている小説のあらすじを延々と語った。

フィリップには、荒削りでばかばかしいとしか思えず、あまりに無邪気で胸が悪くなりそうだった。「これこそ人生《セ・ラ・ヴィ》だ、そうだろう《モン・シェル》、これこそ人生《セ・ラ・ヴィ》なんだ」と大声でくり返されると、その小説の通俗性がよけいに際立《きわだ》つように思えた。彼はもう二年間もそれを書いているらしい。それも信じられないほど貧しい生活に耐えながら、彼をパリに誘った人生の快楽をすべて断念し、文学のために飢えと闘っている。何があっても傑作をものにしてみせると決意しているのだ。その努力は英雄的といってよかった。

「だけど、どうしてスペインを書かないんだ」フィリップが声を上げた。「そのほうがずっとおもしろいよ。だって、きみはスペインの生活を知っているんだから」

「パリ以外、書くに値するところはありません。パリは人生そのものです」

ある日、ミゲルはその小説の一部を持ってきた。それを下手なフランス語に翻訳して、それも興奮して読むので、フィリップにはほとんど内容がつかめず、どうしていいかわからなかった。フィリップは呆然《ぼうぜん》とし、描きかけの絵に目をやって思った。この広い額の後ろにあるものは、こんなに粗末なものなのか、この美しく輝く情熱的な目には、ありきたりの日常しか映っていないのか。フィリップは肖像画の出来に満足できず、モデルがいなくなるといつも、描いたものを削ってしまった。人の本質を描くという主張は結構だが、人が矛盾のかたまりのようにしかみえないときは、どうすればいい？　フィリップはミゲルが好きだったし、彼の命がけの闘いが不毛だということを知ってがっかりした。彼はすべてを兼ね備えているが、才能がない。フィリップは自分の絵をみた。この絵にはどこか見所はあるのか、それとも自分は時間をむだにしているだけなのか。強い意志で何かをなしとげようと努力したからといって、それが実るわけではないし、いくら自信があったところで、そんなものはなんの役にも立たない。フィリップはファニー・プライスのことを考えた。彼女は自分の才能に絶対の自信を持っていて、意志の強さは並大抵のものではない。

「自分に才能がないとわかったら、絵なんかやめてしまおう」フィリップはいった。「二流の画家になったって、おもしろくもなんともない」

ある日の朝、外に出るとき、管理人に呼び止められて、手紙がきていると知らされた。手紙をよこすのはルイーザ伯母さんか、たまにヘイワードくらいのものだが、その筆跡に覚えはなかった。開けてみると、こんな手紙が入っていた。

この手紙を受け取ったら、すぐにきて。もう、だめ。どうか、ひとりできて。ほかの人にさわられると思うと耐えられない。あなたにすべてあげるから。

F・プライス

もう三日も何も食べていないの。

フィリップは急に恐ろしくなって吐き気がした。そして彼女の住んでいるところに急いだ。まだパリにいたことに驚いていた。もう何ヶ月も会っていないので、とっくにイギリスにもどったと思っていたのだ。建物の前までくると管理人に、彼女が部屋にいるかどうかたずねた。

「ええ、この二日ほど、外出するところはみてませんから」

フィリップは階段を駆け上がって、ドアをノックした。返事がない。フィリップは名前を呼んだ。ドアには鍵《かぎ》がかかっている。体をかがめてのぞいてみると、鍵穴に鍵がささったままだ。

「大変だ。とんでもないことをしたんじゃないだろうな」フィリップは思わず大声でいった。

階段を駆け下りて、管理人に話した。彼女はたしかに部屋にいること。手紙をもらったこと。もしかしたら大変なことになっているかもしれないので、ドアを押し破ったらどうかといってみた。管理人は最初、不機嫌そうで耳を貸そうとしなかったが、すぐに事の重大さを理解した。ドアを押し破ることに責任は持てないので、警官にきてもらおうということになった。ふたりが警察署までいくと、鍵職人を呼んでくれた。管理人によると、ミス・プライスは三ヶ月分の家賃を滞納しているうえに、以前からのしきたりで管理人に渡すことになっている新年のプレゼントも渡していないということだ。四人で階段を上がり、またドアをノックしてみたが、返事はない。鍵職人に鍵を開けてもらって、ようやく部屋に入った。フィリップは思わず目をおおって悲鳴をあげた。彼女が首を吊《つ》ってぶら下がっている。紐《ひも》は天井のフックにかけてあった。フックは以前の間借り人がベッドのカーテンをつるすのに使っていたものだ。彼女は小さなベッドを邪魔にならないように移動させてから、椅子《いす》の上に立ち、椅子を蹴飛《けと》ばしたらしい。椅子は床の上に転がっている。ロープを切って下ろした死骸《しがい》は、すっかり冷たくなっていた。

## 49

フィリップがいろんな人からきいた話は悲惨だった。女子学生は不満そうに、あの人はレストランでの楽しい食事に一度もつきあわなかったといっていたが、その理由はわかりきっていた。とことん貧しかったからだ。フィリップはパリにきて初めていっしょに食事をしたときのことをよく覚えていた。まるで犬のような食べ方にうんざりしたが、いまにして思えば、よっぽどお腹《なか》がすいていたのだろう。管理人から、彼女がどんなものを食べていたのかもきかされた。毎日、ミルクをひと瓶配達してもらい、パンを一本買って、昼になって学校からもどってくるとミルクを半分飲み、パンを半分食べて、残りは夜に残しておいた。これを毎日くり返していたらしい。フィリップは、彼女の気持ちを察して胸が痛んだ。自分がだれより貧しいということがわかるような素振りは決してみせなかったが、手持ちの金が底をつき始めたのは明らかだ。そしてついにアトリエにもこられなくなった。小さな部屋に家具はほとんどなく、毎日着てきた薄汚い茶色のワンピース以外の服もない。フィリップは彼女の持ち物から、連絡の取れそうな知り合いの住所をさがしてみたが、みつかったのは彼自身の名前が二十ほど書かれた紙だった。それをみて、フィリップはぞっとした。彼女が本当に自分のことを愛していたことを知り、あの茶色のワンピースに包まれたやせた体が天井のフックからぶら下がっている様を思い出して、身震いした。しかしもしそうだとしたら、なぜ助けてほしいと頼まなかったのだろう。喜んで、できる限りのことをしたのに。フィリップは後悔していた。彼女が特別な気持ちを抱いていることに気づこうとしなかったのをくやんだ。そして手紙の言葉が胸に突き刺さった。「ほかの人にさわられると思うと耐えられない」。彼女は餓死したようなものだ。

フィリップはようやく「兄アルバート」と書かれた手紙をみつけた。二、三週間前にロンドン郊外のサービトンのどこかから送られてきたもので、五ポンド貸してほしいという彼女の手紙への断りの返事だ。妻も家族もあるし、貸すわけにはいかない、ロンドンにもどって、どうするべきかちゃんと考えたらどうだと書かれていた。フィリップはアルバート・プライスに電報を打った。すぐに返事がきた。

タイヘン　ザンネンデス。シゴトヲ　ハナレルワケニハ　イカナイノデスガ　イカナクテハ　ナリマセンカ。プライス

フィリップは、ぜひきてほしいと簡潔な返事を送った。次の日の朝、男がアトリエにやってきた。

「プライスです」フィリップがドアを開けると、男が名乗った。

ごく平凡な感じの男で、黒の服を着て、バンドを巻いた山高帽をかぶっている。な

んとなくファニーの不細工な顔を思い出させる。硬くて短い口ひげを生やし、言葉にはコックニー（ロンドンのイースト・エンドで生まれ育った労働者階級の人）の訛《なま》りがある。フィリップは、どうぞ入ってくださいといった。男がアトリエのあちこちに目をやるのをみながら、フィリップは詳細を説明し、自分のしたことを話した。

「遺体に会わなくてはなりませんか」アルバート・プライスがきいた。「神経が細い方で、ほんのちょっとしたことでも動揺してしまうんですよ」

そういってから、あれこれ話し始めた。ゴムを売買していて、妻と三人の子どもがいる、ファニーは家庭教師をしていたのだが、それをやめて、なぜあんなにパリにきたがったのかわからないということだった。

「わたしも妻も、パリなんか女の子がいくところじゃないといったんです。それに芸術なんか金にならない——金になったためしがないって」

アルバートが妹とあまり仲がよくなかったのは確かで、自殺したことを怒っていた。最後の最後まで迷惑をかけてといわんばかりだ。そして妹が貧しさのために死んだとは考えたくないようだった。家族が非難されることになるからだ。そしてほかにそれらしい理由があるのではないかと考えたらしい。

「男性関係で何かあったんじゃありませんか。いいたいことはわかってもらえると思います。なにしろ、パリですから。それにしても、こんなことにならないよう、なんとかできたでしょうに」

フィリップは顔が赤くなったのがわかって、自分の弱さを腹立たしく思った。プライスの小さく鋭い目が、疑わしげにこちらをみたような気がしたのだ。

「妹さんはじつに潔癖なかたでした」フィリップはむっとして答えた。「ひもじさに耐えきれなかったんです」

「そうですか。だとしたら、家族にはつらいですね。わたしに手紙でも書いてくれればよかった。そんな思いはさせなかったのに」

アルバートの住所は、金は貸せないという手紙で知ったのだが、フィリップは肩をすくめただけだった。いまさら責めてもしょうがない。フィリップはこの小男が嫌でたまらなくなり、さっさといなくなってほしかった。アルバート・プライスのほうも必要なことだけ手早くすませてロンドンに帰りたい様子だ。ふたりは、かわいそうなファニーが住んでいた小さい部屋にいった。アルバート・プライスは絵と家具をみた。

「わたしは芸術にはまったく詳しくないのですが、ここにある絵はいくらかに売れますか」

「いえ、無理でしょう」

「家具は十シリングにもなりませんね」

アルバート・プライスはフランス語がまったく話せなかったので、フィリップがすべてを引き受けることになった。ひとつの死体を無事、土の下に埋めるのに、気が遠くなりそうなほどの手続きが必要だった。ある場所で書類をたくさんもらって、ほかの場所でサインしてもらって、担当者に会わなくてはならない。三日間、朝から晩までかかった。そしてようやくフィリップとアルバート・プライスは彼女の柩《ひつぎ》をモンパルナスの墓地に埋葬することができた。

「するべきことをしたいとは思うのですが、無駄なお金は使いたくないんです」アルバートがいった。

　寒く曇った朝の短い葬儀は恐ろしくさびしいものだった。ファニー・プライスと学校でいっしょだった知り合いが五、六人きていた。ミセス・オターはアトリエ管理者だったので義務から、ルース・チャリスはやさしさから参列した。ほかにはローソンとクラットンとフラナガン。生前の彼女を好きだった人間はひとりもいない。フィリップは墓地を見回した。どちらを向いても、墓石が立ち並んでいる。安い簡素なもの、俗っぽいもの、派手なもの、醜いもの。フィリップは身震いした。恐ろしいほど殺伐としている。墓地から出ると、アルバート・プライスに昼食に誘われた。フィリップはこの男がとことんいやになっていて、そのうえ疲れていた。というのはよく眠れなかったからだ。毎晩夢に、破れた茶色のワンピースを着て、天井のフックからぶら下がっているファニー・プライスが現れるのがその理由だった。とはいえ、昼食の誘いを断る言い訳が思い浮かばなかった。

「どこか、最高級の料理が食べられるところに連れていってください。この手のことは神経にこたえてしょうがないんです」

「ラヴェニューが、このあたりでは一番でしょう」

アルバート・プライスはベルベットの椅子に座ると、ほっとため息をついた。そしてたっぷり量のあるコースと、ワインを一本注文した。

「終わって、ほっとしましたよ」

そういうと、いくつかわざとらしい質問をした。パリでの画家の生活についてききたいらしい。大変だという話ですがとかいいながら、自分の想像しているような自堕落な生活について詳しくききたくてしょうがないのだ。横目でウィンクしたり、低い声でこっそり笑ったりして、きみはよく知っているんだろう、わかっているんだといわんばかりだ。彼自身、世慣れた男で、それなりの知識もあった。そしてフィリップに、ロンドンの西のテンプルバーから東の王立証券取引所までに広く知られている、モンマルトルのその手の店にいったことがあるかとたずねた。フィリップは、ムーラン・ルージュならいったことがありますよと答えたくなった。昼食はとてもおいしく、ワインも素晴らしかった。アルバート・プライスは食べたものが腹に落ち着くと、気前よくいった。

「少し、ブランデーをもらいましょう」コーヒーがくるといった。「値段は気にしなくてかまいません」

　そういって両手をこすり合わせた。

「今晩はここに泊って、明日帰るつもりなんですよ。夜、いっしょにどうです」

「今夜、モンマルトルを案内しろというのなら、お断りします」

「まあ、たしかに、そうですね」

ずいぶん真剣に返されたので、フィリップは軽く笑ってしまいそうになったが、真《ま》面目《じめ》にいった。

「それに神経にもよくありませんよ」

アルバート・プライスは四時の列車でロンドンに帰ったほうがいいと判断して、フィリップと別れた。

「では、これで。ところで、そのうちまたパリにくるつもりなんですよ。そのときは、たずねていくので、思い切り楽しみませんか」

その日の午後、フィリップはいらいらして絵を描くつもりになれず、乗合馬車に飛び乗ってセーヌ川を渡り、デュラン＝リュエルの画廊にいって絵をみた。それから大通りを散歩した。冷たい風が吹くなか、だれもが寒さを避けようと、コートの中で身を縮めて足早に歩いている。だれもが険しい表情で、疲れてみえた。モンパルナスの墓地の土のなかは氷のように冷たいだろう、そしてまわりは白い墓石ばかりだ。フィリップは世界にひとりきりのような気がして、不思議とうちに帰りたくなった。仲間がほしかった。この時間、クロンショーは仕事をしているだろうし、クラットンは訪問者を歓迎してくれるはずがない。ローソンはまたルース・チャリスの肖像を描いていて邪魔されたくないだろう。フィリップはフラナガンに会いにいくことにした。いってみると、絵を描いているところだったが、喜んで手を止め、話し相手になってくれた。アトリエは居心地がいい。アメリカ人の彼は仲間のなかでいちばん裕福なのだ。それにそこは暖かかった。フラナガンは紅茶をいれてくれた。フィリップは、彼がサロンに送るつもりの二枚の肖像画をながめていた。

「ぼくなんかが出品するなんてずうずうしいとは思うんだけど」フラナガンがいった。

「まあいいんだ。送るつもりさ。で、どう思う。だめかなあ」

「それほど悪くないと思うよ」

実際、二枚とも驚くほどの出来映えだった。難しいところは技巧でカバーされていた。絵具の重ね方に勢いがあって、それが意表を突いて、魅力的でもあった。フラナガンは知識も技術もお粗末で、ずっと絵を描いてきた人間ならではのラフな描き方が得意だ。

「どんな絵も三十秒以上みてはいけないというルールがあったら、絵の巨匠になれるね」フィリップはにやっと笑った。

ここの若者は大げさにほめあって、おたがいをだめにするようなことはしない。

「アメリカじゃ、どんな絵も三十秒以上みる時間がないんだ」フラナガンも笑って答える。

フラナガンは世界一、集中力がなかったが、とても人が良く、それが意外でもあり、また素敵でもあった。だれかが病気になると、いつでも看護婦のようにそばに付き添った。そして彼の活力はどんな薬より病気によく効く。またほかのアメリカ人と同様、イギリス人のようにセンチメンタルになることを怖《おそ》れて感情を厳しく抑えることがない。感情をあからさまにすることを恥ずかしいと思わず、同情をそのまま相手に伝える。それが少なからず、失意の友人にはありがたい。彼は、フィリップが今回の事件で落ちこんでいることを知って、心から同情し、親切にして、大いに元気づけてやろうと思っていた。フラナガンはアメリカ人気質を誇張して話した。イギリス人を大笑いさせるにはこれに限る。そして息をつく間もなく、突拍子もない話を、思い切り明るく、楽しそうに、しゃべりまくった。そのうち、ふたりは外に出て夕食をすませ、そのあとゲテ・モンパルナス劇場のほうにいった。フラナガンのお気に入りの場所だ。夜もずいぶんふける頃には、フラナガンは大いに盛りあがっていた。かなり飲んではいたが、その陽気さはアルコールのせいよりも本人の性格のせいだ。そしてバル・ブリエにいこうといいだした。フィリップは疲れて寝ることもできそうになかったので、喜んでいっしょにいくことにした。ダンスがよくみえるフロアサイドの一段高いテーブルにつくと、軽いビールを飲んだ。フラナガンはすぐに友人をみつけて大声を上げ、仕切りを跳び越えて、ダンスフロアにいった。フィリップはまわりの人々をながめていた。ブリエは流行の先端をいく店ではなかったが、木曜日の夜で満員だった。大学のいろんな学部の学生もきていたが、男のほとんどは商店の従業員や事務員だ。彼らはいつもの服、つまりレディメイドのツイードか、奇妙な燕尾《えんび》服《ふく》を着て、かぶってきた帽子は置き場所がないので頭にのせたままだった。女性はメイドや厚化粧の娼婦《しょうふ》もいるが、ほとんどは店員だ。だれもが安っぽい格好だが、川の向こうのファッションを真似《まね》ている。娼婦たちは、ミュージックホールで当時人気の歌手やダンサーを真似て、目のまわりを黒く、頰を派手に赤く塗っている。店内は、低い位置まで下がったいくつもの大きな白熱灯のせいで、顔の影が濃い。その光のもとではすべての輪郭が際立ち、色がけばけばしくみえる。じつに猥雑《わいざつ》な光景だ。フィリップは手すりによりかかって下をながめていたが、音楽はもう耳に入っていない。下ではだれもがダンスに夢中だ。ホールのなかで、ゆっくりだが、ほとんどしゃべらず、踊ることしか頭にない。なかは暑く、すべての顔が汗でてかっている。だれもが、いつもつけている仮面をはぎ取り、社会に対する敬意を捨て去ったかのようだ。フィリップは、ありのままの人間をみているような気がした。解放された人々は、奇妙なことに、まるで野生の動物のようにみえる。キツネやオオカミみたいな人もいれば、ヒツジのような間の抜けた細長い顔の人もいる。不健康な生活と貧しい食べ物のせいで、肌の色がくすんでいる。卑《いや》しい興味のために表情は鈍く、小さな目は落ち着きがなく、ずる賢そうだ。態度にはどこにも気高いものはなく、だれもが、つまらない心配と不健康な考えの繰り返しを生きているかのようだ。ホールにはむっとする人のにおいが充満している。それにもかかわらず、だれもが夢中になって踊っている。体のなかに潜む不思議な力に駆りたてられているのかもしれない。だれもがみんな快楽をもとめて疾走しているようにみえる。だれもがみんな、この恐怖に満ちた世界から必死に逃げようとしているようにみえる。クロンショーが人間の行動の唯一《ゆいいつ》の原理だといった快楽だけが彼らをやみくもに駆りたてているようだ。そしてそのすさまじい欲望がすべての喜びを奪い去っているように感じられた。みんなすさまじい風によって、なすすべもなく吹き飛ばされているのだが、なぜなのか、どこへなのかはまったくわからない。目の前には運命が立ちはだかり、踊っている足元には永遠の闇《やみ》が口を開けているかのようだ。ほとんどだれもしゃべっていないのに、それがどこかしら警報のように感じられる。まるで生そのものにおびやかされ、話す力を奪われ、心にある叫びが喉《のど》に詰まって死んでしまったかのようだ。どの目も不気味にくぼんでいる。自身をゆがめている獣のような欲望や、顔に浮かぶ卑しさや残酷さにもかかわらず、何よりいまわしい愚かさにもかかわらず、一点をみつめる目には苦悩がにじんでいる。踊る人々が無残に、あわれにみえた。フィリップは彼らを嫌悪しながら、心の奥に満ちている底知れない憐《れん》憫《びん》に悲鳴をあげていた。

　フィリップはクロークからコートを受け取ると、すさまじく寒い夜のなかに出ていった。

# 50

フィリップはこの不幸な事件を頭から追い出すことができなかった。最も残念だったのは、ファニーの努力がまったく報われなかったことだ。彼女以上に真面目に努力できる人間はまずいない。そしてあれほど自分を信じていたのに、自信がほとんどなんの役にも立たなかったのは明白だ。フィリップのまわりはみんな自信家だ。ミゲル・アフリアもそうだ。フィリップは、ミゲルの英雄的な努力とミゲルが書こうとしている作品の凡庸《ぼんよう》さの落差にショックを受けていた。フィリップは学校での不幸な経験から、自分を客観的にみる癖がついていた。この癖は麻薬のようにずる賢く、フィリップはそれに侵されて自分の感情をじつに鋭く分析するようになっていた。そして芸術の与える影響が、自分と仲間とでは違うことに気づかざるをえなかった。ローソンは素晴らしい作品に出会うと、その瞬間に感動する。直感的に反応するのだ。フラナガンでさえ、フィリップが頭で考えないとわからない作品のよさを感じ取ることができる。フィリップの場合は、あくまで理性的だった。もし自分に芸術家としての資質（この言葉は大嫌いだったが、ほかに適当な言葉がない）があるとしたら、あれこれ考えたりせず、ただ感覚的にその美を感じ取ることができるはずだ。そして自分には、対象を正確に写すだけの表面的な知性しかない。そんなものはまったく無価値だ。いままでそういう技術的なうまさは軽蔑《けいべつ》すべきだということを学んできた。重要なのは、あくまでも絵を絵として感じること。ローソンが彼なりの描き方ができるのは、生まれながら持った素質のせいだ。画学生は様々な影響に敏感で、つい模倣に走ることはあるものの、作品には個性が光っている。フィリップは自分の描いたルース・チャリスの肖像画をみた。三ヶ月たってみると、ローソンの肖像画の皮相な真似にすぎないことがよくわかる。フィリップは自分の才能に絶望した。頭で描いている。しかしいうまでもなく、絵は感性で描くものだ。

　手持ちの金もわずかだ。せいぜい千六百ポンド。とことん切り詰めて暮らさなくてはならない。多少なりとも稼げるようになるには十年はかかるだろう。絵画の歴史には、まったく稼げなかった画家がひしめいている。赤貧の生活を覚悟しなくてはならない。が、それも不朽の名作をものにすることができるとしての話だ。二流の画家にしかなれないのではないかと思うと、怖くてしょうがない。そんなもののために若さを、人生の楽しみを、未来の多くのチャンスをむだにするのか。海外からパリにきて絵を描いている人々のことはよく知っている。彼らの視野はとても狭い。二十年間ひたすら名声を求めて絵を描き続けたあげく、夢がかなわず、悲惨な生活を送りアル中になってしまう者も少なくない。フィリップはファニーの事件で、いろんなことを思い出した。絶望から逃れようとした人々の恐ろしい話もひとつふたつ耳にしたことがある。フワネがファニーの作品に軽蔑に満ちた助言をしたことがあった。彼女はその助言を受け入れて、見こみのない夢はあきらめたほうがよかったのかもしれない。

フィリップはミゲル・アフリアの肖像画を描き上げると、サロンに送ることにした。フラナガンは二枚送るつもりだ。フィリップは自分もフラナガン程度には描けるという自信があった。全力で取り組んだ作品だ、どこか見所があるだろう。たしかに、自分でも物足りなさは感じていたが、どこがまずいのかはわからなかった。しかし作品が目の前からなくなると、気分が高揚して、それなりの満足感がわいてきた。そしてサロンに送ったが、送り返された。しかし、それほど落ちこまなかった。ことあるごとに、ほとんど見こみはないと自分に言い聞かせていたからだ。ところが数日後、フラナガンが駆けこんできて、ローソンとフィリップに、二枚のうち一枚がサロンに展示されることになったと報告した。フィリップは無表情で、おめでとうといった。フラナガンはうれしくてたまらなかったので、フィリップの口調に思わず表れた皮肉には気がつかなかった。しかしローソンは勘がよく、それに気づき、おや、という顔でフィリップをみた。ローソンは自分の絵もサロンに展示されることになっていて、それを二、三日前に知ったのだ。そしてフィリップの態度になんとなくむっとしたのだ。ところがそのあとフィリップに質問されて、びっくりした。それはフラナガンがいなくなってすぐだった。

「ローソン、きみがもしぼくの立場だったら、絵なんかやめると思うかい」

「いったい、どういうことだ」

「二流の画家でいることに意味があるのかってことだよ。ほら、ほかの職業なら、たとえば医師でも実業家でも、平凡でちっともかまわない。それなりの収入があれば、やっていける。だけど、画家が、あなたの絵は平凡ですといわれたら、どう思う」

ローソンはフィリップを気に入っていた。だから、絵が返送されて本当にがっかりしているのだと考え、早速なぐさめてやることにした。おいおい、サロンから送り返された絵が後々有名になった話なんて、ごろごろしてるじゃないか。それに今回は初めてだったんだ、断られて当然だ。フラナガンの絵が受けいれられたのはよくわかる。深みはないが目を引くからな。ぼんくらな審査員には受けるんだ。フィリップは、侮辱されているような気がしていらいらしてきた。どうしてわかってもらえないんだろう。自分が真剣に悩んでいるのはそんなささいなことじゃない、こんなに落ちこんでいるのは、自分に力量がないことがわかりすぎるくらいにわかっているからなんだ。

　このところ、クラットンはグラヴィエの店に集まる連中とはあまり付き合わず、ひとりで過ごすことが多かった。フラナガンによれば、好きな女ができたらしい。ただクラットンのかたい表情からはそんな浮ついた気持ちを察することはできなかった。フィリップは、彼がこのグループから遠ざかっているのは、何か新しいことを思いついて、それをひとりで究めようとしているからではないかと思った。たまたまその晩は、ほかの仲間が芝居を観《み》にいっていたので、フィリップはひとりだった。そこにクラットンがやってきて、夕食を注文した。クラットンはいつもよりよくしゃべるし、いつもほど皮肉を口にしなかった。機嫌がよさそうなので、フィリップは思い切ってきいてみた。

「よかったら、ぼくの絵をみてもらえませんか」

「いや、やめておく」

「どうしてです」フィリップは赤くなってたずねた。

　絵を描いている仲間同士、絵をみて意見を交わすことはよくあって、だれも断ったりはしない。クラットンは肩をすくめた。

「絵をみてくれとかいうが、あれはみんな、ほめてもらいたいだけだ。それに、意見をもらって、どうする。絵が良かろうが悪かろうが、そんなのはどうでもいいじゃないか」

「ぼくにとっては大問題なんです」

「そんなことあるもんか。なぜ描くか、それは描かずにはいられないからだ。ひとつの機能みたいなもので、体の機能と同じだ。ただ、それを持っている人間が少ないだけだ。みんな自分のために描いてる。でなければ、とっくに自殺してるはずだ。いいか、膨大な時間をかけてキャンバスの上に描いた絵には、それこそ魂の汗がしみこんでいる。それで結果は？　サロンに出品したところで、十中八九、返送される。たとえ展示されて、客の目にとまることがあってもせいぜい十秒。まあ運がよければ、どこかのお人好《ひとよ》しが買って、家の壁に飾ってくれるかもしれないが、ダイニングテーブルと同じで、ろくにみてはくれない。人の意見なんて、絵描きには無用だ。客観的な批評はしてくれるかもしれないが、絵描きに客観性なんて意味ないからね」

クラットンは両手を目の上に当てて、どういおうか考えているふうだった。

「絵描きというのは、みたものから独特の魅力を感じ取ると、それを描きたくてたまらなくなる。なぜか、なんて本人にはわからない。ただ感じたものを線と色で表現したくなる。作曲家も同じだ。詩を一、二行読むと、ある種の音符のつながりが頭に浮かんでくる。なぜ、その言葉がその音を呼び起こすのか、本人にはわからない。ただ、そういうものだ。批評など無意味だという理由をもうひとつあげてみよう。突出した画家は、世界に自分の見方を認めさせることができる。ところが、次の時代になると、またほかの画家が出てきて、また別の見方でものをみる。しかし人々は自分の目でその見方を判断するのではなく、それまでの画家の見方で判断する。たとえば、われわれの父親の世代はバルビゾン派の画家たちに森の見方を教わった。だから、モネが出てきて、違う見方で森を描いたとき、人々は、あれは森じゃないといった。つまり一般人には、森は画家が描きたいように描いただけだということがわかっていない。画家というのは、内に生まれたものを外へ出そうとして描くんだよ。そして自分の見方を世界に認めさせることができれば、偉大な画家と呼ばれるし、できなければ、無視される。しかし、画家は画家だ。一流だろうが三流だろうが、そんなことはどうでもいい。描いた絵がどうなろうと、かまうもんか。描いているときに得られるもの、それがすべてなんだ」

クラットンはしばらく口をつぐんで、旺盛《おうせい》な食欲で目の前に並んだ料理を平らげた。フィリップは安葉巻を吸いながら、相手を観察していた。頭の形はでこぼこしていて、まるで彫刻家が削りにくい石から彫り上げたかのようだ。黒い髪は伸ばし放題。鼻は大きく、あごはごつい。強面《こわもて》というやつだ。しかしフィリップには、そのいかつい顔の後ろに奇妙な弱さが潜んでいるように思えた。描いた絵をだれにもみせないのは単なる虚栄心からかもしれない。だれかに批判されると思うと耐えられないのではないか。そしてサロンに出品しないのは、返送されるのがいやなのではないか。卓越した優秀な画家と認められたいものの、ほかの作品とくらべられる危険を冒して、自分の自分に対する評価をさげるようなことはしたくないのではないか。知り合ってから十八ヶ月の間に、クラットンはいよいよ攻撃的に、辛辣《しんらつ》になってきた。表立って仲間と競うことはなかったが、仲間が安易に成功を手にすると憤然とした。とくにローソンには我慢ならないらしく、この頃、ふたりは疎遠《そえん》になっていた。フィリップが知り合った頃はとても仲がよかったのだが。

「ローソンはまあいい」クラットンがばかにしたようにいった。「あいつはイギリスに帰って、人気の肖像画家にでもなって、年に一万ポンドほど稼いで、四十歳になる前に王立美術院準会員になって、貴族や紳士の肖像画を描くんだろう！」

　フィリップもクラットンの未来を考えてみた。二十年後、辛辣で、孤独で、乱暴で、無名で、それでもパリに住んでいる。パリの暮らしが染《し》みついていて、小さなグループを乱暴な言葉で仕切っている。自分と戦い、世界と戦い、生み出すものはほとんどなく、完璧《かんぺき》を希求する気持ちは強くなるものの、そこに達することはない。そして最後は酒に溺《おぼ》れる。最近、フィリップはこんなことを考えるようになった。人生は一度きりなのだから、成功することが重要だ。成功といっても、金をもうけるとか、名声を得るとかいうことではない。だが、それがなんなのか自分でもわからない。強いていえば、いろんな経験をして、自分の能力を最大限に発揮することだろう。ただはっきりしているのは、クラットンがたどる人生は失敗だということだ。こうなってしまうと、不朽の名作を描く以外、幸せにはなれない。クロンショーが面白半分にペルシア絨毯《じゅうたん》について話してくれたときのことを思い出した。何度もそれについて考えたのだが、クロンショーは牧神のようなユーモアでその質問をかわし、はっきりと教えてくれなかった。そして何度も、自分でみつけださなくては意味がないとくり返した。フィリップの場合、絵の勉強を続けることに対する不安の根底には常に、人生で成功したいという願望があった。またクラットンが話し始めた。

「ブルターニュで会った男のことを話したのを覚えているか。こないだ、ここで、また会ったんだ。ちょうどタヒチにいく前だった。それも金はまったく持ってないんだ。もとは事業家《ブラスル・ダフェル》で、株の仲買などをやっていてね、妻も家族もあって、収入もかなりあったらしい。それを、絵描きになるために全部放り出した。とにかくブルターニュにいって腰を落ち着けて、絵を描き始めた。手持ちの金もなく、よく飢え死にしなかったもんだ」

「奥さんと家族はどうなったんですか」

「捨てた。飢えようがどうなろうがどうでもいいらしい」

「それはちょっとひどくありませんか」

「フィリップ、もし紳士になりたいんだったら、画家になんかなろうと思わない方がいいぞ。このふたつは相容《あいい》れないからな。年老いた母親を養うために俗受けする絵を描いている連中のことをよくきくだろう。たしかに息子としては立派だが、画家としては最低だ。そうなったらもう画家じゃない、商売人だ。本物の画家なら、母親なんか救貧院に放りこむ。パリに知り合いの作家がいるが、妻が出産のときに死んだらしい。妻のことを愛していて、悲しくて頭がおかしくなりそうだったっていうんだが、妻が死ぬのをそばでみつめていたとき、ふと気がつくと、必死に頭のなかに刻みこんでいたらしい。妻の様子や、もらした言葉、それから自分の気持ちとかをすべて。紳士にこれができると思うか」

「ところで、ブルターニュで会った男の人ですが、いい画家なんですか」

「いや、まだこれからだろう。ピサロそっくりの絵を描いてる。まだ自分の描きたいものがみつかってない。まあ、色のセンスもいいし、装飾的なセンスもある。だがそんなことは問題じゃない。問題は感覚だ。それを持っている。妻や子どもにとっては最低の男だ。常に、徹底して最低の人間だ。自分を助けてくれた人々への態度も――飢え死にしないですんだのは、何人かの友人のおかげだったんだが――ひどいなんてもんじゃない。ただ、最高の芸術家だ」

フィリップはその男のことを考えてみた。安らぎ、家庭、金、愛、人間性、義務、それらすべてをなげうって、筆を持ってキャンバスに向かい、世界から与えられた感情を描く男。たしかにすごい。自分にその勇気はない。

フィリップはクロンショーのことを思い出し、もう一週間くらい会っていないことに気がついた。そこでクラットンが店から出ていくと、クロンショーが必ずいるカフェまで歩いていった。フィリップはパリにきてから数ヶ月、クロンショーのいったことをすべて絶対の真理として受け止めてきた。しかしフィリップには現実的な側面があって、実践のない理論には不満がつのるばかりだった。クロンショーの書いた詩が載った切り抜きの薄い束は、あれほどみじめな生活をして得た結果としてとても十分とは思えない。フィリップは自分の育った中産階級の意識から抜け出すことができず、クロンショーの窮乏生活、生きていくためにしかたなく引き受けているつまらない仕事、薄汚れた屋根裏部屋とカフェのテーブルの単調な行き来などにはとてもついていけなかった。クロンショーは勘がいいので、フィリップによく思われていないことはわかっていて、その偽善的な性格をときどき楽しそうに、だが、たいていはひどく辛辣に冷やかした。

「きみは商売人だ」クロンショーはいった。「だから人生で国債を買って、安全に三パーセントの利子をもらおうとする。おれは浪費家だ。だから手持ちの金は使ってしまう。この心臓が止まるときには、最後の一ペニーまで使ってしまいたい」

　このときのことを思い出すと、フィリップはいらいらする。クロンショーはロマンティックな態度をひけらかしてフィリップの態度を非難したわけだが、フィリップは直感的に自分にも言い分があると思った。ただ、そのときは何もいえなかった。

　しかし今夜は、そのときのことはさておき、自分のことを話したかった。幸い夜も遅く、クロンショーの前のテーブルには受け皿が何枚も重なっていた。もちろん飲んだ酒の数を表している。ということは、一般的な質問に関して自分の思うところを述べる準備ができているということだ。

「すいません。アドバイスをもらえますか」フィリップはいきなり切り出した。

「そんなもの、もらったって、従うつもりはないくせに」

フィリップはむっとして肩をすくめた。

「ぼくはあまり画家に向いてないような気がするんです。かといって、二流の画家になってもしょうがないから、やめようかと思ってるんです」

「やめればいい」

フィリップは一瞬、戸惑った。

「ただ、自分はこういう生活が好きらしいんです」

クロンショーの落ち着き払った丸い顔の表情が変わった。口の両端がいきなり下がり、目がゆっくり眼窩《がんか》のなかに沈んだ。生気が失《う》せて、老いてしまったようにみえた。

「これが？」クロンショーは大声でいうと、自分のいるカフェのなかを見回した。その声は少し震えていた。

「これから逃げられるなら、さっさと逃げろ。間に合ううちにな」

フィリップは驚いて相手をみたが、いつもの癖で、感情的な言葉を口にされるとつい気まずくなってうつむいてしまった。たしかに、これもまた悲劇的な失敗だ。クロンショーは黙りこくっている。きっと自分の人生を振り返っているのだろう。明るい希望のあった若い頃、その輝きが失せてしまった失望の時代、つまらない快楽を繰り返す惨《みじ》めな現在、そして暗澹《あんたん》たる未来。フィリップの目は受け皿の小さな山をみつめていた。そしてクロンショーの目もそれをみていることに気づいていた。

## 51

二ヶ月後。

フィリップはこれらの問題についていつも考えていた。一流の画家や作家や作曲家は自分のなかにある力を持っていて、そのためにすべてを捨てて作品を作りあげることに専念する、となると、人生よりも芸術を優先するしかない。そして自分にもよくわからないものに影響され、自分を捕まえて放さない直感に振り回され、まだろくに生きてもいない人生が指の間からこぼれ落ちていく。だがフィリップは、人生は描くものではなく、生きるものだという気がしていた。様々な経験を探求し、一瞬一瞬をむだにせず、それが与えてくれるすべての感動を味わいたいと思った。こうしてようやく意を決して一歩踏み出し、結果がどうなろうとそれを受け入れることにした。いったん決心したら、早いほうがいい。幸いなことに次の午前中の授業はフワネがくることになっているので、単刀直入に、絵の勉強を続けるべきかどうかたずねてみることにした。もちろん、フワネのファニー・プライスに対する残酷なアドバイスは覚えている。あれは当を得ていた。フィリップはファニーのことを頭から閉め出してしまうことができなかった。彼女のいないアトリエは不思議な感じがする。ここにきている女子学生が手を動かしたり、声を上げたりするたびに、はっとして彼女を思い出した。生きていたときよりも死んだあとのほうが、彼女が身近に感じられる。そして夜はしょっちゅう夢にうなされ、恐ろしくて叫びながら目を覚ました。彼女が味わった苦しみを思うと、ぞっとした。

　フワネは学校に教えにくるときは必ず、オデッサ通りの小さなレストランで昼食をとる。フィリップは急いで昼食をすませて、そのレストランまでいき、外で待った。人の多い通りを行ったり来たりしているうちに、ようやくフワネがうつむいて歩いてきた。フィリップは気がくじけそうになったが、思い切って近づいていった。

「先生、申し訳ありません《パルドン・ムシュ》。少しだけお話をうかがいたいのですが」

　フワネはちらっと相手をみて、フィリップだとわかったが、にっこりするわけでもなかった。

「それで？」

「先生のもとで二年近く勉強してきました。それで、率直なご意見をいただきたいんです。絵の勉強を続ける価値があるでしょうか」

フィリップの声は少し震えていた。フワネは顔を上げずに歩き続けている。その顔にはなんの表情も浮かんでいない。

「どういうことだね」

「ぼくはとても貧しいんです。もし才能がないなら、すぐにでもほかのことをしようと考えています」

「才能があるかないかくらい、自分でわかるだろう」

「ぼくの仲間はみんな、自分に才能があると思っています。でも、そのうちの何人かは考え違いをしていると思います」

フワネのすぼめた唇にかすかな笑みが浮かんだ。

「住まいはこの近くかね」

フィリップはアトリエの場所をいった。するとフワネはフィリップのほうをみた。

「そこへいこう。きみの絵をみてみようじゃないか」

「これからですか」

「まずいかね」

フィリップは返す言葉がなかった。ただ黙って、並んで歩いた。恐ろしさに胸が悪くなった。まさか、いきなりこんなことになるとは思っていなかったのだ。心の準備ができるくらいの余裕がほしかったので、そのうちアトリエにきていただけますかとか、何枚か先生のアトリエに絵を持っていってもいいでしょうかというつもりだった。不安がつのって体が震えてくる。しかし心の底では、彼が絵をみて、珍しく顔に笑みを浮かべ、フィリップの手を握ってこういってくれるのではないかと期待はしていた。「悪くない《パ・マル》ぞ。続けたまえ。君には才能がある。本物の才能がある」そう考えると胸が躍った。ほっとして、うれしくて舞い上がってしまうだろう！　そうすれば、勇気を持って突き進むことができる。苦難も、貧窮も、失望も、最終的に報われるのであれば、怖れるに足りない。これまで一生懸命やってきた。その努力がすべてむだになるとしたら、これほど残酷なことはない。フィリップははっとして、ファニー・プライスが同じようなことをいっていたのを思い出した。住まいまでくると、フィリップは恐怖ですくみあがった。もし勇気があれば、フワネに帰ってくださいといっていただろう。本当のことなど知りたくないのだ。なかに入ると、管理人から手紙を一通渡された。ちらっと封筒をみると、伯父の字だった。フワネはあとから階段を上がってくる。フィリップはいうべき言葉が浮かばなかった。フワネも何もいわない。沈黙がフィリップの神経をさいなむ。相手が椅子《いす》に座ると、何もいわず、サロンから返送された絵をみせた。フワネはうなずいただけで、何もいわない。フィリップはルース・チャリスの肖像画を二枚みせた。それからモレで描いた風景画を二、三枚。そのあとスケッチを次々にみせた。

「これで全部です」フィリップは神経質に笑いながらいった。

フワネは、薄紙に刻み煙草《たばこ》をのせて巻くと火をつけた。

「ずいぶん生活に困っているそうじゃないか」しばらくして、フワネがたずねた。

「ええ、かなり厳しいです」フィリップはそう答えながら、心臓がひやっとした。「かつかつです」

「常に生活費を心配しなくてはならないことほどつらいことはない。世の中には金を軽蔑する人間がいるが、わたしはそういう連中をこそ軽蔑する。偽善者か愚か者か、どちらかだからね。金というのは第六感のようなもので、これがなければ、五感がまっとうに機能しない。ある程度の収入がないと、人生の半分は閉ざされてしまう。ただひとつ気をつけなくてはならないのは、一シリング稼ぐときに一シリング以上使ってはならないということだ。きみも知っての通り、貧乏は芸術家にとって最良の拍車だという人がいる。だが、そういう連中は、貧乏の本当のつらさを知らない。彼らは、貧困がどれだけ人を卑しくするかを知らない。貧困は人をとことん辱《はずかし》め、翼を引きちぎり、癌《がん》のように心を侵す。富を望む必要はないが、誇りを持って、好きなように仕事ができて、寛容で率直でいられて、他人を頼らないだけの収入はあったほうがいい。作家であれ画家であれ、自分の芸術以外に稼ぐ手立てを持たない連中には心から同情する」

フィリップは何もいわず、みせた絵を片づけた。

「ぼくにはあまり見こみがないということですね」

フワネは軽く肩をすくめてみせた。

「お手本通りの技術は十分にマスターしていると思う。これから忍耐強く懸命に頑張れば、目端のきく、それなりの画家にはなれるだろう。きみ程度に描けない画家は何百人もいるし、きみ程度に描ける画家も何百人もいる。みせてもらった絵には、なんの才能も感じられない。努力と知性は認める。せいぜい努力して、並の画家かな」

フィリップはおとなしく答えるしかなかった。

「おいでいただいて、本当にありがとうございます。お礼の言葉もありません」

フワネは椅子から立って出ていこうとしたが、気が変わったようで、立ち止まってフィリップの肩に手を置いた。

「だが、もしわたしのアドバイスをききたいのなら、ひとついっておこう。勇気を持って、何かほかのことをやってみてはどうかね。ずいぶんひどいことをいうようだが、まあ、きいてくれ。わたしがきみくらいの歳《とし》のとき、いまのようなアドバイスをもらっていたら、どんなに感謝したことだろう。そして、わたしはそのアドバイスに従っていたと思う」

フィリップはまじまじと相手の顔をみた。フワネは唇に笑みを浮かべたが、目はしかつめらしく、悲しそうだった。

「自分が人並みだと気づいたときには手遅れだった、というのはじつにつらい。なんの救いにもならない」

フワネは軽く笑って、最後の言葉を告げると、さっさと部屋から出ていった。

フィリップはなにげなく手紙を手に取った。そして伯父の筆跡をみて不安になった。というのも、手紙をくれるのはいつも伯母だったからだ。伯母は三ヶ月ほど前から具合が悪かった。フィリップはイギリスに帰って会いにいくといったが、勉強の邪魔になりたくないからといって断わられたのだ。迷惑をかけるのがいやだったらしい。八月になるまで待っているから、八月になったら二、三週間、牧師館に泊りにいらっしやいと書き送ってきた。万が一具合が悪くなったら、きっと知らせてきたはずだと、フィリップは思った。ぼくの顔をみないで死んだりするはずがない。伯父が手紙をよこしたのは、具合が悪くなってペンを握れなかったからだろう。フィリップは手紙を開いてみた。

フィリップへ

残念だが、今朝早く、おまえの伯母が亡《な》くなった。突然のことだったが、とても安らかだった。病状が急変して、おまえを呼びにやることもできなかった。おまえの伯母は自分の最期《さいご》の準備もしっかりしていて、祝福されて復活することを確信し、われらがイエス・キリストのご意志に心をゆだねていった。そして葬儀にはぜひおまえにも参列してほしいと言い残した。できるだけ早くもどってきてほしい。いうまでもなくいま、わたしは様々の手続きや用事に追われているうえ、精神的にもどうにかなってしまいそうだ。どうか、帰ってきて、力を貸してほしい。

伯父　ウィリアム・ケアリ

## 52

翌日、フィリップはブラックステイブルに着いた。母親が逝去して以来、親しい人の死は初めてだった。伯母の死はショックだったうえに、それまでにない不安にかられた。というのは、生まれて初めて自分の死を感じたからだ。それに、これからの伯父のことも心配だった。四十年もの間、彼を愛し、彼の世話をしてくれた女性がいなくなってしまったのだ。きっと暗澹たる悲しみに浸っていることだろう。会って、なんといおう。何をいっても役には立ちそうにないが、いう言葉は何種類か考えて、何度も練習した。

フィリップは脇《わき》のドアから牧師館に入ると、ダイニングルームにいった。伯父は新聞を読んでいた。

「列車が遅れたようだな」伯父が顔を上げていった。

フィリップは胸が詰まってどうしようもなくなるのではないかと思っていたが、妙にさめた言葉をかけられて、はっとした。伯父は悲しそうだが冷静で、フィリップに新聞を渡した。

「短くうまくまとめてくれている。ほら、『ブラックステイブル・タイムズ』だ」

フィリップは目で文字を追うだけだった。

「上にあがって、会ってやってくれ」

フィリップはうなずいて、いっしょに階段を上った。ルイーザ伯母さんは花に囲まれて、大きなベッドのまん中で眠っていた。

「短いお祈りを」

伯父がそういってひざまずいた。フィリップは、自分もそうするよう求められているのがわかったので、ひざをついた。そして小さなしなびた顔をみた。頭にはひとつのことしか浮かんでこない。なんてむだな人生だったんだ！　一分ほどして、伯父が咳払《せきばら》いをして立ち上がった。それからベッドの端のところにある花輪を指さした。

「あの大きなお屋敷からだ」その低い声は、まるで教会でいつもの勧めをしているかのようだ。「そろそろお茶の準備ができているだろう」

ふたりはまたダイニングルームに下りていった。鎧戸《よろいど》が閉めてあって、なかは暗い。伯父はテーブルの、いつも伯母が座っていたところに座って、仰々しく紅茶をいれた。

フィリップは、ふたりとも何も食べられないような気がしていたが、伯父がいつもののように食べるのをみて、いつものように食べ始めた。ふたりはしばらく何もいわなかった。フィリップはおいしいケーキを食べながら、その場にふさわしい悲しい顔をしていた。

「わたしが副牧師だったときから、ずいぶん変わってしまった」そのうち牧師が話し始めた。「わたしが若かった頃、弔問客には黒の手袋と帽子に巻く黒のシルクのバンドを渡したものだ。ルイーザはそのシルクでよくロングワンピースを作っていた。葬式が十二回あると一着できるといっていたな」

それから花輪のことを話しだした。すでに二十四きているんだ。ファーンの牧師の妻、ミセス・ローリングソンが亡くなったときは三十二きた。おそらく明日はもっとくる。葬列は明日の十一時に牧師館から出る。花輪の数は楽勝だ。ルイーザはミセス・ローリングソンが大嫌いだった。

「葬儀はわたしが行う。ルイーザには、ほかの者には絶対に任せないと約束したんだ」

フィリップは、伯父がケーキをもうひと切れとるのをみて顔をしかめた。こんなときに、そんなに食べるものではないと思ったからだ。

「メアリ・アンの作るケーキは最高だ。今度、これほどうまいケーキを作れる者がきてくれるかどうか、それが心配だ」

「彼女はここに留まるんですよね」フィリップは驚いて大声でたずねた。

フィリップが思い出す限り、ここにメアリ・アンのいなかったことはない。決して
フィリップの誕生日を忘れることはなく、ささいな、ちょっと変わった、心のこもっ
たプレゼントをくれた。フィリップはメアリ・アンが大好きだった。

「いや、そういうわけにはいかない。独身の女性をうちに置いておくわけにはいかな
いからな」

「だって、もう四十過ぎですよ」

「ああ、たしかにそうだが、最近、いささか目に余ることがあってな。あれこれ出し
やばりすぎて困る。今回のことは、暇を出すのにいい機会だと思っているんだ」

「まあ、こんないい機会は二度とないでしょうから」

フィリップは煙草を取り出して火をつけようとしたが、伯父に止められた。

「フィリップ、葬儀が終わるまでは控えなさい」

「わかりました」

「二階にルイーザ伯母さんが眠っているとき、煙草を吸うのは不謹慎だ」

葬儀のあとフィリップは、銀行の支配人で教区委員のジョサイア・グレイヴズといっしょに牧師館にもどり、食事をともにすることになった。鎧戸が開いていて、申し訳ないと思いながらも、ほっとした。昨日までは、家のなかに遺体があると思うと、落ち着かなくてしょうがなかったのだ。生前はとても親切でやさしかった伯母だが、二階の寝室で冷たくかたくなって横たわっていると思うと、生きている者に不吉な影を落としているような気がして、いやだった。

フィリップは一、二分、グレイヴズとふたりきりでダイニングルームにいた。

「しばらくはここにいるんだろう？　だれかいっしょにいてあげたほうがいい」

「これからどうするか、まだ何も決めていないんです。もし伯父がいてほしいというなら、喜んでそうしたいと思っています」

妻に先立たれた夫を元気づけようと、グレイヴズは最近ブラックステイブルであった火事の話題を出した。この火事でウエスリー派の教会が半焼したのだ。

「保険をかけていなかったらしい」

「かけていても大差ないだろう」伯父がいった。「再建することになれば、いくらだって寄附が集まる。非国教会の会衆は喜んで金を出すからな」

「そういえば、ホールデンから花輪が届いていたね」

ホールデンというのはウエスリー派の牧師だ。両派のために死んだキリストに敬意を表して、ミスタ・ケアリは通りでホールデンに会えば軽く会釈《えしゃく》くらいはするものの、話しかけることはなかった。

「余計なことをして」伯父がいった。「花輪は四十一もきた。きみのところからきたのがまたきれいだった。わたしもフィリップも感動したよ」

「いやいや、たいしたもんじゃないよ」グレイヴズがいった。

彼はそれが一番大きかったことに満足していた。実際、とても立派だった。ふたりは葬儀に参列した人々について話し始めた。店はどこも閉まっていた。グレイヴズがポケットからチラシを出した。「ミセス・ケアリの葬儀のため、開店は午後一時からになります」と印刷してある。

「これはわたしのアイデアなんだ」

「うれしかったよ、みんな店を閉めてくれてね。ルイーザも感謝していると思う」

フィリップは黙々と食べた。メアリ・アンは日曜日にしか出ないような料理を用意してくれていた。ロースト・チキンとグーズベリーのタルトだ。

「墓石をどうするかはまだ考えていないんだろう」グレイヴズがいった。

「いや、考えてある。シンプルな石の十字架にしようと思っているんだ。ルイーザはいつも派手なものをいやがっていたからね」

「そう、十字架がいい。で、墓碑銘だが、こういうのはどうだろう。『キリストとともにあることは、はるかによいかな』」

伯父は唇を曲げた。グレイヴズときたら、まるでビスマルクみたいに、すべてを取り仕切りたがる。そもそも、その文句が気に入らなかった。まるで夫を非難しているようだ。

「いや、それよりも、こっちのほうがいいと思う。『主は与え、主は奪う』」

「そうか？　その文句はいつも、いまひとつの気がしてならないんだが」

伯父が少しきつい答えをして、グレイヴズがまた、妻を亡くした夫に対していいすぎではないかと思われる返事をした。夫が妻の墓碑銘も好きに決められないというのは、たしかにいいすぎだ。しばらく間があって、話は教区のことに移った。フィリップは庭に出てパイプを吸った。そしてベンチに腰かけ、突然、甲高い声を上げて笑いだした。
二、三日後、伯父がフィリップに、あと二、三週間ブラックステイブルにいてくれないかといった。

「ええ、喜んで」

「パリに帰るのは九月でもいいだろう」

フィリップは答えなかった。フワネにいわれたことをじっくり考えてみたものの、これという方向性はみつからず、先のことは話したくなかった。絵をあきらめることにして、ある意味気が楽になった。自分がそれほどうまいとは思えなかったからだ。しかし不幸なことに、絵をあきらめるのが良策だと思うのは自分だけで、ほかの人からみれば、それは敗北で、敗北を認めるのもいやだった。フィリップには天邪鬼《あまのじゃく》なところがあって、自分の才能がこちらの方向には向いていないのかもしれないと思うと、状況に逆らってでもまっすぐそちらに進みたくなってしまうのだ。仲間に笑われるかと思うと、くやしかった。おそらくこれが、絵の勉強をきっぱりあきらめることができない理由だった。しかし状況が変わったことで、ふと事情が違ってみえてきた。よくあることだが、ドーヴァー海峡を越えると、それまで重要に思えてきたことがどうでもよくみえてくる。それまで魅力的で絶対に手放したくないと思っていた生活が、いまではばかばかしい。カフェも、料理のまずいレストランも、仲間のみじめな生活も、ほとほと愛想がつきた。仲間にどう思われようがかまわない。クロンショーは口先ばかりだし、ミセス・オターはお上品なだけだし、ルース・チャリスは気取ってばかりだし、ローソンとクラットンはいつもけんかをしている。だれもかれも、みんなうんざりだ。そこでローソンに手紙を書いて、持ち物をすべて送ってほしいと頼んだ。一週間後、荷物が届いた。開けてみると、絵が出てきた。フィリップはなんの感慨もなくそれをながめている自分に気づいて、不思議に思った。伯父が絵をみせてほしいといってきた。フィリップがパリにいくといったとき、あれほど反対していたくせに、いまは平気で、画学生の生活に興味を持ち、あれこれきいてくる。実際、甥《おい》が画家だということが少し自慢のようで、だれかがくると、絵のことをしゃべらせようとする。人物画をみせると、特に興味を持ったらしく、ミゲル・アフリアの肖像画をみると質問をしてきた。

「なぜ、この青年を描いたんだ」

「ちょうどモデルをさがしていて、この頭の形がおもしろいと思ったんです」

「もしここですることがないのだったら、わたしを描いてみてくれないか」

「じっと座っているのは退屈ですよ」

「案外、楽しいかもしれない」

「じゃ、考えておきます」

　フィリップは伯父の目立ちたがり屋のところがおかしかった。肖像画を描いてほしくてたまらないのだ。それもただで描いてもらえるのだったら、これを逃す手はない。二、三日、伯父は細かくせっついてきた。なまけ者だといってみたり、そろそろ始めないかといってみたり、そのうち会う人ごとにフィリップに肖像を描いてもらうといいふらすようになった。そのうち雨の日があって、朝食が終わると、フィリップに声をかけた。

「今朝、どうだ。描き始めてもいいんじゃないか」

フィリップは読んでいた本を置いて、椅子の背にもたれかかった。

「もう絵はやめたんです」

「どうして」伯父は驚いてたずねた。

「二流の画家になってもつまらないと思ったからです。自分はせいぜい、そこどまりだと見切りをつけました」

「いったい、どういうことだ。パリにいく前は、自信たっぷりだったじゃないか」

「考え違いだったんです」

「だが、いったんこれを職業にすると決めたら、誇りを持ってとことんやるべきだ。おまえには忍耐が足りない」

フィリップはちょっと腹立たしく思った。自分のこの決意がどんなに大変だったか、伯父にはわかっていない。

「転石苔《こけ》むさず、というだろう」伯父がいった。フィリップはこのことわざが大嫌いだった。ばかばかしいとしか思えないからだ。会計士の研修を辞めるときの話し合いでも、繰り返しきかされた。伯父はそのときのことを思い出したらしい。

「もう子どもじゃないんだ。いいか、そろそろ身を落ち着けるときだ。最初は公認会計士になるといって、それに飽きたら、次は絵描きになるといいだした。そして今度は、また気が変わったというのか。そういうのを称して……」

伯父は一瞬黙って、そういう欠点を表現するのに適当な言葉をさがしたが、フィリップが先に答えた。

「優柔不断、無能、無計画、意志薄弱というんです」

伯父はさっと顔を上げた。フィリップが笑っているのではないかと思ったのだ。フィリップは真剣な顔をしていたが、目がかすかに笑っていた。それをみて伯父はかっとなり、もう少しまじめに考えるべきだ、ここは甘い顔をしてはいけないと考えた。

「今後は一切、金銭的な援助はしない。自分でなんとかするように。いま持っている金でいつまでもやっていけるはずがない。それにその足だが、仕事につくのに決してプラスにはならないぞ」

フィリップはそれまでの経験でよくわかっていたが、だれであれ自分に悪感情を抱くとまず間違いなく、この足のことを持ち出す。フィリップの人間に対する評価は、だれもその誘惑には勝てないという事実の上に成り立っていた。そしてそれに対してはちらりとでも傷ついたような素振りをみせないよう心がけるようになっていた。子どもの頃はくやしくて、よく赤面したが、それさえ抑えられるようになっていた。

「さっきおっしゃったお金のことですが、それについては伯父さんのお世話になるつもりはありません。自分でなんとかします」

「じゃあ、おまえが絵の勉強をしたいといったとき、わたしが反対したのは正しかったと認めるんだな」

「さあ、どうでしょう。他人のアドバイスで成功するより、自分で決めて間違えるほうが勉強になるんじゃありませんか。二年間、やりたいことをやったあとですから、今度はもう少しまっとうな職につこうと思っています」

「どうするつもりだ」

フィリップはその質問は予期していなかった。じつはまだ決めてなどいなかったのだ。選択肢は十以上頭のなかにあった。

「お父さんのあとをついで、医者になるのがいちばんいいんじゃないか」

「不思議ですね。ぼくもそう考えていたんです」

選択肢のなかに医師もあった。まずなにより、かなり個人的な自由がきく職業だというのが魅力だった。一方、事務所に勤めた経験上、絶対に事務職にはつきたくなかった。その結果、伯父に対して、つい、医師といってしまった。こういう言葉のやりとりではよくあることだ。こんなことで偶然、自分の方向が決まったのがおもしろくて、フィリップはその場で、秋から父親が勤めていた病院で勉強することにした。

「じゃあ、パリでの二年間はむだだったと考えていいんだな」

「さあ、それもどうでしょう。この二年間はとても楽しかったし、ひとつかふたつは役に立つことを学びましたから」

「たとえば」

フィリップはちょっと考えてから答えたが、それには相手を軽くからかうようなところもあった。

「たとえば、手をみることを学びました。それまでは手なんかろくにみたことがなかったんです。それから、家や森をただみるのではなく、空という背景の前に置いてみることを学びました。それから、影は黒ではなく、色があることも学びました」

「また、わかったようなことをいって。そういう軽薄さはなんの役にも立たんぞ」

## 53

伯父は新聞を取ると書斎にいった。フィリップは、伯父が座っていた椅子に座った（その部屋で座り心地がいいのはその椅子だけだった）。そして窓の外に目をやり、激しく降る雨をながめた。さびしい天気だったが、地平線まで広がる緑の草原をながめるとなんとなく気が休まった。その風景には見慣れた魅力がある。それまでまったく気がつかなかった魅力だ。二年間にわたるフランスでの生活が、故郷ののどかな美しさに目を見開かせてくれた。

フィリップは伯父の言葉を思い出して、微笑《ほほえ》んだ。自分が軽薄でよかったと思った。父親と母親の死がいかに大きかったかがわかり始めていた。それは人生における大きな違いのひとつで、自分はそのためにほかの人々と同じように考えることができないらしい。純粋に無償の愛があるとすれば、それは親の子どもにたいする愛しかない。フィリップは肉親以外の人々のなかで、それなりに順調に育ってきたものの、寛容に、忍耐強く接してもらったことはほとんどなかった。人一倍、自制心の強いのが自慢だったが、それは仲間からからかわれていやおうなく身につけたものだ。その結果、仲間からは皮肉屋、冷血漢などと呼ばれている。しかしそれは、いつも冷静に振る舞い、なるべく落ち着いているよう努力したため、感情を表に出すことができなくなったせいだ。人からは感情が欠如しているといわれたが、実際はとても感情的な人間で、それは自分でもよくわかっていた。ふとした親切が心に染みて、何もいえなくなることもある。しゃべると声が震えてしまいそうになるからだ。いまでも忘れられないのは、学校でのつらい体験、耐え忍んだ侮辱、ひやかされて無様な真似《まね》をさらすのが病的なほど怖かったときのこと。また、学校を出て世界と向き合ったときの孤独も忘れられない。そして世界が活発な想像力に約束してくれたものと、実際に与えてくれたものとの違いがもたらした幻滅と失望。しかしそれにもかかわらず、フィリップは自分を外からながめて、おもしろそうに微笑むことができた。

「まったく、軽薄でよかった。そうでなかったら、首をつっているところだ」フィリップはそう思って、愉快になった。

そして伯父から、パリで何を学んだかとたずねられたときの答えを思い出した。あのとき答えたことよりずっと多くのことを学んでいた。クロンショーとの話は頭のなかにこびりついていた。なかでも刺激的な言葉がある。平凡な言葉なのだが、これを思い出すとつい考えてしまう。

「おいおい、漠然とした道徳観なんてものを人間が持っているはずないだろう」クロンショーはそういったのだ。

フィリップはキリスト教を信じなくなったとき、肩の重荷がなくなったような気がした。何をするにしてもそれについてくる責任を捨て去った気がした。それまでは、あらゆる行為は不滅の魂の幸福にとって極めて重要なものだと考えていたのだが、そんな考えから解放されて、すがすがしい自由を味わった気になった。ところがいま、それが幻想だったことを知った。牧師館という環境のなかで育ってきたということは、キリスト教を捨てたところで、その本質的な部分、つまり道徳観は依然として自分のなかにあるのだ。だから、自分で考えようと決意した。偏見に左右されることなく。美徳とか悪徳とか、善悪に関する既成概念にまどわされることなく、自分自身で人生の法則を発見しようと決意したのだ。そんなものが必要かどうかはどうでもいい。とにかくそれをみつけたい。正しいと思っていたことも、じつは幼い頃からそう教えられてきたからそう思っていただけだ。ずいぶん多くの本を読んできたが、どれもたいして役には立たなかった。ほとんどがキリスト教的な立場から書かれていたからだ。

そんなものは信じていないと強調している作家でさえ、最後にはイエスが弟子に説いた山上の垂訓《すいくん》に似た倫理観に至って満足してしまう。まったく無意味だ。分厚い本を読まされたあげく、結局、ほかの人と同じようにしろといわれるだけなのだから。自分がどうすべきか知りたいなら、まわりの意見には影響されないように努めるべきだ。とはいえ、生きていかなくてはならない。そこで自分の行動原理ができるまで、間に合わせの決まりをひとつ作った。

「なにより、すぐそばに警官がいることを念頭に置いて、好きなように生きる」

フィリップがパリで得た最高のものは、精神の完全な自由だ。やっと自分は完璧《かんぺき》に自由だと感じることができた。それまでも気が向くまま多くの哲学書を読んできたが、これから好きなように使える数ヶ月が楽しみだった。そして手当たり次第に読み始めた。新しい考えに触れるたびに、かすかに気持ちが揺れて興奮した。ひとつひとつの体系に、自分を律することのできる指針をみつけられればと思った。まるで旅人になって知らない国々を旅行しているような気分で、進めば進むほど、その困難な旅に魅了された。感情にまかせて読んでいった。ほかの人が文学を読むように。そして自分がぼんやり感じていたことを見事に表現している言葉に出会うと心が震えた。もともと具体的な思考をするほうだったので、抽象的な話になるとなかなか前に進めなかった。しかし理解できなくても、曲がりくねった難解な思想――理解不能な領域の周辺を巧みに縫うように進む思想――を読むときには知的な喜びを感じた。偉大な哲学者から何も得られないこともあれば、取るに足りない哲学者の作品を読んで心から打ち解けることもある。まるで中央アフリカの探検家のようだ。突然、高台の上に出てくると、そこには広大な森林と草原が広がっていて、ふとイギリスの公園を思い出したりする。トマス・ホッブズの頑健なコモンセンスは楽しかった。スピノザには畏敬《いけい》を感じた。これほど気高く、近づきがたく、厳しい精神にはそれまで出会ったことがなかったのだ。ロダンの「青銅時代」を思わせる。これはフィリップの大好きな彫刻だった。それからヒューム。この魅力的な哲学者の懐疑主義には深く共鳴するところがあった。明晰《めいせき》な語り口で、複雑な考えをシンプルな言葉で、音楽的に的確に表現してくれた。フィリップは小説を読むように彼の作品を読みながら、楽しくて口元に笑みが浮かぶのだった。しかし、これこそ自分の求めていたものだと確信させてくれる作品には出会えなかった。どこかでこんな言葉を読んだことがある。すべての人間は、プラトン派、アリストテレス派、ストア学派、エピクロス派のどれかに生まれついている。また、ジョージ・ヘンリー・ルイス〔一九世紀英国の批評家〕の人生は（哲学などすべて戯言《たわごと》にすぎないといっているうえに）、哲学者の考えはすべて本人その人と不可分だということを証明している。それさえわかれば、その哲学者の書いたものはかなりの部分が類推できる。いってみれば、人はそう考えるからそう行動するのではなく、そうできているから、そう考える、ということだ。真理など関係がない。というか、真理など存在しない。人間はひとりひとりが自分の哲学者なのであって、過去の偉大な哲学者が作った複雑な考えは、それを考えだした人にしか意味がない。なら、重要なのは自分とは何かを発見することで、それができれば、自分の哲学も考えも自然に生まれてくる。フィリップは、発見すべきものが三つあるような気がした。自分と自分が生きている世界との関係、自分と自分を取り巻く人々との関係、そして最後に、自分と自分との関係。フィリップはそれを発見するために綿密な研究計画を立てた。

海外で暮らすメリットは、そこに住んでいる人々の生活様式や習慣を知り、外側から観察することによって、彼らが守っている生活様式や習慣にはなんら必然性はないと理解することだ。自分たちにとって当然のことが外国人にとってはばかばかしいということもわかるようになる。ドイツに一年、パリに二年暮らしたことで、フィリップの心には懐疑的な考えが頭をもたげてきていたのだが、いまそれを確信してほっとしたところだ。善もなければ、悪もない。物事はただ目的に適応しているだけなのだ。

フィリップは『種の起源』を読んで、この本は、それまで頭を悩ましてきたことの多くを説明してくれるような気がした。そしていま自分を探検家のようだと思った。自然の形象はこうなっているはずだと見当をつけて、大河を上っていくと、予想したところにその支流を発見し、肥沃《ひよく》で人がたくさん住んでいる草原を、さらにそのむこうに山脈を発見するようになった探検家だ。何か素晴らしい発見があったとき、あとあと世界はそれがすぐに受け入れられなかったことに驚くが、その発見の素晴らしさを早々に認めた人も、そのことでたいした影響は受けることはない。『種の起源』の最初の頃の読者は、理性的にはこの本を受け入れたが、感情的には――それこそが行動の基盤なのだが――なんの影響も受けなかった。フィリップはこの偉大な本がこの世に出た一世代あとの人間で、この本が人々に与えた恐怖はすでに過去のものになっていたため、楽しく読むことができた。生き残るための壮大な戦いという考えに心から感動しただけでなく、そこで提示されている倫理的な概念が、それまでに自分が培《つちか》ってきた考えにぴったり一致したのだ。フィリップは、力は正義だと思っていた。一方に社会があり、社会は社会の成長と自己防御のための決まりを持っている。そしてまた一方に個人がいる。社会にとって都合のいい行動は善とされ、そうでない行動は悪とされる。善悪の違いはそこにしかない。ということは、自由な考え方をする人間にとって、罪という概念は排除すべき偏見だ。社会は個人との戦いにおいて武器を三つ持っている。法律、世論、良心だ。最初のふたつは計略や策略で対抗できる。計略や策略は弱者が強者と戦うときの唯一《ゆいいつ》の武器だ。罪は発覚しなければ罪ではないという一般通念は真理を突いている。ところが最後の良心、これが味方の振りをした裏切り者だ。人の心に住みついて、人を社会のために戦わせ、駆り立てて、理不尽にも自らを犠牲にさせ、社会の繁栄に協力させる。いうまでもなく、社会と、自立した個人は相容《あいい》れない。社会は自分の目的のために個人を利用し、邪魔をすれば踏み潰《つぶ》し、協力すれば、勲章や年金や名誉を与える。一方、自立した個人の場合、強みといえば独立心だけで、社会のなかで進む道をみつけ、必要に応じて税金を払い、兵役その他の義務を果たす。しかしどれも義務感からではない。そして報賞にも無関心で、放っておいてほしいだけだ。個人旅行者でいうなら、煩雑《はんざつ》な手続きを省くときにはトマス・クック旅行代理店を利用するが、団体旅行のグループを寛容な軽蔑《けいべつ》の目でみる人々に似ている。自由人は悪など犯しようがない。やりたいようにやるだけだ。とはいえ、できないこともある。自由人にとって、道徳的にどこまで許されるかは自分の力次第なのだ。そして国の法律は認めてはいても、それを破るときに罪の意識はない。ただ、有罪に処せられればおとなしく罰を受ける。社会にはその力があるからだ。

しかし個人に善も悪もないとなれば、良心も力を失う。ところがフィリップは勝利の声を上げて、この裏切り者を胸のなかから放り捨てたものの、人生の意味に近づけたかというとそうではない。なぜ世界があり、なぜ人はこの世界に生まれてくるのか、それは疑問のままだった。きっと何か理由はあるはずだ。フィリップはクロンショーのペルシア絨毯《じゅうたん》の話を思い出した。彼はまるでそれが謎《なぞ》の答えであるかのように、その話をした。そして答えは自分でみつけださなくては意味がないといった。

「まったく、どういう意味だったんだろう」フィリップはにこっと笑った。

こうして九月最後の日、こういった人生に関する新しい理論を引っさげて、フィリップは千六百ポンドを手に、足を引きずりながらふたたびロンドンへ、人生三度目のスタートを切った。

## 54

フィリップは公認会計士の研修生になるための試験に合格していたので、無試験で医学校に入学が認められた。聖ルカ病院を選んだのは、父親もここで学んだからだ。そして夏学期が終わる前、一日ロンドンにいき、医学校の事務課長に会った。すると学校の斡旋《あっせん》している部屋の一覧をみせてくれたので、そのなかから古そうだが、病院まで徒歩二分というところを選んだ。

「解剖の実習だが、どの部位から始めるか決めようか」事務課長がいった。「脚がいいと思う。みんなだいたい脚を選ぶんだよ。簡単そうに思えるらしい」

最初の講義は解剖学で、十一時からだった。フィリップは十時半には、足を引きずって道路を渡り、多少神経質になりながら聖ルカ病院付属医学校まで歩いていった。なかに入ると、様々な掲示がピンでとめてある。講義の概要やサッカーの試合の日時などだ。フィリップはのんびりそれをながめながら、ほかの人には冷静にみえるよう努めた。若い学生たちがときどきやってきて、通信棚に入っている手紙をみたり、たがいにおしゃべりをしたり、階段を下りていったりする。地下には読書室があった。遠慮がちにあてもなく歩き回っている学生も数人いる。おそらくフィリップと同様、初めてここにきた学生だろう。フィリップは掲示を見終わった頃、ガラスのドアに気がついた。むこうには棚がたくさんある。まだ二十分ほど余裕があるので、入ってみると、病理標本が並んでいた。十八歳くらいの青年がやってきてたずねた。

「あの、一年生ですか」

「ええ」フィリップが答えた。

「講義室はどこか知ってますか。そろそろ十一時になるんですが」

「いっしょに探しにいきましょう」

部屋から出ると、長く暗い廊下が続いていた。壁は濃い赤と薄い赤で塗られている。まわりの学生についていけばよさそうだ。やがて「解剖劇場〔円形劇場のように作られている教室や階段教室で、中央で解剖が行われる〕」と書かれているドアがみつかった。すでにかなり学生が集まっている。席は階段状になっている。フィリップが入ったとき、助手がやってきて、中央にある解剖台の上に水の入ったコップを置いた。それから骨盤をひとつ、大腿骨《だいたいこつ》の骨を左右一本ずつ持ってきた。あとからも学生がやってきて席を探した。十一時にはほぼ席は埋まった。六十人ほどいる。ほとんどの学生はフィリップよりかなり若い。十八歳くらいでひげもない。だが、年上の学生も数人いる。ひとりは赤い口ひげを派手に生やしていて、三十歳前後。髪の黒い小柄な男もいて、歳はそれより一、二歳下。また、眼鏡をかけて、ずいぶん白いものが混じったあごひげを生やしている男もいる。

講師が入ってきた。名前はミスタ・キャメロン。顔立ちのすっきりしたハンサムな男で髪は白い。長い時間をかけて名簿の名前を呼び終わると、心構えなどを簡単に話した。気持ちのいい声で、的確な言葉で話す。きちんと準備して講義をすることに控えめな喜びを感じているようだ。そろえておいたほうがいい本を一、二冊紹介し、骨格標本は買っておくようにといった。それから解剖学について熱く語った。外科を学ぶには欠くことのできないもので、美術の鑑賞にも役に立つ。フィリップの耳がぴくっと動いた。あとで、ミスタ・キャメロンはロイヤルアカデミーでも教えていることを知った。長いこと日本に住んでいて、東京大学で教鞭《きょうべん》をとったこともあり、美術には詳しいと自負しているらしい。

「おもしろくもないことを山ほど覚えなくてはならない」彼は最後に笑顔でいった。「そして諸君は最終試験が終わった瞬間、それらをすべて忘れてしまう。しかし解剖学においては、まったく知らないということと、一度知って忘れるということは違うんだ」

そういうと解剖台の上にある骨盤を手に取って説明を始めた。明解でわかりやすい講義だった。

講義が終わると、標本室で声をかけてきた学生が話しかけてきた。フィリップの隣に座っていたのだ。いっしょに解剖室にいってみようという。さっきの廊下をまた歩き、助手をつかまえて場所を教わった。解剖室に入ったとたんフィリップはさっきまで気になっていたにおいの正体がわかった。そしてパイプに火をつけた。助手が軽く笑った。

「すぐに慣れるよ。ぼくなんかもう、においがしていることさえ忘れてた」

助手はフィリップの名前をきいてから、掲示板に並んでいる名前をみた。

「きみは脚か。四番だ」

フィリップは自分の名前とほかの名前が括弧でくくられているのに気がついた。

「どういうことなんです」フィリップがたずねた。

「最近は死体が不足していてね、各部位をふたりで解剖することになっているんだ」

解剖室は大きな部屋で、壁は廊下と同じ色で塗られている。上が濃いサーモンピンクで、下は暗めのテラコッタ色だ。部屋の両側の長い壁から等間隔で、細長い鉄板が真横に突き出ている。その鉄板は、肉を切るカッティングボードのように縁に沿って溝がついている。そしてそのひとつひとつに死体が置いてある。ほとんどは男の死体だ。保存液のせいで黒ずみ、皮膚は革のようだ。どれもひどくやせている。助手がフィリップを、ひとつの鉄板のほうに連れていった。若い学生がひとり立っている。

「ケアリ君?」その学生がたずねた。

「そうだけど」

「脚をいっしょに解剖することになってるんだ。男でよかった」

「それは、どうして？」フィリップがきいた。

「だいたい、男の死体のほうがやりやすいんだ」助手がいった。「女はたいてい脂肪が多くてね」

フィリップは死体に目をやった。腕も脚もやせ細って、棒のようだ。肋骨《ろっこつ》が浮き出ていて、それをおおう皮膚は貼《は》りつけてあるようにみえる。四十五歳くらいで、薄い灰色のあごひげを生やし、頭には色の薄い髪がうっすら生えている。目は閉じ、下あごが落ちている。生きていたとはとても思えない。フィリップはずらりと並んだ死体をみると、なんとなく恐ろしく、背筋が寒くなってきた。

「二時に始めようと思っているんだ」フィリップといっしょに解剖することになっている若者がいった。

「じゃ、二時にここで」

フィリップは前日、解剖に必要な道具を一式買ってあったし、ロッカーもその場で割り当てられた。いっしょに解剖室までやってきた学生をみると、まっ青な顔をしている。

「気分が悪い？」フィリップはたずねた。

「死体をみるのは初めてなんだ」

ふたりで廊下を歩いて学校の出入り口までいった。フィリップはファニー・プライスを思い出した。死んだ人間をみたのはあれが最初だった。あのときの強烈な違和感を思い出す。生きている者と死んだ者の計り知れない距離にはっとしたのだ。とても同じ人間とは思えなかった。ついこの間まで、しゃべって、動いて、食べて、笑っていたことが不思議に思えてしかたがなかった。そして死者はなんとなく恐ろしく、生きている者にいまわしい影響を与えそうな気がしてならないのだ。

「何か食べにいきますか」新しい仲間がフィリップにたずねた。

ふたりは階段を下りて地下にいった。暗い部屋があって、そこが食堂だった。ＡＢＣショップ〔エアレイテッド・ブレッド・カンパニーによるチェーンのティールーム〕と同じ物を出していた。食事をしながらフィリップは（バターを塗ったスコーンとココアをとった）、相手の名前がダンスフォードだということを知った。さわやかな青年で、明るい青の目、縮れた黒い髪、大柄で、しゃべり方も動作ものんびりしている。クリフトンから出てきたばかりだという。

「総合課程をとるつもり？」ダンスフォードがたずねた。

「うん。できるだけ早く資格を取ってしまいたいんでね」

「ぼくもそのつもりなんだ。ただ、そのあとで、王立外科医師会の試験も受けて会員になりたいと思っている。外科志望だから」

ほとんどの医学生は、外科と内科の総合課程を選択するが、さらに意欲的な学生や勤勉な学生は、ロンドン大学の学位が取得できる長期コースを選択する。フィリップが聖ルカ病院の医学校に入学する数年前にカリキュラムの変更があり、卒業までに五年かかることになったのだ。一八九二年の秋以前に登録した学生は四年ですんでいた。ダンスフォードは何をどう履修するかについてはよく考えていて、フィリップに一般的な履修案を教えてくれた。「総合課程の最初の試験」は生物学、解剖学、化学の三つだが、ひとつずつ受けていいことになっている。多くの学生は入学後、まず生物学を三ヶ月学ぶ。生物学はつい最近、必修科目に追加されたのだが、覚える知識の量は多くないということだ。

解剖室にもどったとき、二時を数分過ぎていた。というのは、シャツの袖《そで》をおおう腕カバーを買い忘れていたからだ。部屋に着いてみると、すでに多くの学生が解剖実習を始めていた。脚をいっしょに解剖することになっている学生は時間通りにきて、皮神経に取りかかっていた。もう一方の脚も、ふたりの学生が解剖している。腕を解剖している学生もいる。

「悪いけど、先に始めたよ」

「もちろん。そのまま進めて」

フィリップは教科書を出して、脚の解剖図のところを開き、要点を確認した。

「ずいぶん、手《て》際《ぎわ》がいいね」

「入門の講義でかなりやってるからね。動物だけど」

解剖台を囲んで、ずいぶん会話がはずんだ。もちろん解剖について、それからサッカーのシーズンなのでその予想について、その他、実習授業の教員や講師について。フィリップはほかの学生よりずっと年上のような気がしていた。だれもがパブリックスクールの学生のようだ。しかしそう感じるのは年齢の差というより知識の差だった。たとえばいっしょに脚を解剖している若くて活発そうなニューソンは、この手の作業に慣れていて、得意そうに、いろんなことを教えてくれた。フィリップのほうは爪《つめ》を隠して、おとなしくきいている。そのうちフィリップがメスとピンセットを持つ番になると、ニューソンがみる番になった。

「よくこんなにやせられたなあ」ニューソンが手をぬぐいながらいった。「この男は一ヶ月くらい何も食べていなかったのかも」

「死因はなんだろう」フィリップがぼそっといった。

「さあね。この年だし、餓死したのかも。……あ、気をつけて、その動脈は切っちゃだめだよ」

「その動脈は切っちゃだめだって?」反対側の脚を解剖していた学生がいった。「だけどこの年寄りは動脈の位置が変なんだ」

「動脈が正しい位置にある人間なんているもんか」ニューソンがいった。「正しい位置なんてみたことがない。だから教科書には、『正しい』って書いてあるんだ」

「ちょっと、やめてくれないか」フィリップがいった。「自分の手を切ってしまいそうだ」

「手を切ったら」ニューソンが待ってましたといわんばかりにいった。「すぐに消毒しなくちゃだめだよ。それだけは気をつけたほうがいい。ここで去年、針の先でつついたくらい指を切った学生がいて、敗血症になったんだ」

「それで、もうなおったの？」

「いや、一週間後に死んだ。ぼくも死体安置所に会いにいったよ」

フィリップは午後の休憩時間には背中が痛くなっていた。昼食が軽かったので、すぐに食堂に向かった。両手ににおいがしみついている。朝方廊下で気がついたにおいだ。マフィンまでにおうような気がした。

「すぐに慣れるよ」ニューソンがいった。「そのうち解剖室にいってこのにおいがしなくなったら、物足りなくなるから」

「食欲には影響ないらしい」フィリップはマフィンを食べ終わると、ケーキをとった。

## 55

フィリップが想像していた医学生の生活は、世間一般の人々と同じで、十九世紀のチャールズ・ディケンズの本に描かれているようなものだった。しかしすぐに、ディケンズの『ピクウィック・ペーパーズ』に登場するボブ・ソーヤーのような――彼が実在していたらの話だが――医学生はもうどこにもいないことがわかった。

医学校にくる学生は、それこそいろいろで、なまけ者もいれば乱暴者もいる。講義なんて楽なものだと考えて、二年間遊んだあげく、持ち金が底をつくか、親が怒って仕送りを止めるかして、いなくなる者もいた。試験ができず、何度も落第するうちに気力が失《う》せて、恐ろしい総合課程の試験が行われる建物に入ったとたんパニックに襲われ、完璧に覚えたことがすべて消えてしまう学生もいる。そういう学生は一年、また一年と落第しては、年下の学生に軽くばかにされるようになる。なんとか薬剤師の試験に受かる者もいれば、資格が取れず、助手になる者もいる。こちらのほうは、雇い主の気持ちひとつでどうなるかわからない危うい立場で、多くは、貧困ののち酒浸りに陥る可能性が高く、最後は神のみぞ知る、という運命をたどる。しかしほとんどの医学生は中産階級の出身で、勤勉な青年が多く、仕送りも十分にあり、それまでの環境で慣れ親しんできた生活を送ることができた。医者の息子もかなりいて、態度も医者の息子らしい。そして将来もほぼ決まっている。資格が取れれば、どこかの病院に研修を申し込み、期間を終えたら（もしかしたら船医としてアジアかどこかに一度いき）、父親の医院で働き、残りの日々を地方の開業医として過ごす。一、二名、ずばぬけて優秀な学生がいた。彼らは毎年恒例の賞や奨学金をもらい、いくつかの病院で研修医として働き、どこかの病院で常勤になって、やがてはハーレー通り〔開業医や医療関係者が集まっていた通り〕に診療室を設けて、専門的な治療に専念し、成功して、有名になって、称号が与えられるのだろう。

　医者というのは、何歳からでも始められて、普通に暮らしていける唯一の職業かもしれない。フィリップと同学年のなかにも、もう若いとはいえない学生が三、四人いる。ひとりは海軍にいたのだが、うわさによれば飲酒問題で辞めさせられたらしい。

三十歳くらいで、赤ら顔で、無愛想で、声が大きい。もうひとりは結婚して、子どもがふたりいるのだが、無能な弁護士のせいで財産をなくしてしまったとのことだ。世界が重くてたまらないといわんばかりの疲れた顔をしている。黙々と講義をこなしてはいるのだが、さすがにその歳《とし》になると覚えるのが大変らしい。頭の働きも鈍く、その努力はみていて痛ましいものがあった。

　フィリップは小さな部屋がいくつかある階を借り、なんとか落ち着いたところだった。本を並べて、持ってきた絵やスケッチをすべて壁に飾った。客間のある上の階にはグリフィススという名前の五年生の医学生がいたが、ほとんど顔を合わせたことがない。それは彼がもっぱら病院で働いていたうえに、オクスフォード出身だったからだ。大学出の連中は仲間で固まることが多い。若者にはありがちだが、彼らはことあるごとに、自分たちほど恵まれていない学生に違いをみせつけて優越感にひたる。一方、ほかの学生は彼らのオリンポスの神々のような尊大な態度を嫌っていた。グリフィススは背が高く、赤い縮れ毛がもっさり生えていて、目は青く、肌は白く、唇がまっ赤だった。幸運なことに、だれからも好かれるタイプだった。というのは、活発でいつも陽気なのだ。趣味でピアノを弾きながらコミカルな歌をうたうこともあった。そして夜、フィリップがひとりで本を読んでいると、上から彼や仲間の叫び声やばか笑いがきこえてくる。フィリップはパリでの楽しい夜を思い出した。ローソンやフラナガンやクラットンたちとアトリエに集まって、芸術やモラル、おたがいの恋愛事情、将来の名声などについて語った。それを思うと胸がうずく。大げさなことをいうのは簡単だが、現実の結果は痛ましいものだった。それに何より、いまは講義が退屈に思えてならない。実習担当の教員からもあまり相手にされず、講義の最中は注意力が散漫になった。解剖学は恐ろしくつまらなく、膨大な知識をひたすら暗記するだけだ。解剖実習は退屈で、苦労して神経や動脈を切り分けていくのがなんの役に立つのかわからない。本をみれば図が載っているし、標本室にいけば実物が置いてある。それをみるほうがずっと楽だ。

たまたま友人はできたが、親しく付き合うことはなかった。というのも、話題がないからだ。相手が興味を持っていることに耳を傾けることもあったが、そうすると偉そうにしていると思われる。フィリップは、相手が退屈しようがかまわず話したいことを話すタイプではなかった。フィリップがパリで絵の勉強をしていたのを知って趣味が合うと思った学生が、芸術について話しだしたことがある。ところがフィリップはいらいらしてきた。お互いの考えがまるっきり違うのだ。そして相手の主張が古くさいことばかりだとわかると、適当に相づちを打ってすませた。フィリップも仲間とうまくやっていこうとは思っていたものの、自分から進んで打ち解けるほうではなかった。拒絶されるのが怖くて、親密になれないのだ。そしてその臆病《おくびょう》な気持ちを、それはいまでも大きかったのだが、無口でかたくなな態度で隠していた。学校時代も同じ経験をしてきたが、ここでは医学生の自由さがあるせいで、かなりの時間をひとりで過ごすことができた。

ダンスフォードとは難なく友人になれた。さわやかな感じの大柄な青年で、学期の初日に知り合った相手だ。彼のほうもフィリップと親しくしているのは、単に聖ルカ病院で最初に会ったからという理由だけのようだった。ロンドンに友だちがいないので、土曜日の夜にはよくいっしょにミュージックホールの立ち見席や劇場の天井桟敷《さじき》席《せき》で安上がりに楽しんだ。ダンスフォードは頭はよくないが、人が良く、怒ることはなかった。わかりきったことしか口にせず、フィリップが声を上げて笑っても、相変わらずにこにこしている。その顔がとても魅力的だった。フィリップは彼を軽くばかにしていたが、彼のほうは好意を持って接していた。フィリップはその素直なところが気に入っていて、人のいい性格がうれしかった。自分に欠如していると痛感している魅力を、ダンスフォードは持っているのだ。

ふたりはよくパーラメント通りの店で午後、お茶を飲んだ。ダンスフォードがそこの若いウェイトレスを気に入っていたからだ。フィリップには、その子のどこがいいのかさっぱりわからなかった。背が高くやせていて、ヒップも貧弱で、胸は男の子みたいだ。

「パリじゃ、だれも振り向かないよ」フィリップはばかにしたようにいった。

「あの顔が素敵なんだ」

「顔なんて、どうでもいいだろう」

たしかに整った小さな顔、青い目、低く広い額は、フレデリック・レイトンやアルマ＝タデマを初めとする何百人ものヴィクトリア朝の画家が、ギリシア的美の典型として世間に認めさせたものだ。ふさふさした髪を念入りに独特な形にまとめて、額にかかるようにしている。彼女はそれをアレグザンドラ〔当時の皇太子妃。のちのエドワード七世妃〕風の前髪と呼んでいた。貧血気味で、唇は薄く血の気がなく、肌はなめらかだが、顔色が悪く、頬にも赤みはない。歯並びはとてもきれいだった。仕事で荒らさないようにしている手は白く小さく、ほっそりしている。仕事中は退屈そうな顔をしていた。

ダンスフォードは女性にはからっきし意気地がなく、まだ話しかけたこともない。そしてフィリップに力を貸してくれといってきた。

「きっかけがほしいんだよ。きっかけさえできれば、あとは自分でなんとかできると思うんだ」

　フィリップは力になろうと、一度か二度声をかけてみたが、そっけない言葉が返ってきただけだ。彼女のほうでもふたりには気づいているものの、まだ若いし、学生だろうと考えて相手にするつもりはなかったのだ。ダンスフォードがみるところでは、薄茶色の髪で、硬い口ひげを生やしたドイツ人らしき男が店にやってくると、彼女は気をつかって接するらしい。一方、ダンスフォードたちのほうは、二、三度声をかけてやっと、注文をききにきてくれるという扱いだ。どうでもいい客には冷ややかで愛想がなく、仲間と話しているときなどは、急ぎの注文の声が飛んできても平気で無視する。ケーキなどを注文する女性客に生意気な態度をみせていらだたせながらも、店長に文句がいかない程度でおさめるという技術も持ち合わせていた。ある日、ダンスフォードが、彼女の名前はミルドレッドというんだといった。店のほかの女の子がそう呼ぶのをきいたらしい。

「いやな名前だなあ」フィリップがいった。

「どうして。ぼくは好きだよ」

「なんか気取った名前じゃないか」

　そんなある日、たまたまいつものドイツ人がいないとき、彼女が紅茶を持ってきたので、フィリップは微笑んでいった。

「こんにちは、お友だちはきていないようだね」

「だれのこと」彼女は冷ややかにいった。

「ほら、薄茶色の口ひげを生やした貴族のことさ。ほかに好きな女の子でもできたらしいね」

「余計なお世話よ」

そういっていなくなると、一、二分用事がなくなったので、椅子《いす》に座って、客が置いていった夕刊を読みだした。

「ばかだなあ。あの子の背骨をなぐりつけるようなことしちゃって」ダンスフォードがいった。

「あんな女の脊椎《せきつい》なんか砕けてしまえばいいんだ」

フィリップは腹立たしかった。こちらが気持ちよく話しかけているのに、とげとげしい対応しかしないような女には我慢ならない。伝票を持ってくるよう頼むとき、もう少しいってやることにした。

「もう口もきいてもらえないのかな」フィリップはにやっと笑った。

「わたしは注文を受けて、注文されたものを持ってくるのが仕事なの。話しかけるのもいやだし、話しかけられるのもいや」

彼女は金額を書きつけた伝票を置くと、座っていたテーブルの椅子にもどった。フィリップはむっとしてまっ赤になった。

「一本やられたね、ケアリ」外に出るとダンスフォードがいった。

「礼儀知らずな女だ。二度と、この店にはこない」

ダンスフォードはフィリップにそういわれて、店を変えることにした。そしてすぐに別の若い女の子をみつけていい仲になった。ところがあのウェイトレスにばかにされたフィリップのほうは傷がうずいてしょうがなかった。彼女がもう少しまともに対応してくれたら、まったく無関心でいられたのだが、自分を嫌っていることをあそこまではっきりみせつけられると、しゃくに障《さわ》ってしょうがない。見下されたままでいたくないという気持ちをおさえることができなかった。自分がそんなに狭量な人間だということが腹立たしかったので、三、四日は必死に我慢して店にいかないようにしたものの、それ以上は無理だった。そして、とりあえずいってみることにした。もう一度会えば、それきり考えないですむようになるだろうと思ったのだ。夕方になると、ダンスフォードには弱みをみせたくなかったので、約束があるからと言い訳をして、ひとりでまっすぐ、二度といかないと誓った店に向かった。店に入るとすぐ、あのウエイトレスが目にとまった。そこで彼女が担当しているテーブルについた。むこうのほうから、一週間ほどきませんでしたねといってくるかと思っていたのだが、注文を取りにきただけで何もいわない。ほかの客に、「ずいぶん久しぶりね」と話しかけるのはきいたことがある。

　彼女は、初めてみる顔だといわんばかりだ。フィリップは本当に忘れられてしまったのかと思って、彼女が紅茶を持ってきたときたずねてみた。

「今夜、ぼくの友だちはきた」

「いいえ、もう何日もきてないわ」

　フィリップはこれを話の糸口にしようと思ったが、妙に気まずくなって、言葉がまったく浮かんでこない。彼女はさっさといってしまった。結局話しかけるチャンスがないまま、フィリップは伝票を持ってきてくれるよう頼んだ。

「いやな天気だね」

　こんな言葉を口にするのはフィリップにとって屈辱以外の何物でもなかった。この女はなぜこうまで人を不快にさせるのだろう。

「天気なんて、どうでもいいわ。一日中、ここにいるんだから」

　その生意気な口調に、フィリップはかっとなった。皮肉な言葉が唇まで出かかったが、なんとかおさえた。

「まったく、思い切り失礼な言葉でもいえば」フィリップは怒りにかられて思った。「店長にいいつけて、首にしてやるのに。そうなれば、せいせいするんだが」

## 56

フィリップはどうしても彼女を頭のなかから追い出すことができなかった。自分の愚かさが腹立たしく、声を上げて笑ったほどだ。貧血症のやせたウェイトレスにいわれたことを気にするなど、ばかばかしいにもほどがある。しかしなぜか、自尊心がうずいてならない。このことを知っているのはダンスフォードだけで、彼もきっと忘れているのだが、フィリップはこの屈辱感を払拭《ふっしょく》しない限り、気が晴れないと思った。どうすればいいか考えた結果、毎日、店にいくことにした。自分があの女に不快な印象を与えたのは間違いないが、自分にはそんな印象を消し去るくらいの機転があるはずだ。どんなに敏感な人間でも気を悪くするようなことは口にしないようにしてみよう。そう考えてそうしてみたのだが、まったく効果はなかった。店に入って、こんばんはと声をかけると、こんばんはと返ってくるだけだ。そこで一度、挨拶《あいさつ》をしないで、むこうからの挨拶を待ってみたのだが、何もいってこない。フィリップは心のなかで、毒づいた。多くの女性に当てはまる言葉だが、礼儀を重んじる場ではあまり使われることのない言葉だった。しかし素知らぬ顔で紅茶を注文した。そしてひと言もしゃべるまいと決心して、店を出るときも何もいわなかった。もう二度といくまいと思うのだが、次の日の午後になると、また落ち着かなくなる。ほかのことを考えようとしても、考えられない。そのうち、もうどうにでもなれという気持ちになった。

「いきたいなら、いけばいい」

自分との戦いに時間がかかって、店に入ったのは七時頃だった。

「もうこないかと思ったわ」フィリップが椅子に座ると、彼女がいった。

フィリップはどきっとして赤くなった。「することがあって、遅くなったんだ」

「死体を刻んでたの？」

「いや、そうじゃなくて」

「医学校の学生さん？」

「うん」

それで彼女は満足したらしく、いなくなった。もう時間が遅く、彼女が担当しているテーブルにはほかの客がいないので、薄い本を読んでいる。六ペンスの文芸書が出回る前の時代で、通俗作家が教養もない読者の要求にこたえて書きなぐった安い本が大量に出回っていた。フィリップは気をよくした。今夜は彼女のほうから話しかけてきた。今度はこっちの番だ、どう思っているかそっくりそのまま教えてやろう。思う存分、軽蔑の言葉を投げつけてやれば、せいせいするに違いない。フィリップは彼女の横顔をみた。たしかに横顔はきれいだ。イギリスのこの階級の女の子は顔の輪郭が美しいことが多い。それはみていて息を飲むほどだが、一方、大理石の冷たさをたたえているのもたしかだ。なめらかな肌は薄緑がかっていて不健康にみえる。ウェイトレスはみな同じような格好をしている。丈の長いシンプルな黒のワンピース、白のエプロン、白のカフス、小さい帽子。フィリップはポケットに入っていた紙を取り出すとスケッチを始めた。彼女が本の上に身をかがめているところだ（本を読みながら唇を動かしているのがみえる）。そして店を出るとき、テーブルの上に置いた。ふと思いついてそうしたのだ。次の日にいってみると、彼女がにこっと笑った。

「絵が上手なのね」

「パリで二年ほど勉強をしてたから」

「昨日の夜、あなたが置いていった絵を女店長にみせたら、びっくりしてた。あれ、わたし？」

「うん」

彼女が紅茶を取りにいくと、ほかの女の子が寄ってきた。

「ミス・ロジャーズの絵をみたわ。そっくりね」

フィリップは初めて彼女の名前をきいたので、伝票を持ってきてもらうとき、その名前で呼んでみた。

「あら、名前がばれちゃった」彼女はそういいながらやってきた。

「きみの友だちがそう呼んでたんだ。絵のことでここに話しにきたときにね」

「あの子も描いてほしいのよ。でも、だめ。いったんそれをやると、みんなが描いてくれっていってくるから」そういうと、唐突にたずねた。「いつもいっしょにきてた人、どこかほかのところにいっちゃったの」

「覚えてるんだ」

「若くて素敵だったじゃない」

フィリップはひどく奇妙な気持ちになった。自分でもなんだかわからない。ダンスフォードは巻き毛が似合うし、はつらつとした表情もいいし、笑ったところもいい。

フィリップはそういうところを考えて、うらやましくなった。

「いま、恋愛中でね」フィリップは軽く笑った。

フィリップは足を引きずりながらもどる最中、会話のひとつひとつをくり返した。彼女はすっかり打ち解けて話してくれるようになった。機会があったら、ちゃんとしたスケッチを描いてあげるといってみよう。きっと喜ぶだろう。あの顔はおもしろい。横顔は素敵だし、あの貧血っぽい色も妙に魅力的だ。何に似ているだろう。グリンピースのスープ？　フィリップはいらっとして、首を振り、黄色のバラの花びらを想像してみた。それも花開く前に手でばらばらにした花弁を。彼女に対する悪感情はきれいに消えていた。

「かわいいじゃないか」フィリップはつぶやいた。

たかがあんなことをいわれたからといって腹を立てるなんて、それこそ愚かだ。今回は間違いなく、こちらのほうが悪かった。むこうだって、わざと嫌がられるようなことをいうはずがない。そろそろ、自分は初対面の相手に悪印象を与えがちだということを忘れないようにしたほうがいい。フィリップはスケッチで成功してうれしくなっていた。彼女もこの新鮮な才能に気づいて興味を持ってくれるようになったらしい。フィリップは次の日、そわそわと落ち着かなかった。ランチタイムに店にいこうかとも思ったが、この時間帯は客が多いから、ミルドレッドと話す時間はないだろう。それにダンスフォードとお茶を飲むのもやめてしまった。そこで四時半きっかりに（懐中時計を何度みたことだろう）、店に入った。

ミルドレッドはむこうを向いている。椅子に座って、あのドイツ人としゃべっているところだ。フィリップは二週間前までは毎日、その男をみかけたが、その後ぱたっとこなくなっていた。男が何かいって、彼女が笑った。フィリップは下品な笑い方だと思って、身震いした。彼女を呼んだが、気づいた様子はない。もう一度呼んでみた。それからこらえ性がないので、かっとなり、ステッキでテーブルを乱暴に叩《たた》いた。彼女は不機嫌な顔でやってきた。

「やあ、こんにちは」フィリップがいった。

「なにか急いでるの」

彼女は見下したような顔できいた。フィリップにはもうおなじみの表情だ。

「やあ、こんにちは、といったんだけど」

「さっさと注文をいって。持ってくるから。ひと晩中、ここに立って話をするつもりはないの」

「紅茶とロールパンのトースト」フィリップは短く答えた。

フィリップは腹が立ってしかたなかった。持ってきていた「スター」紙をたんねんに読んでいると、彼女が紅茶を運んできた。

「伝票を置いていってくれると、また呼ぶ手間が省けて助かる」フィリップは冷ややかにいった。

彼女は伝票を書いてテーブルに置くと、ドイツ人のところにもどった。そしてすぐに楽しそうに話し始めた。相手の男は中背で、ドイツ人にありがちの丸い頭で、浅黒い顔だった。硬い口ひげをたっぷり生やしている。燕尾《えんび》服《ふく》にグレイのズボンをはいて、懐中時計のごつい金鎖をちらつかせている。フィリップは、店の女の子たちがその男と自分を交互にみては意味ありげな視線を交わしているような気がした。きっと笑っているに違いないと思うと、かっと頭に血が上った。そしてミルドレッドを心底、嫌いになった。一番いいのはもうこの店にこないことだというのはわかっていたが、負けたと思うといまいましくて、こんなに軽蔑しているんだぞと思い知らせてやりたかった。次の日、フィリップは別のテーブルにいって、違うウェイトレスに注文をした。男はまたきていて、ミルドレッドが話しかけている。こちらには目もくれない。フィリップは店を出るとき、彼女とすれちがうように席を立ち、初対面のような顔で彼女をみた。三、四日これをくり返して、そろそろ彼女が何かいってくるのではないかと思った。どうして、わたしの担当しているテーブルにこないのとでもいってくれば、すぐにでも、言いたい放題いってやるつもりでいた。わざわざこんなことをするのはばかばかしいのはわかっていたが、どうしようもない。なにしろ、二度も嫌な目にあわされたのだ。ドイツ人はいつの間にかまたこなくなったが、フィリップは別のテーブルについていた。彼女はこちらをちらりともみない。フィリップは突然、理解した。自分が何をしようと、彼女にはまったくどうでもいいのだ。世界が終わる日まで、これを続けたところで、何も変わらないだろう。

「そうか。だけど、まだ終わったわけじゃないぞ」フィリップは自分にいいきかせた。

次の日は以前の席についた。そして彼女がやってくると、それまで一週間無視してきたことなど忘れたかのように、こんばんはと声をかけた。冷静を装《よそお》っていたが、心臓は激しく打っていた。ちょうどその頃、ミュージカルコメディが大流行で、フィリップは、誘えばミルドレッドも喜んでいっしょにくるだろうと考えていた。

「ところで」フィリップはふいに声をかけた。「そのうち、夕食につきあってくれないかな。それから『ベル・オブ・ニューヨーク』を観《み》にいかない。前のいい席をふたつ取っておくから」

最後の言葉は特別に用意しておいたものだった。女の子たちが普通いくのは立ち見席か、男といっしょにいくとしても、二階席の後ろだ。ミルドレッドの青白い顔にはなんの表情も浮かんでいない。

「いいけど」

「いつがいい」

「木曜日は早番だから」

こうしていっしょにいくことになった。ミルドレッドはハーン・ヒルに住んでいるおばと同居していた。芝居が始まるのは八時だったので、七時に夕食。彼女からの提案で、待ち合わせはヴィクトリア駅の二等待合室になった。彼女はちっともうれしそうな顔をしていない。まるでしかたなく付き合っているといわんばかりだ。フィリップはなんとなくいらっとした。

## 57

フィリップは、ミルドレッドと約束した時間の約三十分前にヴィクトリア駅に着いて、二等待合室に座った。そして待ったのだが、相手はこない。心配になって、駅に入り、郊外からやってくる列車をみてまわったが、どこにもいない。約束の時間がすぎても、現れない。フィリップはいらいらしてきた。いくつかあるほかの待合室にいって、探しているうちに、突然、心臓が跳ね上がった。

「ここにいたのか。こないんじゃないかと思った」

「よくいうわ。こんな時間まで待たしておいて。もう帰ろうと思いかけたところよ」

「だけど、二等待合室っていっただろう？」

「そんなこときいてないわ。一等待合室が使えるのに、なんで二等待合室で待ってなくちゃいけないの」

フィリップは自分のいっていることに間違いはないと思ったが、何もいわず、いっしょに辻馬車《つじばしゃ》に乗った。

「食事はどこでするの」

「アデルフィ・レストランを予約してあるんだけど」

「どこでもいいわ」

そっけない口調だった。待たされて怒っているらしい。フィリップが話しかけても、ろくに返事をしない。彼女は粗い生地の地味なロングのマントをはおり、ウールで編んだショールで頭を包んでいる。ふたりはレストランに入ってテーブルについた。彼女は満足そうにあたりを見回した。テーブルには赤いシェードをかけた燭台《しょくだい》が置いてあり、装飾は金色が基調で、鏡がたくさん使われていて、豪華にみえる。

「ここ初めて」

彼女はフィリップに微笑《ほほえ》んだ。マントをぬぐと、中は薄い青のロングドレスだった。首元が四角いカットのデザインだ。髪はいつも以上にていねいにまとめてある。フィリップがあらかじめ注文しておいたシャンパンがくると、彼女は目を輝かせた。

「あら、気合いが入ってるわね」

「シャンパンを注文したから？」フィリップはさらりといった。いつもシャンパンしか飲まないといわんばかりだ。

「お芝居に誘われたときは、本当にびっくりしちゃった」

会話はあまりスムーズには進まなかった。彼女があまりしゃべらないのだ。フィリップは、相手が退屈しているのではないかと気になってきた。何をいってもろくにきかず、ほかの客をみてばかりだ。話に興味がないのを隠そうともしない。フィリップは一、二度ジョークを飛ばしてみたが、真剣に受け取られてしまった。唯一《ゆいいつ》活発にしゃべったのは、店の女の子のことをきかれたときだった。彼女は女店長が嫌いらしく、次々に悪口を並べた。

「もう我慢できない。いつも偉そうにして。ときどき、いってやりたくなるの。あたしが知らないと思ってるんでしょうけど、ようく知ってるんですからねって」

「なんのこと」

「あの女、週末にときどきイーストボーン〔英国南部の海辺のリゾート地〕でこっそり男と会ってるの。店の子のお姉さんが夫婦でよくそこにいくの。それであの女店長をみかけたって。同じ小さなホテルに泊ってて、結婚指輪をしてたらしいわ。だけど、あの人、結婚なんかしてないの」

フィリップは彼女のグラスにシャンパンを注ぎながら、もう少し打ち解けてくれるといいのにと思った。このデートを成功させたくてしょうがなかった。みていると、彼女はナイフをペンのように握っているし、シャンパンを飲むときは小指を立てる。フィリップはいくつか話題を振ってみたが、ろくな反応がない。それで思い出したのは、彼女がドイツ人と話しているときは、絶え間なくしゃべっていたことだ。それも声を上げて笑っていた。夕食の次は芝居だった。フィリップは音楽や演劇はよくみていたので、ミュージカルコメディなどばかにしていた。笑いは下品だし、メロディは古くさい。パリでみたもののほうがずっとおもしろい。ところがミルドレッドは大喜びで、お腹《なか》が痛くなるほど笑った。おかしくてたまらないときは、おもしろいわねといわんばかりにちらちらとフィリップのほうをみる。そして終わると、思い切り拍手をした。

「これをみるのは七回目なんだけど」第一幕が終わると彼女はいった。「あと七回みにきてもいいくらい」

彼女はまわりの席に座っている女性が気になってしょうがないらしく、フィリップに、化粧が厚いとか、髪を足しているとかいってくる。

「ウエストエンドの人たちったら、いやね。なんで、あんなことができるのかしら」

そういって自分の髪にさわった。「これは全部本物よ、一本残らずね」

彼女はひとりとしてほめることはなく、どの女性を取り上げるときでも、悪くいった。フィリップは不安になった。次の日、彼女は店の女の子たちに、あの人と出かけたけど、死ぬほど退屈だったといいそうな気がしてきたのだ。フィリップは自分でも不思議だった。こんな女はいやだと思っているくせに、なぜかいっしょにいたい。帰る途中で、彼女にたずねた。

「楽しかった」

「とても」

「また、誘っていい」

「いいけど」

そのひと言だった。その無関心な態度にフィリップはむっとした。

「どっちでもいいって感じだね」

「ええ、あなたが誘ってくれなくても、ほかに誘ってくれる人がいるから。お芝居に連れていってくれる人には困ってないの」

フィリップは何もいえず、駅までくると、切符売り場にいった。

「あたしは定期があるから」

「もう遅いから、よかったら家まで送るよ」

「そうしたければ、そうして」

フィリップは片道の一等車の切符を一枚と往復の切符を一枚買った。

「気前がいいのね。ありがとう」フィリップが列車のドアを開けると、彼女がいった。ほかの客も入ってきて、フィリップは喜んでいいのか悲しんでいいのかわからなかった。話しかけることもできない。ハーン・ヒル駅で降りると、彼女を住んでいる通りまで送っていった。

「じゃ、ここで」彼女はそういって手を差しだした。「玄関まではこないで。人にみられたくないの。うわさになるといやだから」

彼女はおやすみというと、さっさと歩いていった。フィリップは暗闇《くらやみ》に遠ざかる白いショールをながめていた。振り返ってくれるかと思ったが、そんなことはなかった。どの家に入っていくか確かめると、すぐにそこまで歩いていった。よくあるこぢんまりした家で、黄色のレンガ造りだ。通りのほかの家となんら変わったところはない。そこに二、三分立っていると、一番上の部屋の窓が暗くなった。フィリップはゆっくり駅までもどった。満足感はない。いらだたしく、気が滅《め》入《い》って、みじめだった。

ベッドに横になっても、頭を白いショールで包んで、客車の端に座っている彼女の姿が目の前にみえるような気がする。今度会うまでの時間、いったいどうすればいいのだろう。フィリップはうとうとしながら、彼女のほっそりした顔、繊細な顔立ち、うっすら緑を帯びた肌を思い出していた。いっしょにいても楽しくなかったが、いっしょにいないと会いたくてたまらない。いっしょに座って、彼女をみていたい。触れて、そして……そう考えて、考え終わらないうちに、はっとした……あの薄く青白い唇に、あの小さな口にキスをしてみたい。ようやくわかってきた。自分は彼女を好きなんだ。しかし信じられなかった。

いままでに何度も、恋に落ちるというのはどんな感じなのか想像したことがあった。

何度も思い描く情景がひとつある。舞踏会の会場に入ってみると、おしゃべりをしている男女のグループが目に止まり、そのうちのひとりの女性がこちらを振り向く。そして目が合い、はっと息を飲むと、相手も息を飲む。フィリップはじっと立ったままでいる。彼女は背が高く髪は黒く、美しい。夜の闇のような目。白いドレスを着て、黒い髪にはダイヤモンドが輝いている。ふたりはみつめあい、まわりの人々のことなどすっかり忘れている。フィリップはまっすぐ近づいていくと、彼女のほうも二、三歩近づいてくる。ふたりとも、自己紹介のような挨拶は不要だとわかっている。フィリップが話しかける。

「いままでずっと、あなたをさがしていました」

「ようやく、きてくださったのね」彼女が小声で答える。

「踊っていただけますか」

彼女が両手を差しのべ、ふたりは踊りだす（フィリップの足は思うように動く）。

彼女は驚くほど軽やかに踊る。

「あなたのようにダンスのじょうずな方は初めて」

彼女はダンスカードを破り捨てて、朝までフィリップと踊るのだった。

「こうして会えるまで待っていてよかった」フィリップがいう。「そのうちきっと、会えると確信していたんです」

まわりの人たちがみつめているが、ふたりはまったく気にしない。心のなかで燃えあがっている気持ちを隠すことはない。そのうち庭に出ると、フィリップは薄いコートを彼女の肩にかけ、待たせてある馬車に乗せる。そして深夜の列車でパリへ。ふたりは星の輝く静寂の夜のなかを未知の世界へと向かうのだった。

フィリップはいつもの夢を頭のなかで繰り返し、ミルドレッド・ロジャーズを好きになるなんてありえないと思った。名前からしてグロテスクだ。そもそもかわいくもなんともない。それにぞっとするほどやせている。今夜だって、イブニングドレスを着ていたが、肋骨《ろっこつ》が浮き上がっているのがありありとわかった。顔の特徴をひとつひとつ思い出してみる。唇がいやだ。あのなんとなく不健康そうな色が気持ち悪い。それに品がない。口数が少ないのに下品な言葉を何度も繰り返す。頭が悪い証拠だ。ミュージカルコメディのおかしい場面でもらす笑いも下品だ。グラスを口に持っていくとき、これみよがしに小指を立てていた。しゃべり方同様、マナーも上品ぶっているところがいやだ。そのうえ生意気で、頬をひっぱたいてやりたくなったこともある。フィリップは突然、ひっぱたきたい気持ちを思い出したせいか、あの小さなかわいい耳を思い出したせいかはわからないが、激しく胸がうずいた。会いたい。あのほっそりした華奢《きゃしゃ》な体を抱きしめたい。あの青ざめた唇にキスをしたい。うっすら緑を帯びた頬を指でなでたい。彼女に会いたくてしょうがなかった。

フィリップはそれまで愛というのは陶酔で、それにとらわれると世界が春のようにみえるものだと思っていた。そして、そんな気の遠くなりそうな幸福感を待ち望んでいた。ところが待ち受けていたのは幸福感ではなかった。魂の渇き、痛いほどの渇望《かつぼう》、激しい苦しみだ。これまでこんな気持ちを味わったことはなかった。いつから始まったのか思い出そうとしてみたが、わからない。覚えているのは、店に二、三回いってからは、そのたびに痛みに似た思いを抱いたことくらいだ。そして話しかけられると、奇妙に息が弾んだ。彼女がいなくなると、気分が落ちこみ、もどってくると絶望した。

フィリップはベッドの上で犬のように体を伸ばして考えた。この絶え間ない魂の痛みをどうすれば耐えられるのだろう。

## 58

次の日の朝早く目が覚めて、頭にまず浮かんだのはミルドレッドだった。ヴィクトリア駅までいけば、いっしょに店まで歩いていけるのではないかと思った。そこで手早くひげをそり、急いで着替えると乗合馬車に乗って駅までいった。八時二十分前に着いたので、やってくる列車を見張っていた。大勢の人が下りてくる。まだ早いというのに、会社員や店員がプラットホームを埋めつくす。だれもが早足で、ふたり連れもいれば、ちらほら女の子のグループもみえるが、たいていはひとりだ。朝の光のなかで、ほとんどの人が青ざめて醜くみえる。そのうえ疲れたような顔をしている。若者は足取りも軽く、コンクリートのプラットホームの上を楽しげに歩いているのだが、ほかの人たちは機械に背中を押されているかのようだ。そしてみんな不安そうに顔をしかめている。

ようやくミルドレッドがみつかったので、フィリップは急いで歩いていった。

「おはよう。昨日の晩は、あれからどうだったかと思ってきてみたんだ」

彼女は古い茶色のアルスターコートを着て、セーラーハットをかぶっている。あまりうれしくないのがよくわかる。

「あ、そう。元気だけど。あたし、時間がないの」

「いっしょにヴィクトリア通りを歩いていいかな」

「ちょっと遅くなったから、急がなくちゃいけないの」彼女はそういって、フィリップの足をみた。

フィリップは赤くなった。

「そうか、わかった。遅れるとまずいね」

「じゃ、お先に」

彼女はさっさといってしまった。フィリップは暗い気持ちでうちに帰ると朝食を食べた。なんて女だ。あんな女にかまうなんて、ばかだ。ぼくのことなんか、これっぽっちも気にかけてないんだろう。この足のことも、みっともないと思ってるに違いない。今日の午後は、あの店に紅茶を飲みにいくのはやめようと決心したのだが、自己嫌悪《けんお》に陥りながら、いくことにした。店に入ると、彼女がこちらをみてうなずき、にっこり笑った。

「今朝はそっけなくしてごめんなさい。だって、まさかきてくれるなんて思ってもなかったから、びっくりしちゃって」

「あ、いや、なんてことないよ」

フィリップは一気に心が軽くなった。少し親切な言葉をかけてもらうだけで、舞い上がってしまう。

「座らない？　暇そうだし」

「そうね」

フィリップは彼女の方をみたが、何をいえばいいのかわからない。必死に考えて、そばに引き止めておけそうな話題をさがした。どんなに彼女のことを思っているかを言葉にしたかった。しかしどうやって気持ちを伝えればいいのかわからない。だれかを真剣に好きになったことがなかったのだ。

「あの茶色のひげの友だちは？　最近、顔をみないけど」

「あら、バーミンガムにいってるわ。あそこで商売をしてるの。ロンドンにはたまにくるだけよ」

「きみに気があるのかな」

「本人にきいて」彼女は笑った。「それに、もしそうだとしても、あなたには関係ないわ」

フィリップはひと言いってやろうかと思ったが、そろそろ自制心が身についてきたようだ。

「そんな言い方をしなくてもいいのに」この程度に抑えておいた。

彼女はいつもの冷ややかな目でフィリップをみた。

「ぼくのことなんか、どうでもいいって感じだな」

「当然でしょ」

「たしかに、その通りだね」

フィリップは伝票を取ろうと手をのばした。

「短気な人ね」彼女はそれをみていった。「すぐにかっとなるんだから」

フィリップは微笑んで、声をやわらげていった。

「ひとつ許しをもらいたい」

「なに？」

「今夜、駅まで送っていっていい？」

「もちろん」

フィリップは紅茶を飲んで店を出ると、部屋にもどったが、閉店時間の八時には店の外で待っていた。

「おもしろい人」彼女は店から出てくるといった。「わけがわからない」

「そんなに難しい人間じゃないけど」フィリップは不機嫌そうに答えた。

「店の子、だれか気がついたかしら」

「どうだろう。だけど、そんなのはどうでもいいよ」

「みんなに笑われてるのよ、あなた。わたしに首ったけだって」

「そんなこと知るもんか」フィリップはぼそっといった。

「ほら、また怒る」

駅に着くとフィリップは切符を買って、うちまで送るといった。

「そんなに暇なの？」

「自分の時間をどう使おうが、勝手だろ」

ふたりは常にけんか寸前だったが、問題はフィリップにあった。こんな女を好きになった自分がいやでしょうがないのだ。そのうえいつもからかわれて、そのたびに不満が募る。ただ、その夜は、彼女も機嫌がよく、よくしゃべった。両親がなくなっていることや、自分は生活費を稼ぐ必要はないけれど、好きで働いていることなど。

「おばさんはあたしが働くのをいやがるの。うちにいて、なんでも好きにできるのにって。だから、あたしが生活費に困ってるなんて思わないでね」

フィリップは、嘘《うそ》だと思ってきいていた。彼女のような階級の人には見栄《みえ》があって、食べるために働くのは恥だと考えている。

「うちの親戚《しんせき》はみんないい職業についているの」

フィリップはちょっと笑ってしまった。それに気づいて、彼女がすかさずいった。

「何がおかしいの。あたしが嘘をついてると思ってる」

「まさか」

彼女は疑わしげにフィリップをみたが、すぐにまた幼い頃の贅沢《ぜいたく》な暮らしを自慢し始めた。

「父さんは遠乗り用の二輪馬車を持ってたの。うちには召使いが三人と、料理人と、メイドと、雑用をする男がいたわ。きれいなバラも育ててた。だれもが門の前で立ち止まって、どなたのお宅ですかってたずねたものよ。それくらいバラがきれいだったの。そりゃ、あたしだって、あんな店の子に混じって働くのはいやよ。だっていっしょに育ってきた人たちとまるで違うんだもの。そう思うと、ときどき辞めちゃいたくなる。お店の仕事がいやなわけじゃないの。そこは誤解しないで。でも、いっしょに働いてる人たちがいやなの」

列車で向かい合わせに座り、彼女の話を親身になってきいているのは楽しかった。

フィリップは彼女の無邪気なところがおかしくて、少し感動した。彼女の頬にもかすかな色が浮かんでいる。フィリップはあごの先にキスをしたくなった。

「あなたがお店に入ってきたとき、すぐにわかったわ。この人は文字通りの紳士だって。お父さんは何か専門の仕事をしてたの？」

「医者だった」

「そういう人ってわかるのよね。どこか違うの。何がどう違うのかはわからないんだけど、ひと目でわかっちゃう」

ふたりは駅からいっしょに歩いていった。

「そういえば、またいっしょに芝居をみにいかない」

「いいわよ」

「そういうとき、うれしいとかいえないかなあ」

「なんで」

「まあ、いいや。じゃあ、日を決めよう。土曜日の夜は？」

「ええ、いいわよ」

ほかのことも決めているうちに、彼女の住んでいる通りの角までやってきた。彼女は片手を差しだし、フィリップはその手を取った。

「ミルドレッドと呼んでいい？」

「そうしたければ、そうして。かまわないわ」

「ぼくのこともフィリップと呼んでもらえるとうれしいんだけど」

「その気になったらね。でも、ミスタ・ケアリのほうが自然な感じよ」

フィリップは彼女を引き寄せたが、彼女は身を引いた。

「なに？」

「おやすみのキスは？」フィリップが小声でいった。

「いいかげんにして！」

彼女は手を引くと、さっさと家のほうに歩いていった。


フィリップは土曜日の夜のチケットを買った。その日、ミルドレッドは早番ではないので、家に帰って着替える時間はない。朝、店にくるときドレスを一着もってきて、手早く着替えて出ていくことになる。もし女店長の機嫌がよければ、七時には店を出られる。フィリップは七時半から店の前で待つことになった。考えるだけで、気がはやって苦しくなる。というのも、馬車で劇場から駅までいく途中で、きっとキスをさせてくれるに違いないと思っていたからだ。馬車のなかは、男が女の腰に腕をまわすのにじつに都合よくできている（それに関しては、馬車のほうが現在のタクシーよりずっと便利だ）。それを考えれば、劇場のチケットなど安いものだ。

ところが土曜日の午後、約束の確認をしようと思って、紅茶を飲みに店に寄ってみたら、茶色のひげの男が店から出てくるところだった。フィリップは男の名前がミラーだということを知っていた。帰化したドイツ人で、名前もイギリス風に変え、もうこちらに何年も住んでいるらしい。フィリップは彼がしゃべるのをきいたことがあった。彼の英語は流暢《りゅうちょう》で自然だったが、イギリス人とはイントネーションが違う。フィリップは彼がミルドレッドと仲がいいのを知っていて、激しい嫉妬《しっと》を感じていたが、彼女が冷淡な性格なので落ち着いていられた。そうでなければ、気が気でなかっただろう。そして彼女が男に夢中になることなどありえないと思っていたので、あのドイツ男も自分と同じ程度に扱われていると考えていた。ところが男の姿をみて、ふっと暗い気持ちになった。ミラーが突然現れたことで、今夜の楽しみがふいになってしまいそうな予感がしたのだ。そして不安にさいなまれながら店に入った。彼女がやってきたので、紅茶を頼むと、すぐに持ってきた。

「ほんとにごめんなさい」彼女は心から申し訳なさそうな顔でいった。「今夜、いけなくなっちゃったの」

「どうして」

「そんな怖い顔しないで」彼女は笑った。「あたしのせいじゃないの。おばさんが昨日の晩、具合が悪くなったの。今日はメイドが休みだから、あたしが帰ってついてなくちゃいけないの。ほら、ひとりにしておくわけにいかないでしょ」

「それはしかたないね。じゃあ、うちまで送っていくよ」

「でも、チケットは買ってあるんでしょう。無駄にしちゃ、もったいないわ」

フィリップはポケットからチケットを取り出すと、彼女の目の前で破ってみせた。

「なんで、そんなことするの」

「ひとりでいって、つまらない音楽芝居をみて楽しいわけないからね。このチケットはきみのために取ったんだ」

「あら、そうだったの。じゃあ、うちまで送っていってもらわなくていいわ」

「ほかの約束ができたんだろう」

「どういうこと？　あなたって、本当に自分勝手ね。ほかの男といっしょ。自分のことしか考えてない。おばさんが病気になったのは、あたしのせいじゃないわ」

彼女は伝票を書くと、テーブルに置いていってしまった。フィリップはまだ女性がどんなものなのかよくわかっていなかった。そうでなかったら、見え透いた嘘はそのまま受け入れるものだということくらい心得ていたはずだ。フィリップは店を見張って、ミルドレッドがドイツ男と会うかどうか確かめようと思った。暗い確信があったのだ。そして七時、道路の反対側の歩道に立っていた。十分後、彼女が出てきた。マントに白のショール。いっしょにシャフツベリ劇場にいったときと同じ服装だ。家に帰るつもりでないのは明らかだ。フィリップが隠れる前に、彼女は気づいて、少しびくっとしたが、まっすぐやってきた。

「ここで何をしてるの」

「散歩だよ」

「あたしを見張ってたのね。恥知らず。紳士だと思ってたのに」

「紳士がきみみたいな女に興味を持つと思うかい」フィリップは小声でいった。

フィリップのなかの悪魔が、いっそう事態を面倒にした。傷つけられた仕返しをしようと思ったのだ。

「気が変わったんだからしょうがないでしょ。あなたといっしょにいく義理なんてないし。あたしはうちに帰るの。だから、後をつけたり、見張ったりしないで」

「今日、ミラーに会ったのか」

「余計なお世話よ。知りたければ教えてあげるけど、会ってないわ。ばかなこといわないでよ」

「ぼくは昼間に会ったけどね。店に入っていくとき、出ていった」

「あらそう。それが何？　あたしはいっしょにいきたければ、いくわ。悪い？　それで、何がいいたいの」

「あいつはまだこないみたいだね」

「そうね。迎えにきてくれるなら、あなたより彼のほうがうれしいわ。わかった？　さあ、もう、いってよ。さっさとうちに帰って、将来のことでも考えたらどう」

　フィリップの怒りが突然、絶望に変わった。彼女に話しかける声が震えた。

「あのさ、ミルドレッド、そういうきつい言い方をしないでくれよ。ぼくは本当にきみを好きでしょうがないんだ。心の底から愛している。考え直してくれないか。ぼくは今夜のことをずっと楽しみにしてきたんだ。あいつはきやしないよ。きみのことだってちっとも好きじゃない。ぼくといっしょに食事をしよう。切符はまた買えばいい。きみのいきたいところに連れていってあげる」

「いやだっていったでしょ。時間のむだよ。もう決めたんだから。いったん決めたら、そうするの」

　フィリップは彼女をちらっとみた。心が張り裂けそうだった。歩道に立つふたりのそばを通行人が急ぎ足で過ぎていく。車道を辻馬車《つじばしゃ》や乗合馬車が騒々しく走っていく。ミルドレッドがあちらこちらに目を配っている。人混みのなかでミラーを見過ごしてしまうのが不安なのだ。

「こんなことを続けるのは嫌なんだ」フィリップはうめくようにいった。「自分がみじめでしょうがない。きみがこのままいってしまったら、もう店にはいかない。今夜、食事をしてくれないなら、きみとはもう二度と会わない」

「あたしが悲しむと思っていってるの？　冗談じゃないわ、そうしてよ、せいせいするから」

「わかった。じゃ、さようなら」

フィリップはうなずくと、ゆっくり足を引きずって歩きながら、呼びもどしてくれないかと願っていた。街灯の前までいくと立ち止まって、肩ごしに振り返ってみた。もし手招きをしてくれたら――喜んですべて忘れて、どんな屈辱にも耐えようと思っていたが――彼女は背を向けていた。フィリップのことなどすっかり忘れているようだ。いなくなって喜んでいるのが、ようやくわかった。

# 59

夜は惨《みじ》めだった。夕食はいらないといっておいたので、もどっても食べるものはなく、ギャティのレストランに寄った。それから部屋に帰ったのだが、上の階ではグリフィスたちがパーティの最中で、陽気に騒いでいる。フィリップはいよいよ惨めで耐えられなくなった。ミュージックホールにいってみたが、土曜日なので立ち見席しか空いていなかった。三十分ほど退屈なショーをみていたが、脚が疲れてきたので部屋にもどった。本を読もうとしても集中できない。しかし猛勉強しなくてはならない。二週間ちょっと先に生物学の試験がある。簡単な試験なのだが、このところ講義をさぼっていて、何も勉強していない。ただ、口頭試問なので、二週間あればなんとか切り抜けられる程度の知識は頭に入るだろうと考えていた。勉強には自信があった。フィリップは本を放り投げ、いつまでも頭のなかから消えないことについて、じっくり考えることにした。

今夜のことは自分が悪かった。夕食につきあわないなら二度と会わない、なんていわなければよかった。断られて当然だ。彼女にだってプライドがある。自分で自分の首をしめたようなものだ。彼女のほうも今頃つらい思いをしていると考えられれば、少しは気持ちも楽になるのだが、そんなはずがないのはわかっていた。まったく相手にしてもらえていない。もう少し賢かったら、彼女の作り話を信じる振りをしただろう。落胆を隠す忍耐と、かんしゃくを抑える自制を忘れてどうする。それにしても、なんであんな女が好きなんだろう。何かの本で、恋に落ちるのは相手を理想化してしまうからだという説を読んだことがある。しかし自分は、ありのままの彼女をみている。話し相手として面白くないし、頭も悪いし、考えも平凡だ。底の浅いずる賢さがあって、それがいやらしい。優しさもなければ、思いやりもない。なんでもほしがるし、それを隠そうともしない。彼女が喜ぶのは、間抜けな人間をうまくだました話で、実際、人を出し抜くのが好きらしい。フィリップは耳障《みみざわ》りな笑い声を上げた。食事中の彼女の見栄っぱりで上品ぶった態度を思い出したのだ。そのくせ、下品な言葉は嫌いだといって、自分の限られた言葉のなかから上品そうなものを選んで使いたがる。いろんなことが気になってしょうがない。たとえば、絶対に「ズボン」とはいわず、「下の服」という。はなをかむのも品がよくないと考えているらしく、隠れるようにしてこっそりかむ。極度の貧血症で、それが併発する消化不良にも悩まされている。

胸が小さく、ヒップが貧弱なのも気に入らないし、あの派手な髪のまとめ方もいやだ。そしてなにより、そんな女を好きになってしまった、あきれるほど愚かな自分が嫌でしょうがなかった。

そのうえ、この状況はどうしようもない。学校時代、ときどき体の大きい少年につかまったときと同じだ。力の強い相手に抗《あらが》っているうちに、体力がつきて、どうしようもなくなり――体が動かず、麻痺《まひ》したようになって――されるがままになってしまう。死んでしまったような気がした。いままた、同じ気持ちを味わっていた。これほど女性に夢中になったことはない。容姿も性格も最悪だがかまわない。いや、それさえ愛しているような気がする。とにかく、そんなことはどうでもいい。自分にはなんの意味もない。それまで知らなかった力につかまって、自分の意志に反して、よくない方向へ引きずられている。フィリップは自由を何より大切に考えていたので、自分をしばる鎖は大嫌いだった。身も心も捧《ささ》げたくなる激しい愛にあこがれていた自分を思い出すと、声を上げて笑うしかない。それに身をゆだねてしまった自分を呪《のろ》った。最初のときのことを考えてみた。あのときダンスフォードとあの店に入らなかったら、こんなことにはなっていない。すべて自ら招いた過《あやま》ちだ。愚かなプライドさえなければ、あんな無作法な女のことで頭を悩ますことなどなかったのだ。

しかし今晩の件がすべてに終止符を打ってくれた。自分から恥という概念がまったくなくならない限り、彼女に会うことはもうない。自分にとりついて離れないこの愛からどうにかして逃れたい。こんなものは恥辱と嫌悪以外の何物でもない。あの女のことは二度と考えないようにしよう。こんな苦しみはすぐに薄れてしまう。フィリップはふと昔のことを思い出した。自分は、エミリー・ウィルキンソンやファニー・プライスにこんな思いをさせたのだろうかと考えると、深い後悔に胸を貫かれたような気がした。

「あのときは、こんなに苦しいものだとは知らなかった」フィリップは心のなかでつぶやいた。

ほとんど眠れなかった。夜が明けると日曜日で、生物の勉強をした。目の前に教科書を置き、単語を声に出して、集中しようとするのだが、何ひとつ覚えられない。一分ごとにミルドレッドのことを考え、口げんかの言葉のひとつひとつをくり返す。そしてまた必死に教科書にもどる。散歩にも出てみた。平日のテムズ川の南側は薄汚いが、人通りは多く活気があって、下町らしい陽気さがある。ところが日曜日となると、店は閉っているし、通りを走る馬車もない。静まりかえってさびしく、気が滅入りそうだ。フィリップは、一日が終わらないような気さえしてきた。しかし疲れたので、その夜はぐっすり眠れた。そして月曜日、気持ちを新たにして、決意した。クリスマスが近い。多くの学生は、冬の学期途中の短い休暇を故郷で過ごす。しかしフィリップは、ブラックステイブルに帰ってきてはどうかという伯父の誘いを断った。試験勉強で忙しいからといっておいたが、実際は、ミルドレッドのいるロンドンを離れたくなかったからだ。すっかり勉強をさぼっていたので、三ヶ月でこなす分量を二週間でこなさなくてはならない。フィリップは真剣に取り組んだ。日に日に、ミルドレッドのことを考えずにいるのが楽になっていった。自分の意志の強さをほめてやりたい。心の痛みも、深手から軽い打撲症程度のものになっていた。馬から放りだされて、骨折はないものの、全身に擦り傷があって体が震えている、そんな感じだ。気がつくと、この二週間のことを興味深くながめている自分がいた。フィリップは好奇心から、自分の気持ちを分析してみた。そして少し笑ってしまった。ひとつ印象的だったのは、ああいう状況においては信条など何の役にも立たないということだ。自分なりのしっかりした考えがあって、それを思いついた自分に大いに満足していたのだが、そんなものはちっとも助けにならなかった。これには自分でも首をかしげるしかない。

　しかし通りでたまたまミルドレッドに似た女の子をみかけると、心臓が止まりそうになる。そして思わず駆けだし、すべてを忘れて夢中で追いかけていくのだが、結局、別人だとわかる。仲間も故郷から帰ってきたので、ダンスフォードといっしょにＡＢＣショップで紅茶を飲んだ。見慣れた格好のウェイトレスをみると気持ちが沈んで、話す気になれなかった。もしかして彼女がほかの系列店に回されるかもしれない。そうなったら、どこかでばったり顔を合わせることもあるだろう。そんなことを考えていると、パニックになった。ダンスフォードにばれなければいいと思った。これといって話すこともないので、相手のいうことに耳を傾けているふりをしていたが、いらいらしてたまらず、頼むから黙ってくれと叫びそうになるのをなんとかこらえていた。

試験の日になった。フィリップは自分の番になると、試験官たちの机の前にいった。自信はあった。三つか四つの質問に答えたあと、いくつかの標本をみせられた。フィリップは講義にほとんど出ていなかったので、教科書に載っていないことをきかれたとたん、まっ青になった。必死にごまかそうとしたが、試験官はそれ以上たずねなかった。十分はすぐに過ぎた。フィリップはなんとか合格したと思っていたが、次の日、試験会場にいってみると、張り出された合格者のなかに番号はなかった。フィリップは試験の番号を三度見直した。ダンスフォードもいっしょにきていた。

「かわいそうに、だめだったんだ」ダンスフォードがいった。

さっききかれて、番号は教えてあった。フィリップは相手がにこにこしているのをみて、合格したのがわかった。

「まあ、いいさ。きみは受かってよかったじゃないか。ぼくは七月にまた受けるよ」

フィリップは必死に気にしていないふりをして、テムズ川北岸の河岸通《エンバンクメント》りを歩きながら、どうでもいいことをしゃべった。ダンスフォードは気をつかって、落第の原因について話したがるのだが、フィリップは徹底的に拒否した。これほどの屈辱があるだろうか。なにしろ、人はいいが頭は悪いとばかにしていた相手が合格したのだ。フィリップはそれまで頭はいいつもりでいたのだが、違ったのではないかと自問せずにいられなくなった。冬学期の三ヶ月間に、十月に入学した学生はいくつかのグループにふるい分けられていた。優秀なグループ、頭がよくてまじめなグループ、だめなグループだ。そしてフィリップにも、この結果に驚いているのは自分ひとりだということがわかっていた。ティーの時間だったが、地下の食堂は学生でいっぱいだ。合格した連中は大喜びしているだろうし、フィリップのことを快く思っていない連中は、それみろという顔を向けてくるだろうし、落ちた連中は慰め合おうと声をかけてくるだろう。フィリップは直感的にこう考えた。一週間くらいたって試験の合否などだれも口にしなくなるまでは、病院に近づかないほうがいい。ところが、いってはいけないと思えば思うほど、そちらに足が向いてしまう。自分をとことん傷つけたかった。このとき、「なにより、すぐそばに警官がいることを念頭に置いて、好きなように生きる」という考えは忘れてしまっていた。あるいは、その考えに従ったともいえるかもしれない。というのも、フィリップのなかには天邪鬼《あまのじゃく》な性格が潜んでいて、自分をいじめることに暗い喜びを見出《みいだ》していたのだから。

　しかし、自らに強いた苦難に耐えて、喫煙室での騒々しい会話を終え、暗い外に出てみると、これ以上はないほどの孤独を感じた。自分がじつに愚かで不毛な人間に思えた。なんでもいいから慰めがほしくてたまらず、ミルドレッドに会わずにいられなくなった。会ったところで、ろくな慰めが得られるはずがないと苦々しく思ったものの、会いたかった。話しかけられなくてもいい。彼女はウェイトレスなんだから、注文くらいは取りにくるだろう。この世界で、自分が愛しているのは彼女だけなのだ。隠そうとしてもしょうがない。もちろん、何事もなかったかのように店にいくのは屈辱だ。しかしもう自尊心などこれっぽっちもない。自分でも認めたくなかったが、じつは毎日、彼女から手紙がこないかと考えていたのだ。病院に送れば、届くのはわかっているはずだ。だが手紙はこない。いうまでもなく、フィリップに会おうが会うまいがどうでもいいのだ。フィリップは心のなかで繰り返しつぶやいていた。

「会わなくちゃ」

会いたい気持ちは募るばかりで、気がせいて歩いていられず、辻馬車に飛び乗った。もともと節約家で、できるだけ馬車には乗らないようにしていたのだが、そんなことはかまっていられなかった。そして一、二分、店の外に立っていたが、彼女がいないかもしれないと思うと、ぞっとしてなかに入った。すぐに彼女はみつかった。フィリップが椅子《いす》に座ると、やってきた。

「紅茶とマフィン」

ろくに口がきけなかった。一瞬、泣きだしそうな気がした。

「あら、生きてたのね」

彼女はにっこり笑った。自分は百回くらい思い返したというのに。笑っている！　あのときのことをさっぱり忘れてしまったのか。

「会いたい気持ちがあれば、手紙くらい書いてくれてもよかったじゃないか」

「することがたくさんあって、そんなこと考えもしなかったわ」

彼女にやさしい言葉を期待するのは無理らしい。フィリップは、こんな女に縛りつけられた運命を呪った。彼女は紅茶を取りにいった。

「一、二分、座っていい？」彼女は紅茶を持ってくるときいた。

「いいよ」

「いままで、どこにいたの」

「ロンドン」

「お休みだから、よそにいってたのかと思ってた。なぜ、きてくれなかったの」

フィリップは恐ろしいほど強い気持ちをこめて彼女をみた。

「もう二度と会わないといったから」

「じゃあ、なぜ、いまここにいるの」

まるで相手にひどい屈辱を味わわせてやろうといわんばかりの言葉だが、フィリップにはよくわかっていた。ただ思ったことを口にしているだけなのだ。ひどく傷ついたが、彼女にはそんなつもりすらない。フィリップは答えなかった。

「だって、悪いのはそっちでしょ。あんなふうに監視したりして。あなたは、文字通りの紳士だって思ってたのに」

「頼むから、そんなこといわないでくれよ、ミルドレッド。もう耐えられない」

「変な人ね。何いってるのか、さっぱりわからない」

「わからないわけがないだろう。ぼくは正真正銘の愚か者だってことだよ。きみを心の底から好きになってしまったというのに、きみはぼくのことなんかなんとも思ってないんだから」

「もしあなたが紳士なら、次の日にやってきて、あやまるべきだったと思う」まったく容赦がない。フィリップは相手の首をみて、マフィンのナイフを突き刺してやろうかと思った。解剖学を学んだおかげで、頸動脈《けいどうみゃく》の位置は正確に知っている。その一方で、このほっそりした青白い顔をキスでおおいつくしたくてたまらなかった。

「ぼくがどんなにきみのことが好きか、自分でも怖くなるほどなんだ」

「さきにあやまったら」

フィリップはまっ青になった。彼女のほうは悪いことをしたという自覚がまったくない。そして、頭を下げろという。フィリップはプライドが高いほうだった。一瞬、地獄に堕《お》ちろといってやろうかと思ったが、できなかった。胸の想《おも》いに負けてしまった。彼女に会えさえすれば、なんでもするつもりになっていたのだ。

「本当に悪かった、ミルドレッド。どうか許してほしい」

フィリップは言葉をしぼりだすようにいった。恐ろしいほどの努力が必要だった。

「あやまってくれたから、いっちゃうけど、あの晩、いっしょにいけばよかったと後悔してるの。ミラーって男のこと、紳士だとばかり思ってたんだけど、大間違いだった。だからさっさと別れちゃった」

フィリップは、はっと息を飲んだ。

「ミルドレッド、今夜、いっしょにどう。どこかで夕食でも」

「今夜は無理。おばさんが待ってるの」

「おばさんには、ぼくが電報を打っておくよ。仕事で遅くなるとかいっておけばいい。わかりっこない。頼むから、いっしょにいこう。もうずっと会ってなくて、話をしたくてたまらないんだ」

彼女は自分の着ている服をみた。

「そんなのいいよ。格好なんて気にしなくてすむところにいけばいいんだから。そのあとでミュージックホールにいこう。頼むから、いいって、いってくれ。そうしたら、ぼくは最高に幸せになれるんだから」

彼女はちょっとためらった。フィリップはあわれなほど、情けない顔で相手をみた。

「そうね。もうずいぶんどこにもいってないし」

フィリップは懸命に努力して、彼女の手をつかんでキスでおおいたくなる気持ちをおさえた。

## 60

　ふたりはソーホーで食事をした。フィリップはうれしくて震えが止まらなかった。その界隈《かいわい》にはいつも混んでいる安いレストランが多い。そういう店には、身なりはちゃんとしているがあまり金のない連中が、ここは気取らない安上がりな店だと思ってやってくる。ところがフィリップが選んだのは、フランスのルーアンからきた気さくな主人が妻とやっている目だたない店だった。フィリップもたまたま通りかかって、フランス風の窓に興味を引かれたのだ。窓際《まどぎわ》に生のステーキ肉がのった皿と、その両側に生野菜をのせた皿が置いてあった。店にはしょぼくれた感じのフランス人のウェイターがいて、フランス語しかきこえないこのレストランで英語を覚えようとしている。客といえば、娼婦《しょうふ》が数人、店に専用のナプキンを置いてもらっている夫婦連れがひと組かふた組、あとは量の少ない食事をせわしく食べて出ていく奇妙な男が数人。

　フィリップはふたり用のテーブルを用意してもらった。それからウェイターに頼んで、近くの酒場からブルゴーニュ産のワインを買ってきてもらった。料理はポタージユ・オ・エルブ、窓辺に置いてあったステーキのフレンチフライ添え、オムレット・オ・キルシュ。料理も店も、じつにロマンティックだ。ミルドレッドは最初、ちょっと警戒していて――「あたし、外国風のお店は好きじゃないの。こういうごちゃごちゃした料理って、何が入ってるかわからないでしょ」――などといっていたが、知らないうちに好きになっていた。

「ここ、素敵ね、フィリップ。テーブルに肘《ひじ》をついても平気そうだし」

背の高い男が入ってきた。白髪まじりの髪も、薄いひげも伸ばし放題だ。ぼろぼろのマントを着て、つばの広い中折れ帽をかぶっている。そしてフィリップをみると、軽くうなずいた。この店で以前、会ったことがあるのだ。

「アナーキストみたい」ミルドレッドがいった。

「ヨーロッパで最も危険な男でね、大陸のすべての刑務所に入ったことがあるんだ。絞首刑《こうしゅけい》になってない人間のなかで、彼ほど多くの人物を暗殺した男はいない。常にポケットには爆弾を忍ばせているから、話をするのがちょっと物騒なんだ。意見がぶつかると、それをテーブルの上にどんと置くからね」

彼女は驚いて、恐る恐る男のほうをみると、疑わしそうな顔でフィリップをみた。そして、フィリップの目が笑っているのに気づいて、顔をしかめてみせた。

「からかったのね」

フィリップは軽くうれしそうな声をあげた。楽しくてたまらない。ところがミルドレッドのほうは笑われるのがいやらしい。

「嘘をついて何が楽しいの」

「そんなに怒らないで」

フィリップは、テーブルの上にのっていた彼女の手を取ってやさしく握った。

「本当にかわいい。きみの歩いた地面にキスしてもいいくらいだ」

かすかに緑を帯びた肌に、フィリップはうっとりした。薄く青白い唇がとんでもなく魅力的だ。貧血気味のせいで、息が浅く、口をかすかに開いている。そのせいでよけいに顔が魅力的にみえる。

「ぼくのこと、少しは好き」

「もし嫌いだったら、ここにいるわけないでしょ。あなたは文字通りの紳士ね。それだけは間違いないわ」

料理が終わると、コーヒーを飲んだ。フィリップは節約など忘れて、三ペンスの葉巻を吹かしている。

「きみには想像もつかないだろうけど、ぼくはこうやってむかいに座って、きみをみているだけでうれしいんだ。ずっときみのことを思っていた。きみに会いたくて、寝こんでしまいそうだったんだ」

ミルドレッドは微笑《ほほえ》んで、ちょっと頬を赤らめた。今夜は食後にしょっちゅう悩まされる胃の痛みがないようで、いつもよりはやさしい。フィリップに対して親切にしようと思っているようだ。そしてフィリップは、彼女の目に初めてみる表情をみつけて、舞い上がりそうになった。直感的に、自分を相手にゆだねてしまうのは絶対にまずいとわかってはいた。さりげなく振る舞って、胸のなかで燃える想いを決してみせないようにしなくては。彼女はそういう弱みにつけこんでくるに決まっている。しかしいまのフィリップに、そんな慎重さはない。会えなかった間、どんなにつらい気持ちで過ごしていたかを打ち明けた。自分と戦い、熱い気持ちをおさえようと頑張って、やっとそれに成功したと思ったところが、以前とまったく変わっていなかった。いや、気持ちをおさえようなどとは、本当はまったく考えていなかった。恋しい気持ちに圧倒されて、苦しみなどどうでもよかったのだ。フィリップは胸の内をすべて打ち明けた。堂々と、自らの弱みをさらけだした。

　こぢんまりしたみすぼらしいレストランで、いっしょに座っていられれば、もう何もいらなかった。しかし相手が劇場にいきたがっているのがわかっていた。彼女はどこにいても、しばらくするとそわそわして、ほかの場所にいきたがる。このまま退屈させるわけにはいかない。

「ミュージックホールにいこうか」

そういった瞬間、もし彼女が自分のことを好きなら、ここにいっしょにいたいといってくれるかもしれないと思った。

「いくなら、そろそろ出なくちゃと思ってたところなの」

「じゃ、いこう」

フィリップは演《だ》し物が終わるまで辛抱強く待った。このあとどうするかはしっかり考えてある。馬車に乗ると、偶然を装《よそお》って腕を彼女の腰に回した。が、軽い叫びを上げて、手を引っこめた。何かが腕を刺したのだ。彼女が声を上げて笑った。

「ほら、いけない手ね。こんなところにきちゃだめでしょ。男の人が腰に手を回したがると、すぐにわかるのよね。そういうときはこのピンにひと仕事してもらうの」

「じゃ、気をつけなくちゃ」

フィリップはもう一度、腕を回した。今度は彼女も拒まなかった。

「ああ、最高だ」フィリップは幸せそうにため息をついた。

「あら、よかった」彼女が冷やかすようにいった。

馬車はセント・ジェイムズ通りを走ってセント・ジェイムズ・パークに入った。フィリップは素早く彼女にキスをした。もともと彼女のことが怖いような気がして、勇気を奮い起こしてやっとキスしたのだ。彼女は何もいわず、唇を向けた。拒んでいるようにはみえないが、誘っているようにもみえない。

「どんなにきみにキスしたかったか、わかるかい」フィリップは小声でいった。

そしてもう一度キスしようとしたが、彼女は顔をそむけた。

「一度でいいでしょ」

もう一度キスできたらと思い、フィリップはハーン・ヒルまでいっしょにいって馬車を降りた。そして彼女の住んでいる通りの角で、たずねた。

「もう一度、いい？」

彼女はさめた目でフィリップをみると、通りをちらっとみて、だれもいないのを確かめた。

「いいわよ」

フィリップは彼女を抱きしめて激しくキスをしたが、突き放された。

「帽子がゆがんじゃうって、ばか。不器用なんだから」

# 61

それからというもの、フィリップは毎日、彼女に会った。昼食も店でとろうとしたが、ミルドレッドに止められた。店の子たちのうわさになるからというのだ。そこで紅茶を頼むだけにした。しかしいつも店の前で待って、駅までいっしょに歩いた。そして週に一、二回、夕食をいっしょにした。ときどきささやかなプレゼントを持っていった。金のバングル、手袋、ハンカチ。そんな余裕はなかったのだが、かまわなかった。贈物をもらったときくらいしか、やさしくしてもらえないのだ。彼女は物の値段をよく知っていて、喜び方もそれに比例していたが、フィリップは気にしなかった。彼女がキスしてくれると、うれしくてたまらなかった。キスしてもらえるなら、どんなことでもしただろう。そのうち、彼女が日曜日にうちにいるのを退屈だと思っていることがわかったので、朝方、ハーン・ヒルにいき、通りの角で待ち合わせていっしょに教会にいった。

「日曜日に一度は教会にいくの。ちゃんとしてみえるから」

それから彼女はうちで昼食をとり、フィリップはどこかのホテルで簡単な食事をとり、午後はまたいっしょにブロックウェル公園を散歩した。おたがいあまり話すことがなかったので、フィリップは必死に、彼女を退屈させないよう（すぐに退屈するたちなので）、知恵を絞って、話題を考えた。こういった散歩はどちらにとってもおもしろくないとわかっていたのだが、別れづらくて、できるだけいっしょにいようと手をつくしたあげく、いつも彼女が退屈してかんしゃくを起こすという展開になった。フィリップは、相手が自分にまったく気がないのを承知で愛を強要しているのだが、彼女がそれを喜ぶ性格でないのは考えるまでもない。とにかく冷淡な女なのだ。フィリップは彼女に何かを要求する権利などないのだが、つい要求してしまう。そして以前よりは親しくなったせいで、フィリップもちらちら本音をもらすようになった。しょっちゅういらいらしていたので、つい当てつけがましいことをいってしまうのだ。ことあるごとに口げんかをして、彼女のほうがしばらく口をきかなくなることもあった。しかしそういうときは必ずフィリップが折れて、彼女のまえに這《は》いつくばることになる。こんなみっともない様をさらす自分が腹立たしくてならなかった。そして、彼女が店でほかの男としゃべっていると、かっとなってしまう。嫉妬すると、感情をおさえられなくなるのだ。これみよがしに店を出て、そのあとベッドで寝返りを打ちながら、怒りと後悔で眠れない夜をすごす。そして次の日には店にいって、許しを乞《こ》う。

「怒らないでくれ。きみのことが好きで好きで、どうしようもないんだ」

「取り返しのつかないことにならないようにね」

フィリップは彼女の家にいってみたかった。そうすれば、親密さも増して、たまに彼女が店で知り合う客より優位に立てる。ところが、彼女は許してくれなかった。

「だって、おばさんが変に思うもの」というのが理由だった。

フィリップは、彼女がいやがるのは、自分をおばさんに会わせたくないからではないかと思った。彼女によれば、おばさんの夫は「専門的な職業」の人だったらしい。また、おばさんはいい人なのよといっていたが、階級が低いことを気にしているようだった。実際のところ、おばさんの夫というのは小さな商売でもやっていたのではないかと、フィリップは想像していた。ミルドレッドがいいところのお嬢さんを気取っているのはわかっていたので、おばさんがどんな階級の人であろうが、そんなことはまったく気にしないといいたかった。しかし、それを伝える方法がなかった。

ある晩の食事中、最悪のけんかが勃発《ぼっぱつ》した。ミルドレッドが、男の人にお芝居に誘われた、といったのだ。フィリップはまっ青になり、顔をこわばらせた。

「まさか、いかないよね」

「え、なんで？　とってもすてきな人なのよ」

「ぼくが、どこにでも連れていってあげるよ」

「それとは違うの。いつもあなたとばかりいっしょにいってられないのよ。それに、いついくかは、あたしが決めることになってるから、あなたといっしょにいない日を選ぶし。だったら、かまわないでしょ」

「きみには慎みってものがないのか。ほんの少しでも感謝の気持ちがあったら、絶対にいこうなんて思わないはずだ」

「感謝って、どういうこと。わたしにくれたもののこと。だったら、返すわよ。ほしくないから」

その声には、時々表に出る意地の悪さが感じられた。

「だって、つまらないのよ、あなたとばかり付き合ってると。いつも『ぼくのことを愛してる？　愛してる？』ばかりで、うんざりしちゃう」

（フィリップ自身、ばかなことをしているのがわかっていたが、どうしてもきいてしまうのだ。

「あ、そう。あたしも好きよ」彼女はそう答える。

「それだけ？　ぼくは心の底から愛してるんだ」

「あたしはあなたと違うの。大げさな科白《せりふ》はいわない」

「きみのひとことで、ぼくは幸せになれるんだ」

「あのね、いつもいってるけど、あたしのことをどう考えてくれてもいいから、いやなんだったら、放っておいて」

　彼女は時々、もっとはっきりいうことがある。たとえば、フィリップが同じことをきいたときなど、こういったりする。

「もう、やめて」

　するとフィリップはむっつりして無口になる。彼女のことがとことん嫌になってしまうのだ）

　このとき、フィリップはこう返した。

「そうか、わかった。きみがいいたいのは、付き合ってもらってありがたいと思えってことなんだね」

「あたしから頼んだことは一度もないわ。わかってるでしょ。しかたなく付き合ってるだけ」

　その言葉は心臓にぐさりと突き刺さった。フィリップはかっとなった。

「つまり、ほかに夕食や芝居をおごってくれる相手がいなかったから付き合ってくれてただけで、相手ができたら、ぼくは不要になったわけだ。ありがたいね。都合よく利用されるのはもう飽き飽きしたよ」

「だれにも、そんなことといわれる覚えはないわ。こんなまずい料理なんてうれしくもなんともないし」

彼女は立ち上がると上着を着て、さっさとレストランから出ていった。フィリップは座ったままだった。絶対に動くもんかと思っていた。ところが十分後には辻馬車に飛び乗って、あとを追っていた。彼女は乗合馬車でヴィクトリア駅にいったのだろうと見当をつけた。ちょうど間に合った。フィリップはプラットホームにいる彼女を目にとめると、みつからないように、同じ列車でハーン・ヒルまでいった。彼女が家に続く道に入って、逃げられないところにいくまで、黙っていた。

彼女が、人や馬車が行き来する明るくて騒々しい本通りからその道へ曲がったとき、フィリップはすぐ後ろまで駆けていった。

「ミルドレッド」

彼女は歩き続けて、後ろをみようともしないし、答えようともしない。フィリップはもう一度呼んだ。彼女は振り返って、フィリップをみた。

「いったい、なに？　ヴィクトリア駅でうろうろしてたのは知ってるわ。どうして、ほっといてくれないの」

「本当にごめん。機嫌を直してくれ」

「いやよ。あなたのかんしゃくと嫉妬にはこりごり。あなたのことなんか、ちっとも好きじゃない。いままで一度だって好きだったことはないし、これからもずっと同じよ。あなたとはもう、何もいっしょにしたくない」

　彼女は早足で歩いた。フィリップは必死に追いすがる。

「きみはちっともぼくのことを考えてくれない。きみがだれのことも愛していないというなら、だれと楽しく仲よくしてもかまわない。だけど、ぼくがきみを思っているのと同じくらい好きな相手がいるんだったら、それはつらい。どうか、かわいそうだと思ってくれ。きみに好かれなくたってかまわない。きみはそういう態度をとるしかないんだろうから。ただぼくに、きみを好きでいさせてほしいんだ」

　彼女は何もいわずに歩いていく。フィリップは気がせいて頭がおかしくなりそうだった。彼女の家まであと数百メートルしかない。もう恥も外聞もなかった。愛しているんだ、苦しいんだとわめいた。

「これが最後だから、どうか許してくれ。二度と、こんないやな思いはさせない。だれとでも、好きな人と出かければいい。ぼくとは、ほかにすることがないときだけ付き合ってくれればいいから」

彼女はまた立ち止まった。いつもなら別れる場所だ。

「さあ、もういってよ。玄関までついてこないで」

「ぼくを許すといってくれるまで、どこにもいかない」

「もう、何もかもうんざり。いいかげんにして」

フィリップは一瞬迷った。直感的に、彼女の気持ちを変えさせる言葉が頭に浮かんだのだが、それは死んでも口にしたくない言葉だった。

「ひどいよ。ぼくは本当につらいんだ。きみは、足が悪いのがどんなにつらいか知らないんだと思う。きみがぼくを好きじゃないのはわかってる。それはしょうがないのもわかってるんだ」

「フィリップ、やめて」彼女は思わず口走った。声に突然、相手を思いやる気持ちがあふれた。「あたしが、そんなはずないじゃない」

フィリップは演技を始めた。声は低く、かすれている。

「なんとなく、感じてたんだ」

彼女はフィリップの手を握って、顔をみた。その目には涙が浮かんでいる。

「そんなことを、あたしが気にするわけないじゃない。会って次の日かその次の日には、忘れてたもの」

フィリップは悲しそうに黙りこくっている。そして心底つらくてたまらない気持ちが相手に伝わるように願っていた。

「だって、フィリップ、あなたのこと、すごく好きなのよ。ただ、ときどき疲れるの、それだけ。だから、仲直りしましょう」

そういって、フィリップと唇を合わせた。フィリップはほっとため息をついて、彼女にキスした。

「さあ、元気になった？」

「すごく元気になった」

彼女は、じゃあね、というと急いで通りを歩いていった。次の日、フィリップは小さな時計をプレゼントした。ピンで服にとめられるブローチ型の時計で、彼女がずっとほしがっていたものだ。

ところが四日後、彼女は紅茶を持ってくると、こういった。

「こないだの約束は覚えてるわよね。ちゃんと守ってくれる？」

「うん」

フィリップは彼女のいいたいことがわかって、次の言葉を待った。

「こないだの人とまた出かけることになったの、今夜」

「わかった。楽しんでおいで」

「気を悪くしないでね」

フィリップは自分の気持ちをうまくコントロールできるようになっていた。

「うれしくはないけどね」フィリップは微笑んだ。「できるだけ、きみに嫌われないようにしなくちゃ」

彼女はデートのことをさも楽しそうに、うれしそうに話した。フィリップには、彼女が自分を傷つけようとしているのか、ただ無神経なだけなのかわからなかった。彼女がどんなにひどいことをいっても大目にみてきたのは、ただ思慮が足りないだけだと考えていたからだ。彼女には、相手がどんなに嫌な思いをしているのかまったくわかっていないのだ。

「想像力がなく、ユーモアも解さない女と付き合うというのは、あまりおもしろいもんじゃないいな」フィリップはそう考えながら、彼女の話をきいていた。

だが、その欠点があるからこそ、フィリップは彼女を許すことができたのだ。もしそれがわかっていなかったら、あんな目にあわされて、彼女を許せるはずがない。

「ティボリ座〔一八九〇～一九一四年までウェスト・ロンドンにあった有名なミュージックホール〕のチケットを取ってくれたの。好きなところに連れていってあげるっていわれたから、あたしが選んだの。それで、ホテル・カフェ・ロワイヤルに食事にいくことにしたの。ロンドンでいちばん高いお店なんだって、あの人がいってた」

「文字通りの紳士だね」という皮肉が喉《のど》まで出かかったが、フィリップは歯を食いしばって、飲み下した。

フィリップはティボリ座にいって、ミルドレッドをみつけた。例の男といっしょだ。つるんとした顔の若者で、髪はつやつやしている。いかにもセールスマンらしいこざっぱりした風情《ふぜい》だ。一階の二列目に座っている。ミルドレッドはダチョウの羽根をあしらった黒のピクチャーハットをかぶって、それがよく似合っている。そしてフィリップもよく知っている、おとなしい微笑みを浮かべて相手の話をきいている。うきうきした感じはない。彼女を大笑いさせるには思い切りばかばかしい笑劇でもみせるしかない。ただ、彼女が興味を持っておもしろがっているのはわかる。フィリップはしぶしぶ認めた。どうやらあの派手で快活そうな男がお気に入りのようだ。鈍い女だから、騒々しい男が好きなんだろう。フィリップは議論好きだったが、世間話は苦手だった。何気なくジョークを飛ばす仲間の才能がうらやましかった。たとえば、ローソン。フィリップは劣等感から、ぎこちなく黙りこんでしまう。自分に興味があることはミルドレッドには退屈なのだ。彼女にとって、男はサッカーや競馬の話をするものだったが、フィリップはどちらもよく知らない。口にすれば必ず笑いが取れる言葉も知らなかった。

フィリップにとっては本がすべてだったのだが、最近では、多少はおもしろい人間になろうと、「スポーティング・タイムズ」をたんねんに読むようになった。

## 62

フィリップは、自分を燃やし尽くしかねない情熱にみすみす身をゆだねていたわけではない。人間の関わることはすべて一時的なものであって、いつかそのうち消えてしまうことはわかっていたので、その日がくるのを待ち望んでいたのだ。この愛は心に巣くう寄生虫で、生命の血を養分にして太り、活力を吸いとって、ほかの楽しみをすべて奪ってしまう。かつてはセント・ジェイムズ・パークにいって、その美しさで目を楽しませたものだった。しばしばベンチに座って、空を背景に浮かび上がった木の枝をながめた。まるで日本の浮世絵のようだった。いつも魔法がかかっているように美しいテムズ川。平底船が行き交い、あちこちに埠頭《ふとう》がある。常に変化するロンドンの空をみると、頭のなかに楽しい想像が広がった。ところがいまでは、美しいものをみても何も感じない。ミルドレッドといないと、退屈で落ち着かない。ときどき絵をみて悲しみを忘れようとしたが、ナショナル・ギャラリーにいっても観光客のように歩くだけで、どんな絵もぞくぞくするような快感を与えてはくれない。かつて愛《いと》しかったものを愛することは二度とできないのだろうか。かつては夢中になって本を読んだものだが、いまや本にはなんの喜びもない。空き時間は病院のクラブの喫煙室にいって、数え切れない医学雑誌をめくった。この愛はまるで拷問《ごうもん》のようだ。そしてそれに囚《とら》われている自分が腹立たしい。ぼくは囚人だ。自由になりたい。

たまに朝、目を覚ますと、何も感じないことがある。すると、自由になったと思って、小躍りする。愛から解放されたのだ。ところがしばらくして、頭がはっきりしてくると、心がしくしく痛みだし、まだ癒《い》えていないことを知る。これほどミルドレッドに会いたくてたまらないくせに、ミルドレッドを見下している。世界中にこれほどの苦痛があるだろうか。これほど軽蔑《けいべつ》しているものを、これほど愛してしまうなんて。

フィリップは常に自分の気持ちについて考えるたちだったが、今回もそうしてひとつの結論にたどりついた。こうなった以上、彼女を自分のものにする以外ない。いまの自分を振り回しているのは性的な欲望だ。これを満足させれば、自分をしばっている耐えがたい鎖から自由になれる。ミルドレッドにそんなつもりがないことはよくわかっている。フィリップが激しくキスをしようとすると、生理的に嫌がって身を引く。そもそもそういうことに興味がないのだ。フィリップが彼女を嫉妬《しっと》させようとパリでの恋愛話をしても、まったく反応がない。一、二度、彼女が担当していないテーブルについて、店のほかの女の子と楽しそうに話をしてみせたこともあったが、まったく平気だった。気にしない振りをしているのではないことは明らかだ。

「ごめん。今日はきみの担当しているテーブルにいかなかったんだ」一度、駅までいっしょに歩いているとき、そういったことがある。「そっちのテーブルがいっぱいのようだったから」

それは嘘《うそ》だったが、彼女は反論するわけでもなかった。そんなことはどうでもいいと思っているらしい。少しでも嫌そうな振りでもしてくれれば、フィリップはうれしかっただろう。ひとこと怒ってくれれば、心がなぐさめられたはずだ。

「毎日同じテーブルに座るなんてつまらないでしょ。たまには、ほかの女の子のテーブルにも座ってあげて」

考えれば考えるほど、確信は強まった。彼女を屈服させない限り、自由はない。フィリップは魔法の呪文《じゅもん》によって変身させられた昔話の騎士で、自分を元のりりしく立派な姿にもどす薬をさがしているのだ。考えられる方法はただひとつ。ミルドレッドはパリにいきたくてしょうがない。ほかのイギリス人と同じで、彼女にとってパリは歓楽と流行の中心だ。ルーヴル百貨店のこともよく知っていて、そこでは最新のものがロンドンの半額で買えるという。彼女の友だちは新婚旅行でパリにいって、一日中そこにいたらしい。ねえ、フィリップ、彼女ったら、パリにいたときはご主人とふたりで朝の六時まで寝なかったんだって、ムーラン・ルージュとかいろんなところにいったらしいの。フィリップはパリに連れていく代わりに、彼女が自分のものになってくれれば、それが嫌々であってもかまわないと考えていた。どんな形であれ、自分の欲望を満たせればそれでいい。薬を使うなどという、通俗小説にしか出てこないようなばかげたことを想像したこともある。興奮させようと思って酒を勧めたこともあったが、彼女はワインが苦手だった。フィリップがシャンパンを注文すると喜んだが、それは格好がいいからというだけで、グラスに半分くらいしか飲まない。大きなグラスに縁まで注がせて、そのまま置いておくのが好きなのだ。

「お客のレベルがわかるのよ、こうすると」

フィリップは、彼女がいつも以上に機嫌のいい日を選んだ。三月の終わりには解剖学の試験がある。その一週間後のイースターには、ミルドレッドも三日間、休みがもらえるはずだ。

「じゃあ、パリにでもいってくれば？」フィリップがいった。「とても楽しいと思う」

「無理無理。すごくお金がかかるんだから」

フィリップもそれについては考えてあった。最低、二十五ポンドはかかる。いまの自分にとってはかなりの出費だが、最後の一ペニーまで使ってもいいと思っていた。

「お金なんか、どうでもいいよ。いっしょにくればいい」

「そのあとは？　それを教えて。結婚もしてない男と旅行にいくなんてありえないでしょ。そういう誘い方ってないんじゃない？」

「そんなこと気にしなくていいよ」

フィリップは、ペ通りやフォリー・ベルジェールがどんなに素敵か大げさに話した。それからルーヴル、ボン・マルシェ。キャバレー・デュ・ネアン、サンジェルマン・デ・プレ教会、その他、外国人がよくいく観光名所。フィリップは自分が本当は軽蔑しているパリのそういうところを楽しそうに話しながら、いこう、いこうとくり返した。

「あなたはいつも、あたしを好きだ好きだっていうけど、もし本当に好きなら、なんで、結婚したいと思わないの。まだ一度だって、結婚してくれっていったことがないじゃない」

「それは、いまのぼくには無理だからだよ。まだ医学校に入ったばかりなんだ。あと六年間は、一ペニーだって稼げやしない」

「いいのよ、責めてるわけじゃないの。あなたにひざまずいて、結婚してくれといわれても、結婚するつもりはないから」

フィリップも結婚は何度か考えたことがあったが、そこまでは思い切れなかった。というのも、パリで、結婚は俗物のための愚かな制度だと確信したからだ。そして、永遠にしばりつけられることは破滅につながると思った。そのうえ、まだ中産階級的な価値観にとらわれていて、ウェイトレスと結婚するなど、とんでもないと考えていた。そんな女と結婚したら、ろくな医者になれない。それに、いまある金では資格を取るまでがやっとだ。子どもができないようにしたところで、妻を養うのはとても無理だ。どうしようもない女といっしょにいるクロンショーのことを思うと、ぞっとする。あの気取り屋で打算的なミルドレッドが将来どんなふうになるかは考えるまでもない。彼女と結婚するなんてありえない。ただ、そんな確固とした考えは理性が機能しているときの話で、何がなんでも彼女を自分のものにしたいという感情の前にはなんの力もない。結婚しろというなら、結婚しよう。後のことは後で考えればいい。惨《さん》憺《たん》たる結果に終わるかもしれないが、それでもいい。フィリップはひとつのことを考えだすと、ほかのことが考えられなくなるたちだった。そして、自分のしたいことを正当化するのが人一倍うまい。結婚すべきでない立派な理由をすべてひっくり返してしまった。日に日に、彼女を思う気持ちは激しくなるばかりだ。満たされぬ想いは怒りとうらみに変わった。

「よし、結婚したら、自分がいままで味わった苦しみをそっくり味わわせてやる」フィリップはそう考えた。

　そしてついに苦しくてたまらなくなった。ある晩、ふたりでしょっちゅう訪れるようになったソーホーの小さなレストランで夕食が終わると、フィリップがいった。

「このあいだ、ぼくが頼んでも、結婚なんかしないといったよね」

「ええ、いったわ。どうして」

「ぼくは、きみなしでは生きていけないんだ。いつもそばにいてほしい。こんな気持ち、なんとかならないかと思ったんだけど、結局どうしようもなかった。これからも無理だと思う。だから、結婚してほしい」

彼女は通俗小説をよく読んでいたので、こういうときの対処の仕方は心得ていた。

「ありがとう、フィリップ。そんなふうにいってもらえるなんて、とても幸せ」

「そんな言葉はどうでもいいんだ。結婚してくれる？」

「結婚して、ふたりで幸せになれると思う？」

「思わない。だけど、幸せになれるかどうかなんて、問題じゃない」

いうつもりもない言葉が、つい口をついて出た。彼女はびっくりした。

「変な人。幸せになれないと思ってるのに、なぜ結婚したいわけ？　それにこないだは、結婚するのは無理だっていったじゃない」

「手元に千四百ポンドある。ふたりで頑張って、ひとり分の生活費でやっていこう。資格を取って、そのあといくつかの病院で研修医として勤めあげれば、准《じゅん》医師になることができる」

「六年間、一ペニーも稼ぐことができなくて、それまでは一週間四ポンドで生活するってこと」

「三ポンドちょっとかな。ぼくにはそれくらいしか出せない」

「それで、准医師になったら、どれくらいもらえるの」

「週に三ポンドくらいだと思う」

「つまり、ずっと勉強して、ちょっとした財産をつぎこんで、週三ポンドってこと？それじゃ、あたしはいまのこの生活とまったく変わらないじゃない」

フィリップは少し黙っていた。

「結婚しないってこと？」フィリップは少し声を荒げた。「こんなに愛しているのに、きみはどうでもいいのか」

「こういうときは、まず、自分のことを考えるもんでしょ。結婚するのはかまわないけど、いまと変わらないんだったら、いや。そんなの結婚する意味がないじゃない」

「ぼくのことを好きだったら、そんなふうには考えないだろう」

「まあね」

フィリップはまた黙った。そしてワインのグラスを取って、喉につまった気持ちを飲み下した。

「ねえ、いまお店を出ようとしている女の子、みてる？」ミルドレッドがきいた。「あの毛皮、ブリクストン通りのボン・マルシェで買ったものよ。こないだ、あそこでみかけたの」

フィリップは自嘲《じちょう》気味に笑った。

「何がおかしいの。本当なんだから。あたし、そのときおばさんにいったの。あのシヨーウィンドーに並んでるものなんか買いたくないわ、だってみんなに値段がわかっちゃうものって」

「ぼくには、きみのことがまったくわからない。きみはぼくを恐ろしいほど不幸にしたかと思ったら、今度は、まったく関係のないばか話をしだす」

「いやな人ね」彼女は傷ついた顔をしていった。「つい、あの毛皮に目がいっちゃっただけじゃない。おばさんと……」

「おばさんに何をいったかなんて、くそくらえだ」フィリップはかっとなって相手をさえぎった。

「ねえ、フィリップ、あたしと話してるときは、そういう下品な言葉はつかわないでちょうだい。あたしが嫌いなのは知ってるでしょ」

フィリップはちらっと笑ったが、目はぎらぎらしている。しばらく黙っていたが、いきなり不機嫌な顔で彼女をみた。嫌悪《けんお》と軽蔑と愛情がせめぎ合っている。

「もし自分に少しでも理性があったら、きみとは二度と会わないだろう」フィリップはしばらくしていった。「ぼくは、きみを好きになってしまった自分を心の底から軽蔑しているんだ」

「そんなことといわれても、あんまりうれしくないわ」彼女がぼそっといった。

「だろうね」フィリップは声を上げて笑った。「パビリオンにいこうか」

「そこが変なのよ、あなたって。まさかってときに、笑いだすんだから。あたしのせいでそんなに不幸だっていうなら、なんで、パビリオンに誘うわけ。もうすっかりうちに帰るつもりになってたのに」

「きみといっしょにいないと、もっと不幸だから。ただそれだけだよ」

「あたしのことを本当はどう思っているのか教えて」

フィリップは大声で笑った。

「それをいったら、きみは二度とぼくに会ってくれないと思う」

## 63

三月末の解剖学の試験に落ちた。前もってダンスフォードと骨格標本を使って解剖学の勉強をしてあった。おたがいに質問し合って、人骨の細かい部分や、結節や溝の意味などをそらでいえるようにしておいたのだ。ところが試験場に入った途端、パニックに襲われ、正しい答えがいえなかった。突然、間違っていたらどうしようと思って恐ろしくなったのだ。落ちたのはわかっていたので、次の日わざわざ自分の番号を確認しにいくこともなかった。この二度目の落第で、フィリップは学年中きわめて勉強のできない怠け者とみられるようになった。

フィリップは気にしなかった。ほかに考えることがあったのだ。まず自分にいいきかせた。ミルドレッドにだって十人並みの理解力はある。問題はどうやってそれを目ざめさせるかだ。またフィリップには自分勝手な女性観があって、どんな女でも攻め続ければやがて陥《お》ちると思っていた。ただその時機を待たなくてはならない。怒りをこらえ、細かな心づかいで相手を揺さぶり、体が疲れたときなどにつけこんでやさしくして、心を開かせる。そうすれば、彼女も日々の仕事のいらだちからの避難場所と考えてくれるようになる。フィリップはパリで付き合っていた友人たちと、彼らがほめる美しい女たちとの関係をミルドレッドに話した。そこで語られる毎日は愉快で魅力的で、快いものだった。そんな自分の思い出に、ミミやロドルフ、ミュゼットやその他の登場人物の冒険を織り交ぜ、貧しい生活を歌と笑いで楽しいものにし、奔放な愛を美と若さでロマンティックなものにして、ミルドレッドの耳に注ぎこんだ。彼女の偏見を直接攻撃することはなく、遠回しに、そういう偏見はみっともないとほのめかした。彼女に無視されても気にせず、冷淡に振る舞われても怒らないようにした。彼女を退屈させていたことを反省して、感じよく接し、相手を喜ばすように心がけた。腹を立てることもなければ、要求することもない。不満をこぼすこともなく、しかりつけることもなかった。約束を破られても、次の日には笑顔で会い、ごめんなさいといわれれば、なんとも思ってないよと答える。彼女のせいでつらい思いをしているような素振りはちらりともみせない。これまで自分の大げさな悲しみようがどれだけ彼女をうんざりさせたか、よくわかっていたので、少しでも不快な思いをさせるような感情は隠しておくよう気をつけた。その努力はまさに英雄的だった。

彼女のほうはこの変化について何も口にしなかった、というか、まったく意識などしてはいなかったのだが、その影響は受けていた。以前より打ち解けるようになり、細々した不満をこぼすようになった。それは女店主や、ウェイトレスのうちのひとりや、おばさんに対するものだ。そしてよく話すようになった。いつもつまらないことばかりだったが、フィリップはいつも真剣に耳を傾けた。

「愛してほしいっていわないときのあなたが好き」彼女は一度そんなことをいった。

「それはうれしい」フィリップは声を上げて笑った。

彼女には、フィリップがどれだけ落胆しているか、こんなふうに軽く受け流すのがどんなにつらいかということはわかっていない。

「ときどきキスされるくらいならちっともかまわないの。わたしもいやじゃないし、あなたは喜んでくれるし」

たまに彼女から、夕食に連れていってほしいから迎えにきて、ということもあって、こんなとき、フィリップはうれしくてたまらなくなる。

「ほかの人にはこんなこといわないのよ」彼女は言い訳をするようにいった。「でも、あなたならいいかなと思って」

「何よりうれしいよ」フィリップは微笑《ほほえ》んだ。

彼女が何か食べに連れていってといったのは、四月終わりのある夜のことだった。

「いいよ。そのあとはどこへいこうか」

「ううん、どこにもいかなくていい。ただ座って、おしゃべりしましょう。いい？」

「もちろん」

フィリップは、彼女が自分のことを気にかけてくれるようになったと確信した。三ヶ月前の彼女なら、ふたりでひと晩話すと考えただけで、死ぬほど退屈すると思ったはずだ。その日は晴れていて、春の気配がフィリップの気持ちをさらに高揚させた。この頃は、ほんのちょっとしたことでもうれしくなる。

「夏になると素晴らしいだろうな」ふたりは乗合馬車の二階席に乗ってソーホーに向かっているところだった。というのも、彼女のほうから、辻馬車《つじばしゃ》は贅沢《ぜいたく》だからやめましょうといったのだ。「日曜日にはいつもテムズ川の岸で過ごそう。バスケットにおいしい物を詰めてもっていけばいい」

彼女が少し微笑んだので、フィリップはうれしくなって手を握った。彼女も手を引っこめようとしない。

「ほんのちょっとは好きになってくれたみたいだね」フィリップはにっこりした。

「ばかね、好きに決まってるじゃない。そうでなかったら、こんなところにいないわ」

ソーホーの小さなレストランでは、ふたりはもう得意客だった。入っていくと女主人がにっこり笑って迎えてくれる。ウェイターもにこにこして挨拶《あいさつ》をした。

「お料理は、あたしに決めさせて」

今夜の彼女はいつにもまして魅力的だと思いながら、フィリップはメニューを渡した。彼女は自分の好物を注文した。料理の種類は限られていたので、ふたりは店で作れるものはすべて何度も食べていた。フィリップは楽しかった。彼女の目をのぞきこみ、白い頬の美しさをほめた。食事が終わると、ミルドレッドは珍しく煙草《たばこ》を吸った。

「女の人が煙草を吸うのをみるのはいやなの」

彼女は少しためらっていたが、話し始めた。

「ねえ、驚いた？　あたしに、食事に連れていって、なんていわれて」

「うれしかったよ」

「フィリップ、話があるの」

フィリップはさっと彼女のほうをみた。内心がっかりしたが、自分をおさえることはもう学んでいた。

「で、なんだい？」フィリップは微笑んでたずねた。

「また、ばかなこといわないでね、いい？　あたし、結婚することにしたの」

「え、そんな」

フィリップにはそれしかいえなかった。それまで何度も、このときのことは考えていて、そのとき自分はどうするだろう、何をいうだろうと想像した。そして苦しみにもだえながら、そのときの絶望を考え、自殺を考え、自分を捉《とら》えるに違いない狂気にも近い怒りを考えた。しかしおそらく、そのときの気持ちをあまりに完璧《かんぺき》に予想していたため、実際、その場になると、徒労感しかなかった。まるで重篤《じゅうとく》な患者のようだ。気力が失《う》せ、そんなことはどうでもよく、ただひとりにしてほしかった。

「ほら、あたしも歳でしょう。二十四だし。そろそろ落ち着かなくちゃ」

フィリップは何もいわず、カウンターのむこうに座っている女店主をみて、それから女性客のひとりが帽子につけている赤い羽根をながめた。ミルドレッドがいらっとした。

「おめでとうくらいいってよ」

「ぼくが、ぼくがかい？　なんだか信じられなくて。何度もそんな夢はみたことはあるけど。なんか、笑っちゃうな。夕食に連れていってほしいといわれて、ばかみたいに喜んだなんて。相手は」

「ミラーよ」彼女は少し赤くなった。

「ミラー？」フィリップは驚いて声を上げた。「だけど、もう何ヶ月も会ってないだろう？」

「先週、昼食にきて、気持ちをきかれたの。とてももうかってるみたい。いまは週七ポンドだけど、もっと稼げるようになるって」

フィリップはまた黙った。彼女はずっとミラーが好きだったのだ。話しかけられると、うれしそうにしていた。外国生まれだというところに、無意識ながら、エキゾティックな魅力を感じていたのだろう。

「まあ、しょうがないか」フィリップがようやく口を開いた。「一番高い値をつけた男のところにいくんだろう。それで、いつ」

「来週の土曜日よ。お知らせはもう出しちゃった」

フィリップはふいに胸が痛んだ。

「そんなに早く」

「登記所で結婚することにしたの。エミールがそのほうがいいっていうから」

フィリップは恐ろしいほど疲れていた。彼女から離れたくてしょうがない。すぐにでもベッドにいきたい。フィリップは伝票を持ってきてくれとウェイターにいった。

「馬車を拾うから、それでヴィクトリア駅までいけばいい。そうしないと長いこと列車を待つことになる」外に出るとフィリップがたずねた。

「いっしょにきてくれる」

「いや、できれば遠慮したい」

「じゃあ、お好きに」彼女は偉そうにいった。「明日また、紅茶を飲みにくるわよね」

「いや、もう何もかも終わりにする。これ以上、自分を不幸にしたくないからね。さ、馬車の料金は払ったから」

フィリップは彼女にむかって軽く頭を下げると唇に笑みを浮かべ、乗合馬車に飛び乗って部屋にもどった。そして寝る前にパイプを吸った。しかし目を開けていられなかった。痛みは感じない。頭が枕《まくら》に触れると同時に、深い眠りに落ちた。

（下巻に続く）

本作品中には、今日の観点からは差別的表現ともとれる箇所が散見しますが、作品の持つ文学性ならびに芸術性、また、歴史的背景に鑑み、原書に出来る限り忠実な翻訳としたことをお断りいたします。（新潮文庫編集部）

## 新潮文庫最新刊

木内　昇著

**占《うら》**

いつの世も尽きぬ恋愛、家庭、仕事の悩み。〝占い〟に照らされた己の可能性を信じ、逞しく生きる女性たちの人生を描く七つの短編。

武田綾乃著

**君と漕ぐ5**
—ながとろ高校カヌー部の未来—

進路に悩む希衣、挫折を知る恵梨香。そして迎えたインターハイ、カヌー部みんなの夢は叶うのか——。結末に号泣必至の完結編。

中野京子著

**画家とモデル**
—宿命の出会い—

画家の前に立った素朴な人妻は変貌を遂げ、青年のヌードは封印された——。画布に刻まれた濃密にして深遠な関係を読み解く論集。

D・ヒッチェンズ
矢口誠訳

**はなればなれに**

前科者の青年二人が孤独な少女と出会ったとき、底なしの闇が彼らを待ち受けていた——。ゴダール映画原作となった傑作青春犯罪小説。

北村　薫著

**雪　月　花**
—謎解き私小説—

ワトソンのミドルネームや〝覆面作家〟のペンネームの秘密など、本にまつわる数々の謎。手がかりを求め、本から本への旅は続く！

梨木香歩著

**村田エフェンディ滞土録**

19世紀末のトルコ。留学生・村田が異国の友人らと過ごしたかけがえのない日々。やがて彼らを待つ運命は。胸を打つ青春メモワール。

Title : OF HUMAN BONDAGE (vol. 1)
Author : William Somerset Maugham

# 人《にん》間《げん》の絆《きずな》(上)

新潮文庫　モ－5－11

*Published 2021 in Japan*
*by Shinchosha Company*

令和三年十一月一日発行
令和五年四月十日二刷

訳者　金《かね》原《はら》瑞《みず》人《ひと》
発行者　佐藤隆信
発行所　株式会社 新潮社

郵便番号　一六二―八七一一
東京都新宿区矢来町七一
電話　編集部(〇三)三二六六―五四四〇
　　　読者係(〇三)三二六六―五一一一
https://www.shinchosha.co.jp



印刷・錦明印刷株式会社　製本・錦明印刷株式会社


ISBN978-4-10-213030-8 C0197